暗月纪元

3

仐三 作品

四川文艺出版社

目录

A N Y U E   J I Y U A N

3

第176章　黑市等级

无论内城是怎样的繁华，还是外城的空气让唐凌感觉更加自由——在粗陋酒馆坐着喝酒大声喧哗的男人，一见唐凌会夸张地大喊："看，那个神奇小子。"街上热情的姑娘会用火辣辣的眼神，直接盯着唐凌，异常直白地开口："嘿，神奇小子，有人说过你的制服很酷吗？"还有街边卖着香根烤肉的大妈会招呼唐凌："神奇小子，来吃吃我家的烤肉，我的手艺可不是盖的，我家姑娘的手艺也不错。你想娶回家，天天吃美味的烤肉吗？"

他们对唐凌的欣赏和热切毫不遮掩，这个来自外城的，考入第一预备营的神奇小子。哦，对了，他还有个叔叔叫疯子苏耀，是个厉害的人物，可是他也爱在外城晃荡。他们两叔侄都是外城的骄傲。

唐凌一定不会拒绝便宜好吃的香根烤肉，尽管只是最普通的野兽肉，但配上产自莽林的香根，那种有一点点辣味，又带一些些甜味的香料，再撒上一把盐，最后加上烤肉大妈神一般的手艺，还有比这个更美好的烤肉吗？

唐凌花了五个信用点，买了一大块烤肉，再配上煎饼大叔用的一种叫作花葱的材料，搅拌在黄粟谷糊糊中，煎出来的大饼，吃得满嘴流油。当烤肉的肉汁渗入煎饼，一口连肉带饼咬下的一瞬，真是太幸福了。唐凌的脸上带着温和的笑意，尽量对每一个人都投以表示亲热的目光以作回应。

比起内城大部分矜持的，永远要做出一副见过世面、处变不惊状，彬彬有礼的人所营造出来的贵气，外城的这种气氛，他显然是要喜欢得多。唐凌觉得他应该属于外城。很直接、粗暴的、毫不掩饰的情感随时在这里沸腾，在日升日落间永不覆灭的是那一丝市井之气。不需要华丽，粗陋得就像手中的烤肉煎饼，带来的永远是满足和恰到好处的适口感。

在他的梦想中——他和婆婆与妹妹，就应该在这里，在这样的气氛下幸福地生活下去。尽管有很多苦处，尽管一开始并不会觉得友好。但融入了，就会很亲切。只要每一天晚上，回去能点燃壁炉，烧起旺旺的炉火，和婆婆妹妹在一起吃一餐晚饭，苦处立刻就会变成充实。

唐凌的心钝钝地痛，但脸上的笑容未减，就连吃饼的速度也没有变慢。想了想，他又花费了一些信用点，在街上买了一些吃食，拎在手上，朝着一条偏僻的巷子走去。苏耀说那里是他们临时的家。也曾说过，只要他不外出，多半都会在家里。

唐凌并不担心会扑空，因为苏耀为了他入梦的事情，才外出了一个月，暂时应该不会远行了，他的言语间也没有透露出要再次远行的意思。

但苏耀显然是个骗子，当唐凌打开门进屋时，屋中根本没有人，冰冷的壁炉里，连炉灰也没有，粗犷的家具落着一层灰尘，说明了他基本上从不来这里。

"骗子。"唐凌歪着头，嘀咕了一句，却并不着急，转身朝着另外一个方向快步走去。他反正会是最后一个修炼的人，拿着从仰空那里"讹"来的通讯器，也不怕耽误了时间。苏耀并不会去哪儿，他一定在那里——豪华旅社。

这里其实一点儿都不豪华，和周围那种黑色岩石砌成的石屋没有任何的区别。当然，或许是老板的奇葩审美，尽量用红红绿绿的叶子来装饰了一下，可看起来更加让人觉得这里或许是一个前文明的马戏团。

唐凌看着这里却很感慨，这个地方是他进入17号安全区的第一站，在这里某个房间的窗口旁，他虚弱地站立了八个小时，只为将整个安全区看进心里，然后告知婆婆和妹妹，所向往的地方是什么模样。那时的自己，有多么的悲伤和难过。而如今，悲伤没有减少一丝，难过却被周围熟悉的一些人分担走了一些。可即便如此，将来还是会有一些迷茫，就比如说当报仇完毕以后，他人生的方向是什么呢？其实，唐凌失去的支撑，还没有得到填补，仇恨不会是人生永远的支撑。

平日里都是无赖状的唐凌，难得感慨了一回，就很快被罗娜婶婶带着羞涩的笑声和苏耀那显得有些无耻的粗犷笑声给打断了。"果然就在这里。"唐凌鄙视地想着，但还是带着雀跃的心情冲入了豪华旅店。

是熟人，那个神奇小子，况且疯子苏耀也将成为自己人了，豪华旅店的老板根本就没有阻止唐凌，任由他冲入了旅店。罗娜婶婶的房间就在旅店一楼的尽头，在并不怎么忙碌的傍晚，她不会待在厨房，而是在房间里。况且，苏耀和她的笑声已经说明了他们的位置。

"罗娜婶婶。"唐凌直接跑到了旅店一楼的尽头，不知道为何他有些想念这个在考试前塞给他两个热乎乎的蛋，还有会给他做饭的亲切女人。

房间的木门并不结实，唐凌直接撞了进去。他还没来得及看清什么，就听见罗娜婶婶一声尖叫，躺在床上的罗娜婶婶尖叫一声后，缩进了苏耀的怀里。而苏耀连被子都没有盖好，露着魁梧的脊背和大半个屁股，挡住了罗娜婶婶，极为愤怒的样子，扭着头对唐凌喊道："臭小子，要我一脚把你踢出去吗？"

唐凌脸红得已经可以烧热一壶开水，他感觉全身僵硬，下意识地就要迈步出去。不要怀疑唐凌的纯真，十五岁少年唯一的一次心动，留下的稀薄记忆只是额头上被嘴唇轻轻触碰的感觉。但那在梦中变成了一场悲剧，即便不是真的，也封闭了唐凌对男女之间的一点点萌动。从此以后，他只是全身心地投入修炼，在错综复杂的乱局中勾勒着阴谋的痕迹，期待在中间找出自己能够小心翼翼生存的空间。他随时都会受伤，又随时都在复原，他为了填饱肚子筋疲力尽。也许因为这样，属于青春该有的生理悸动都被直接忽略了过去，或许有过？谁知道呢，反正唐凌不知道。

这一幕，对唐凌简直形成了一种强烈的冲击，仿佛某些东西明了了一些，却又不是太明了。唐凌站在门口，有些手足无措，心中却打定了主意，不然找奥斯顿那个家伙聊一些相关的东西？安迪那个家伙恐怕是不行了，因为他的爱好就是和女孩子们一起探讨前文明的文艺。昱估计比自己还不如，他到现在能分辨清楚男人和女人的区别吗？薇安和克里斯蒂娜？不，唐凌莫名觉得非常可怕，会被打死吧？

唐凌脑中想着这些乱七八糟的事情，在一阵"窸窸窣窣"的声音过后，房间里终于传来了苏耀沉闷的声音，带着非常大的不爽："滚进来。"

唐凌走进了房间，觉得有些不好意思面对罗娜婶婶。已经穿戴好的罗娜婶婶却像发现什么好笑的事情，经过唐凌身边的时候，情不自禁地笑出了声，还伸手捏了一下唐凌通红滚烫的脸蛋儿，望着郁闷的苏耀说了一句："苏，看来你没有教好我们唐凌关于一些男人的事情，看他的样子会被女孩子们嘲笑的。"

嘲笑我什么？唐凌不爽！难道敢脱光衣服亲来亲去，就不会被嘲笑了吗？罗娜也不再多说，在这个时代，某些事情相比前文明发生了巨大的倒退。当生存不易，繁衍就变得尤为重要，十五岁的女孩已经堪堪可以嫁人。当然，这种情况并不多见，可到十七岁，就是绝对的适婚年纪了。所以，关于某些事情，早熟的人太多，唐凌的纯真并不多见。

"我去给你们弄点儿吃的，要酒吗，苏？"罗娜婶婶眉梢眼角都流露着温柔。"当然。夜晚的酒最好温热一些。"苏耀随意地答了一句，拉开凳子坐下，示意唐凌也坐下来。

当然，苏耀和唐凌并不会讨论什么男人的事情。作为唐凌的长辈，并不细腻的苏耀可开不了这口，总会水到渠成的。"大不了到时候塞点儿钱给他，再把他扔进某个地方？"苏耀的想法就是这么直接。

所以，现在他们谈论的话题是信用点。苏耀梗着脖子，粗着青筋，拍着桌子直接吼道："你小子真开得了口，要老子十万个信用点？"

"是借。"唐凌义正言辞地纠正着苏耀的用词。

"你拿什么还？别给老子说那一句什么打工的话，你只要敢再说，我就揍得你爬不出这个旅馆。"苏耀摸出了一支香烟点上，想了想，又扔了一根在唐凌脸上。

唐凌跟着点燃了香烟，直接说道："我才不会说那种话。只是苏耀叔，难道投资在一个未来的紫月战士身上，划不来吗？"

"滚！老子见过的紫月战士比哈士野猪还多！投资谁不好，我要投资你这个家伙？再说，就你那饭桶一般的食量，我投资得还少吗？"苏耀不屑地看了一眼唐凌。

"这，就是回报的开始，我给你和罗娜婶婶买吃的了。"唐凌把手中的香根烤肉还有煎饼放在了桌上。

"老子自己买得起。"苏耀随意翻动了一下，看起来很不屑，但实际上他已经拿起了一块饼，夹着烤肉，一大口吞入了口中，"你……最好说人话，试着说服我。不然就冲你开口要问我借十万信用点这句话，我就有一百个揍你的理由。"苏耀一边嚼着口中的食物，一边含混不清地说道。

唐凌也不说话，直接就解开了制服的扣子。

"臭小子干吗？"苏耀眼皮直跳。

唐凌将制服脱下，解开里面的衬衫，露出道道触目惊心的伤口。虽然那些伤口已经开始恢复，毕竟唐凌的恢复能力惊人，但是很多伤口还是血肉模糊的样子。

苏耀先是一愣，随即反应了过来，有些激动地站起来："你小子，入梦了？通过了？"

"没有通过，我怎么能好好地站在你面前？"唐凌反问了一句，接着说道，"通过了，很好地通过了。但一切真的不容易，不过好在我还有继续入梦的资格。"

"太好了！"苏耀表现得非常激动，忍不住拍了唐凌的背一巴掌。

唐凌疼得有些龇牙咧嘴，但别指望能在苏耀这边得到安慰。所以，他很直接地说道："所以，我缺资源了。原本我准备了足够的、能够应付一段时间的资源——五斤二级凶兽肉，可是入梦消耗了大半。而且，我醒来以后，就要开始进入正式修炼了。恰好的是，我在神秘商铺得到了一件东西，就是它。"唐凌说着，从随身的包里拿出了那一本珍贵的《千锻功·补遗》。

他对苏耀并没有任何好隐瞒的，如果苏耀也需要这本《补遗》，唐凌会毫不犹豫地和苏耀分享。

苏耀的神情看起来很平静，但嘴角微微颤抖的肌肉说明他在掩饰着某种情绪。他拿起了桌上的那本《补遗》，只是略微翻看了一下，兀自有些不确定地问道："你得到了这个？"

"还不止。我……"唐凌想要说下去，但却被苏耀挥手打断。叼着烟，苏耀看着窗外的夜色，沉默了许久才开口："好吧，我知道了，你需要资源。但长久依靠别人的信用点，不是最好的办法。"

"我有想过自己搞定，但我不想放慢速度。如果按照这本《补遗》来修炼，加上梦境的消耗，我的资源一定会出现断裂，就算我冒险打猎也跟不上。"唐凌说得很直接。

"我明白了。"苏耀竟然没有多说什么，而是站了起来，直接穿上了外套，叮嘱唐凌也穿好制服，跟着他一起出去。没有办法，刚刚开始成长的幼苗，是最脆弱的，所需却又偏偏是最多的。就像人类的婴儿，在幼时需要最丰富的营养来促进生长。自己，必须不惜一切地照看着唐凌，他并不是一个幸运幸福的小子，他其实……不该如此受苦。

唐凌跟上了苏耀的脚步。两人在走廊遇见了端着热汤的罗娜婶婶，她吃惊地问道："你们不吃饭了？"

"先去办事，等下回来吃。"苏耀简单地交代了一句。

夜色中，苏耀带着唐凌快步前行。大概十分钟以后，他们来到了之前来过的那间小酒馆。酒馆的生意依旧惨淡，但那奇怪的老板还是毫不在乎的模样，苏耀带着唐凌径直走上前去，说道："开秘密通道，我要带着他去黑市。"

"现在？"老板并不多话，只是简单询问了一句。

"嗯，现在。"苏耀说得很直接。

这让唐凌略微有些吃惊，开口就说道："苏耀叔，你果然知道黑市。"

"莫非你也知道？"这下换成苏耀微微有些震惊的模样。

"我知道。"唐凌当然会告诉苏耀自己的经历，实际上在上次就说了很多，但因为时间有限，一些不那么重要的细节就忽略掉了。而黑市的交易在唐凌看来就不那么重要。

苏耀的脸色立刻变得有些沉重，但明显他不想在这个时候询问太多，也在此时，酒吧老板拿来了两件黑色的连帽斗篷，和两张木制的面具。苏耀带着唐凌穿戴好了这些，就径直和唐凌走到了酒吧的后堂，在这里老板已经从木制的围墙上打开了一扇隐藏的木门，里面露着黑黝黝的通道。

苏耀沉默地带着唐凌进入了通道，在黑暗中前行了几十米，就看见了昏暗的油灯光。也就是从这里开始，通道不再是一条单行道，而是由许多错综复杂的通道交错在一起。

唐凌想起了黑市交易员托尼给他的地图，上面有黑市十二处秘密入口，但并不包括苏耀带他进入的这一条。那么黑市的入口到底有多少？莫非整个17号安全区都被打满了密密麻麻的洞？那么这地下错综交杂的通道便就不足为奇了。可这说明黑市的势力有多大？是不是真的只是17号安全区高层把控那么简单？

"小子，现在最好把你和黑市的接触详详细细给我说一遍。"苏耀压低着声音，但语气却没有半分开玩笑的意思。

唐凌知道，苏耀这样发问，一定是有什么非常严肃的问题。他不敢有隐瞒，原原本本地将和托尼接触的全部过程都告诉了苏耀，包括有几次交易，交易了一些什么，以及后来由昱出面参与的交易都告诉了苏耀。

苏耀一路沉默着，并不说话，直到唐凌说完了这些，他也没有开口，反而是在思索着。

"苏耀叔，是不是我导致了很严重的后果？"唐凌很聪明，他联想到了一些什么，但他并不确定。

"唐凌，你知道这个世界有多大吗？"苏耀并没有直接回答唐凌的问题，反而是问了唐凌一句完全不着边际的话。

"我不知道。"唐凌当然不知道，他就没有迈出过17号安全区的范围。

"所以，现在我要告诉你一个答案。这个世界很大，比前文明还要大。"苏耀的语气非常深沉。

可是，唐凌却有些蒙，什么叫比前文明还要大？这句话应该要怎样理解？

苏耀并没有解释的意思，而是径直说道："如果够大，又经过了一百多年，人类稍微喘了一口气，恢复了一些生机，意味着人口的数量较覆灭时得到了提升。再加上这个世界纷乱一片，并没有得到统一。你会得出一个什么答案？"

"会纷乱，就是说势力错综复杂。"唐凌一下子就抓住了要点。

苏耀的大手紧紧地抓住唐凌的肩膀，低声说道："就是这个意思。而最乱的便是黑市，黑市是各方势力插手的地方，另外它除了贩卖物资，还贩卖消息，你明白了吗？它甚至是最大的消息贩卖地！"

"那，那我岂不是留下了很大的漏洞？"唐凌一下子证实了自己的猜测。他和托尼的交易，万一被托尼说了出去，稍微分析，绝对会暴露他的实力。虽然，唐凌用昱做了一层掩饰。

"现在，还不算严重。把托尼给你的徽章拿给我看看，如果你带在身上的话。"苏耀直接问唐凌。

唐凌喜欢把重要的东西都收入随身的背包，翻找了一下，那个徽章果然还在背包里。

苏耀拿过了徽章仔细地检查了一遍，然后告诉唐凌："不算严重，这个徽章也没有暗中动过手脚。因为你接触的是黑市最底层的交易员，而且还做了一个合理的掩饰……只是三级变异昆虫那一点，始终是个小小的漏洞……不过，有三级凶兽肉，我也会再做一层弥补。当然，这一切前提是在你没有被特别重点注意的情况下。对了，那个昱可靠吗？"

"非常可靠。"唐凌没有过多地形容，而是直接给出答案。

"信任伙伴是应该的。就算会经历伤痛，也总有值得信任的伙伴。"苏耀出奇地并没有对唐凌坚持的信任发出过多的疑问。

"苏耀叔，难道黑市还分等级？就在这17号安全区也是？"唐凌心中有疑问，或许弄清楚了这个问题，会给他以后带来帮助。

"当然分等级！黑市的存在，就凭小小的17号安全区绝对不可能阻挡。他们唯一能做的就是分一杯羹，可是即便如此，由17号安全区高层掌握的黑市，也是最底层的黑市。"苏耀简单地做出了解释。

"那高端黑市呢？"唐凌有些期待。

"高端？呵呵，高端黑市，你甚至可以联系上科技者。"苏耀试图轻松一些，但紧皱的眉头始终没法舒展。只是在面具下，唐凌看不见这一切。

第177章　夫人食肆

苏耀的话略微有些模糊，但"科技者"三个字却让唐凌有些激动。在这个时代，金字塔的高层绝对不是武力强大的紫月战士所能完全代表的。在高层的划分中，还有许多具体的职业分支，就像科技者，技能者等等。或许就如苏耀所说，17号安全区真的是处于太底层了，就连这个时代高端的职业划分，列出的资料都语焉不详，抑或是在17号安全区不可能产生某些职业，所以也没有列出的必要。

但无论如何，"科技者"三个字意味着超时代的先进科技，且不止是武器。他们会提供图纸，找到技能者，甚至工程者生产，但对成品他们享有优先权，所以在科技者手中是有不少好东西的。就冲着这个三个字，唐凌深深地觉得有必要问清楚苏耀，弄明白他心中跃动的疑问。

"叔，你刚才说黑市分等级，17号安全区高层所掌控的黑市是低等黑市，那么高等黑市在哪里？"唐凌认真询问道。

"你怕是误会我的意思了。黑市作为一个特殊的势力，无处不在，任何势力组织，包括且不限于安全区，都存在许多黑市，交错在一起。有的黑市会借生意渗入势力组织当中，有的黑市置身事外，只把触角延伸到全世界。

"所以，17号安全区怎么可能不存在高等黑市？只是一般人根本不可能接触得到。就像那托尼给你的十二个入口是不可能通往高等黑市的，那十二个入口只能进入低等黑市。

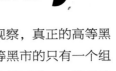

"另外，你需要注意，虽然这只是我的怀疑——据我观察，真正的高等黑市，一般都对外界的风起云涌只做旁观。而真正称得上高等黑市的只有一个组织。"苏耀皱着眉头说出了这样一句话。面对风起云涌都按兵不动，一般只能有两个解释：第一，是心不在争权，而只是想真正地置身事外；第二，则是所图甚大，毕竟黑市也是最大的情报网，当所有的情报汇聚到一处，是一件多么可怕的事情。

但唐凌并不是太在意苏耀这句话，他只有十五岁，年龄决定了他的见识，见识限制了他的思维。他感兴趣的在于那是个什么组织。

关于他的问题，苏耀也直接回答了："这个组织的名字叫作'浮冰'，即漂浮在海上的浮冰，意为也许露出海面的部分只是它真正体积的百分之十，甚至更小。"

"很厉害的名字啊！"唐凌感慨了一句，然后抓抓脑袋，很有兴趣地问道，"那17号安全区也有浮冰所组建的高级黑市？"黑市之中原来有那么多的规则和复杂性，唐凌对黑市充满了兴趣，他自己莫名其妙地，就变为了一个有太多秘密的人，也许黑市是更适合他的所在。

"当然，浮冰无处不在。"苏耀很直接地回答了一句。

"那这一次，我们是与浮冰交易吗？"唐凌再次有些兴奋了。

"你在想什么呢？你需要的那点儿资源，用得着去找浮冰交易？而且，浮冰的交易对象都是一级势力以上的首领，或者三级以上的各职业。你觉得你算哪根葱？"苏耀拍了一下唐凌的脑袋。

"什么是一级以上的势力？叔，怕是你也没有本事见到浮冰吧？"唐凌被拍了脑袋，就管不住嘴了。不出意料，他被苏耀一脚踢得趴在了地上。

昏暗的通道直直地向下，也不知道是怎么保持通风的。而且通道曲折蜿蜒，岔道甚多，按照苏耀的说法，如果没有掌握具体的走法规则，是会迷失其中的。可是，走在这样的通道中却也并不孤寂，因为他和苏耀时不时地会遇见一两个同样穿着黑袍、戴着面具的人。或是走向别的道路，或是跟他们同路，但很快就会走到前方。

黑市，自然有黑市的许多潜规则。不同路、保持距离是最基本的一个原则，毕竟来黑市交易都不是非常能见光的事情，越是去到高等黑市，越是这样。反而所谓的低等黑市，就一条路直通，不需要那么多顾虑。

　　唐凌一路上没有再多询问什么问题，尽管他实在好奇，地下那么多黑市，它们是以怎么样一个形式存在的呢？

　　或许看他憋得太辛苦，苏耀解释一句："一个黑市要正式进入一个势力组织，会提前在势力组织的地下圈好地点。这个地点会保证两个基本原则。第一，必通大厅。是的，你没有听错，所有的黑市，不管规模大小，都有一个统一的黑市大厅。在黑市大厅之中最奇异的风景就是，存在着十几道形式各异的门。这些门简直是艺术品，上面都会雕刻着各个黑市特有的标记。这样首先是为了防止走错黑市，再则是为了限制。"

　　"嗯，限制只能进入低等黑市的人，误入了高等黑市。"唐凌非常理解这样的限制。

　　"你说的很对，这些门有自己特殊的门禁。像托尼给你的徽章，是绝对打不开除了17号安全区自身最低等那个黑市的门以外任何一扇大门的。前提是，你能够进入那个神秘的黑市大厅。"苏耀似乎被什么触动了，现在给唐凌讲解一切的时候都格外仔细。

　　"第二个原则是，各个黑市的地下道路可以交错，但绝对不能互通。这是一个庞大而复杂的工程，一般都会聘请工程师这个职业之中的建筑专属职业者来建造规划。"

　　"感觉真是让人激动，我很难想象我走在地面上，地下还存在着一个灰色的世界。我以为生存在地下的，只有聚居地的人。"唐凌的声音渐渐小了下去，他并不是故意想提起一些过往。

　　苏耀拍了拍唐凌肩膀，像是在故意转移话题，开口说道："知道黑市大厅吗？一个真正有趣的地方。在那里，你会结交很多不知道是谁的朋友，会在绝路时找到一线希望，会得到各种难以置信的趣闻，毕竟这个世界在进入紫月时代以后，每一天都在发生变化。还有，你能见识到最疯狂的拍卖。"

　　"那我们去黑市大厅？"唐凌果然很有兴趣。

　　"不，黑市大厅并不是每一天都会开启的。另外，你现在暂时还没有进入的资格。不过，总有一天，你会得到资格的。我觉得那一天并不会遥远。"苏耀的语气带着温和，而在说话间，他和唐凌已经不知不觉地走完了点着昏暗油灯的泥土通道，来到了一条装饰相对精致的通道。

　　这条通道不长，铺着青色的石板，在石板上雕刻着繁复的花纹，带着典型的前文明女神洲风格，不是那么艺术，充满了自由粗犷的色彩。而花纹的中心则是一个女人戴着面纱的侧脸，也不知道这意味着什么。

　　不过，不用去猜测它的意义了，来到这条通道的尽头，就会看见一扇巨大的、黑色的、同样雕刻着女人侧脸的大门，在大门上用光明州的通用语写着"欢迎来到赛琳娜夫人黑市"。所以，那个戴着面纱的女人就是赛琳娜夫人？应该是来自女神洲的势力吧？名字也取得那么直白。不用去细想语言问题，反正光明州和女神洲的最大通用语都是同一语言。

　　门很厚重，唐凌好奇地想去试着推动一下，却被苏耀阻止了："夫人黑市，也是非常出名的黑市之一。之前，我给你提过在高等黑市甚至能找到科技者，夫人黑市也具备这个能力，因为我之前说的高等是一个模糊的概念。只有用最严格的算法，才能说浮冰是唯一的高等黑市。"苏耀似乎一改变就变得非常彻底，一扫往日那种能一个字说清楚，绝不说两个字的作风。

　　倒是搞得唐凌有些不适应，不禁问道："然后呢？和我推门有什么直接的联系吗？"

　　"当然，这种实力的黑市，它的大门是能随便推开的吗？它甚至隐藏着机关，你触动的话下场会很惨。"说话间，苏耀从自己的衣兜里摸出了一个非常精致的徽章。这个徽章与托尼给唐凌的徽章相比，简直就是一个艺术品——黄金铸就，红宝石钻石蓝宝石交错，形成了一个特殊的图案，在徽章的中心，不用猜，依旧是夫人戴面纱的侧脸。

　　苏耀将徽章贴在了黑色的大门上。很快，一道微光在大门上一闪而逝，这扇看起来很厚重的大门缓缓地朝着两旁开启了一条可容一人通过的缝隙。在缝隙旁，一个戴着头罩，却穿着燕尾服的强壮男人看了一眼苏耀和唐凌，低沉地说了一句："欢迎您，尊贵的客人。请出示您的徽章，按照惯例，我们还需要再检查一遍。"

　　苏耀点上了一支烟，随手就把手中的徽章抛给了这个守门人。守门人接过，仔细地检查后，将徽章还给了苏耀："二等贵宾徽章，按权限除了徽章本人的拥有者外，还能带两人进入夫人黑市。完全符合要求，请。"

　　徽章证实了苏耀的地位，守门人说话的语气都恭敬了许多，在说话的同时，他让开了一条道路，做出了一个邀请的姿势。苏耀大剌剌地带着唐凌从大门进入了夫人黑市。

　　而唐凌却并没有像苏耀以为的那样，表现出多少震惊的样子。尽管夫人黑市看起来也是那么让人震撼，并吃惊于地下竟然会有这种建筑——它非常巨大，就像建在一个巨型的洞穴之中，在洞穴的中心是一座巨大的花坛。洞穴两旁的洞壁上，仿照花卉的样子，镶嵌着各种颜色的灯泡，把整个洞穴照得灯火通明。

在明亮的灯光下，你可以看见在这大厅一般的洞穴中，有大概一百多个身形各异的人在走动。他们和苏耀与唐凌一样披着黑色斗篷，戴着面具。但偶尔也会微微扬起面具，露出脸的下半部分，这是为了吃喝方便。为什么不吃喝呢？夫人黑市准备了最好的盛宴，铺着白布的长条形桌子环绕着花坛，桌子上放着丰富的酒水和肉食，唐凌甚至还看见一盒盒堆积起来整整齐齐的、苏耀所抽的那种香烟。只要这些斗篷客人愿意，桌上的任何东西都可以随意地取用。

但唐凌需要震惊吗？这世界还能找出比神秘商铺更有格调和气派的交易场所吗？关键是交易的黑市呢？不要着急，它们是那么显眼，就在花坛的后方，进入大门后的正面。

那里的洞穴壁被挖成了阶梯的模样，一共三层。第一层有四个铺面。第二层有两个铺面。至于最上方的一层则只有一个铺面，或许不应该是铺面？它可没有任何招牌，只在门上刻着夫人戴面纱的侧脸，或许是办公室一类的地方？

唐凌也没有在意，他在意的是另外一个问题："叔，这里的东西是可以免费吃的，对吧？"

"对，可惜我没有让你在这里吃吃喝喝的打算。你想要暴露吗？以你那独一无二的食欲和胃口，很快就会暴露你哈士野猪的身份。"苏耀一把扯过了唐凌，几乎是挟持着他朝着铺面的方向走去。可是苏耀自己却在路过那些长桌的时候，往身上的各个兜里塞了好多包香烟。

唐凌"激烈"地反抗，拼死也拿了五包香烟，随便扯了一条不知道是什么野兽的腿，不大，很精致的样子。唐凌微微掀开面具，三下五除二地就给塞进了口中。不错，涂了一层蜂蜜，虽然太甜了一些。

苏耀忍着想要打死唐凌的冲动，把唐凌直接"逮"到了二阶上的铺面。在路过一阶铺面的时候，唐凌清楚地看见那四个铺面分别写着"夫人的生活用品店""夫人的武器铺""夫人的防具铺""夫人的科技铺"。而二阶的两个铺面则分别是"夫人的食肆""夫人的矿产铺"。虽然只有六间铺子，也可以说包罗万象了。

而苏耀则一边走一边对唐凌说道："夫人黑市卖的都是精品货色，但楼下的四个铺面能拿出来的精品，中等以上的黑市也都能拿出来。我带你来夫人黑

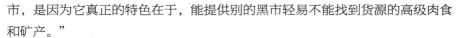

市，是因为它真正的特色在于，能提供别的黑市轻易不能找到货源的高级肉食和矿产。"

一听到高级肉食，唐凌就已经心领神会，苏耀果然带他来了最正确的地方。可是唐凌还是不甘心地问了一句："楼上呢？"

"你是想要买情报吗？还是说，你有什么高级的、大笔的交易想要谈？"

"我有十二万信用点。"虽然鄙视着昱和奥斯顿没有油水，但唐凌心中还是觉得自己拥有巨款。

"呵呵，能别丢人现眼吗？你那点17号安全区的信用点，去最低等的黑市都会被人嘲笑。"说话间，苏耀扯着唐凌，直接进入了夫人的食肆。在这里，充斥着一股煎肉排的香味，仔细一看，原来整个偌大的店中，柜台被设计为了灶台的模样，看样子是店主的一个胖子，正在灶台，不，柜台上煎着肉排。

唐凌如今也是见识过二级、三级凶兽肉的人，他一眼就看出店主在煎着的肉排，是一块三级以上的变异兽肉，而在旁边像装饰用的小肉条，则是货真价实的一级凶兽肉。

"来客人了？"胖子店主很和蔼的样子，看见苏耀和唐凌走入店中，赶紧从平底锅上铲出刚煎好的肉排和肉条，稍微切割了一下，分别装入了两个盘子当中，"进店皆是客，尝尝我的手艺？"胖子一边说话，一边有些气喘吁吁地朝着苏耀和唐凌走来。直到他走出柜台，才发现他藏在柜台后的身体比你想象的还要胖上许多。

可是，这么奢侈的吗？不，唐凌和苏耀都不认为奢侈，因为在这个食肆中，除了柜台，和几张像餐厅一样或许是提供给客人的桌子，就再没有特别多余的摆设。它也不需要用摆设来装饰什么——那些挂在天花板的架子上，密密麻麻、整整齐齐的风干肉条已经说明了实力。一眼扫过去，六级变异兽肉都是最低等的货色，三级凶兽肉也不少见，甚至那种筋肉已经泛起了金属光泽的四级或者是五级的凶兽肉，你也能在这些肉条之中找到。

所以，奢侈吗？这样的招待并不奢侈。何况以这样的架势，唐凌完全有理由相信，最好的货色肯定不在这敞开的店面里，或许是藏在店中的密室，VIP房间？反正聚居地的老狐狸夸克就是这样做的。不过，夸克去了哪里呢？唐凌发现自己又一次快要忘记这件事情了，但幸好他还能记住夸克最后告诉他的几个神秘数字。

就在唐凌走神的时候，胖店主已经将肉端到了苏耀和唐凌的面前，然后自己也带着笑容坐在了他们身边："尊贵的客人，你们有什么需要，现在就可以告诉我，我会趁着你们愉悦的用餐时间，就把货物给你们准备好。"夫人黑市的店主服务可是真棒。

唐凌不管，苏耀说他带来的信用点丢人现眼，他还不如先吃，其他的交给苏耀。而苏耀不动声色地将唐凌盘中的那条不大的凶兽肉拨到了自己盘中。毕竟，以唐凌现在的实力，吃凶兽肉消化的过程不是那么美好。

对此，唐凌心领神会，胖子店主也当作没有注意到这个细节，体贴地递过两个半脸面具，转过了身去。

唐凌和苏耀换上了半脸面具，遮挡得也挺不错，除了下巴和嘴，什么地方都没有露出。苏耀切了一块肉，放入口中慢条斯理地嚼着，然后掏出了一张晶卡，放在了桌上："这里面所有的信用点，都换成肉食。但只要凶兽肉。"

是的，变异兽肉对如今的唐凌并不是不可以，但需要的量远远大过于凶兽肉，这会带来诸多不便，而且吸收率会弱于凶兽肉。这小子既然一开始就奢侈地吃上了凶兽肉，自己也就尽量去维持。这就是苏耀的想法。

面对苏耀如此豪气的举动，胖子店主并没有表现出多大的吃惊，而是拿起了苏耀的晶卡仔细地看了一番，而后说道："有些为难啊。这晶卡是17号安全区的信用点至尊卡。即便里面的额度不会小于一百万信用点，但按照规矩，这些信用点是不能换凶兽肉的。最多只能按一定的搭配比例换取七级到九级之间的变异兽肉。如果有希望点，倒是能够换取一些凶兽肉，可也不能超过三级凶兽肉。"胖子店主的笑容不变，并不会因为苏耀拿出的是17号安全区的信用点就感觉到失望，更没有流露出可惜他招待苏耀和唐凌那些肉食的神情。

"唔，里面一共有三百四十万信用点，零头我就不计较了。我是说，我一定想要换取凶兽肉。"苏耀拿出了自己的徽章摆在了桌上。

胖子店主看了一眼苏耀的徽章，第一次流露出了不一样的神情——有一丝尊重，还有更多的为难。

不等胖子店主说话，苏耀又从怀中掏出了两个圆形透明的、钱币大小的、中心镶嵌着绿色玉石的东西，摆放在了桌上："信用点并不会是我支付给你们的唯一货币，加上这个呢？"苏耀嘴角带着笑，又切了一条肉，放入了口中。

而胖子店主猛地拿起了苏耀放在桌上的两个小东西，被肉挤得很小的眼睛顿时发出了光芒。

第178章 正京币

　　三百四十万信用点和两枚奇怪的钱币全部换成了凶兽肉，而且全部都是三级凶兽肉。但交易的结果似乎很奇怪，整整三百四十万17号安全区的信用点才换来五斤二两三级凶兽肉，而且是三级凶兽肉中品质一般的。按照店主的说法，三级凶兽肉品质最好的是心脏那一块肉，要按照四级凶兽肉的级别收钱。四肢的肉都是不差的，最差的一般都是一些边角肉，比如说脖子啊，头皮肉啊，反正是一些无关紧要的地方。不过，这也不是绝对的，除了心脏肌肉和四肢肉，肉质级别的判决还要根据凶兽的特性来。

　　好吧，五斤多三级凶兽肉即便是品质一般的，那也是三级凶兽肉，如果不是因为苏耀二等贵宾的徽章，另外还拿出了那两枚奇怪的钱币，这三百四十万信用点是无论如何也不可能换成凶兽肉的。

　　但是，三百四十万比二，看起来差距很大的数值，偏偏那两枚奇怪的钱币换来了八斤三级凶兽肉，而且都是品质极好的四肢肉。就算这样，胖子店主还有些开心，莫名其妙地搭了一小溜儿鲜红色的肉干，说是心脏的肌肉，一并给了苏耀。

　　由于三级凶兽的肌肉非常紧致，所以当店主包好这些凶兽肉，送苏耀两人出门的时候，苏耀和唐凌看起来也只是多拎了一个很小的包。足足十三斤多的肉干，也就三四个巴掌大小，只是入手的分量很沉。

　　没有在夫人黑市多作逗留，两人一路走回了之前进入的那个酒吧。苏耀似乎有话要对唐凌说，到了酒吧也没有急着回去，而是让那个酒吧的奇怪老板调了两杯甜叶酒，和唐凌又在上次那个角落里相对而坐。

　　唐凌一路都没有说话，抿着入口微甜，入喉却苦辣的甜叶酒，手都在微微颤抖。他是想问苏耀借十万点信用点，但他没有想到苏耀一口气却拿出了那么多给自己买来了凶兽肉。他对钱没有任何的概念，特别是信用点，因为上次狩猎加上仓库区任务所收获的结晶，也换来了五斤二级凶兽肉。昱并没有告诉过他，这些兑换成信用点是什么价值。原来，凶兽肉需要那么多信用点啊？原来，就算是有信用点，也不一定能换来凶兽肉啊？那自己是掏干了苏耀叔的积蓄吗？而且还让他动用了二级贵宾的权限？想要累积这种权限是很不容易的吧？特别还有那两枚珍贵的钱币……就算自始至终唐凌也不知道那是什么，可是它的珍贵是毋庸置疑的。

这么多感动的情绪堆积在心里，平日里已经变成一个"小无赖"的唐凌偏偏什么话都说不出口。他只能在自己心里去认可、去决定，决定就算以后的人生仇恨都已经解决，自己也无须迷茫了……因为他从此多了一个家人，分量和婆婆妹妹一样重的家人——苏耀。这个决定看起来太朴实了，没有任何的动人话语和表达感情的激动，可对于唐凌来说，这就是最郑重、最深刻的一种方式了。

"想什么呢？小子。"苏耀喝了两口酒，整个人似乎放松了一些，一巴掌拍在唐凌的背上。

"我是不是花了你很多钱？"唐凌抬头。

"多？当然！那三百四十万信用点就是我全部的信用点了。可是……"苏耀放下了酒杯，拿出两支从夫人黑市里拿的香烟，分给了唐凌一支后说道，"有谁会在乎17号安全区的信用点？这里有什么产出吗？这里有任何非常大价值的职业者吗？这里只是一个贫穷的小角落，它的货币你觉得能价值几何？这三百四十万信用点只是我随手赚的。"苏耀说得非常轻描淡写，可是他的眉宇间则透露着一丝忧伤，唐凌却不知道这丝忧伤是从何而来。

"但是那两枚钱币？"唐凌又追问道。

"是的，那才是关键，那两枚'正京币'几乎花去了我三分之二的储蓄。"苏耀说话间，从怀里一掏，又一枚同样的钱币出现在了他的手中。还是那透明模样的小圆币，中间镶嵌着绿色的玉石。

"这也是留给你的，有了这枚正京币，当你有一天需要走出17号安全区的时候，就不用担心没钱了。"苏耀叼着烟，眯着眼，这是他最常见的思考表情，他把这枚还带着他体温的正京币塞入了唐凌的手中。

唐凌不接，苏耀却强行塞入了他的手中，却又很快拿了回来："现在不会给你，只是让你感受一下真正的钱是什么手感。"

唐凌乐了，这样才像真正的苏耀嘛。可他依旧担心，他问道："钱都给我换成资源了，叔，你是不是会没钱用？你难道不修炼吗？耗费的资源不少吧？"

　　"我？在17号安全区，我想怎么活着都可以活得很自在，这里的信用点也好，甚至希望点也罢，如果我想要，会今天花完，明天就有更多。再说，我也不会一点儿不留的。"苏耀似乎不愿回答唐凌关于他自己修炼的问题，而是扯了一些别的，说话间还从兜里掏出了一个小布袋。他拉开了布袋的绳子，打开了布袋的口子，从里面"哗啦啦"地倒出了一小堆钱币，大概有四五十枚的样子。

　　唐凌看了一眼，这些钱币大多都不一样，也不知道是些什么地方的钱币。总之，唐凌是不认识的。

　　苏耀端起酒杯，把甜叶酒一饮而尽，这才长吁了一口气，说道："我告诉过你，这个世界很大的。这些钱币都是各个势力组织的钱币。当然，它们不像正京币那么硬通，可是呢，其中随便一枚要换取17号安全区的信用点，至少也是五十万往上的，即便这样还没有多少人愿意换呢。你，不用担心我没有钱。"苏耀眨了一下眼睛，显得非常得意。

　　"那给我两三个吧？"唐凌跟着嬉皮笑脸。结果，自然是被苏耀一脚踢飞了凳子，再一次趴在了地上。

　　两人闹了几句，才再次恢复了安静，苏耀一枚枚收好了桌上的钱币，这才郑重其事地把正京币拿在了手中："这是一枚面值一百正京点的正京币。知道为什么它是硬通货吗？走到这世界的任何地方它都是硬通货。"把玩着这枚钱币，苏耀忽然问唐凌。

　　"或许，这个叫作正京的地方非常强大？"这是货币的一种简单道理，因为货币本身并不存在价值，或者价值不大。它代表的只是一种信用，在这个乱世，能够硬通的货币，肯定是一个异常强大的势力所发行的货币，因为这就代表了那个强大势力的信用。非常简单的道理，唐凌很容易想到。

　　"是啊，非常强大。号称不倒的正京城。"苏耀舒展了一下身体，双脚搭在了桌上，眼中出现了一丝怀念。

　　而唐凌看着酒吧的窗口，在窗口中露出的那一小片天空和恰好就在那里的紫月，眼中流露出了向往——正京，什么样的地方？能号称不倒的正京城？在这个风雨飘摇的年代，兽潮、虫灾，甚至莫名的自然灾害层出不穷，如何才是不倒？就像17号安全区，倾尽了大半的力量集中在希望壁垒，也还是在废墟战场纠缠了那么长的岁月，半点儿没有解脱的样子。唐凌想要去正京城看一看，在有生之年。

　　再次抛了一下手中的正京币，苏耀继续说道："你之前的那个说法很对，是正京币硬通的主要原因。但还有一个次要原因，你知道这是什么吗？"苏耀的手指划过了正京币晶莹透亮的外圈。

唐凌摇头。

"傻，这是结晶，良品结晶！你是不是会问为何没有紫色的丝线？因为在这个时代，人们发现了一件奇特的事情，那就是玉石能够聚集能量，也许对于其他能量，它微乎其微，可是对于来自天地间最重要的紫色能源，它的聚集效用特别明显。"苏耀吸了一口烟，对唐凌如是说了几句。

唐凌立刻就说道："你是说良品结晶里的紫丝就是紫色能源，然后被正京币中间镶嵌的玉石聚集在了其上？"

"对！玉石品质越好，聚能的作用便越高。这枚面值一百点的正京币，外缘使用良品结晶，中间镶嵌的玉石品质也不低。如今，玉石也是战略资源啊，懂吗？所以，正京币本身也很值钱，仿制是绝对不划算的。在关键的时候，捏碎中间的玉石，还可以吸收其中的能量。经过玉石转化的能量，会变得温和。当然，你现在连一阶紫月战士都不是，这些能量对于你来说，是没有办法吸收的。另外，吸收能量是万不得已的做法，还是把它当成钱来花费，比较划算。"

苏耀只是把正京币的事情当成了趣闻来告诉唐凌，可这样的小趣闻才是最刺激人的东西。刺激着人更加向往这个世界。唐凌看向正京币的眼神也热切起来，这并不是对钱的贪婪，而是对世界的贪婪——他很想走出17号安全区去看一看啊。

看着唐凌这样的眼神，苏耀眉眼中的那一丝悲伤更加凝重了一些。他再次叫来了一杯甜叶酒，一饮而尽，用一种罕见的动情语气对唐凌忽然说了一句："小子，我的能力真的不强。其实，你的每一步很艰苦，如今还在为着一些凶兽肉……也许，还随时处在危险当中……你也知道，你很聪明，你明白你的周围并不太平。我如果再强大一些，这些不太平会少上很多吧。因为我可以让你更加周全一些。

"可是啊，我也会安慰自己……受些苦，在危机中长大，也许会是一件好事。可是这样的安慰对不对，我其实不知道。当有一天……你回头来看时，我只想你明白，我在尽力。"说话间，苏耀狠狠地吸了一口烟，望向了唐凌。

不知道为什么，苏耀的这些话让唐凌心里剧烈地疼痛，甚至泛起了一丝怒气，他望向苏耀，说道："叔，你为什么要说这些愚蠢的话？这真的很愚蠢，你知道吗？你不要……把我最在乎的，最在乎的一些东西，拿来看成是别的什么。我……是指什么凶兽肉，和危险之类的，我不在乎。"唐凌不会表达的毛病在这个时候，表现得淋漓尽致。他语无伦次，无非是想说，在他看来苏耀对他付出的是情谊，这比什么都重要。"我……不需要以后来明白，我现在就明白。"唐凌握紧了拳头，脸涨得通红，他实在已经不知道该怎么去诉说了。

"啪"的一声，苏耀又踢飞了唐凌的凳子，用一副恶狠狠的嘴脸骂道："臭小子，谁给你的勇气，让你敢说老子愚蠢？"

唐凌摔在地上，分明有些疼，这个时候却笑了，他爬起来，拉回凳子重新坐下。

苏耀说话永远是这副模样，但末了，他忽然还是解释了一句："其实呢，我刚才也只是感慨而已，你不用在意。毕竟，这个世界太不公平。你看，我看得很宝贵的这一枚正京币。也许，我只是说也许，在某些和你年龄相差不过一两岁的人手里，可以随时拿来赏赐给别人。就比如说，街上有人为他拉开了车门，又比如说……其实，在我看来，那样的少年，也不比你强，你会很强。就算，我们面对的条件只能是如此。"苏耀絮絮叨叨，含混不清地说了一串话。

唐凌扬眉："当然不比我强。只不过，这样的少年在哪里？我想去给他拉车门。"

"你小子还能有出息一点儿吗？"苏耀额头上青筋直跳。

罗娜非常喜欢这样的时刻——看着苏耀和唐凌一大一小两个男人坐在她面前吃饭的样子，看着他们狼吞虎咽，看着他们认真专注，看着桌上堆积的很多食物快速变少……心里就会莫名地安心。

"男人吃饭的样子和女人真的不同呢！"罗娜笑了，她自己已经忘记了吃东西，还是唐凌夹了一块肉在她碗中，她才反应过来。她觉得自己很幸福，幸福到已经开始有了奢望，奢望她和苏耀这一段原本因为"调情"和一点儿珍贵肉食开始的，不那么认真的感情，能够有一个结果——她陪伴着苏耀，为他生几个孩子。然后某一天，苏耀在，唐凌这个讨人喜欢的少年也在，他会是孩子们的哥哥。然后一家人聚集在一起，这样子吃饭，就是她以后的幸福人生了。

这样的想法让罗娜感觉非常愉快，当唐凌和苏耀吃完饭以后，她勤快地收拾着，脚步轻盈得就像一只蝴蝶。

"就在这里睡吧，让罗娜为你开一间房。你可是拥有十二万信用点的富少呢。"苏耀斜了一眼唐凌。

唐凌恨不得打自己几巴掌："让你显摆，让你无知。""我可是要还钱的，既然没有用上。"唐凌也不想莫名其妙欠下那么多钱。

"少废话。你先少还一些，之后赚了再还给别人。老子现在可是被你压榨得很穷。"苏耀直接把唐凌骂得闭了嘴。

然后，唐凌就留宿在豪华旅店了，这个他曾经最熟悉的地方。并不算太柔软的床，让唐凌倍感安心，一夜睡到天大亮，直到通讯器响起才醒来的奢侈睡眠，让唐凌分外满足。

仰空自然是通知唐凌可以来修炼了。从昨天傍晚到现在，已经过去了整整十八个小时，猛龙小队的其他队员都分别修炼完毕了。

"修炼吗？"唐凌心中还是非常向往的，收拾好了一切，还有苏耀买给他的凶兽肉，唐凌飞快地跑向了内城，径直去到了荣耀大殿。荣耀大殿门口，仰空等待着唐凌，当唐凌出现，直接带着他就上到了顶楼。

"第一次修炼，不要抱着太大的野心。"在走到那间有着基因测算仪的房间之前，仰空突然对唐凌说了这么一句。

"是其他人修炼的结果不太好吗？"唐凌多少还是担心小队成员的。

事实上，到现在猛龙小队的其他队员并没有全部修炼完毕，因为夜间的时间就只有那么多，修炼完毕的只有阿米尔、薇安、克里斯蒂娜以及安迪。昱和奥斯顿选择了今夜。仰空原本也是想通知唐凌今夜开始修炼，让他做好准备，订好时间，谁想这个莫名其妙的小子说现在修炼也无所谓，然后就赶来了。

"那倒没有，在我看来，小队成员的第一次修炼做得已经比大多数第一预备营的小子都好了。只不过每个人都想着在第一次修炼凝聚旋涡，那怎么可能实现？"仰空随意解释了一句。

"那，有人成功吗？"唐凌明白大家的心思。

"没有，只有阿米尔接近成功，他的第一个旋涡已经有了大概的雏形。"说到这里，仰空稍微停顿了一下，对唐凌接着说道，"真的不必在意旋涡的事，我也说过第一预备营从开始到现在，只有两个人成功做到了。"

"谁？"唐凌皱着眉头，只是下意识地随口一问，他心中想着的是别的事情：阿米尔已经凝聚成了旋涡雏形？这并不是一件太好的事情，至少《补遗》在一开始的修炼手法上，和17号安全区是大相径庭的。唐凌心中一直在对某件事情犹豫着，他想做出一个决定，但又不敢莽撞。

"艾伯和亨克，第一预备营里就只有这两个人成功了。"仰空显然不知道唐凌在想些什么，直接说出了两个成功的人。

"哦。"唐凌却分明不在意。

两人在说话间，已经来到了基因测算仪所在的房间。或许是因为大家都已经修炼完毕，各自回家了，总之在这间房间里，就只有仰空和唐凌两个人。

仰空开始调试基因测算仪，或许是因为飞龙对唐凌的偏爱，仰空忍不住开口提醒唐凌："记住，一开始尽量做到封闭身体，让能量冲刷身体。你的基因链天赋虽然一般，但是你也明白，这只是指前行的路……理论上，是不影响你的修炼速度的。"

"嗯。"唐凌有些心不在焉，封闭身体吗？他可能不会那么做，在有了资源之后，唐凌已经决定了方向，他要选择《补遗》上的修炼方式来修炼千锻功。真是对不起啊，可能又会让仰空失望。而且，根据《补遗》的方式，前期不仅看不出进步，反而会让自己退步一些。当然，资源补充得当的话，退步不会太明显，或者说根本不会退步。但总的来说，进步是不要奢望了。

"还是不解释吧。"唐凌心里也只能这样想了，他原本就希望低调，一直是第一预备营吊车尾的，现在通过修炼开始真正的吊车尾不也合情合理？他人的目光不用在意。

在这个时候，仰空已经调试好了基因测算仪，唐凌迈步就要进入。仰空不放心地再次叮嘱了一句："千万记得，封闭身体。尽管能量开始冲刷时，会有一些痛苦，但比起修炼成果来，那不算什么。"

仰空的目光是真诚的，看得唐凌略微有一些内疚。可是有一些话，是万万不能说的，所以唐凌不敢看仰空的目光，只能低头小声地"嗯"了一声。

"进去吧。"仰空点了点头，唐凌走入了基因测算仪之中，盘膝坐下。

但到这时，仰空还没有开始启动基因测算仪，他蹲下问了唐凌一句："现在的时间不是那么好，你确定不需要等到晚上？"仰空实在不明白，唐凌为什么要坚持在这种莫名其妙的时间修炼，是自我放弃了吗？所以，一路上他多少都在暗示唐凌，其实不必因为基因链天赋就如此。

"无所谓，就现在吧。多一点儿能量，少一点儿能量有什么关系？第一次修炼还能把全世界的能量都吸过来不成？"唐凌一副非常无所谓的样子。

事实上，夜间的能量是浓厚，但浓厚就意味着稍许狂暴了一些，对唐凌选择的修炼方式来说，反而不是最好的。为此，就算被人认为是自我放弃，也只能不解释了。

　　唐凌盘膝闭眼，已经做好了开始修炼的准备，而仰空叹息了一声，心里多少带着一些遗憾，打开了基因测算仪。唐凌正式开始第一次修炼，一次注定会让人"失望"的修炼。

第179章　惊天之修

　　唐凌默念着口诀，入定很快。只是短短不到十秒，在基因测算仪的帮助之下，唐凌就进入了观想的状态。按照口诀的指引，用精神力去感受天地间飘荡的能量。这一步，对于初入修炼的人来说是非常难以跨越的一步，否则也不会动用基因测算仪去进入观想状态，帮助初学者去寻找能量了。

　　可是，很难吗？唐凌即便需要全身心的投入，不能带有杂念，心头还是忍不住升起一丝诧异的感觉。只因他刚刚进入观想状态，就已经感受到天地间飘荡的能量是那么明显。根本不是仰空讲解的那样，呈紫色的颗粒或团状，一些些地飘浮在空气之中，而是呈条状的紫色光带，密集地交错在空中。

　　"难道是感应错了？"唐凌不自觉地这样想到，奇异的是他这样开小差，竟然只是入定的状态不稳，根本没有破坏入定的状态，甚至紫色光带依旧在他眼中，只是变得模糊了一些。不过，就算是这样也吓了唐凌一跳，不敢再东想西想，而是赶紧凝神。管它的，感应到的是这个，应该没有任何错漏。

　　能量这样形成了一条条的光带，用精神力捕捉起来是不是会更加简单一些呢？按照功法的指点，在观想的世界里，你可以用大脑去勾勒，让你的精神力形成一张网，或者一双手去捕捉能量。当然，勾勒手的难度比勾勒网的难度要大，因为手的结构更加精细一些。

　　在唐凌的想象里，能量既然呈光带状，那么用手一扯就拉过来，不是更好？他做好了勾勒起来非常难的准备，开始在观想的世界里，想象着自己的一双手的样子。

　　可是，这样的念头刚过了不到几秒，在观想的世界里竟然出现了唐凌自己

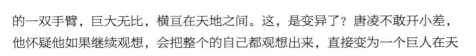

的一双手臂，巨大无比，横亘在天地之间。这，是变异了？唐凌不敢开小差，他怀疑他如果继续观想，会把整个的自己都观想出来，直接变为一个巨人在天地间拉扯能量……

但，没有这个必要。唐凌也怕浪费时间，虽然仰空说过第一次进入修炼，时间是不一样的，短则三四个小时，长则七八个小时。可仰空还说过如果超过了十个小时，就必须要中断修炼，因为基因测算仪的能量支撑不了。

而按照《补遗》的说法，第一次修炼能够承受的冲刷次数越多越好，因为那个时候杂质还比较松散，能量冲刷能够轻易地将杂质冲刷而出。否则到了下一次，杂质会和身体结合得无比紧密，因为能量的冲刷，也在冲击着杂质，无意之中就会将杂质挤压在更小的缝隙当中，假以时日，杂质会和身体结合得更加紧密。但如果不给杂质这个时间，或者这个时间很短，它就来不及和身体结合得如此紧密，冲刷出来就容易一些。

综上所述，第一次的修炼自然是时间越长越好，杂质能够冲刷出来得越多越好。即便在之后的几次修炼不能完全冲刷出所有的杂质，也可以达到"洁体之身"，去吸取天地间的能量，然后通过天地间的能量一次次锤炼自身，最终达到生命形态更高的一个层次。

所以，也可以看出第一次的修炼是如此重要。如果第一次的效果非常好，配合后几次的修炼，就有少许的可能完全地祛除杂质，达到更好的境界——"玉体之身"，这对以后的修炼助益更加之大。

不过，《补遗》之中也明确说明，不要去刻意追求玉体之身，用能量冲刷身体，祛除杂质之事，不可再三而为。那意思就是超过三次，就会伤到根源，反倒和最初的目的背道而驰。按照唐凌的理解，超过三次，就会伤到自身的细胞本质，如果一个细胞的寿命为本可以分裂五十次，伤及根源后，就只能分裂三十次了？那不就是偷鸡不成蚀把米吗？

但就算如此，唐凌还是把玉体之身定位为了自己的目标，且不说在《补遗》的记载里有说，曾有人一次修炼，就全身杂质倾身而出，一次就成就玉体之身，就说杂质这种东西，会从"最初的修炼起点"变为"最后的修炼问题"。因为，在修炼之初没有被清除的杂质，在以后清除起来会越发地麻烦，就算你的境界再高，也要付出不菲的代价，才能清除一点点。如果放任不管，按照《补遗》的说法，终究会成为你达到"圆融"境界，即最高境界的阻碍。

虽然《补遗》中也曾说，试问天下尽头有几人？玉体之身不可强求。意思是就算达成了玉体之身，天下也没有几个人能走到最高的尽头之境。但这种话，骄傲的唐凌怎么可能考虑？他只会考虑，自己能不能一次性清除杂质，也成为《补遗》中记载的那些人一样。虽然，那些人有可能是真正地做到了高贵的净衣洁食，原本身体杂质就不多。可唐凌觉得自己也不脏啊！每次吃东西也会煮煮，曾经婆婆也很疼爱自己，衣服脏了破了也总会及时地清洗缝补，让唐凌穿得干干净净。可能只是没有达到高贵的境界吧。

所以，总的来说，为了这玉体之身的效果，唐凌会抓紧每一分每一秒来修炼，观想世界之中本就没有时间概念，唐凌怕自己一浪费，就是一个小时过去了。

既然幻化出来了一双手臂，想来也够用了。于是，唐凌试着去操控手臂。这是仰空说的第二个难点，毕竟幻化成形是一回事，但是要精神力足够强大，才能让幻化出来的东西如同自身一般。初学者能有多强大的精神力？这一点需要集中全部的心神去适应。对此，唐凌也记在了心中，在操控之时"如临大敌"，可是……唐凌只是试图去操控这双手臂，这双手臂就已经完全按照他的意志来行动了。

仰空教官有必要夸张？还是……不敢多想，唐凌直接操控着手臂去"捕捉"那些紫色的能量光带，还有比这更加容易的事情吗？一扯，就是一条能量光带聚集在了自己的身边，再一扯，又是一条能量光带聚集在了自己的身边……

按照功法的要求，需将能量聚集成"流"，就是能够冲刷自己的溪流，最好是瀑布，再一次性地冲刷下来。能量聚集得越多，冲刷的效果也就越好。但是也不能太过贪多，满之则溢。多了，说得不好听一些，会把自己冲烂了。这个度的把握来自自身，一般人会选择在自己捕捉疲惫后，就进行一次冲刷。毕竟这个累积的过程是艰难的，要一点一点，一团一团地去聚集。

当然，对于天赋好一些的人，聚集的过程较快，就可以按照自身的实力来计算。这个计算说起来很简单，大约就是自己曾经一次吸收能量极限的十倍，这样的冲刷强度就是极限了。唐凌一次能吸收多少能量？至少对于这个年纪的少年来说是异常恐怖的，不然怎么会得到哈士野猪这个外号？而且，这也让唐凌为难，该怎么计算？是单纯算自己的，还是要计算种子那一份？

在观想之中，唐凌也不能过多思考，一切按照本能意愿的成分更大，所以他把种子那一份计算了进去，他觉得和自己在一起的"小种"也需要"洗个澡"，冲刷一番。再说了，《补遗》里不是记载，最大的能量冲刷可以大如瀑布吗？那也一定就是有人达到了这样的境界，别人能，他唐凌为什么不能？

可是，唐凌没有考虑过古华夏的叙述方式，大如瀑？这种语焉不详的话语理解起来应该更加保守。毕竟，一盆洗澡水冲下来，也如同一次微型瀑布的冲刷。那溪流般大小的水流冲下来，也可以当作小瀑布，这些和巨大的瀑布能够相比吗？鉴于此，就连仰空在讲解之中，也说过让能量如同瀑布一般地冲刷自身，尽量留住能量。他估计是没有计算到，还有唐凌这种人，收集起能量来毫不费劲。

于是，唐凌在观想的世界里，不亦乐乎地收集着能量，按照自己理解的那种"大如瀑"，只想贪多。毕竟，要考虑"小种"的，是不是？

但是，在现实之中，仰空已经被唐凌吓疯了——唐凌不到十秒入定，仰空只是微微震惊，略微遗憾唐凌的基因链天赋为什么那么差。曾经，他就认为唐凌在精神力上有一些天赋，虽然不至于强大到能够表现在基因链上，但是也算不错了。如今，看唐凌的表现，可能他的精神力天赋是罕有的成长型，那就值得在意了。看来，飞龙对唐凌的在意也是有道理的。仰空如此想着，倒是更加遗憾唐凌的基因链天赋了，可是他的这个念头刚刚闪过，整个基因链测算仪之上，就亮起了一层朦胧的紫光。显然，这是已经感受到了能量的表现。仰空开始有些恍惚了，反复看了自己的表好几次。没有错，时间只过了十五秒！这是什么样的感应能力，强悍如斯！

想一想，快些想一想亨克的记录是多少？仰空几乎是用跑的，到了基因链测算仪的背后，那里有他的工作电脑，记载着很多重要的资料。

亨克的资料很快就被调出来了。上面清晰地写着——

　　亨克·泰。六星基因链天赋，空间精神双能力表现，17号安全区百年历史第一人。
　　……
　　……
　　第一次修炼，感应能力时间：一分零分秒。

仰空呆坐在电脑前，他必须点燃一支烟，才能让自己完全地平静下来。自己是不是忽略了一些什么？他想起了唐凌测试基因链天赋时，也是很快入定的表现。只是后来他似乎耗费很长的时间，测试出了一个相对于第一预备营来说，很一般的基因链天赋。

那是不是自己太过于重视基因链天赋，而忽略了唐凌的其他天赋？这明显就是自己工作失误了，虽然没人能够否定基因链天赋的重要性，但在广阔的世界中，有其他天赋的人也能够出类拔萃，甚至有一些杰出者，会超越一些基因链天赋出众的人。

科技者不就是例子？那是大脑高度发达的人。技能者不就是例子？那是精神力和灵巧力结合，动手能力超强的人。只是以17号安全区的能力，无法培养出其他职业的人，就比如——精跃者。

"精跃者，多么强大的存在。我是不是真的……可是，就算如此，17号安全区也是无能为力的。我该怎么做？"仰空忽然有些痛苦，狠狠地吸了两口香烟。氤氲的烟雾将他环绕，他忽然觉得有必要联系飞龙，也有必要为唐凌保密。身为人师者，最大的无私应该是面对弟子，重德亦重途。这句话是一个对飞龙和仰空来说，非常重要的人说出来的。话里的意思是，身为人的老师，要做到最大的无私，这种无私应该是要注重弟子的品德，也要注重弟子的前途。

而注重前途这一句话……如今看来才有些沉甸甸的，如果自己没有能力培养，如果自己所在的势力没有能力培养，是不是要将唐凌"送出去"？因为要送出去，所以保密是必须的。不然，按照17号安全区那些迂腐的高层做法，就算自己不能培养，也一定舍不得拱手送人。

更何况……如今的17号安全区，风云涌动，城主似乎已经决定了对此情况"无为"，算是妥协？如果上位的是那一批人，唐凌的前途会更加不好。因为那一批人之中必定有昂斯家族，如果得知的消息没错，唐凌已经得罪了两个昂斯家族的人。至于为何昂斯家族要针对唐凌，以仰空这种不问世事的性格，已经不是他能思考的范围了。

但如果保密呢？算不算背叛了17号安全区？

越想，仰空的心头就越发沉重。明明是一开始有些"不屑"这臭小子的啊，明明也不是最喜欢他的啊。为什么，这小子接触多了，就会慢慢地在意起来呢？因为他的眼睛很明亮看起来坚毅且干净吗？或许是因为飞龙吧。

仰空再吸了一口烟，忽然在电脑的背后，基因链测算仪开始有些微微的震动。

"出问题了？"这可是17号安全区重要的底蕴之一，仰空顾不得胡思乱想，叼着烟就跑到了基因链测算仪面前。

而这一刻，仰空看见的景象几乎让他永生难忘。大量的紫色能量聚集在了基因链测算仪的上方，由上方那块透明的、特殊的，就像玻璃一样的能量面板"具现"了出来。这还用具现吗？这聚集的能量已经浓厚到肉眼都可以看见了。

除了通天塔的上层，哪里还能出现这样的景象？可是，那一团巨大的，如同浓雾一般的紫色能量告诉仰空这一切都是真的。而盘坐在基因链测算仪之中的唐凌根本毫无察觉，嘴角还带着"贱贱的"笑意。

"这小子一定觉得很爽吧？"仰空开始有些彻底恍恍惚惚，只是下意识地觉得唐凌可能自我感觉能收集那么多能量，会非常地有成就感。

估计是因为唐凌自带一股"贱"气，所以想起他会有成就感，仰空竟然也有想揍他的冲动。当然，仰空没有这样做，他脚步略微有些虚浮地走到了大门前，"哗"的一声拉开了门。在门前的走廊旁，有巨大的窗户，一眼就可以看见外面分明就是蓝天白云，艳阳当空，热得不得了的夏日白天。

"是啊，白天！"仰空猛地关上了门，他已经开始怀疑自己是不是傻了，记错了白天与黑夜。对啊，白天怎么会有那么浓厚的能量呢？晚上还差不多……不对，晚上也不是那么容易做到的啊，又不是紫月战士在修炼。唐凌这小子……选择白天，他有秘密啊。

仰空如同忽然清醒了一般，一下子就想到了这一点。下一刻，他立刻就冲到基因链测算仪前：不能让这小子再继续收集能量了，这仪器承受不住会爆炸的。另外，在这样的能量冲击下，这小子自己也会爆体而亡吧，他到底有没有概念啊？

仰空难免自责，怪自己没有讲解清楚能量不宜过多，可是他又怎么能想到还有唐凌这种"变态"的存在呢？

而当仰空回到基因链测算仪面前时，就呆住了。来不及了，能量已经形成了一道栩栩如生的瀑布，朝着唐凌猛地冲击而去……是的，他没有再继续收集下去了，基因链测算仪倒是没有危险了，他自己呢？仰空觉得结果是必然的，他闭上了眼睛不忍再看。

"我去，怎么那么痛，像一堆巨石砸在了身上？"当能量瀑布冲击而下，和唐凌接触的第一瞬间，唐凌就是如此的感觉。这根本不是想象中的水流，这连泥石流都不是，这是纯粹的"石头流"啊！唐凌在这一下终于清醒，怕是自己太贪婪了，没有控制好能量的收集量。可是，这又如何？明明记载有大如瀑，一定有人坚持了下来，自己有什么不能坚持的？！

只是半秒，唐凌就开始全身颤抖，但与此同时他也感觉到了能量一进入身体，就开始窜入了各个角落，各个缝隙，似乎包裹着杂质，也充盈着身体。

在这个时候，是不能光凭意志什么都不想地坚持的。因为，正式的修炼在能量冲击而下的这一刻就开始了，到底是《千锻功》还是《补遗》也从这一刻就要选择。

如果选《千锻功》就努力地留住能量，开始形成旋涡吧？以唐凌收集的充沛能量，要凝聚成旋涡已经不是一件难事。如果是《补遗》，反而要拼命地张开身体，把裹着杂质的能量驱除出身体。这样，难免会带走一些本身就含有杂质的能量，让身体出现饥饿感，也就是所谓的退步。

唐凌自然已经做出了选择，难度是保持清醒去开始修炼。在这样的疼痛下，他要按照《补遗》的呼吸法，配合精神力开始驱逐能量。这呼吸的节奏其实和千锻功是一模一样的，关键只是精神力的配合。在《千锻功》中，吸时，身体会呈现一种封闭状态，对身体把控性越高的人，封闭性就越强；反而呼时，身体就是"张开"的，这个张开是指毛孔一类的存在状态，《千锻功》的要求是用精神力封闭住能量，观想精神力是一张细细密密的网，在呼气时网住身体内的能量。

可是《补遗》是相反的。吸时，要观想精神力如扫帚，身体部分封闭的情况下，把能量扫到全身各处毛孔的周围。呼时，就要大量地逸散能量，在这个时候，精神力要驱赶出更多的能量，在毛孔周围不留残余。

显然，《补遗》对精神力的要求更高，也就要求精神状态更加集中。但同时，就算精神力不出色的人修炼，不能很好地祛除杂质，也比完全无视杂事存留在身体里来得好。就单单这一点，《补遗》就高于17号安全区的《千锻功》。

可再好又如何？在如此剧烈的痛苦下，还要把握呼吸的节奏，还要凝聚精神力观想，是如何地困难！唐凌不能放弃，这样的痛苦他必须承受。所以，他紧咬着牙关开始按照功法的要求控制呼吸节奏——舌抵上颚，一呼一吸之间尽量悠长，停顿半秒后，变为二吸一呼……

至于精神力，唐凌开始拼命地观想，身体里出现了一把扫帚，开始大量地将裹着杂质的能量聚集在皮肤的周围。为了更加干净，唐凌又观想出了数十把小扫帚，按区域负责，开始做细致的清扫⋯⋯

　　仰空傻愣愣地站在基因链测算仪旁，他那么发达的大脑，已经接近科技者，在此时却已经不知道该怎么思考——能量冲下来了？这小子没死？只是把牙龈咬出血了？他有多强的意志力可以承受这一切？他竟然开始用功法的办法呼吸？他就要开始修炼？怎么感觉他的修炼有些怪异？通过基因链测算仪那块封闭的玻璃，看见的是能量从他身体里大量溢出啊？是不是到底太痛苦了，无法观想？

第180章　极限冲刷

　　就是如此。无数的问题盘旋在仰空的脑中，他无法思考，他只是本能地站在基因链测算仪旁边，看着唐凌有些呆滞的模样，看着他露出痛苦，却又带着坚毅的神情；看着唐凌的牙龈出血，慢慢地变成一条小血流从嘴角溢出；看着唐凌全身都在颤抖；看着唐凌汗如雨下，地面都湿了一圈。

　　无数次，仰空本能地想要关掉基因链测算仪，但关掉有用吗？唐凌的精神力强大到根本就不用基因链测算仪也能再次轻易地进入观想状态，继续捕捉能量吧？只是会浪费一些时间。可是这小子那么坚持，那么认真的样子，为什么要浪费他的时间呢？谁都会被打动，不忍心打断他吧？尽管他在修炼什么啊，一点能量都没有留住的感觉，全部都逸散了出来。

　　仰空又摸出了一支烟点上，或许是香烟特有的麻痹力量，让他渐渐地平静了下来。他认为自己真的应该去找一次飞龙，在这种难以决断的时候，就听从飞龙的意见好了。从小就是如此，身为孤儿的他们必须相互依靠，相互取暖才能活下来。

　　仰空觉得自己今天有些感性了，可能是这小子的模样，让他想起了那么多艰难的也需要咬牙坚持的日子。从电脑前搬过来椅子，又拿来一册前文明的专业性书籍，仰空坐下了。就这样守着这小子吧，如果出现任何的危险，就及时救他。也但愿他吸取了这一次的教训，下一次收集能量不会那么莽撞了吧？应该不会了，这小子不傻。

最剧烈的痛苦过去了。那一呼一吸，二呼一吸……如此循环的呼吸节奏仿佛有一种奇妙的安抚作用，让人能够渐渐忘却痛苦，进入一种无我的状态。也不神奇吧，前文明不是有一种叫作瑜伽的玩意儿，就是让身体做出各种莫名扭曲的动作，靠冥想去忘却痛苦的吗？

唐凌感觉舒爽了一些，精准本能在这个时候开始运转了起来，第一时间计算的是能量，有了一次对比，就能计算出收集多少的能量是效率最佳的方式。这里很有讲究，不仅要计算身体能够承受的极限状态，还要计算时间上的效率。但经历了各种运算的精准本能，面对这样一道问题，实在称不上困难，只是几秒后，就得出了一个答案——唐凌收集这一次能量的六分之五就是最佳量。

有了答案，唐凌心安。看着身体里的杂质开始被大量地清除，加上刚才运转了精准本能，唐凌有了一个奇妙的想法。一次能量冲刷的时间并不会太长，就在唐凌这个想法刚刚冒出头的时候，能量的第一次冲刷已经完毕。

唐凌能感觉到身体传来的空虚感，杂质大概被祛除了一大半。看似很骄人的成绩，实际上并不值得如何高兴，这就跟扫地一个道理，在垃圾大量堆积的时候，随便扫几下，都能扫除大量。难的是到后面，大部分垃圾都扫出去了，开始角角落落地细致清扫，才会耗费大量的精力。所以，一次性能祛除全部的杂质是如此的艰难。

所以，是自己的生活不够高贵？唐凌用胡思乱想的方式，让自己稍微喘息一口，又开始进入了下一次的能量收集。

7月，17号安全区正处于炎炎夏日，炎热的季节，躁动的空气。

是应该庆幸紫月时代的到来，让生命变得更加强悍，能够习以为常地在这种高温下生存繁衍甚至劳作，还是应该怪罪这个时代？若非它带来的剧变，又怎么会有如此炎热的夏季？又怎么会在如此的季节之中，还有地方飘着鹅毛大雪，一片冰天雪地？

"在前文明，这里处于北半球，这个季节不应该会下雪的。"望着窗外茫茫的大雪，一个年轻女子的声音带着好奇，忍不住惊叹了一句。她的面容很俏丽，惊叹的表情是如此生动，像峡谷之中最美丽的花儿那般。可惜的是，惊叹过后，她的神情不自禁地又带上了一丝落寞。

　　和她同样带着落寞表情的还有坐在她身旁的另外一个女子，同样的青春年纪，这个女子却有一头火红的头发，饱满的脸蛋儿，立体的五官，丰满的红唇，让她充满了一种火热的诱惑感。可当落寞写满了她的脸颊，这种火热的诱惑也会变得让人觉得叹息。

　　上百条白雪巨狼拉着巨大精美的悬浮车在快速地前行。事实上，悬浮车使用自身的动力，在这雪地里前行也没有任何的问题。

　　只是他会嫌慢。于是，在进入这片极端气候的雪地之时，他一人一剑，在飘着大雪的夜色中走出了悬浮车。虽然挺拔修长，却略显瘦削的身影，在渐行渐远的那一刻，让人有一种怕他会被大雪吞没的担心。可是，没有人会真正担心，哪怕只是一丝细小的担心都会让人觉得是在侮辱他。所以，人们只是在车中安静地等待。

　　不到一个小时的时间，他回来了。偏爱的白色制服还是那么干净，只是在雪夜里，制服上银丝绣成的图案显得更加生动了。黑色长发也一如出发前那么整齐，虽然只是用简单的黑色丝带系住，可当夜风吹起时，微微飞扬的模样很迷人。他的剑很干净，干净得就像他白净的肤色。他的脸也很干净，俊秀的五官，清秀的脸，黑色深邃带着一种异样平静的眼眸还是轻易就能让女孩子心跳。

　　这样的他不像去战斗过，甚至不像在雪地里流连了一个小时。可是他的身后却站着足足上百只白雪巨狼，兽脸上写满了人性化的恭顺。头狼则蹲在他的身边，温柔得像一只宠物狗。他的手轻轻抚摸了一下头狼的毛，然后便大步走向了悬浮车："就让它们拉车吧，雪地里没有什么比它们跑得还快了。"

　　"我，想快一些回去呢。"他上车之前，回头笑了一下，并不是对任何人微笑，而是像想起了什么一般，情不自禁地微笑。

　　可这样一笑，让在场的四个女孩子几乎窒息。八个护卫男人也忍不住感觉亲切。可是，任谁都明白，他的笑从来只属于自己，因为他封闭的世界中，骄傲得容不下任何人，更勿论为任何人哭笑悲伤。

　　除了她——彼岸，彼岸女王。

　　"还能多快呢？我怀疑如果在这里，是巨龙跑得最快，龙少会去抓一条龙的。"红发女子嘟着嘴，她非常想要克制，却还是忍不住抱怨。

　　"我不怀疑龙少能够抓住一条龙。"俏丽的女子微微叹息了一声。

　　或许有些传说是真的，越是冷漠自我的男人，一旦动心，便会铭心刻骨。只是没有人会想到，仅仅十七岁，前途无量的少主会那么快就动心。

是动心吧？他看她时，眼神里的温柔能够融化冰雪，连笑容都带着呵护的小心，轻轻牵住她时，甚有一种捧着世界的虔诚。即便没有说破，细节总会出卖一切。可惜，除了落寞，没有女孩子愿意抱怨，能够抱怨什么呢？抱怨彼岸女王？那必须克服站在她面前时，那忍不住的自惭形秽。分明是天造地设的一对，按照两人的地位也应该理所当然地在一起吧？

不管是俏丽女子还是红发女子，都从来不敢奢望一丝来自龙少的感情，但这并不代表她们不会难过，即便只是侍女……能常伴龙少左右，也是一件幸福的事情。可如果龙少真的和彼岸女王在一起了，还有她们的容身之地吗？想想这是一件令人悲伤的事情。

"照这个速度，又能节省四个小时的时间。这样下去，不用十五天就能赶回待星城了吧？"巨大的悬浮车，一共分为了三个车厢。最后一个车厢便是属于龙少一个人的私人车厢，没有他的吩咐，任何人都不能擅自进入，除了一直伴随着他长大的老师——七斗。可即便是七斗，也深深明白眼前这个少年的性格，他的问话在一般情况下，是不需要人回答的，因为他自己早有答案。

所以在氤氲的雾气之中，在用上好的玉石片一片片精致镶嵌的浴室中，很快又传来龙少的声音："嗯，不用的。就算之后的路程不用刻意节省时间，我也会在十三天再六个小时四十七分六秒以后，进入空堡，见到她。不过，我还是会想尽办法节省时间的。"说到这里，龙少笑了。他笑的时候很少，尽管每一个都那么让人心生好感。可他不吝啬地对彼岸每一天都笑，从早到晚，只要彼岸喜欢。这种想法在严重地侵蚀着他，所以他现在的笑容变多了，虽然应该都是在想起彼岸的时候。

七斗暗暗叹息了一声：也不知道花费了那么大的力气，将龙也送入了那个地方是否是对的？睁开了微眯的眼睛，他摘下了腰上的葫芦喝了一口酒，这才说道："比起这个，这一路上你感觉身体里的杂质再次变少了一些吗？"

"一点儿，它们顽固得有些过分。"龙收敛起了笑容，神色变得沉静了下来。

只要有心，任谁都能看到，这截车厢无时无刻都笼罩在一层薄薄的紫色雾气中。而那小型的浴池，紫色的雾气近乎凝聚成了液体，因为浴池的周围都用几乎是最好的，前文明称为老坑冰种翡翠的一种玉石镶嵌。至于浴池底部，是一整块紫色的万能源石。浴池内碧绿的液体，是用从好几种凶植体内剥离出的植芯熬制而成的。不要怀疑这几种凶植的种类，它们显然都是有利于修炼的，连一片叶子都饱含能量，何况植芯？这样奢侈的配备，能量不凝成实质才是一件奇怪的事情吧？

可龙并不用这些来修炼，修炼是一件严肃的事情，尽管他天分出色得让正京那些老家伙都有些注意了，可他还是认为修炼时应该准备完全。这条件太粗陋了，只能用来慢慢地消耗杂质而已。

对于这一切，龙并不觉得奢侈，这个剧变的时代让资源变得如此丰富。比起正京那些大少和天才，他或许还是太节省了一些。

他应该加快清除杂质的速度，尽管他身体内残留的杂质……想到这里，龙闭眼，精准本能立刻就精确地感应到杂质残留率为千分之四。还有一点点，他就能成就完美的"玉体之身"，这点残留现在看起来不甚重要，但到以后，是决定胜负的关键。

想到这里，龙"哗"的一声从水中站了起来。随着他的起身，水滴沿着他完美的流线型肌肉线条快速地滚落，只是一丝能量从身体表面一闪而逝，水就已经完全干掉。

随手拿起了一件白色长袍披上，龙望向了七斗："老师，我的速度是不是还是有些慢？我很想知道，当年的他在十七岁时，有什么样的成就？"

"为何总是要执着于对比？你的路就是你的路，强于他或者弱于他，都不能改变你自身的道路。"七斗显然不愿意回答龙的问题。

可是龙的眼中闪过了一丝恨意，更有倔强："我想要知道。"

"好吧，他那个时候，还是一个混混。我这样形容，应该算准确？"七斗似乎有些冷了，喝了一口酒以后，缩起了身体靠在车厢的一角，昏昏欲睡。

四个小时过去。唐凌已经越来越熟练于这种修炼的节奏。他的奇特想法，在第二次聚集好能量以后，就得以实施，并且随着能量一次又一次地冲刷身体，而变得愈发纯熟起来，甚至还得到了意外的收获。

唐凌的奇特想法是什么呢？那就是利用精准本能来配合祛除含有杂质的能量。这样做无疑会加重唐凌的负担，毕竟精准本能的运行也是要损耗一部分精神力的。外加唐凌的精准本能在感应自身上不是那么"灵"，一直以来都只是有一个模糊的感应。

但唐凌从来都是如此，不仅行动力惊人，而且习惯把折磨和痛苦当作自己修炼的秘宝。很简单，缺乏资源那就一次次地挑战极限，唯有一次次突破极限以后，才能得到长足的进步。

事实证明，这个办法是真的可行。虽然一开始的确负担非常大，但习惯了以后还好，在精准本能的配合下，清除的效率的确变快了。

而且意外收获也来了，他对自身的感应变得更加清晰了，甚至在集中精神的情况下，能感受到一些微小杂质所在的地方，然后再用精神力幻化为一把小小扫帚，配合冲刷而来的能量，重点地进行清除。

一切都很顺利，一切都很好。唐凌如是感觉，可这一切落在仰空的眼中却是可怕的修炼。不知道是精神力被压榨到了极致，还是身体承受能量的冲击太多，唐凌已经修炼到七窍出血的地步了。而且身体还以肉眼可见的速度，瘦了一小圈。

这是什么修炼啊？仰空无奈地仰头。身体变瘦什么的，也许和唐凌这奇特的修炼有关。可是七窍出血，身体时不时痉挛一般地抽搐颤抖，绝对是承受到地狱般痛苦的表现。让人心疼，更让人不忍心打断。因为他盘膝坐在基因链测算仪之中的神情是那么满足，又是那么坚定，打断他算什么呢？

想到这里，仰空叹息了一声，再一次打开了基因链测算仪的透明门，让里面充斥的、带着丝丝微小黑气的紫色雾气散开。

其实，如果不是因为这些显得有些奇特的雾气，仰空早就已经打断唐凌的修炼，想要纠正他了。一定是什么地方出了错误，才会一丝能量都不留在身体里吧？可是，细致如仰空，在唐凌第四次开始冲刷身体的时候，就发现这些从唐凌身体里溢出的紫色雾气有些特别，夹杂着丝丝明显的黑线。

为此，仰空拿出了试管，小心地收集了一部分，然后在这实验用具还算勉强够用的房间，很快就利用电脑分析出来，这些黑丝是一些对人体有害的物质。所以，仰空就开始特意地打开基因链测算仪的门，时不时地释放这些夹杂着黑丝的紫色雾气。这样的行为，无意中帮了唐凌很大的忙，让他在被冲刷洞开身体的时候，不至于又吸回一些杂质。

所以，唐凌修炼的应该不是千锻功，而是另外一门功法，只是看起来很像千锻功。他根本就没有出错，也不是在做什么无用功。

仰空的大脑非常聪明，否则也不会是整个17号安全区唯一有资格接近科技者这个职业的人。他除非不在意，不愿深想，但一旦在意了，稍加思考便能得出一个相对合理的答案。当然，他再聪明也不会想到这就是千锻功，而猜想因为唐凌是苏耀的人，苏耀私授功法才是最合理的解释。

"但愿苏耀是对的。"《千锻功》的珍贵也许太多人不知情。这并不是一门一开始就惊艳的功法。看着还在继续修炼的唐凌，仰空叹息了一声。也许这莫名其妙的几个小时相处，让仰空也更加喜欢唐凌了一些，尽管他们之间没有一句对话，唐凌更不知道仰空在"鸡贼"地观察自己。

时间继续在无声之中流逝，其间，仰空只是出外了十分钟，为自己弄来了一份盒饭。他不知为何，总觉得自己有必要守护着唐凌，而绝不暴露唐凌的秘密，这个想法在他脑中越发地坚定起来。

至于唐凌，已经完全地沉浸在了修炼当中。他的精准本能对身体的感应越来越细致，甚至模模糊糊地能够达到内视的境界，但始终隔着一层膜，还难以突破。也许是因为专注于祛除杂质，自己只能清楚地看见杂质吧？

杂质已经清除到了百分之九十五，唐凌倍受鼓舞。再经过三次冲刷，这个数字变为了百分之九十八。那好，还有坚持的理由，尽管一股从骨子里冒出的疲惫开始萌芽。

又是两次冲刷以后。杂质已经清除到了百分之九十九。剩下的百分之一，还需要多少次？但是，只剩下百分之一了，这样就放弃也太不应该了。

仰空开始来回地踱步，这小子已经一口气修炼了七个小时，快到傍晚了啊。等一下奥斯顿这个咋咋呼呼的家伙就来了，仰空不愿意让奥斯顿看到这并不合乎常理的修炼。倒不是不信任奥斯顿这个简单的少年，而就是因为这个家伙太过简单，反而容易一根筋地暴露一些事实。是不是到时候想办法唤醒唐凌呢？

又是七次冲刷过去了，唐凌感觉自己最多再冲刷五次，就过头了！会承受不住！细胞会承受不住的！这是精准本能告诉他的答案。也许，在下一次修炼再完全清除是更好的，毕竟通过补充，身体会得到恢复，就能重新承受很多次冲刷。可是，还需要很多次冲刷吗？不需要了吧！这一次，就应该能将身体的杂质彻底地祛除，唐凌认定是如此。

当能量的瀑布再一次冲击而来，唐凌盯住最后几点微小的杂质，几乎动用了全部的精神力，开始艰难地驱赶。

然后，成功了！

唐凌想要喜悦，这就是他所希望得到的玉体之身吗？可下意识地，唐凌感觉不是，还有杂质没有完全地清除。可是身体内的确是没有一点儿杂质了。自己凭感觉去判断是不是太武断了一些？唐凌皱起了眉头，但就是那一丝强烈的感觉，让他忍不住一次又一次用精准本能去窥探自身。

终于，当精准本能扫过心脏的位置时，唐凌知道问题出在哪里了。他最初玩笑一般的想法成真了，种子内果然是有杂质的。

不清除？那是不可能的，因为种子与他共生，种子有杂质，也相当于他的身体状态没有达到完美的玉体之身。清除？还有四次冲刷的机会。如果用光，是不是太冒险了？谁也不知道第五次的时候，细胞会不会就猛然碎裂，超过了极限？稳妥的话，是下一次修炼再祛除。

那就下一次？可是……

第181章　风起

唐凌感觉在心脏处的种子，经历了那么多次能量的冲刷，如果还残留有杂质，一定会被冲击得非常紧密，牢牢地藏在最细小的缝隙之中，留待下次将是一个难以完成的任务。那，就冒险吧！可如果选择了冒险……就不如试试能不能调动能量，直接冲刷心脏。

唐凌的想法是如此激进，如果在外守候的仰空知道了这个想法，估计会被吓得怀疑人生。因为内脏相对于身体的其他地方，绝对是柔弱的。集中能量冲刷内脏？还是心脏？跟自杀有什么区别？但唐凌依旧是如此，觉得可行便绝对会一试，于是等到下一次能量冲刷时，唐凌开始试图用精神力来调动能量。

这种调动，绝对不是新人可以尝试的，就像按照17号安全区的《千锻功》，第一次修炼，也只能说尝试着留下能量，形成旋涡。调动能量运转，那起码是要在身体里形成了五个以上的旋涡，旋涡彼此之间能够构成一个小循环，才能做到的事。所以，就算仰空得知了唐凌的想法，会被吓到，但不一定会阻止唐凌，因为唐凌不可能做到。

可真的不可能做到吗？事实是，唐凌做到了，又一次的能量冲刷，他真的利用精神力调动了一小部分能量，直接冲刷起了心脏。

"唔。"在外，盘膝而坐的唐凌发出了一声痛呼，手下意识地就捂住了心脏。

正在看书的仰空一惊，不明白这苏耀究竟传授了唐凌什么功法，竟然会让唐凌捂胸，感觉实在太怪异了。

但这样的冒险，并不是没有作用，一小缕杂质顺利地从种子中被驱除而出。似乎通过这一次的修炼，唐凌与种子之间建立了一丝若有似无的精神联系，他能感觉到如果冒险再这样冲刷一次，种子中的杂质也将会被祛除干净。

那么，就再来一次冲刷吧。这情况总好过冒险冲刷到极限。

而在外守护着唐凌的仰空，对于唐凌的修炼似乎已经到了麻木的地步，他只能等待着，心中盘算着如果奥斯顿来了，是不是找借口将他拦在门外，尽量不要打断唐凌？

最后一次的能量冲刷，唐凌的疲惫已经到了极限。他近乎是勉强捕捉到了足量的能量，再压榨着自己最后的精神力再一次冲刷心脏。一丝微小的杂质从种子中被冲刷而出，这一刻唐凌忽然感觉到身体有一种轻盈通透的感觉。

成功了？唐凌脑中冒出了这个念头，他很想笑，却发现这一刻的心情竟然分外的宁静平和。在缓缓退出观想世界的过程中，他整个人似乎进入了一种奇妙的境界，对周围的一切开始变得敏感，尽管还没有睁开眼睛，他就能看见仰空略带焦急地在屋中来回踱步，看见整间屋中带着杂质的能量在缓慢地散去……这是一种对世界的感觉更加敏锐的状态，当唐凌完全睁开双眼时，他已经确定这种状态会一直地持续下去。莫非这就是"玉体之身"带来的好处？

仰空感觉到了能量不再波动，下意识地回头，发现唐凌已经睁开了双眼，愣愣地看着周围。难道是修炼出了问题，修傻了？想到这里，仰空不自觉地来到基因链测算仪旁边，蹲下来观察唐凌到底出了什么状况。

在这个时候，一股巨大的虚弱疲惫感，才如同潮水一般地涌向了唐凌，精神力近乎被压榨一空，胀痛的大脑沉重得如同石头，高度集中精神后，极高的颅压让他整个人感到昏沉，同时鼻腔内的毛细血管不可避免地破裂，两股鼻血从唐凌鼻孔中流了出来。

"什么情况？"仰空不自觉地拽了一下刚才因为焦虑，而被自己扯开的衬衫纽扣，快速地扣起扣子来。

唐凌诧异地望着仰空，非常艰难地开口："导师，你冷吗？"

仰空面无表情地站了起来，对于唐凌修炼的异状自己还是装作不知情好了。

"有吃的吗？"唐凌发现自己站不起来了，在修炼时没感觉到的疲惫饥饿和如此难过的状态，在修炼完毕以后，全部都出现了。

仰空没有说话，扔来了一管营养膏，总感觉这对话怎么那么熟悉。

唐凌费劲地抓起了营养膏，刚要吃，忽然警惕地说了一句："导师，我没钱，你随便买点儿肉什么的，一百个信用点以内的就好了。"

"我没有空闲去给你买肉。"仰空有冲动，要不要趁着这小子如此虚弱的时候，痛揍他一顿。

"那我给不起钱，如果吃了，只有苏耀来还。他又会误会我去拆了房子。"唐凌做出了一副很无辜的样子，但是营养膏已经被他挤进嘴里一半了。

仰空不停地深呼吸，告诉自己身为导师，必须保持风度和修养。

"导师，所以，这营养膏算你请我了啊。"唐凌说话间已经将营养膏全部吃完。不得不说，价值一千点信用点的营养膏，虽然不能提供多少能量，但是吃下去后，身体倒是慢慢地感觉舒服了许多，也有了一点儿力气。

而仰空尽管忍得非常辛苦，但最终还是"砰"的一声关上了基因链测算仪的透明门，实在不想听到再从唐凌口中冒出什么乱七八糟的话来。

二级护城仪拍摄的战场是如此的清晰和全方位，每一个角度的画质都是完美的。艾伯端着酒杯，嘴角带着一丝怎么也压抑不住的笑容，摁着手中的遥控，如同在玩耍一般，反复地快进、暂停、放大画面，继而又缩小画面，播放全景。

"啧啧啧……"他口中发出了一连串的叹词，似乎是在惊叹，实际上艾伯非常得意。一个人，想要平步青云，多少还是需要一些运气，显然艾伯认为自己是被幸运女神眷顾了。接下来的事情是什么呢？自然是完美地利用这份运气，将利益最大化。所以，他的发现还是一个秘密，绝对不能告诉任何人，就算昂斯家族的人也不行。

但母亲大人呢？嗯，需要微微地透露给她一些，因为他需要借助她的力量去办一些事情。比如说毁掉这份战场记录的备份。这样，才能保证这个秘密只有自己一个人知情，不会被别人看见。又比如，将功劳做到极致，还需要一点儿其他的手段。到时候爆出来，才有惊人的效果。

"关键是不要打草惊蛇，一定要做出一个完美的计划。"艾伯放下了酒杯，站了起来。

他慢慢地踱步到房间的角落，那张熟悉的黑胶唱片被他拿了出来，放入了留声机中。随着最熟悉的曲调，艾伯闭上眼睛跟着哼唱了起来。他发现，再听这首歌，心中第一次出现了异样的感觉，这感觉是什么呢？是一种接近，接近了这首歌所指向的那个人。

证据出现了，而且是惊人的证据，不过还是让人难以置信啊。17号安全区中竟然会出现那份名单上，最大的目标人物？这是在上演奇迹吗？艾伯觉得自己一刻都不能再等了，他必须马上联系自己的母亲大人。

夜色，有些暗沉。毕竟已经接近黎明——迎来光明以前，最黑暗的时刻。不管是奥斯顿还是昱，都完成了修炼。没有像唐凌一样闹出什么幺蛾子，不过都是天赋很出色的小子，第一次修炼就效果明显。因为这一届的第一预备营，17号安全区似乎迎来了等待已久的希望，爆发一般地出现了人才，可是真的是希望吗？

想到这里，仰空端着手中的酒杯，将杯中的甜叶酒一饮而尽。这产自17号安全区的特产真是不错呢，家乡的味道，而谁不愿意家乡永远安宁祥和呢？当然，这只是愿望而已。

"就是如此。我是被出卖了，在地下R区，你知道这分明就是一个小区域，如同人类最偏僻的小聚居地，小安全村一样的存在。"说话间，飞龙有些不忿，吐了一口烟，继续说道，"这样的地方，出现了十个小队级，三个中队级的地下种族，而且配备了二阶的'义体'。哦，仰空，你敢相信吗？"飞龙脸有些红，他就是如此，喝不了多少就会脸红。

"我相信，实际上稍微有些见识的人，都知道17号安全区要变天了。之前唯一的希望是城主的态度，可是城主到现在都没有表态。"仰空从窗边走了过来，和飞龙相对而坐，又为自己满上了一杯酒。

"没有表态，就是一种态度。城主要妥协，只是妥协也分程度，就比如有原则地妥协，有面子地妥协，还有……完全地妥协。"飞龙有些愤怒，但更多的是无奈。在这样的大势洪流之下，他能做什么呢？

"你知道你是被谁出卖了吗？"仰空没有接飞龙的话，反而是问了另外一个问题。

"还能再明显吗？任务是议会下达的，但极力促成任务的是其中几个议员，是哪几个你再清楚不过，可是他们背后是谁在支持呢？是昂斯家族、门罗家族以及一些新晋的高层。

"呵呵，真好笑，我们进入了地下R区，就跟身上装着跟踪器一般，敌人随时都知道我们的动向。这些狗日的家伙，是准备把17号安全区卖给地下种族吗？"飞龙不是傻子，这件事情只要稍微一想就能明白背后的黑手，但那又如何？

"所以，你想尽了办法让队员逃生，而你自己却被抓去当作了筹码？"仰空脸上带着笑容，明显是在调侃飞龙。

"是啊，有什么比这还耻辱的呢？我深度怀疑，我能值得起那么多万能源石？但我觉得城主会妥协，他也是可怜，如果妥协，等于被架空，而我显然是他少数的支持者之一。"飞龙说出的这些话，是绝不可能流传到外界去的。这就是现实，很多残酷的事实，只有高层知道。至于普通人，永远只能跟随着潮流，不要也不能太明白地生活着。

"那你看来，城主也是无奈。他会选择有原则地妥协？那么你被出卖的细节，你告诉城主了吗？"仰空一连问了两个问题。

"对，城主是无奈的。他心中也许……也许还是……保留着某种理念。你知道的，那个人是一个英雄，充满了魅力的英雄。只是……"飞龙有些说不下去了，他握紧了酒杯，然后低头叹息了一声，"我被出卖的事情，我当然告诉了城主。我觉得他知情，他其实已经做出了选择，他抵抗不了大势。"

"为什么是17号安全区呢？这个小地方有什么值得注意的吗？"仰空的语气带着嘲讽，但更多的是一种难以细说的沉重。

"我感觉变天的那一天快要来了，我们能做一些什么呢？我似乎能看见血腥的清洗。"飞龙擦了一把脸，他和仰空的"历史"，如果严格来说的话，也是被清洗的对象吧。但不用担忧，因为城主肯定会力保他和仰空，这就是所谓有原则地妥协。只是……总感觉有些耻辱，总感觉随着岁月的流逝，为什么现实的人生和最初的理念总是背道而驰呢？

仰空的眼底也藏着这种悲哀，他轻声说了一句："你通知侧柏了吗？"

"他有准备，他其实早有准备了。他只是觉得，就这样吧，什么也别多想。"飞龙点上了一支烟，堂堂紫月总队长啊，却被某些悲哀压制得像一个无助的男人。

"唐凌……"仰空突然说起了唐凌。

"嗯？"飞龙扬眉，在这时候提起那个贱小子干吗？按照他的油滑，不管怎么样都能活得很好吧？

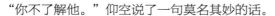

"你不了解他。"仰空说了一句莫名其妙的话。

"屁话，我和这小子有几次接触？我能多了解他？我只是……忍不住从内心喜欢这臭小子，从他第一次测试，我好像从他身上看见了一股熟悉的……嗯……"说起唐凌，飞龙似乎轻松了一些，他倒了一杯酒，抿了一口，眼里都是笑意。

"他有秘密。而且，如果我的判断没错，他应该是多年来第一预备营最出色的天才。"仰空很严肃。

"噗——"飞龙喷出了一口酒，"你开什么玩笑呢？三星基因链的天赋，他还最出色的天才？最出色的小油头差不多。"

"我没有开玩笑。"仰空打断了飞龙，他站起来，从自己的电脑旁拿了一页纸，扔在了飞龙的面前，"我以为可能只是一般的秘密，他只是隐藏了实力，在我眼皮子底下修炼了同《千锻功》完全不同的功法。然后精神力出色，是成长型的精神力。如果是这样，17号安全区没有办法培养他。可是，以那些议员还有贵族的作风，人才就算不能培养，就算只能乱七八糟地培养，也不能便宜了别的势力。我一开始很犹豫，想要找你商量，但是后来又决定隐瞒这件事，私下劝说唐凌离开这里，去别的更好的地方，发展自己。"

仰空一开口就说了一大串，直接把飞龙说得目瞪口呆。飞龙慢慢严肃了起来，等仰空说完，他皱起了眉头，想起了和唐凌仅有的几次接触，都是那么不一般。包括和莱斯特银背巨熊的战斗，又包括他是怎么从几乎必死的战场窜出来的。像那样的情况，除非提前撤离，不然会有生机吗？在之后，飞龙不是没有了解过仓库区的任务，只是他还没有联想到唐凌的身上。而且……这小子看似不着边际，实际上……他真的不着边际吗？他只是隐藏了他做的每件事情，给了人们一个能解释过去的理由……总之，不会把他想得太惊人。

"然后呢？"飞龙拿起了仰空给他的那一张纸。

"没有然后，他的秘密我也无法知道。除非能够调查出苏耀的背景。但，这一张纸你看过就烧掉吧，我想传出去了会是惊天的波澜。"仰空的神色无比严肃。

那一张纸上是什么呢？是一张比对图，基因链的比对图。在上面密密麻麻地记录了各种基因链的特征图，已经非常全面。从一星基因链到这个世界已知的接近八星的基因链，以及预测的完美九星基因链，还有各种天赋的表现形式。

"这些，你是从哪儿搞到的？"飞龙皱眉，17号安全区关于基因链是不会有那么全面的记载的。

"黑市！付出了代价，从黑市弄来的。"仰空叹息了一声，他想起了那一日唐凌的基因链表现，越想越不安，于是直接用电脑联络了黑市，然后付出了一定的代价，弄来了这张基因链资料图。

原本这是没有意义的，因为17号安全区的基因链测算仪是F级的，起码有五分之一的情况，这个测算仪是会测不出来的。可是，没有人在意，包括仰空在内，因为没有人会认为17号安全区这样的地方会出现什么惊天动地的天才，那五分之一就算是顶级天才的情况了。

而顶级天才，按照紫月时代最流行的说法，是要从母胎起就要开始培育的。17号安全区，可能吗？连资源都无法提供。至于自然出现天才的概率，就好像没有坐标，在银河系找到一颗目标星球一样扯淡。所以，这种对比图，无论是谁，都没有想到要去黑市弄上一份。

"花费了不少代价吧？"飞龙到现在为止，还没有看出任何的问题，他只是惊叹基因链还有如此多的表现形式，如同看什么趣闻一样看下去。

"嗯，我答应了出一套图纸。虽然我只是一个准科技者，但我出的图纸还是有意义的。"仰空说得轻描淡写，但这是多巨大的代价，只有科技者才清楚。

"那么大的代价？"飞龙也皱起了眉头，他原本还想问仰空两句，但当他的目光落在了假想的，根据一定的证据推测出的完美基因链图案上时，他的手一下子颤抖了——在这幅图的后面，是仰空加上去的唐凌那天测算出来的基因链表现图。

第182章　云涌

其实，没有什么好震惊的，区别不是很大的吗？一个是完美的九星天赋，一个只有可怜的区区三星天赋。

只是那炫目的银白色光芒，是一模一样的。曾经，不管是飞龙还是仰空，都对这耀眼的银白色有过怀疑，但那一丝怀疑很快就被打消。飞龙倒罢了，他只是觉得亮一些，暗一些似乎不能代表什么，只有实实在在一阶一阶的天赋才是真的。

仰空身为准科技者，见识是高于飞龙的，他自然有过联想，但到底觉得自己这联想太不可靠了，如果真的是如他所猜测，就算F级的基因链测算仪也不可能只测量出三星吧？于是，在自以为是的猜想中，阴差阳错的误会中，唐凌这样些微特殊的表现就被忽略过去了。直到拿到了这张图，所有的疑惑才浮现了出来。

怎么可能和完美基因链表现出一模一样的颜色，严格地说起来这根本不是亮眼一些的银色，而是高于黄金色的铂金色啊。而在这个时代，已知的，高阶的基因链最多也只表现出了黄金色……能表现出铂金色，这意义？！

"什么感觉？"仰空相对于飞龙平静得多，他只是有些惭愧，自己的见识还是太少，在得到这张秘密图谱以前，他以为基因链的色泽除开偏向的天赋色以外，无非就是白银白、玄铁黑、赤金黄……根本不知道还有铂金色一说。

"我不知道，难道我见证了一个奇迹？一个……根本不可能发生的事情？"飞龙一连喝了两杯酒，才让自己相对平静一些。

"我不确定，毕竟这只是完美基因链猜测图。这个时代……没有确定出现过完美基因链。但是……你还记得一个传说吗？"仰空的眼神忽然变得无比认真，无比严肃，还有一丝崇敬。

飞龙自然记得那个传说，严格地说起来这个传说与他和仰空还有些许的关系，只是些许。"我，记得。"飞龙低头，但又很快抬头，"但那不可能。"

"我不知道，我现在什么都不敢肯定。我不能说唐凌就是完美基因链。第一，这是假想图。第二，测算出来相差太远，疑点也无法消去。"仰空的眼中也流露着迷茫，但很快就变得清明起来，他看着飞龙说道，"我，已经悄悄更改了唐凌的基因链图谱。"

"你……"飞龙眼中流露着震惊，他不明白仰空为什么敢这样做，这简直就是……背叛！

"你明白，这是一个什么样的秘密！我不得不，永远地将它烂在心里。即便这件事情还有疑点……"仰空靠着椅背，望向了飞龙。

"如果，是我……我只怕也会这样做吧。是啊，唐凌是一个讨人喜欢的小子，当然这不会成为我们要这样做的理由。有很多，很多的原因……"什么原因呢？似乎每一个原因都不是那么确定，但能确定的一点是，不甘！

面对17号安全区即将到来的风暴，即将会做出的妥协，从心底生出的不甘吧。就是因为这样的不甘，所以才想要保留这个秘密，保护唐凌。虽然，即使只是不确定的猜想，也会下意识地想要那样做。这是仰空的选择，也是飞龙的选择。

夜，黑到了最浓重的时刻。但远处，一抹淡淡的鱼肚白也悄悄地出现了。仰空打开了这间屋子的屋顶，看着这抹淡淡的鱼肚白，忽然对飞龙说道："如果，那一点点可能的猜测成为真实，你觉得会爆发出怎么样的风暴？"

"我不知道，很可怕，我想要退缩。"飞龙不惧怕在仰空面前流露出自己的软弱。

仰空沉默了，他不敢问出下一个问题。那个问题是——你的选择？有些事情，仰空猜测有察觉的应该不仅仅是他，而他如果不是因为能够亲眼看见唐凌修炼，也……接近不了这个秘密。

但如果，真的有人察觉……后果，会有多可怕？传说中一直有一份名单在流传，按照17号安全区即将被颠覆的事实来看，这份名单应该也覆盖了17号安全区吧。其实，早有信号了吧？聚居地尸人事件，昂斯家族代表一众贵族率先做出妥协的那一刻，就已经说明了很多问题。只是后知后觉的人太多，也包括他。

这世界终究不能阻止的大势就是如此吗？仰空冷笑了一声，是在嘲笑他自己，嘲笑自己的内心和飞龙一样的软弱。最后，他很想要知道——苏耀到底是谁？什么身份？但最终因为这份软弱，仰空还是决定逃避。能够和飞龙共同保守这个秘密，已经是他们最大的勇气了。

接下来一个多月的时间，都是非常安然的日子。夏季就要结束了，寒凉的秋天也就快要到来了。

唐凌蹲在左翼莽林，非常小心地煲着一锅汤，他很嚣张，直接生起了一堆火，任由火堆浓烟冲天，任由火堆上的汤水汽蒸腾、气息四溢——有什么关系？他身为左翼莽林一霸，有哪个不长眼的家伙敢来抢食？找死吗？

"唐凌，老子以后再也不想和你一起出来了。"奥斯顿骂骂咧咧。都什么跟什么啊，自封为莽林一霸，那些虫啊，兽啊，鸟啊的承认吗？到哪里都是这样，嚣张地到处惹出一堆麻烦，打得赢的就打，打不赢的就跑，荣耀感在哪里？逃命的次数多了，不要脸了吗？就像现在，如此嚣张地在莽林生火做饭，他们的周围已经出现了四只王野兽，三只变异昆虫。能不能好好地吃一顿？奥斯顿还想蹭唐凌的汤喝。

唐凌眉毛都不抬，直接舀了一勺汤，尝尝味道，加了点盐，说道："汤快好了，奥斯顿，你去把这些不长眼的家伙搞定吧。我们再烤一点儿肉吃。"

"你为什么不去？"奥斯顿非常懊恼，能不能让人安静地吃一顿饭了？

唐凌看着奥斯顿，又瞄了一眼那些踌躇不前，想要来打劫又没有勇气的昆虫野兽，伸出了两个指头。"第一，你揍不赢我。第二，你要不要喝汤了？"

奥斯顿无语了，唐凌斜了一眼奥斯顿："要是这些家伙跑了，我们会损失希望点，我会不开心，不开心我就想揍你。"

奥斯顿忍了，他站起来，带着"狰狞"的笑容走向了那些野兽和昆虫，狂吼了一声冲了上去。他下手非常狠，似乎是想把对唐凌的怒气都发泄在这些可怜的动物身上。看得唐凌连连摇头："你温柔一些，好吗？肉都揍烂了，难道你想要吃肉泥吗？"

"我忍。"奥斯顿青筋直跳，但不得不下手温柔了一些。

不到五分钟，唐凌的火堆旁，就堆起了一座小山，都是那些不长眼的王野兽和一级变异昆虫。唐凌眼睛一亮，立刻跳起来开始收集这些尸体上最有价值的东西，奥斯顿不屑地撇嘴，至于吗，能值几个希望点？可唐凌好像乐此不疲。在麻利地做完这一切后，唐凌直接选了最好的几处肉，收拾整理干净烤了。他嘴上碎碎念着，奥斯顿没有吃过好东西。知道吗，古华夏啊，吃东西是多么的精致讲究……就比如说吃鱼，鱼头的部分要怎么烧，里面的鱼脑如同凝胶，混合着美妙的汤汁，一口吸入口中的感觉；又比如鱼腹，是最嫩的地方，只需要清蒸了，拣那鱼腹吃就好，那一片地方没刺，入口最是嫩滑……

"你去吃过？你还能穿越？"奥斯顿听得馋得不得了，问题在于光听又吃不到，这算什么？是折磨好吗！

唐凌盛了一碗汤给奥斯顿，不多不少就便携饭盒三分之二的容量，多了奥斯顿也消化不了，然后悠悠地说道："我就是能穿越，我就是吃过，怎么了？你得感谢我对食物的虔诚，不然你能吃到这么好的东西？"

提起这一点，奥斯顿就有想要打人的冲动。对，唐凌现在做饭的手艺越发出色了，可是那是建立在猛龙小队所有人的血泪之上。什么莫名其妙怪味道的植物、调味料唐凌都会拿来试验。吃过用酸妮儿塔塔烤出来的肉吗？非常销魂，还被痛揍着必须吃完，理由是不能浪费食物！还有用泥潭鱼熬制出来的油，炒出来的菜——吃下去，保证就能热泪盈眶，这是给腥味冲的……还不能吐出来。

这些悲惨的往事不能回想，奥斯顿接过了唐凌递来的汤，心中才稍感安慰。这汤是好东西，奥斯顿知道里面应该是放了珍贵的凶兽肉，还有一些别的什么东西。

唐凌在经过了第一次修炼以后，就会常常熬制这种汤。至今，奥斯顿都忘记不了，在第一次修炼以后唐凌那副形象——躲在洞穴中，披着一床被子，人瘦了一圈，蹲在火堆面前，守着他的汤。

这是肾虚了？奥斯顿看见唐凌的第一眼，脑中下意识就冒出了这个词语。即便奥斯顿不太弄得清楚肾虚这个词儿的意义，只是听家族中成年男性相互调侃过。但不管是不是肾虚，大家在经过了第一次修炼以后，都取得了长足的进步，可这家伙为什么还变得瘦小、虚弱了呢？这件事作为猛龙小队的第一未解之谜，原因到如今都没有被猜测出来。

倒是从唐凌开始熬汤以后，就会时不时地把他的汤分享给猛龙小队的人一些。这种汤，给大家留下了非常深刻的印象，一喝下去就如同刀子在身体里的每一个地方剧烈地蹭，又如同火焰在身体里燃烧，疼痛得让人无法自持。

奥斯顿和昱，包括克里斯蒂娜是有见识的，自然知道这是吃凶兽肉的必然反应。以他们的年纪，家族还不敢擅自给他们补充凶兽肉，可唐凌这家伙一向乱来。好在大家都已经开始了正式修炼，只要喝了汤后，及时地修炼就能抵消这种疼痛，然后得到巨大的好处。

只是不管怎样，每个人都不同于唐凌，只能喝下去一点点汤，吃下去一丝丝肉，多了那痛苦就无穷无尽，修炼也不能抵消。这让人不禁惊叹，唐凌的消化能力怎么那么变态？只是基因链天赋差了一些，浪费了不少，吃得比大家多多了，可实力的增长却比大家强不了太多。

想到这里，奥斯顿连喝汤的心情都没有了，是啊，强不了多少，可是能揍赢自己就是铁一般的事实。怪就怪在自己的同情心——刚刚修炼完后，唐凌表现出了虚弱，不管是奥斯顿还是昱，甚至阿米尔和安迪……都不忍心去揍唐凌。

可这家伙只是虚弱了一两天，在喝了两次汤以后，就变得生龙活虎起来。在这个时候，也许他还没有变得强大起来吧？但是第二次修炼以后呢？想起来，他还因为要节省希望点，没有再次去用基因链测算仪帮助观想……仰空导师也莫名其妙地依了他。

可也就从那次以后，明显地感觉这家伙变强了。从那以后他揍天揍地，揍自己，揍昱，揍安迪，揍野兽，揍虫子……到莽林，到战场，到处惹是生非，带着大家过上了要不然厮杀，要不然逃命的生活。

他唯独没有揍过阿米尔和两个女孩子，估计阿米尔太沉默又内向，不好下手，女孩子……估计唐凌脸皮还没有厚到那个程度。

"想什么呢？赶紧喝了，修炼啊！估计修炼完了，烤肉就好了。"奥斯顿在这边想得入神，唐凌忍不住催促了一句。

听到这句话，奥斯顿的心里划过了一丝感动，虽然这小子很贱，但很大方，就连这么珍贵的汤，他也舍得和猛龙小队的人分享。其实，也有一些小体贴的，就比如修炼完了，就能吃上他亲手做的烤肉，现在唐凌的手艺可不是盖的。想着，奥斯顿感动地看了一眼唐凌。

唐凌立刻起了一身鸡皮疙瘩，恶狠狠地看向奥斯顿，说道："你这什么眼神？再看老子打死你。"

奥斯顿握紧了碗，老子忍！

一碗汤喝完，奥斯顿很快进入了修炼的状态，而唐凌把一锅汤连汤带肉的吃了个干净以后，先修炼了一遍苏耀教的进食术，然后才开始正式的修炼。修炼以前，他用恶狠狠的语气在心里自言自语："你，赶紧检查一下，不要那么穷凶极恶，什么乱七八糟的杂质都吸收。"

这种自言自语莫名其妙，却不想唐凌的脑中真的得到了一个模模糊糊、断断续续的回应。表达是如此的不清楚，但唐凌能懂。大概翻译过来是："小种很小心，有杂质，爸爸洗澡。"

爸爸个鬼！唐凌的脸色变得非常怪异，他还没结婚呢……他实在痛恨自己怎么就和这颗"傻种"建立了精神联系呢？

其实他在第一次修炼以后，就能够分明地感觉到自己的精神力进步，因为他对这个世界的感受更加真实了。而联想起种子每一次爆发，都是需要精神力去驱动，唐凌就开始试着看能不能和种子取得一定的联系。

这件事情的意义非常重要，如果可以，那他每一次爆发的状态就可以自主掌握了。唐凌这种贱人想的是，他和种子是共生关系，就算共生，也要分清楚谁是大哥，谁是小弟。所以，他第一次沟通，就选择了痛骂种子，比如：就是你，逼得我一天到晚乱七八糟地吃，所以身体里出现了那么多杂质，第一次修炼差点儿挂了知不知道？也就是因为你什么都吃，一点儿都不高贵，所以不像别人成就"玉体之身"可以那么轻松。

唐凌完全没有想过，自己就算没有种子，也是一个食量惊人的家伙，而且还是什么都想要去试一下味道那种。他最惊人的记录，不是连尸人都试图吃几口吗？

可是，小种很单纯啊，还真的认了唐凌这种指责。也不知道它是哪里来的觉悟，不单对唐凌的指责照单全收，而且还"认贼作父"，第一次就表达了唐凌是它爸爸的意识。无论唐凌怎么抓狂，总之爸爸就是爸爸。所以，唐凌认命了，爸爸就爸爸吧，总比它叫自己儿子好吧。对于小种的回应唐凌已经懒得争执了。

他直接进入了修炼的状态，按照《补遗》的说法，在每次修炼之前，要先动用能量冲刷一遍自身，这样做可以一直保持"玉体之身"的洁净。至于"玉体之身"的好处，唐凌已经深刻地感觉到了，他如今的实力，没有人清楚，除了他自己。

时间就在这样的修炼当中，一点点过去。唐凌就是这么嚣张，在莽林中烤着肉也敢修炼。反正要是有不长眼的家伙，奥斯顿会去收拾……如果岁月能一直如此，再给自己半年的时间，就可以以完美状态去冲击紫月战士了吧？

"对啊，完美状态。"这是唐凌最近才知道的概念。而和苏耀的上一次会面，苏耀竟然也给他强调了这一点——完美状态，不是17号安全区以为的完美状态，而是这个世界认可的完美状态！

那什么是完美状态呢？就是在不突破第一把基因锁的情况下，人能够达到的极限状态。

突破成为紫月战士，也就是用身体里聚集的能量去突破打开第一把基因锁。按照理论，如果一个人的基础力量能够达到五牛之力，速度能够达到百米三秒，神经反应速度能够在规定的光点密集度下，躲避率达到百分之七十。那么就有冲击第一把基因锁，成为紫月战士的基础了。

大多数人会在这个条件下，去冲击成为紫月战士。但是第一预备营的人不会，所以这才造成了第一预备营遗留了那么多老生，明明他们早就超过了这个数值。为什么？就是为了所谓的完美状态。在第一预备营，大家认为最完美的冲击第一把基因锁的节点，应该选择在七牛之力，百米两秒，躲避率至少百分之九十的情况下。这样的累积接近极限，但一旦冲击第一把基因锁成功，成为紫月战士后，每一步的成长都会比堪堪达到状态的人要强大得多。

就好比同是一阶战士，极限冲击的战士一定能够战胜普通冲击的战士，甚至有的能够单挑两个以上的同阶战士。所以累积变成了一个非常关键的事情，尽管越接近极限，累积的速度就会越慢，每一点突破都会变得困难无比。可是，即使是这样的困难，完美状态还是成了每一个第一预备营战士所渴望的追求。除非快过了突破的最佳年龄段，才会有人不甘地去突破。但，这么多年以来，能够成功累积到所谓极限的人还没有出现……

很难吗？唐凌想起了苏耀给他说的话："都是些废材，这算什么极限累积？真正的极限累积是九牛之力，百米一点五秒内，神经反应速度？那光点的密集度必须再高一层，且躲避率达到百分之九十。17号安全区太小了，这个标准才是真正的标准。

"小子，你必须好好地努力，不要被这个偏僻的破落地方蒙蔽了双眼。这个时代，大地方的少年不是完美累积都不好意思突破。"

大地方的少年那么厉害的吗？唐凌觉得自己就像井底之蛙。他完全就没有想过苏耀是吹牛的这一回事！

这时，一声长鸣的，带着特殊震动的警笛声从希望壁垒传来。唐凌和奥斯顿同时睁开了眼睛——发生了什么事情吗？

这是一级战备状态的警笛啊！

第183章 风满楼

"出发。"一声高昂的喊声，伴随着一道凌厉的闪电。"咔嚓""咔嚓"整齐的脚步声响起，锋利的刺刀刀刃在乌云下显得格外刺眼。

"夏季就要结束了。"仰空站在窗前，看着漫天的乌云，这应该是最后的雷雨了吧？相信经过几场雷雨暴躁的宣泄以后，萧瑟的秋风就会吹起，秋季也会无声而至。然而，在17号安全区，秋季是短暂的，它到来了，漫长的冬季也就不远了。

"啪"的一声关上了窗户，仰空回头，飞龙就如废人一般瘫在沙发上，对街道上一队一队走过的精英战士队伍毫无兴趣的模样。不过一个多月的时间，他看起来就消瘦了不少，胡子拉碴的模样，更显颓废。

"带队的是亚罕。"仰空淡淡地对飞龙说了这样一句话。

那个亚罕吗？当初屠杀聚居地平民，也是他积极地带队而出，表忠心的时刻他总是把握得很准。飞龙听后，嘴角挂起一丝嘲讽，手在凌乱的茶几上摸索，终于找到了一个半瘪的烟盒，摸出了一支扭曲的卷烟。

仰空走过来，给飞龙点上了火，神情平静地问道："行动会渐渐扩大，你等一下也会出勤吗？"

飞龙眯着眼睛吸了一口烟，说道："不去。"

"真是有趣，你怎么逃脱责任的，你可是堂堂队长。"仰空说话的声音不大，语气却带着讽刺。

"呵，队长？我已经被架空。这一个多月，不是那些叛徒爪牙的人都被无声地边缘化了。再说，就算我没有被架空，今天也是不会出现的，难道要我双手沾上那些真正有立场人的鲜血吗？不，我做不到。所以，我病了，病得非常严重，任何任务我都去不了。"飞龙望向了仰空，眼中流露出一丝狡黠。

"抱病，不错的理由。"仰空站了起来，心中尽是无奈的叹息——他是不能抱病的，17号安全区唯一的准科技者。或许他的未来会有两个局面：第一，承受比飞龙重得多的压力，选择站队；第二，彻底地被边缘化，背后的势力会"空投"真正的科技者来到17号安全区。

自己的前途如何，仰空已经不在乎了，他只知道17号安全区从此以后不再有独立意志。也许从今天过后，就将正式成为某势力的附属，遵从他们的意志，变成一个傀儡势力。离二十几年前的那一丝希望，那一抹理念越来越远了呢！望一望天空，乌云压顶，似乎看不见光明。

"沃夫，你觉得你保留下来的会是什么呢？一个傀儡安全区，加上之后安然的生活？不不不，也许会得到更多的资源，你会更上一层楼。"一个故意带着夸张语气的声音在沃夫的办公室中响起。这间深藏在希望崖中心的办公室非常大，贯穿了整个希望崖。往左边走到尽头，能够望见整个废墟战场。往右边走到尽头，则能够俯瞰17号安全区。

此时，沃夫并不强壮的身影就站在右边巨大的窗口前，从这个窗口能够看见荣耀大殿前的广场上聚集了一队队的精英战士，每一队精英战士都由一个紫月战士带队。而总指挥披着一件猩红色的斗篷，那是曾经的分队长之一——亚罕，但很快，自己就要亲自任命他为总队长了。

　　想到这里，沃夫或许也认为有些嘲讽，拳头松开又捏紧，一丝丝黑线溢出，然后又消失。他慢慢地转身，望向了对着自己说话的人："佐文，你就是这样对城主说话的吗？"

　　"哇哦，你还是城主？你还记得这个身份？"佐文根本不在意沃夫的样子，直接嘲讽。

　　面对这个和自己出生入死了不知多少回，友情已经延续了快四十年的老伙计，沃夫无奈地沉默了。他当然还记得自己是城主这个身份，他依旧不能忘记那个冬夜，老城主将枯瘦的手放入了他的手中："17号安全区是我毕生的心血。可是，我不应该把它交给我无能的儿子，也不能把它交给我那贪婪无立场的弟弟。只因为，它存在的最大理由是为这个漂泊时代的人们，建立起一角可以躲避风雨的地方。

　　"沃夫，我知道还有很多不公平，我知道聚居地的人们过着多么可怜的生活。沃夫，我已经不能再做得更好，但我希望你能够延续我的意志，把事情变得更美好。知道吗？延续到那一天，一批人可以彻底地在17号安全区安居乐业，明白当年所受的苦都是为了……为了……为了后代能够……能够更加……幸福一些。"

　　这是多少年前的往事了，回忆起来画面还是如此鲜明，到现在，那房间壁炉之中跃动的火焰是什么形状，老城主脸上皱纹的模样，沃夫都记得清清楚楚。苦涩在心底无声地蔓延，其实他辜负了老城主的希望，他没有那么能干。这些年，他不停地在摸索正确的道路，甚至为了强大自身，以成为17号安全区的庇护伞，他一出走就是十年。可惜，他到底没有办法螳臂当车，他只能……

　　想到这里，沃夫望向了佐文："我必须这样，我想你是理解我的。我……"沃夫大步地走向了办公桌，在办公桌背后的墙上，挂着一把精美的剑。在佐文目光的注视下，沃夫郑重地取下剑，挥舞了两下，说道："城主之剑还在我的手中，我还是城主，你明白吗？只要不能扳倒我，彻底地扳倒我，我就算是一个傀儡一般的城主，我还是有存在的意义。"

　　佐文的神色一下子变得无比严肃，他站直了身子，说道："城主，你将做出最后的庇护，是吗？"

　　"什么是最后的庇护？庇护将一直存在。而我，绝不会倒下。我要看看一个一直埋藏着火种的17号安全区，那个势力到底要怎么办才好？"沃夫的眼中闪烁着坚毅的光芒。

熟悉的音乐声之下，艾伯双手插袋站在窗前。他太喜欢这音乐了，听着它，见证着今天的行动，艾伯会恍然觉得自己就是那个站在尸山血海之上的男人。浑身浴血，如同王者一般地望着下方，声音嘶哑地开口说道："杀戮吗？不，那从来都不是我的内心。"

万人拜服。艾伯的双眼变得非常深邃，今天这一幕也不会是他的内心意志。谁的内心意志会是成为一个傀儡呢？就算那人将会站在17号安全区的顶峰，将会在万人之上，也没有意义。

他，艾伯·昂斯，拥有出色的天赋，拥有胆识，也拥有智慧，他终究成为自己的主人。而且，是高高在上的，拥有自主意志的真正的主人。那么，在过程之中，手段重要吗？历史重要吗？历史都是由胜利者书写的。

当然，如果是之前，这一段作为傀儡的生活会变得无比漫长。但是，现在呢？他会悄悄地揽下一件无比重要的功劳。傀儡？不，还是交给昂斯家族的其他人去做吧？他会凭借这一件功劳，向背后的势力星辰议会提出一个要求。然后，借着这一次的机会，真正地平步青云。艾伯想到这里，压抑不住地兴奋——不会出错的，已经到了最后一步。

看着那个离去的身影，安德鲁眯起了眼睛，他对身旁的亨克说道："我总觉得艾伯是有自己的打算，而我成了他的一枚棋子。"

亨克没有说话，对于钩心斗角、权力阴谋他并不擅长。所以，他只是整理着他的行军背包、作战服和武器，不管眼前发生了什么样的纷争。总之，接下来会有一场非常剧烈的、完全不同的战斗，他需要做这样的准备。

可是亨克的平静无法影响到安德鲁，一向淡然、风度翩翩的他变得非常暴躁。他站了起来，一脚踢飞了眼前的一把长刀，长刀飞舞着，旋转着"唰"的一声刺入了洞穴壁上。似乎还嫌不够过瘾，安德鲁走到了一旁，从酒架上拿了一瓶最烈的烧酒，拧开瓶盖，仰头"咕咚咕咚"就灌下去了三分之一。

曾经他是从来不会酗酒的，不管发生了任何事情，他都会保持克制。但现在他没有办法，他感觉到了自己的无能为力，在对手比自己强大许多的情况下，那一种任何智慧、努力、算计都无能为力的挫败感。

一只手拉住了安德鲁，接下来将酒瓶从他的手中拿掉。"你在愤怒什么呢？你一开始就知道你和艾伯的差距。"亨克非常淡然，这个事实不是应该早就接受了吗？

可是这句话却如同刺激了安德鲁，他用愤怒的眼神望向了亨克："酒，给我。"

亨克犹豫了一下，还是将酒递给了安德鲁。

安德鲁又猛灌了一口，然后说道："我从来没有不接受事实。但是，我从来没有想过事实会如此残酷。

"亨克，唐凌有问题，你知道吗？唐凌有巨大的问题，难道刚才那些话语你没有听见？"

"我听见了。唐凌，应该是一个强者。"亨克说话间，不由得从洞穴望向了大厅的方向。大厅中的石壁上还有着第一预备营的排行榜，亨克的名字自然牢牢地占据着第一，而唐凌的名字则依旧是倒数第一。

"强者？不不不，这些问题对于我来说一点儿都不重要。"安德鲁摇头，再次灌了一大口酒，然后接着说道，"重要的是，唐凌是机会。懂吗？这个人身上有大问题，也意味着他是一个重大的机会。但是这个机会被艾伯拦截了。看他的意思，这其中不再会有我的功劳……"安德鲁越说越激动，最后酒瓶在他手中直接被捏爆，他任由手掌鲜血四溢，接着说道，"可恨的是，我还要为他做事，成就他……我，如何甘心？"安德鲁说到最后，颓然地抱住了自己的头。

亨克沉默着，拉过了安德鲁的手，为他处理着伤口，许久之后才说道："既然不甘心，那为什么一定要对他的话照做呢？"

安德鲁眼神空洞，但听闻了亨克的话以后，他的眼神渐渐地，渐渐地恢复了些许生机。他忽然笑了，一下子握紧了亨克的手，咬牙切齿地说道："对啊，我怎么就没有想到呢？在某件事情上，我只要稍微动一点儿手脚，事情就会完全背道而驰，艾伯的打算会落空的。亨克，原来你才是有大智慧的人，我不如你。"安德鲁忽然疯狂地笑了起来。

而亨克摇摇头，他自始至终不明白安德鲁到底要做些什么。但，这已经出现了的风暴，最后会引起怎么样的震动呢？

苏耀剧烈地喘息着，高速的奔逃让他的心脏都快要承受不住这剧烈的跳动。他的身上有巨大的秘密。现在，他必须暂时远离。但唐凌，唐凌会有问题吗？从秘密的情报上来看，唐凌并没有受到关注，暂时是安全的。

苏耀停下了脚步，到了这里，应该是安全了。苏耀擦了一把额头上的汗，一直捏紧的手松开了来，里面有一张羊皮纸，纸只有一行字："清洗开始，逃。你是谁？"

看着这一句话表达的两个意思，苏耀情不自禁地苦笑了一声，坐下来等到喘息平静以后，他才慢慢地从身上摸出了一支烟点燃了。随着氤氲的烟雾散开，苏耀开始自言自语："这都已经多久了？二十二年？还是二十三年了？这个地方的人怕是已经将我忘了吧？呵，我自己也快将自己遗忘了。"

说话间，苏耀皱着眉头从怀里掏出了一件东西，那是一个铁盒，也许是年深日久，铁盒上已经有了斑斑的锈迹。苏耀的大手爱惜地抚过铁盒的表面，目光中满是怀念。仿佛他又看见了三十年前的阳光，看见了那个吊儿郎当的家伙，穿着缝着补丁的布衣，蹲在那一座柴火堆上，叼着一根草根，望着他："嘿，你看见了吗？我的衣服，是真正的布料，你要过来摸一下吗？布料的手感。"

"呵呵，傻瓜。"苏耀笑了，大手掰开了铁盒。

"你怎么那么笨，打不赢就跑啊，你和他们死杠什么？我看看，脑袋上都血。"说话的时候，他扯下了他手感珍贵的布衣，胡乱地为自己擦着脑袋上的血，也顺便擦着自己身上的血迹。

跑？谁不知道跑？问题是跑不掉啊。那个傻瓜最终还不是没跑，回头又和自己，同那一群村霸打成了一团吗？

其实，有时一个人为什么会有那么多人追随，是因为他强大吗？是因为他有惊人的家世吗？还是因为别的什么有利条件？

都不是吧。至少苏耀自问，从此一生无悔的追随，应该是从他转身的那一刻，毫不犹豫地挡在自己身前，是从他扯下自己珍贵的布衣，为自己擦血，为自己包扎的那一刻。有的人，你追随他，而且无怨无悔，直接交付生命，是因为那个人像一个傻瓜。

"呵呵。"苏耀笑着，从铁盒之中拿出了一支液体，即便在这如此昏暗的小屋中，这支液体也散发着莹莹的光辉，让人不忍挪开目光。另外，还有一个透明的，显然是用一颗优品结晶雕刻的东西，也被苏耀拿在了手中。这雕刻的形象是一只模样不怎么好看的狗头。恐怕只有那个傻瓜才会想出这么没有威势，这么"有创意"的标志。

"你懂个屁，这狗是我小时候的一只狗儿，我是在林子里捡到它的。你根

本不懂它的忠诚，那种以守护我为毕生意愿的忠诚。而我，肩负的也是守护。守护这个时代，守护我们的星球。嘿，你看，这是多么可爱的一只狗头。"

"狗头……"苏耀的手指反复地摩挲着这只狗头，然后轻轻地握住它，大手缓缓地开始用力。

往事如烟，一直如梦似幻地飘浮着，抓不住，却也散不掉。这只傻乎乎的狗头，曾经闪耀在这个世界。时光已远，人们是忘记它了吧？但是，没有关系的……苏耀的手上出现了青筋，透明的结晶狗头上开始出现了道道的裂痕，然后慢慢地粉碎……

它，重新归来了。有一个叫作唐凌的小子，也真正出现了。希望他不是傻瓜，因为那个傻瓜最终失败了，时代最终还是应该属于冷血、聪明又强大的人吧？可他应该也是傻瓜吧？现在没有证明，之后会有证明吗？他的身上毕竟流着那个傻瓜的血。

一队队的精英战士在整个17号安全区横冲直撞，从内城到外城。在这个时候，因为身份所铸造的线，莫名地消失了。因为不管你是贵族，还是平民，当你被带走的那一瞬，你就成了囚徒，而且大多是死囚。

"亚罕大人，莫林大人也要戴上死囚的灰镣铐吗？"一个精英战士有些不安地望向了亚罕。

亚罕手中拿着一块丝巾，似乎有些嫌弃这市井之中肮脏的味道，他捂着鼻子，深深眼窝下有些阴鸷的双眼直接望向了那个战士："你同情他？"

"不，我没有，我只是……"那个精英战士有些想要辩解，可是坚定否认之语却从他的口中说不出来。莫林大人是深受爱戴的啊，他是少数的不会鄙视平民的贵族，反而会时不时地来到外城，为外城最贫困混乱的地方带来一些食物和别的东西。甚至，他还刻意地去培养教育这些出生在贫困混乱之地的小孩子，他是仁爱的。

"将这个家伙也铐起来，我怀疑他也是乱贼。"亚罕轻描淡写地说了一句。接着，这个年轻的精英战士就被戴上了镣铐，代表死囚的灰色镣铐。他的身体开始颤抖，脸色变得灰暗，神情是难以置信，可当他看见莫林大人平静的双眸时，竟在这种绝望的时刻得到了一丝莫名的安慰。

"走吧，不彻底地清洗，根本不知道这个城市之中肮脏的跳蚤那么多。"亚罕似乎抱怨着他非常劳累。接着，他又开口说了一句："三天后的荣耀广场相信会非常忙碌，一大批的死囚被斩首，会不会引发疫情啊？在这个时代，病毒也是非常厉害的。"这句话，让在队伍之中，被链成了长长一串的死囚们脸色更加沉重难看，倒是亚罕忽然又说了一句："但如果有价值的情报出现，或许不用那么多人去死。"

说话间，他特意地看了一眼莫林。莫林的头发已经花白，但他始终淡然、优雅，蓝色的双眸之中透着一股仁慈。和亚罕对视的那一眼，他的身体莫名颤抖了一下，但很快恢复了平静。亚罕非常得意，这倔强的老家伙是害怕了吧？之后如果审问出了各种有价值的情报，他的前途将无比光明。尽管，成为紫月队长已经是确定的事情，可是如果还能更进一步呢？比如说成为副议长？亚罕已经开始做梦。

他根本不知道，莫林那微微的颤抖根本不是因为他威胁的眼神，而是他挂在胸前的项链坠子似乎晃动了一下，出现了裂痕。

传说铁匠铺的老板是一个身材不高，却异常强壮的人，面对着17号安全区突如其来的清洗行动，他似乎没有任何感觉，带着徒弟还在打造着一批锄头。不管发生什么样的剧变，一些最基础的工具，永远都是安全区所需要的，老板的生意并不会受影响。

"叮叮当当"的声音在铁匠铺一如往常，老板却在内间打造着一把剑。不知道是否用力过猛，他一直珍爱的一串手串，其中一颗像是黑曜石的珠子忽然裂开了。老板停下了打铁的活儿，眯着眼睛，抚过了那一颗珠子，然后大步地走到了外间："伙计们，今天似乎不太太平，大家放下手中的活计，休息吧。我要关门歇业两天。"

神秘花园酒楼。内城颇受贵族欢迎的一间高级酒楼。这里有好几道精妙的特色菜，如果不提前预订，是根本不可能吃到的。

轰轰烈烈的大清洗开始了，但置身事外的人还是大多数，所以神秘花园酒楼的生意受到的影响并不大。很多提前预订了特色菜的贵族耐心地在大厅等候着，等到神秘花园酒楼的包间开放，他们就能品尝到那几道令人心醉的菜色。

酒楼的老板却在这个时候出现了。他真是一个最像贵族的人，金发永远贴切地梳拢在耳后，一丝不乱。胡须也打理得很好，浓密且特意修成了八字形，看起来很有风度："诸位尊贵的大人，抱歉了。由于今日安全区有些特别的行动，为了配合行动，酒楼临时决定打烊。当然，为了表示歉意，神秘花园酒楼将对各位尊贵的大人做出双倍赔偿，毕竟各位大人等待的时间也是珍贵的。"

说完这两句话，老板露出一个抱歉的笑容就转身离去了。当然，他礼貌的话语和有风度的姿态也得到了大家的谅解，尽管有一些遗憾。遗憾吗？老板是顾不上这些了，他手中始终拿着他那个最爱的小把件儿，似乎是玉石雕刻而成的。注意看的话，小把件儿上好像已经出现了条条的裂痕。

外城，一处偏僻的酒吧。平时就没有什么生意，赶上今日的大清洗活动，就更没有什么生意了。老板是个怪人，这是上过两次门的唐凌给予老板的评价。他是很怪，从来不在乎自己的生意，更不在乎街道上的各种乱象——追捕的战士，各种哭喊、拒捕被殴打的人以及平民小心翼翼却又忍不住探究的议论声。

老板为自己调了一杯甜叶酒，这是17号安全区的特产酒，除了光顾过这间小酒吧的人，没人知道只有这个老板，才能调出整个17号安全区最地道的甜叶酒。淡淡地抿一口酒，老板在反复地擦拭着手中一把样式怪异的东西，它像是一把剑，但剑身顶端处，又有一个洞，像是枪口。

如果偶尔能让人看见这东西，都会忍不住惊呼："这得是个什么玩意儿？"时间过去了太久，而人们的忘性又是如此之大，所以能叫出它的名字——蛇袭的人应该越来越少了。

老板擦拭得有些出神，他一直盯着挂在酒柜上的那个陈旧老钟，这个走时都偶尔不准的老钟，其实还是有一些特别，因为在12点的地方，那里出现的，不是代表时间的数字12，而是一颗不小的红色宝石。虽然成色不怎么样，但它终究是一颗宝石，不是吗？

可是，这宝石在这个时候怎么无声地裂开了呢？

"是时候了。"怪老板忽然停下了擦拭的动作，站了起来，就在他站起来的一瞬间，显得有些懒散，甚至佝偻的身体忽然爆发出了一股惊人的气势。

同样的一幕，在17号安全区的各个地方，悄悄地上演着。

这中间或许有的人是小贵族，有的人是贫困混乱角落的混混，有的人是不起眼的浆洗处的老板娘，甚至有的人是带领着一群无助女人的老鸨……他们都统一选择在这个时候停下了在忙碌的一切，开始等待。

碎裂的东西各种各样，但是无数双手在秘密的地方掰开那些碎裂之物，里面都会露出一个让人觉得可笑的狗头。就如沃夫所说，终于迎来剧变的17号安全区，这个埋藏着火种的17号安全区，到底会发生什么呢？

　　"呜——""呜——""呜——"……希望壁垒发出了带着特殊颤音的长鸣之声。这是一级战备的长鸣之声。在这一刻，不管是战场上还在战斗的战士也好，或者是在农场忙碌的战士也罢，出任务的，休息的……统统都做出了反应，立刻回到希望壁垒。一场惊人的战斗要开始了！

　　到底发生了什么？每个人的心底都开始不安，一级战备的长鸣之声几乎是一个象征性的概念，没有人觉得它会真的响起来。因为它的意义非常不同，不仅希望壁垒的所有人能够听见，就连整个17号安全区的人们也会听见。

　　"发生了什么？"果然，17号安全区此时不管是内城还是外城的人们都开始不安，这长鸣之声似乎带着某种特殊的感染力，让人不由自主地就心生惶恐。

　　"发生了什么？"仰空也听见这长鸣之声。

　　"开始了。"飞龙坐直了身体。

　　"开始了。"沃夫眯起了他那深邃的眼眸，而佐文奔跑到能望见废墟战场的那一侧，忽然捏紧了拳头："那么……那么卑鄙的方式吗？真是适合他们的理念啊。"

　　"开始了。"艾伯沉醉于屋内的音乐，开始手舞足蹈起来。

　　"开始了。"酒吧的怪老板说。

　　"开始了。"

　　"开始了。"

　　……

　　既然已经开始了，那么剩下的事情就是等待，等待着终究会爆发的一切，等待着结果的出现。

　　"妈的，发生了什么？唐凌，我是不是听错了？一级战备的长鸣声？"奥斯顿陡然睁开了双眼，第一件事就是询问唐凌。

　　唐凌也睁开了双眼，是听错了吗？一级战备的长鸣之声？！伴随着这长鸣之声，一股如烈火在焚烧一般的焦虑感瞬间遍布了唐凌的身体。这并不是危机感，那意味着根本无法躲避的事情？唐凌不确定这焦虑感代表的是什么。

　　"走吧，回希望壁垒。"唐凌站了起来，几脚踩熄了火堆。

　　"那这些……"在莽林的收获总是要敛取一些的吧？

　　"不要了。"唐凌望向了希望壁垒，只是一眼，那焦虑就似乎化作了实质般的灼热，让他全身都开始发热，汗水也开始密布在额头。

第184章　暴雨

闪电已经无数次地划过天空，带来了一声接着一声的响雷。憋了很久的大雨倾盆而下，唐凌站在巡逻之地的边缘，想起了突变的那一夜。

时间似乎过了很久，毕竟17号安全区内的生活完全不同，层层的迷雾，连连的谜题伴随着他的成长，将现在和过去的日子画出了一条明确的分界线。时间却又似乎只是过去了一天，只要在安静的空间，闭上眼睛，就好像还能听见婆婆睡觉时不安地咳嗽，能感觉到妹妹爬上自己的床，钻入自己的怀中，要拽着自己的衣服才能睡着。

废墟战场的平衡已经被打破。地底种族全面入侵！一批又一批的战士无声地滑过钢索，投入到战场，势均力敌的热武器相互对轰。

战士有些不安，因为面对的不再是无组织的野兽，也不再是没有智慧的尸人。他们面对的是怪物！那种全身冒着蒸腾的热气，连触碰一下都会被深度烫伤的怪物。可怕的是，这种模样奇怪，总体形象类人的巨大怪物只是一层躯壳。往往好不容易斩杀了一只以后，里面会跳出一个"鼠人"，一样拥有惊人的战斗力。

这是什么东西？到底是什么东西？所有待战的战士带着深度的疑问，集合在希望壁垒的巡逻之地，集合在作战长廊，只是麻木地等待着，等待着轮到他们赶赴战场的命令。

有什么好消息吗？勉强说来也并不是没有，那就是双方都拥有热武器，在热武器的威力下，那些常年盘踞在废墟战场的野兽、变异昆虫、尸人什么的丝毫不敢靠近这决战之地。还有一个好消息是那种怪物的数量似乎有限，在经历了两个小时的战斗以后，它们不再从那条丑陋的裂缝源源不断地爬出，它们的兵力有限。

倾盆大雨还在疯狂地宣泄着，已经是夏末，这些雨也带上了丝丝的凉意。仰空过来了，看着站在雨中的猛龙小队成员，他的脸上带着一丝意味莫名的惨淡笑容，非常直接地开口了："地底种族，一直生活在五十米深度以下的地

下。前文明对于它们并不是没有记载，曾经有人在地面的深洞之中发现过它们
的身影。

"不知道因为什么原因，在前文明极其古老的岁月中它们隐藏得都很好。
可是在文明进入紫月时代以后，它们不再隐藏，而是将'触角'伸到地面。它
们应该有自己的文明，但现在还没有人进入过它们真正的国度，一窥这个地下
王国究竟是什么样子。或许，已经有人深入过地下了。但是，至少17号安全区
是没有收到消息的。

"它们的作战方式和人类有很大的区别。你们也看见了，它们有两具躯
体，其中外形巨大，扭曲的类人躯体，被它们称作为'义体'，你们也可以理
解为它们的盔甲，但又不完全一样。我们所了解的情况是，如无特殊的必要，
就算在地下，它们也不会轻易解除义体的状态。人类对此的理解是，地下环境
恶劣，借助义体它们才能更好地生存。

"至于义体，你们所见的都是真实的。穿戴上义体的地下种族，会增长
力量，以体表的高温作为防御，但同时也不会影响它们的速度。至于它们的本
体，已经不太适应地面的环境，不管是细菌，病毒，还有光线等，都是它们在
地面顺利生存的障碍物。

"可是，它们既然选在了在这个时代出现，野心也已经昭然若揭，它们觊
觎地面，想要占领地面。对于此，它们并不是没有依仗。紫月的出现，让它们
加快了适应地面生存的速度。如果靠近万能源石，在万能源石周围活动，它们
在地面行动的时间会更长。

"不利的猜测是，如果任由它们在地面行动。不出一年，百分之八十的地
下种族都会完全适应地面的生存。

"最后要讲的一点是，它们是窃贼，不知道用什么方式窃取了前文明的
一些科技成果。在紫月时代来临以后，它们也不知道用什么办法获得了一批热
武器。呵呵，看见了没？用人类的成果，和人类战斗，这战场就是最真实的画
面，不用我过多地讲解了吧？"说完，仰空低头摘下了眼镜，擦了擦被雨水打
湿的镜片，他的面容透着深深的疲惫，望向战场的目光充满了玩味。在今日，
清洗的当天，就开始迫不及待地入侵？这是要给城主压力吧？

猜测一下，到时候昂斯家族会如英雄一般地出现，然后化解这场灾难，利
用这一功劳，再加上背后势力的支持成功上位，完成权力的交接。

只是，17号安全区的人命从什么时候开始变得如此不值钱？不是一直都

很爱惜的吗？就算人口超过了生产力的极限，也允许了聚居地的存在，从牙缝中掏出一些物资，来接济着聚居地。因为曾经的老城主说过，这个时代不缺资源，人口才是根本。可惜的是，人命真的不值钱了。

这种变化是从哪一天开始的呢？是从聚居地的覆灭开始的吧？接着到今天，为了成功上位，为了一场完美演出，用人命来堆积这个战场。

"为什么要瞒着我们？"仰空兀自望着战场出神，而在他身后，昱非常地激动，比奥斯顿表现得还要激动，他上前了一步，大声地说道，"地底种族，就近在眼前，瞒着我们的必要是什么？"是很愤怒啊，就在眼皮子底下的地底种族，地上的人却对它们的存在从来不知情，这是为什么？！

仰空转身望着昱，这个问题他不想回答，也不应该回答，他应该拿出导师的身份，将这些孩子的愤怒压制下去，可是今天他的心中却蔓延着一股冲动——说出真相，至于这些孩子们要怎么想，就让他们去吧。"从进入紫月时代以后，人类是松散的，各方势力割据。但是并非完全没有一个强力的组织来立下规矩，这个组织的实质是各自为政的，因为能进入这个组织的都是城市级的势力。但偶尔，他们能够达成一致，制定出整个世界都必须遵守的规则。

"这规则最初只有三条，后来变成了五条，七条？总之，还会不会慢慢增加也是个未知数。但其中一条是，普通人，我是指没有成为职业者的普通人，就好比你们没有成为一阶紫月战士之前，统统没有资格知道地底种族的存在。"仰空戴上了眼镜，似乎微微叹息了一声，又似乎没有，他很平静。

"凭什么？"奥斯顿站了出来，是啊，凭什么？那么一个充满了敌意的种族存在，为什么要瞒着普通人，难道普通人就没有知情权了吗？

"不凭什么，这就是规则。事实上普通人不知道的事情还有很多，都写进了铁则。我是导师，不能胡乱地引导你们，确切的答案恐怕只有高层才真正知晓。但我可以给你们我的想法，就比如在一切资源有限的情况下，至少人类开发能力有限的情况下，而事实又非常恶劣时，普通人知道的越少，反而能够越发地安稳生存。这种想法，你可以认为是一种借口，也可以认为是一种保护，更可以认为是一种……卑鄙。随便你们怎么想，这就是我作为导师能够给你们提供的唯一说法。"说完，仰空沉默了，双手插袋，望向了废墟战场。

奥斯顿冲到嘴边的话忍了又忍，忽然一拳狠狠地砸在了地上。在这一刻，他忽然变得成熟了一些。他似乎知道，不管是他，还是昱，或者是克里斯蒂娜都没有资格在这里矫情，他们是站在高层的一方，他们拥有更多的资源，拥有教育权，以后也会顺理成章地拥有知情权。随着岁月的流逝，等他们成熟了以后，会变成什么样子？是始终不能接受这一套制度，还是会主动变成制度的维护者？但至少现在，少年血仍未冷。

唐凌冷漠地看着这一切，对于地底种族他是很早之前就知道了，他没有告诉任何人。这一套隐瞒普通人的做法，还有比他更熟悉的吗？想想聚居地的人们吧，连前文明是否存在，都还抱着怀疑的态度；连世界到底是什么，都一无所知。因为知道得多了，他们会开始不安，开始躁动，还能安心地捕猎生存繁衍下去吗？还能安心地为17号安全区提供一批又一批的新鲜血液来补充部队吗？恐怕是不能！

也许17号安全区有其仁慈的一面，勉强地在维持着聚居地人口的规模。但这种仁慈到底是有限的，况且从那一夜以后，这一点儿仁慈也已完全粉碎。尽管到现在还不知道尸人夜袭的原因，不知道17号安全区在其中扮演的角色是什么，但聚居地被当作利益交换的棋子，这一点是绝对能够肯定的。所以，还能期待什么？

但是，还是能够庆幸的，看着昱的沉默，奥斯顿的愤怒，克里斯蒂娜望向战场牺牲的不忍……唐凌庆幸，他们相遇在少年。如果再过十年，不，再过五年，这样纯真的友情，未冷的天真的仁慈的心或许就不会再存在了。

在这时，看着横冲直撞的地底种族，听着一个个队伍的带领者开始临时给战士科普，唐凌的心中充满了嘲讽，他早就已经将阴谋的轮廓勾勒完整了——17号安全区出了叛徒——这些叛徒背后有依靠的势力——这股势力和地底种族有纠缠不清的关系，所以仓库区的任务才会在地下出现了一个能够藏着那么多尸人的空间，还有谁比地底种族更擅长在地下活动呢？所以，飞龙才会莫名其妙地被地底种族俘虏，还口口声声说自己成了筹码。所以在今天，地底种族的进攻预示着17号安全区的叛徒开始要走到台前了。

那么这些叛徒是谁？唐凌只是一个小小的新月战士，信息的不对等阻碍了他的分析，但没有关系，抓住蛛丝马迹，总能猜到。

蛛丝马迹是什么？是仓库区任务时，被人为破坏的门锁。这件事情，在当时的情况下，只有一小部分人能够做到，那便是顶峰小队，他们如果这样做，表面的理由很充分，因为他们和猛龙小队起了冲突。

而事实上呢？分析必须加深一层，就是他们为什么能够全身而退？关于这一点，表面上是因为他们没有携带基因抑制剂，又有人受伤，不得不提前退

出战场。没有携带基因抑制剂的人，是顶峰小队一个大大咧咧的家伙。这一切看起来没有破绽，可是在战术细节上如果出了破绽，第一个该找的负责人是领队——为什么要把这样的任务交给一个大大咧咧的人？为什么没有在战斗之前再三地确认？这样一番分析，其实答案已经很明显了。

顶峰小队的队长是安德鲁，他是一个心思缜密，智慧出众，情商也不低的人。他不会犯这种低级错误，不管理由再完美，他也不会。就算他湮灭了证据，湮灭不了有心人对他的怀疑，这个有心人就是唐凌。

然后，安德鲁是谁？安德鲁·昂斯。那叛徒是谁？昂斯家族！否则安德鲁不会得到这样的内部消息，提前全身而退。所以，再把自己带入整件事情，值得怀疑的地方就更多了。为什么第一个跳出来针对自己的是莱诺·昂斯？为什么安德鲁要装模作样地接下仓库区的任务？其实不接这个任务他才会更加没有破绽，那能不能联想这个任务他是在针对自己？因为任务之中才有无声无息杀死自己的可能。

可是，这一切都缺乏关键的证据，唐凌无法把关于自己身上的阴谋串联起来。就比如安德鲁其实要弄死自己，不是有成百上千个机会吗？他在忌讳什么？就算莱诺·昂斯也是如此，好像关于他和苏耀的矛盾，只是他能够光明正大针对自己的一个理由罢了。这个理由没有了，他就再无任何行动。

这说明了什么？一切都指向了一点，自己身边围绕着一股隐藏在暗中的力量，这力量不是苏耀，而是一些别的什么人，让他们投鼠忌器。

这一点不是没有证据，在仓库区任务的必死之夜，唐凌被救了，那一张纸条唐凌至今还保存着。这就是证据！

可是，要去思考这些非常艰难啊……望着天空连绵的暴雨，偶尔划过的闪电，听着轰鸣的雷声，唐凌会痛苦。因为——我是谁？还有什么比这个问题更加痛苦的吗？心中的焦虑在不停地翻滚着，阻碍着他的思考。

"不要多想，不要再想。为了防备这一天的爆发，这一个多月以来，自己不是一直在做准备吗？关于地下种族，也是有做准备的。"唐凌深呼吸，安慰着自己，信息的不对等太让人痛苦，可惜苏耀偏偏不肯对他多说。

但答案是要揭开了吧？唐凌感觉一切快要爆发了。地下种族既然已经行动了，叛徒已经准备正式走到台前了，那么自己的安全生活将不复存在，他们要做什么也无须再隐瞒，再投鼠忌器。

而围绕着自己身边的那股势力，就包括苏耀叔在内，也一定会有所行动。

自己的真正身份，消失的记忆，都将在某一个节点被揭开。唐凌感到害怕，他怕被揭开身份以后自己将不再认识自己。

"其实今天，安全区也并不太平。开始了清洗。"不知道出于什么目的，仰空忽然转头，对着猛龙小队的人说了一句。在希望壁垒和17号安全区之间，信息也会有延迟，不过用不了多久，这个消息总会传开的。

"什么？"奥斯顿和昱，还有克里斯蒂娜变了脸色。清洗这个词意味着什么，没有人比贵族更加敏感。

唐凌的脸色也变了，他知道他的判断成真了，地下种族都开始行动了，17号安全区怎么会没有配合的行动？

"放心，你们的家族没事。"仰空看向了昱三人，这三个家族一向保持中立，只有御风家族的立场稍微有所倾斜，但在这种情况下，选择明哲保身，那也是可以的。毕竟他们三人身后的家族也算是17号安全区的中流砥柱、战斗支撑，叛徒接手的17号安全区不可能是一个空壳。"清洗和你们无关，我只是随口一说，你们任何人都没事。"仰空淡淡地说道，目光却有意地停留在唐凌身上，和唐凌对视。

他能够感觉到唐凌的焦躁，那一刻压抑不住冲天而起的一股气势，他知道唐凌在担心苏耀。在这个时候，他给了唐凌暗示，聪明如唐凌应该能接收到他的暗示吧？苏耀没事。唐凌一定要保住自己，一定要！至少现在17号安全区所有的行动，并没有任何针对唐凌的征兆。

显然，唐凌收到了仰空的信息，他的神情慢慢平静了下来，那一股冲天的气势也淡了下来。他开始安静地等待着，等待着轮到自己上战场。

已经损耗了多少部队，没有人去计算。战场中地底种族还有三四百个成员的样子，但人类需要两三千的部队才能勉强与之抵抗。可笑的是，因为战场大小的限制，不能再投入更多的部队，那会一不小心惹来那些退出战圈的野兽、昆虫什么的，也会成为对轰炮火的炮灰。所以，只能这样，一队一队的战士不停地补充到战场，就如同用人命去堆。

而这时，紫月战士呢？紫月战士在哪里？怎么一个都没有出现在战场？这是一级战备啊！战士们的人心开始不稳，还有比这更可笑的吗？关键时刻，就连驻扎在别的营地的部队都陆续赶来了，紫月战士竟然没有出场？

仰空开始皱起了眉头，他不明白以昂斯家族为首的这些人，想要将这场大戏演到什么程度才肯罢休。死的战士难道还不够多吗？经历了仓库区任务，又来一次地底种族入侵，17号安全区起码损失了四分之一的战士。这背后，昂斯家族到底准备做什么？

就在人心浮动，每个人都开始莫名地不安时，希望壁垒的主战通道传来了整齐的脚步声。所有人下意识地回头张望，只见紫月战士终于出现了。而且这一出现，就是上百位紫月战士，相当于17号安全区紫月战士的一半数量了。

为首带队的是一个披着黑色斗篷的老者，只要是常驻17号安全区的人，没人不知道他是谁——考克莱恩·昂斯。昂斯家族族长，昂斯家族的一代传奇，最高战力，曾经的17号安全区紫月战队，队长便是他。

可那只是曾经，今天为什么他会重新穿上紫月战士的紫色制式盔甲，披上代表紫月战士队长的黑色紫纹斗篷呢？飞龙，飞龙去哪里了？

仰空的脸上出现了一抹担忧，好像事情与预料的有所偏差，按照所有人的推测，应该是亚罕来接手飞龙紫月队长的位置，为什么会是考克莱恩·昂斯？这会让人更担心飞龙的安危啊，自己走时，飞龙分明还烂醉了一场，在他的房间啊！

但此时已经容不得仰空多想，考克莱恩旁边的艾伯·昂斯忽然站了出来，这个一向不屑在紫月战队执勤的贵族少爷，今天也穿上了紫月战士制式盔甲，甚至披上了代表分队长的红斗篷。一朝得势，就这么迫不及待吗？还是说，这一场抢功的大戏终要上演？昂斯家族一定要把这场功劳牢牢地抓在手里，所以才不惜不顾规则，不要脸地先抢夺了紫月战队的指挥权？

飞龙……仰空的眉间闪过了一丝忧虑，只有想起城主时，才稍微安心，城主不会妥协到这个地步，连飞龙都放弃了吧？

而在这时，艾伯走了上前，看着茫茫大雨中，脸上尽是疑惑不解的战士们，终于开口说话了。

第185章　所谓神圣

"飞龙是叛徒。"这是艾伯开口说的第一句话，而他的话语传遍了整个希望壁垒的顶端所有集结的战士耳中。那是紫月战士的"战吼"，艾伯用来发表这场演讲。

伴随着他的话语声，一道闪电划过，紧接着天空又响起了一声闷雷。没有人说话，突如其来的消息就如同这天空的闪电，突兀的雷声，震得人连反应的时间都没有。

可是艾伯却并没有打算给这里的所有人，所有战士一个消化的时间，他继续开口说道："而且叛徒不止飞龙一个人。17号安全区早已经腐朽不堪，就算城主大人回来，也阻止不了这种腐败的气息继续弥漫。

"所以，你们看见了，一直被我们努力压制着的地底种族入侵我们了。用多少牺牲换来的地底与地面的平衡被打破了。它们突破了我们一直防守的地底关卡，派遣了部队，想要攻占地面，想要占领17号安全区，想要独吞这万能源石。

"我没有一句话是在开玩笑。你们以为紫月战士在做什么？为什么废墟战场之中很少看见他们的身影？因为他们在镇守地下，镇守地下一道重要的关口。

"事到如今，我没有什么好隐瞒大家的。他们的驻地在希望壁垒这条裂缝之中的地底，我们称为地底R区，它的规模相当于一个人类的村落。对，就是一个安全村的规模。希望壁垒的兵力其实占据优势，完全可以碾压它。但是，这R区有三条重要的战略通道，连接着地底更大的区域。所以，我们不敢打破这个平衡，唯一能做的就是派紫月战士驻守这三条通道。双方在默契之下勉强维持这种平衡。

"近百年了，我们一直都是这样无声地驻守着，时不时爆发的小冲突牺牲了多少紫月战士，才换来了希望壁垒的建成，换来了17号安全区稳定的粮食产出地，换来了17号安全区的人口越来越多，慢慢壮大，成为这个风雨飘摇的时代一个合格的庇护地。可是偏偏就有人不为这种牺牲所打动，他出卖了我们。不，确切地说是他以及他背后的利益集团出卖了我们。具体的我只透露一点，飞龙是上个月驻守任务的执行者，他莫名其妙地丢失了一条重要的战略通道，那十几个本该死守战略通道的紫月战士全部逃亡，而飞龙本人……呵呵，一个堂堂的紫月队长，竟然被生生俘虏了。"说到这里，艾伯终于停顿了一下，他的脸上带着悲愤，带着一种写满沧桑的正义感，有些凄惶地扫过了在场每一个战士的脸。

轰隆隆，雷声更大了，这声响雷过后，雨势更加地狂暴，让人眼前都模糊一片，还是没有人说话。说什么呢？飞龙是叛徒，要怎么去接受这个事实？这个曾经被称为17号安全区的传奇，最年轻的紫月队长，少时最耀眼的天才，无数次为安全区出生入死，却又低调亲切的人，他是叛徒？！

这个消息让人绝望，比地底种族入侵更加能够摧毁人心。如果飞龙真的是叛徒，那还能够相信什么？每一天的浴血奋战都带上了一丝嘲讽的色彩。

艾伯的脸上浮现出了一丝冷笑，似乎是在嘲笑叛徒以飞龙为首是多么讽刺的事实啊。唐凌的脸上也出现了一丝嘲讽的冷笑，还有比艾伯更好的演员吗？每一个眼神，每一个神情，每一个动作都充满了专业性。分明自己家族才是勾结地底种族的人，到如今却将无辜的飞龙打成了叛徒？昂斯家族的声望会到顶点的吧？他接下来会说些什么屁话呢？飞龙……到底这个飞龙，对自己一直抱有善意的飞龙，他如今是什么处境？

想到这里，唐凌望向了仰空。仰空低着头，让人看不清他的表情。但总的来说，仰空是冷静的，这个和飞龙最亲密的导师，一定是知道一些什么的，才能保持冷静吧？可惜，唐凌不能开口发问。

而猛龙小队所有的人却担心地望向唐凌，因为在希望壁垒，至少在第一预备营，大家都知道唐凌是飞龙罩着的。那唐凌呢？之后他……如果说唐凌是叛徒，猛龙小队的每一个人都是不相信的。

雨水打湿了唐凌的帽檐，他的侧脸看起来是如此平静，甚至他感应到薇安望向他的担忧目光后，还转头轻轻回赠了一个微笑。结束了，无论怎么样，今天这一场闹剧过后，他和猛龙小队这些同伴们能够亲密共处的日子就结束了吧？唐凌望向了左翼莽林，然后又收回了目光……他想，他日后应该会想念的吧。

在一片沸腾的雨声中，城主沃夫背着双手站在窗前，目光也穿透了整个废墟战场，望向了右翼莽林的远方。飞龙，以他的能力，现在应该穿过莽林了吧！莽林是安全的，但是整个赫尔洛奇山脉却是危险重重，但愿他能够杀出一条血路，顺利地到达黑暗之港。从此，他是要隐姓埋名，忘记飞龙这个身份，变成真正的黑暗自由人，还是不能忘记今日的耻辱，再重新以飞龙的身份，回归17号安全区，用血与火的愤怒来冲刷掉仇恨，就看他自己的选择了。

"城主，这就是你选择的路吗？"佐文的声音有些颤抖。

刚才他与城主沃夫，也是他的亲密战友，并肩了快四十年的兄弟共同经历了今生最耻辱的一场谈判——默认飞龙叛徒的名声，作为交换，那些可耻下流的家伙可以在今天放过飞龙。沃夫答应了。

这个一向威严强势的男人，在那群无耻下流的人走了以后，如同老了十岁，他望着佐文说道："在历史上，总有一个人如同一个靶子，要承受所有的耻辱。我就是这个靶子。但老伙计，你了解我的，对吗？我是一个做什么都要有目的和目标的人。我可以承受所有的耻辱，但我找到了支撑，那就是——守护。我在守护，你明白吗？"

佐文明白，这是沃夫所选择的道路。

没有了代表荣耀的紫色制式盔甲，脱掉了象征身份的紫色制服，只穿着一套普通战士的常规作战服，飞龙狂奔在下着暴雨的右翼莽林。

哭泣，那是多少年前的记忆了？飞龙几乎已经忘记了它的滋味。可是，今天，不是最不应该哭泣的一天吗？为什么，眼泪就是忍不住呢？

相隔不远的希望壁垒，艾伯用了紫月战士特有的"战吼"之法，一句句说出的话，断断续续地传到飞龙的耳中。飞龙痛恨，他的听力为什么那么好？曾经不是为了自己天赋般出色的五感而骄傲吗？

"飞龙，是叛徒。"

"偏偏就有人不为这种牺牲所打动，他出卖了我们……"

"呜——"飞龙的齿缝间传来了无助痛苦的呜咽，该死，不是说好不要哭，不能哭吗？

"我们被收养了，17号安全区收养了我们。"仰空的脸上带着不安。

"17号安全区，什么地方？是个好地方吗？"飞龙一向大大咧咧，他们也有了可以停留的地方吗？

"我不知道，但是沐恩妈妈不会欺骗我们，她一定会找一个温暖的地方让我们生活下去的。"仰空抱着双膝，与其说他在告知飞龙一些什么，还不如说他在自我安慰。

温暖的地方吗？是啊，温暖的地方。那时还年轻的沃夫城主，充满了希望与欢笑的17号安全区……他在这里长大，在这里成为天才，他守护着17号安全区，他抱着最初的理念和希望……可惜，是从什么时候开始改变的？是什么时候自己学会了妥协，忘记了初心？

现在这是报应吗？自己成为17号安全区的叛徒，就在今天这样一个充满了屈辱与讽刺的日子，狼狈地出逃。曾经，遥远的曾经，会想到有这样一天吗？

"啊！"飞龙一拳打爆了一只扑过来的一级变异兽，爆裂的鲜血混着雨水落满了他的全身，可惜他根本无法发泄。泪水，是软弱的，是如此地软弱，让人憎恶啊！可是，仰空……你还要在17号安全区好好地坚持下去啊，还有侧柏，还有他们……当初，被留在17号安全区的一群孤儿，你们会相信我的吧？

越是这样想，就越是止不住的泪水啊。飞龙跑动的速度越来越快，他并非忘记了初心，他是在为他的初心妥协……这是不对的，在这个时代没有妥协，只有永不屈服的铁血！！仰空……仰空！你一定，一定要好好地留在安全区，你不要忘记了唐凌……哪怕只有万分之一的可能，你不要忘记了唐凌。

对的，唐凌！飞龙一把擦干了眼泪，这个名字会让心中莫名地燃烧起希望。那不是万分之一的可能，那必须是百分之百的可能！因为，曾经的那个男人他叫作——唐风！

"唐凌。"仰空抬头，看见的是唐凌望向薇安的微笑。真是一个奇异的少年，让人莫名心安，总还是会想起那个男人啊，怎么能不想起？

其实这非常嚣张，不是吗？连姓都不曾改变，都是一个"唐"字，他就是他的儿子吧？只是，所有人都忐忑着不敢往那个可能想象罢了。在心里默念了一遍这个少年的名字，仰空看了一眼右翼的莽林，心安。

艾伯张狂的表演还在继续，伴随着他功底深厚的"战吼"，这场煽动性的演讲还在继续。"17号安全区，现在是最危急的时刻。的确，它已经被一群蛀虫腐烂到了根子。可是，还有一群不能将它放弃的人，是我们昂斯家族，是今日在场的每一个你们。安全区内现在开始大清洗，我们昂斯家族临危站出，要还17号安全区一个清明。

"而，希望壁垒呢？我们的族长——考克莱恩·昂斯！我相信你们都看见了，九十岁的他重新披上了紫月战士的盔甲，我们来了，带着紫月战士来了。现在，地面上的战争交给你们。地底的封锁之战交给我们。我，艾伯·昂斯将会亲自带领紫月战士，以及第一预备营深入地下，封锁战略要道。今日之战，我们17号安全区必胜。"艾伯在最后，高举起了他的手，疯狂地嘶吼了一声。这样的情绪，伴随着战吼，伴随着已经被煽动起来的情绪，所有的战士都开始狂呼："17号安全区必胜！"

在这样一波一波的浪潮之中，仰空的脸色一变，他有些匆忙地冲向了巡逻之地的一个指挥帐篷，从中拿出了一个大喇叭，用尽了全身的力气喊道："艾伯大人，我有疑问，为什么第一预备营也要深入地下R区，他们的战斗力……"

仰空这一喊，是非常冒险的，因为任谁都知道他和飞龙的关系非常亲密，他在这个时候说出这样的话……尽管没错，但总是莫名地让人排斥。

艾伯的神色未变，甚至没有因为仰空和飞龙的关系，说出半句挤兑仰空的话。他带着悲怆的表情，看向了仰空，也望向了众人："我也不愿意第一预备营出战。可是，现在的17号安全区，除了紫月战士，能找出任何一队精英战士，单兵作战能力强过第一预备营吗？地下有三个战略要道要封锁，紫月战士还要分兵一半镇守17号安全区。大家明白吗？清洗是沉痛的，如果没有重兵把守，我们守护的17号安全区将会被颠覆。我们需要人手，需要勇敢的，有能力的人手。仰空，你明白吗？"艾伯说到最后，流露出了一副无助又无奈的模样。

安德鲁在这个时候站了出来，大声地说道："第一预备营顶峰小队愿意追随紫月战队深入地下。"有了安德鲁的表态，第一预备营的小队都开始站出来纷纷表态。

唐凌始终平静，但阿米尔在这个时候站了出来，大声地说道："第一预备营，猛龙小队愿意追随紫月战队深入地下。"

"阿米尔？"克里斯蒂娜有些惊奇地转头，她自然也被煽动起了热血，虽然在内心她并不愿意相信飞龙队长是叛徒。她只是惊奇，在这个时候，为什么站出来表态的是阿米尔？他们的默认队长不是唐凌吗？

阿米尔很沉稳，很平静，他看向了大家，小声地说道："我们不讨论飞龙队长的事情。我只是想，我们需要战功，唐凌尤其需要。"

"阿米尔，你真好。"克里斯蒂娜感动地抓住了阿米尔的袖子，阿米尔略微有些不好意思地低下了头。

而阿米尔的做法也提醒了大家，与其在这里什么也做不了地担心唐凌，还不如轰轰烈烈地去争取战功，有了战功不就有了护身符吗？

唐凌微微松了一口气，略微有些感动地看向了阿米尔："谢谢你。我以为……"

"我从来没有不喜欢你，从来没有。这句话是真的。"阿米尔认真地望向了唐凌，紧接着说了一句，"你一定要记得。"

"嗯，我记得。"唐凌点头。他其实有怀疑过阿米尔，又一直不愿意去怀疑他，这是比直面针对自己的阴谋更痛苦的事情。因为，唐凌有把阿米尔当作伙伴。而今天，收到的全部都是糟糕的消息，唯有阿米尔的这几句话成了唐凌唯一的安慰。

"谢谢，谢谢你们，年轻的新月战士们！"艾伯适当地表现出了感动，然后忽然大声地说道，"新月战士是我们的希望，他们那么热血，那么英勇地站了出来。我们紫月战士也必定要做一些什么！"说话间，艾伯第一个解开了腹部的一个锁扣，随着"啪"的一声响声，他背上的战术移动盘被解了下来。

"紫月第一队、第二队、第三队，卸下战术移动盘。"艾伯大声地宣布到。这些紫月战士听命，依次都卸下了移动战术盘。

"大家知道，紫月战士最重要的装备——移动战术盘，因为材料的珍贵，17号安全区储备有限。所以，每出现一个紫月战士，我们才会临时制作一个，现在拿不出更多的战术移动盘。

"可是，它是什么？是保命的利器，是我们战斗的最好辅助。现在，紫月战士的战术移动盘全部交给新月战士，因为他们是17号安全区未来的希望。"艾伯的话音刚落，整个希望壁垒的顶端就爆发出一阵掌声。

而艾伯继续宣布道："紫月战士，现在解开战术移动盘'音频'锁定锁，让战术移动盘可以录入第二个人的声音，以便用于作战。第一预备营新月战士听命，刚才出来表态的队长，过来领取战术移动盘。"

"是！"第一预备营回答整齐如一。

安德鲁微微低头，嘴角流露出一丝带着疯狂的笑意，然后仰头用一种悲壮庄严的步伐上前，而所有的队长，包括刚才表态的阿米尔也跟随着安德鲁的脚步上前，领取这所谓神圣的战术移动盘。

唐凌冷漠地看着这一切，深入地下？是有阴谋，还是一场表演？他的信息太少，暂时还得不出一个准确的答案。

第186章　人格

即便不相信艾伯，但深入地下的行动还是必须去完成，在这种情况下是没有办法反抗的，而且地底种族的疯狂屠杀，人类战士的牺牲，同样也刺激着唐凌。他理智，却不冷血。他知道昂斯家族终究会结束这一场闹剧，但前提是需要配合他们的表演。所以，即使内心始终有些抗拒，还带着深深的焦虑，唐凌也不得不自始至终保持沉默。看着阿米尔拿回了七个战术移动盘，开始分给每一个人。

仰空作为导师，是要负责为第一预备营的新月战士讲解战术移动盘的用法的。可是，他似乎有些没心情，在外人看来也许是因为他担心飞龙，可实际上他在思考——要不要阻止唐凌参加这一次的地下行动？如果阻止，有什么完美的理由？

可是，真的要阻止吗？从现在来看，还没有任何针对唐凌的事情发生，艾伯所做的一切，的确是表演，但有阴谋吗？暂时仰空也想不出来，如果有阴谋，会是什么？战术移动盘？这是唯一能够让人想到的点。不过，战术移动盘是紫月战士身上临时卸下的，而且领取的时候，仰空特别观察过，也没有发现任何的不妥，完全就是依次领取。如果真有阴谋，恐怕猛龙小队中有叛徒，才能做到配合。但这七个少年之间的感情很好，他们之中有叛徒？仰空是不会相信的，因为看着他们就像看着曾经还是孤儿的他、飞龙和侧柏一样。

那么就按兵不动吧。如今他的一举一动也一定会被注意的，真要特别找个理由让唐凌不去参加行动，反而是把唐凌推到了风口浪尖。一切，都等今天这一场闹剧结束了再说吧。唐凌必须离开17号安全区，这样看来，只能冒险一搏，将这个秘密告诉城主，城主会庇护唐凌的吧？就像庇护飞龙那样。

打定了主意，仰空神色未变，走上前去，开始讲解战术移动盘。关于战术移动盘，主要由四个关键部分构成。第一部分，是枢纽中心，这里有一个微型芯片，受录入声音的人声纹控制。在收到指令以后，它能够快速地分析出指令内容，然后控制"线盘"和"智能锁扣"两个部分，来做出符合指令的回应。

第二部分，线盘。这是战术移动盘最珍贵的部分，珍贵的是它中间的那一根长达两千五百米的，细细的，几乎透明的丝线。"这是Ⅰ级材料，严格地说起来是Ⅰ级特殊类材料，与金属和复合金属类材料是有区分的。它是高强度韧性复合金属塑料丝。实际上，它真正的主材料是生物材料，主要的原料来自紫月时代一种叫作纺锤蛛的蛛丝，然后根据一张特殊配方，添加了别的材料复合而成。它的强度，除了可以承受五吨的拉扯力，还可以承受C级材料所铸造的武器上千次斩击，也能承受B级材料所铸造的武器上百次斩击。17号安全区没有纺锤蛛，它是一种重要的战略资源，每一个线盘都是我们对外采购的。所以记住，依靠它也必须珍惜它，每一个战术移动盘都是来之不易的。"对本职工作，仰空都是特别敬业的，他对战术移动盘的讲解是精细的。

第三部分，则是智能锁扣。关于这个锁扣，它由B级合金制造，强度不用怀疑。在锁扣之中一样有一块微型芯片，接收来自枢纽中心的指令。它的作用，主要是保持"移动"这个特色，就好比人前行了两千米，快达到战术移动盘两千五百米的限制长度时。一声"开锁"，锁扣就会从固定的地点自动松开，战术移动盘中的线盘就会自动收回丝线。也就是说，战术移动盘因为有了智能锁扣，随时都可以保持机动性，并不受距离的限制。

第四部分，是战术移动盘的能源中心。而所谓的能源中心，实际上类似于前文明的"电池"，但它们存储的能量并不一样。电池存储的是化学能，产生的是电能，这个能源池存储的是来自于万能源石的紫色能量。它的主材料是由高品质的玉石碎屑和一种产自紫月时代，发生了微妙变异的碳，按照一定的比例混合而成。在制作完毕以后，需要摆放在万能源石五十米的范围内，吸收能量一百天，才能最终完成。一般情况下，它的能量能够支撑高机动、高强度的战斗四十八个小时。它和线盘紧密的连接，为线盘中的小型机械臂提供能源，如此才能让线盘产生巨大的"机动性"，就比如"回弹"……

总结起来，战术移动盘的构造就是如此，在了解了构造以后，使用起来也就没有太大的疑问了。

"现在开始录入声音，之后战术移动盘就会根据你们的声控，和你们的战斗密切配合。"仰空快速地说道。在他的演示下，每个人都拿起分配给自己的战术移动盘，打开战术移动盘的外壳，摁住其中的一个红色按钮，开始录入自己的声音。这一步完成以后，只要装备好战术移动盘，就可以开始进入地下作战了。

可是，仰空却并没有立刻放行，而是大声说了一句："战术移动盘相当重要，你们临危受命，还没有适应有了战术移动盘的作战方式。所以，你们现在先适应一下战术移动盘的作战方式，再出发吧。"

仰空的话语无可厚非，而真实的目的却很简单，他始终不能完全安心。打着让新月战士适应战术移动盘的作战方式这个理由，实际上是在检测战术移动盘有没有问题。

艾伯站在雨中，看似关注地望着废墟战场的战况，等待着出发。实际上，他的目光会时不时瞥向新月战士所集中的那一片地方。此时，新月战士的队伍有些凌乱，第一次使用战术移动盘，多少会显得有些笨拙，所以队伍看起来有些乱七八糟。不过，到底是17号安全区筛选出来的天才，只是不到一分钟，就有许多人适应了战术移动盘的作战方式。

在其中，唐凌并没有表现得太过突出，虽然装备上战术移动盘的那一刻，唐凌就知道这样的装备简直就像为他设计的一样——配合上精准本能，让他的生存率起码提高了百分之五十。

"不会有问题的。"艾伯低头，用非常小的声音自言自语，嘴角带着一丝得意的笑容。但没有人听见他的话，也没有人注意到他这一闪而逝的表情。

看着第一预备营的新月战士们试完了战术移动盘，重新整齐列队，准备出发的时候。艾伯的心跳是如此之快，运筹帷幄了那么久，再加上一些运气，如今就快要有结果。时代的宠儿是他艾伯。

这是一条令人厌恶的裂缝。当站在它的一旁，这种让人从骨子里就感觉到排斥的心理，更加不可压制。

"紫月战队，第一队，第二队，下行。"艾伯是整个行动的总指挥，从废墟战场一路厮杀到此，不得不承认，他的指挥无懈可击——既巧妙地帮助普通战士解决了十几个地底种族，又在此次地底战斗规定的突进时间内，赶到了裂缝之旁。这个人，如果不是一个叛徒，他会成长为一位优秀的将官，乃至元帅。可惜，并不是每个人都能拒绝捷径的诱惑。

没有丝毫的耽误，艾伯指挥着先行紫月战队开始深入地下，根据情报，地底种族的三条战略要道中，第二要道完全失守。看似地底种族并没有补充兵力，实际上他们是在第二要道外集结重兵，准备集中兵力突破到地面，一举占领希望壁垒。所以，集中两个分队的紫月战士，首先去到第二要道，在敌军集结完毕以前，占领第二要道，并做出一定的布置，打乱敌军的计划。当第一要道和第三要道稳定下来之后，再补充兵力到第二要道，必要时，精英战士也会深入地下，加入其中。

整个战术说起来非常简单，关键点就在于时间——和敌人争分夺秒，抢占第二要道。但稍许明白一些战场残酷的人，都可以预见第二要道将会成为战场"绞肉机"，没有一个人内心不沉重。

艾伯这样的速度完全展现出了一个优秀指挥官的素质，看着一个个紫月战士如风一般地跃下裂缝，只有唐凌心中充斥着冷笑。"狗屁的情报，哪里来的情报？只有配合的表演吧。"

不用剧本，也可以猜测出，关键时刻，艾伯会突破第二要道，深入敌军内部，凭借一己之力，控制住敌军的首领，让战斗在充满了个人英雄主义的色彩下，戏剧性地结束。这样，才会让艾伯的个人名声到达顶点，才是整场战斗符合逻辑的最好结束场面，也顺带让昂斯家族成为一个英雄家族，塑造出比沃夫还要高尚的名声，以便于日后将沃夫也彻底架空，甚至驱逐。卧榻之侧岂容他人鼾睡，就算沃夫已经是一个傀儡城主，但对于昂斯家族，他的存在始终像一颗眼中钉。

　　没人教导唐凌这些分析与算计，但这种俯瞰大局的本能就像唐凌天生的能力一般，如同他的精准本能。

　　"或许失落的记忆之中，有人教过自己战略观？"唐凌偶尔也会有这样的猜测，但却会觉得有些无稽，毕竟自己四岁以前学这些，是搞笑吗？

　　雨，仍然在下着，比起刚才的狂暴，稍许温柔了一些。随着第一、第二分队的紫月战士身影已经渐渐融入黑暗的地下不见，剩余的紫月战士也纷纷跳入了裂缝之中。他们的任务是镇守在第一，第三要道，快速地清扫来袭的敌人，然后再和第一、第二分队会合。

　　至于第一预备营的任务是什么呢？那就是驻守R区，如果有敌人从要道中突围，那么第一预备营会以小队为单位，快速地杀掉这些漏网之鱼。所以，他们作为最后的补充队伍，深入裂缝。

　　"安德鲁，R区的地形图已经交给你了，你现在负责将地形图交给每个队伍的队长，然后结合实际情况，分开驻守R区。你顶峰小队的实力最强，所以我命令你们驻守在兵力相对薄弱的第一要道。记住，这是战争，驻守任务的分配，希望你们不要掺杂私人的恩怨在其中，必须结合实际情况，任何人如果因为私人恩怨，影响到战局，回来以后我会军法处置。"艾伯一副大义凛然的模样，特别强调了不能掺杂私人恩怨。而且，当着所有人的面他将最危险的驻守任务交给了顶峰小队。

　　至少，唐凌也看不出艾伯有什么私心。对的，这次地底决战的地方是在第二要道，但从整个战局上来看，第二要道的驻守任务反而是最轻松的。因为紫月战士最终会集中兵力在第二要道决战，所以从第二要道冲出的漏网之鱼有多少呢？反而第一要道从出发前大家所看的地形图来看，是覆盖范围最广的一条战略要道，它由一条主通道和七条错综复杂的小道构成，意味着有七个出口都可以通向R区。

按理说，第一要道在平时的驻守任务之中就应该布置最多的兵力，可是17号安全区的紫月战士有限，所以第一要道向来是由与其他要道同样人数的紫月战士配合最精英的精英战士来驻守。这批精英战士会配备最先进的热武器，而且精于搏斗术，虽不及紫月战士，但是完全碾压普通人，被称为最接近紫月战士的战士。可想而知，这批人也不会多，他们长期驻扎地下，几乎是希望壁垒的"隐形兵力"，常年都不会回归地面。从某种意义上来说，他们是真正的英雄，可是他们的人数也实在有限。结合起来，第一要道确实是兵力最薄弱的地方。

如果不是提前分析出了昂斯家族的阴谋，唐凌几乎都要为艾伯的大义凛然所感动。可是，一想到第一要道那些常年驻守在地下的最精英战士，唐凌的心中就翻滚着一股愤怒。估计昂斯家族的计划，是不会考虑这一次所谓地底歼灭战，是否会牺牲他们的。

毕竟，紫月战士还会"轮守"，他们几乎没有轮换，只能常年在暗无天日的地下，等待他们的不是英雄般的待遇，而是莫名其妙毫不知情地被牺牲。多么可悲。

在这个时候，艾伯带着一股悲壮正义的表情也深入到了地底裂缝，按照战术安排，他会赶往第二要道，亲自带领驻守在那里的紫月战士来完成最危险的任务。昂斯家族争抢苦活累活，不怕牺牲。多么伟大啊！狗屎一样的伟大。

而这边安德鲁也一副大义凛然的模样，如同捧着圣旨一般郑重地捧着那一幅R区的地形图，用一种同艾伯如出一辙的悲壮表情，"唰"的一下拉开了R区的地形图。真是表演欲爆棚，唐凌猜测昂斯家族应该都是一群有表演人格外加反社会人格的危险分子吧。如果不是老天赐予了他们高贵的出身，估计什么连环变态杀手就是他们。毕竟从心理学上来说，反社会人格加上强烈的表演人格，外加一些暴力倾向，就已经能够构成一个高危罪犯的基础心理了。

想着这些和战争并不相关的事情，唐凌根本无心听安德鲁所谓的狗屁分配。他只是担忧，17号安全区落在这样一群家伙手里，会面临什么样的前途？对人命如此冷漠，没有同理心，同情心，加上如此危险的心理，17号安全区会在以后成为地狱吗？

"猛龙小队，你们驻守在这一片。"此时，安德鲁在地形图上圈出了一小片地方。这片地方不是最安逸的地方，但也远远不是最危险的地带，它处于第二，第三要道的一个交错点。因为地处交错点，所以它肯定不是最安逸的，因为最坏的可能是要面对两面的敌人，会疲于奔命，甚至应接不暇。但为什么不危险？是因为它并没有明确镇守哪条要道，只是处于一个补充地位，毕竟其他要道覆盖的范围也有其他小队镇守。

很公平，安德鲁至少在所有人的眼里并没有徇私。表面上看，他没有过分地为了避讳私怨，而给猛龙小队一个最轻松的镇守区。虽然猛龙小队的排名令人汗颜，占据了倒数的大部分席位，但他们人数有七个，论实力，有家族天赋的昱和奥斯顿，还有天赋出众的阿米尔，其实不弱。但更没有为了私怨，去给他们一个艰难的镇守区。这还不公平吗？而且安德鲁也表现出了和艾伯一样的指挥才能，至少在任务的分配上异常合乎情理，考虑周全缜密，让人信服。

就连瞄了一眼地形图的唐凌，也认为安德鲁的方案非常合理，就算是他来指挥，恐怕在这么短的时间之内，也想不出更好的替代方案。一切毫无破绽，至少没有针对自己的破绽，所以这是一场单纯的表演而没有阴谋吗？焦虑的感觉还在烧灼着唐凌，但这感觉又不是危险的感觉，唐凌自己也无法解释。

安德鲁在此时站了起来，望着所有人说道："我的战术分配就是如此，所有的队长还有任何疑问吗？"

"没有。"第一预备营在这种时候，还是显示出了天才营的高素质，列队整齐，回答统一。

"那好，我们只有五分钟做出战术安排的时间。现在过去了三分钟，时间就是战场的一切。出发吧。"安德鲁简单地说了一句，就带着顶峰小队的人率先跳入了裂缝之中。

而唐凌也开始整理装备，不管这是不是一场表演，他也愿意多杀几个地底种族，少一些人类为此牺牲，至少在艾伯完成他的伟大表演之前。

第187章　暗藏之谋

地下世界，R区。

无论想象了多少次地底世界应该是什么样子，可当真实看见的时候，才发现人类的想象还是充满了局限，不能去完整地勾勒另外一个文明。至少唐凌是如此认为的。

这应该是一个什么样的文明？其实从凹凸不平的裂缝边缘跃下，在地底穿梭的时候，就可以下一个粗浅的定义，叫作"洞穴文明"？是的，仿佛这个地底种族对打洞有着执着的追求，所以在地底并不是想象的那种一条深深的沟壑就直通R区，而是蜿蜒曲折，交错凌乱的各种洞穴。

地下黑市应该会喜欢这样的地方。因为这些地底种族不仅对打洞有着执着的追求，而且个个都应该是大师。它们打造的洞穴线条整齐，通风流畅，甚至不知道是通过了什么样的手法，每个洞穴都有一个透光口，曲曲折折引来了来自地面的自然光。虽然在唐凌看来，这完全是一个发光体就可以解决的事情，就比如油灯什么的，毕竟地下种族应该不缺油料吧？但它们还是不怕麻烦地引来了自然光，是否可以理解这是一种执着呢？

除此之外，它们可能按捺不住手痒，时不时还会在这些作为通道的洞穴上雕刻一些人类难以看懂的装饰。或许是装饰？也有可能是它们的图腾和文字，似乎在诉说一段古老的历史。

因为"义体"的存在，这些洞穴统统都是怪异的"双圈"构造，就是一个小圈邻着一个大圈。可以去想象这样一副场景——当卸下义体时，它们会走小洞穴，当装备上义体时，它们就走大洞穴。不过，按照人类的思维会觉得这是一种工程浪费，直接全部打造成大型洞穴不就好了？所以，看到这种双圈相邻，互相交错，让道路更加复杂的奇异怪状，唐凌只能认为这些地底种族对打洞有着特殊的执着。

百年探索，这些迷宫一样的道路再也成为不了前进的阻碍，按照人类留下的特殊标记，他们一路几乎是毫无阻碍地前行。

唐凌的精准本能在这个时候快速地运行着，如此复杂的道路也快速地在他脑中被印记，如同一个精准的3D模型。毕竟，唯一的地形图在安德鲁身上，唐凌可不愿意在这一点上受制于人。

洞穴非常安静，并没有任何地底种族的存在。按照艾伯的情报，毕竟大部队在集结，在这里和地底种族相遇的可能性为零。只是在其间穿梭着，倒是让人更加盼望能够看一看地底种族的文明究竟是什么模样。

"看不到的，就算到了R区，也不是它们真正的文明。"在队伍的前方传来了安德鲁的声音，他是在回答之前顶峰小队里某人的提问，R区分明就是地底种族的居住地，为什么仰空会说没人了解真正的地底文明？

"为什么？"有人忍不住提问，声音略微有些高昂，在安静的洞穴中来回回荡，也不知道传出了多远。

"安静。"安德鲁低声训斥了一声，但还是简单地回答道，"传说地底种族真正的文明聚集在它们的几个地下大城。那是它们的文明起源，埋藏着关于这个星球的秘密。至于什么R区，甚至更大的地下种族聚集地，都不可能窥见它们的文明。你可以理解为，那只是军营，侵入地面的军营。你能够从一个军营窥见它们的文明吗？"

不得不说，安德鲁的知识是丰富的，这些从资料库里都不可能查阅到的东西，让唐凌对这个世界的了解又加深了一层。

"真是好奇它们的城市。"有人忍不住低声说了一句。

"最好不要有这种想法。一切就如仰空导师所说，还没有人真正进入过它们的国度，更不要说那几大城市。人类的强者比你想象的多，为什么还会这样呢？"安德鲁用一个反问打消了那个人不切实际的好奇心。

而且，人类从来都是探索欲无穷、好奇心爆棚的生物，这仿佛是刻在遗传碎片里的本能，在这种本能的驱动下，还对地下文明几乎一无所知，只能说明那里的危险不可想象，让无数强者有去无回。就算如此，能看一看R区也是好的，就算一个类似于军营的地方不能窥探到它们的文明，至少也能勾勒出一些蛛丝马迹。

这是唐凌的想法，也是大多数第一预备营的新月战士的想法。也只有天才们才有这样的心情，在生死大战之前，还带着充满了疑问的好奇心。可这毕竟是行军，在这一个问题以后，队伍又重新陷入了安静，只有频率极快的脚步声回响在洞穴之中。

按照第一预备营的行军速度，这蜿蜒曲折的洞穴也让他们前行了整整十五分钟才达到了目的地——R区。

唐凌一路都在利用精准本能计算，这些洞穴与地面看似是平行的，实际上一路都在蜿蜒向下，只是这个向下的角度非常细微，看似入口离地面裂缝只有五十几米，实际上目的地已经深入地下接近一百米的垂直高度了。

在这里，还感受不到与地面的任何不同，依旧有空气流通，且并不憋闷，也依旧有自然光线透入，但除此以外，整个R区都充斥着异样的高温。

六十二摄氏度。这是精准本能给出的答案。前文明的人类在这样的环境下，坚持不了一个小时。因为这里并不是极度干燥的环境，而是有一条地下河从整个R区的中心地带曲折而过，这就注定了这里的空气湿度很高，会导致人类的汗液无法顺利蒸发。

可是放在这个时代，这样的环境和高温，对于普通人来说也并非不可承受，或者说能够承受的时间大大延长，更不要说这些已经远远超越普通人的新月战士。除了略感燥热，他们并没有任何的不适，甚至连解开常规作战服的想法都没有，现在的他们都震撼于这个全新的文明，尽管这只是一个所谓的军营。

唐凌也同样感到震撼。他发现之前把这个文明定义为"洞穴文明"是不对的，如果真的要精准定义，应该是"地热文明"。

整个R区是什么？是一个巨大的洞穴。但是在这个洞穴之中，除了有一条地下河，还有一个直径不超过十米，不停地冒着沸腾岩浆的，就像一个火山口的熔岩洞口。这个洞口并不是裸露的，而是被一个半透明的，像是不纯净的金刚石做成的罩子罩住了。而这个罩子上有着无比复杂的纹路，就像是基因链测算仪上的纹路一样，但是比起那个，可能要粗糙许多，毕竟基因链测算仪上的纹路精细到乍看之下只是寻常的一根线条之中，也蕴含着数不清的线条。

可即便如此，唐凌用精准本能观察，也发现它的精细程度不亚于人类最先进的芯片，但是回路却是一种完全不同的构造——在关键点上镶嵌了红色的细碎宝石，就像人类的高级机械表会使用人造红宝石作为机械轴承那样。

但这些细碎的红宝石是否是轴承，唐凌完全不知，只知道这个金刚石的罩子，用来当作一件精美的抽象艺术品也完全合格。但是没人能把它带走，因为它显然是一个大型的仪器，在其上有一根实心的柱状物，直径为大约二十厘米，长却有三米。这三米的实心柱状物被打磨得非常光亮整齐，从不同的角度刻出了多个棱面，就像金刚石那般。也不知道这个罩子是通过什么原理，聚集了来自岩浆的热能，让整根柱子通体透红，就像一根火柱。这根火柱一头连接着金刚石罩，一头连接着一台悬挂于三米高空的机械。这台机械全身同样被金刚石罩住，但能模糊地看见里面的各种零件，齿轮和轴承在内部不停地运行着。而在这台机械之上，又有无数的柱子连接着它，这些柱子被牢牢地固定在洞顶，然后又各自蔓延开来无数的分支，通向了洞壁上的各个小洞。这些小洞穴明显就是地底种族居住的洞穴，就算站在大厅的中央，也能够感觉到这些小洞有流通的空气，还有恒定不变的温度，以及……有一些形象狰狞的义体就悬挂在小洞外面，直接连通着一根柱子，在一明一灭地闪烁着。

所以这些柱子有"空调"的作用，让这里的温度保持在地底种族所喜爱的六十二摄氏度？至少唐凌进入R区以后，发现这里的温度几乎是恒定的。这些柱子还有交换空气，让空气流通的"新风系统"的作用？还是说，这些柱子最大的作用，是给义体充能？

唐凌还无法具体猜测出什么来，毕竟他不是科技者，但总的来说，唐凌知道地底文明的能源支撑来自哪里了，来自这些岩浆！或者说地热。不用怀疑，只要有了可持续利用的能源，一个文明就有了发展的基础。

甚至唐凌略微有些酸，毕竟它们的能源看起来比前文明的人类利用的石油能源更加环保，更加……甚至它们利用种族优势，大量地开采了金刚石……而前文明就有过猜测，星球的金刚石能源其实十分丰富，只是前文明的技术还做不到去开采这些深埋在地下的金刚石。所以，按照金刚石的硬度来说，它的确恒久远，但价值？估计够不上永流传。

总的来说，就是这么一个利用地热的动力设备，已经刷新了唐凌对地底种族的认知。可这并不能代表地底种族的全部，因为这里充满了一种非常异样的矛盾感——分明有那么先进的地热科技，但这里却处处都是火堆，火堆旁堆积着各种被啃噬干净的骨头，其中甚至有人骨。

这是让人非常愤怒的事情，不是同一个种族，地底种族吃人是不会有任何心理负担的，可人类是绝对不可能接受这一事实的。这么原始粗鲁的方式，再配上旁边那些如同上古文明中挖掘出来的，甚至比上古文明还粗糙的陶器、骨器，甚至石器，又让人恍然觉得到了原始社会。

这是什么样的碰撞啊？唐凌的目光不由得落在了在这个巨大洞穴壁上那些密密麻麻的小洞穴上。这些洞穴并不像他们一开始以为的那样粗糙，它们形态各异，线条虽然诡异却显得非常丰富，每一个洞穴都像一个抽象的雕塑作品，在其中你可以找到一点儿人类文明的影子。

比如唐凌看见的其中一个洞穴，就充满了古华夏的气息，努力地表现着瓦当、砖石的古风，以及翠竹环绕的幽静淡雅感。尽管学习得不到位，结合起来显得有些不伦不类。

这就是地底种族的"精神世界"吗？个个都是雕刻、打洞大师，难道没有阳光的生活太过压抑，把它们逼迫成了这般模样？在地底也要玩泥巴，玩石头。唐凌心里并无同情之意，为什么要同情这些吃人的家伙？连用文明去融合它们的兴趣都没有！唯一有的，只是对一个陌生的文明保持着适当的谦逊与尊重罢了。

　　站在这里不过两分钟，唐凌就得到了这些信息，总算对地底种族有了浅薄的了解。可是到这里的任务是战斗。安德鲁也适当地咳嗽了一声，然后说道："站在这里，让你们满足好奇心，已经是我作为指挥最失败的一件事情。两分钟了，幸好没有发生任何战斗。现在，各自散开，按照之前的安排，开始执行任务吧。"

　　猛龙小队所在的区域，在第二和第三战略要道的一处交错点。这里靠近地下河，覆盖的范围大概为方圆一公里左右。整个R区的大洞穴形状非但不规则，还非常扭曲，这里的南北两侧各自有延伸出来的一道岩石壁遮挡着，像一个半密闭的小区域。除此以外，这里并没有什么特别。

　　猛龙小队来到这里以后，开始各自原地休整，毕竟现在看似安静，但战斗随时都有可能发生，所以让体力保持在最佳状态，是一个合格战士随时都不能忘记的事情。

　　但唐凌却没有在这个时候选择休整，而是绕着这方圆一公里的地方到处走动。他在观察着这里的一切，渐渐地皱起了眉头。这两块岩石壁看起来让人非常有安全感，除了如果收到支援信号，要绕过岩石壁出外作战有些麻烦以外。但这算什么麻烦呢？它们各自的长度都不到一百米，按照新月战士的速度不就是几秒钟的事情吗？

　　但事实并非如此！毕竟这里一面是巨大的洞穴壁，两面是岩石壁，就形成了一个"凹"字，在战斗中，如果后方有敌人突入，那猛龙小队无疑会陷入被"包饺子"的境地。不要指望支援，人永远不能只倚仗于外界的援助。但这是阴谋吗？显然也不是！这么浅显的阴谋，很容易破局的。

　　唐凌尽量让自己不要胡思乱想，而是仔细地观察。然后在两道岩石壁上分别圈出了四个点，对猛龙小队的其他人说道："过来，把这四个地方凿穿。高度不要超过两米，宽度也不要超过一米五。"

　　"干吗啊，这会浪费体力的。"奥斯顿根本还没有开始战斗的觉悟，懒洋洋地半躺在地上。或许是这里太过安静，连战略要道中紫月战士的战斗声都没有传来，让人不禁会放松警惕。毕竟紫月战士挡在前方，给了人十足的安全感。

　　"不干吗，凿穿它。"唐凌没有解释的心情，那股越来越重的焦虑感已经上升到了折磨的程度，他直接拔出了C级合金长刀，开始快速地切割这些岩石。幸好不是金刚石，否则就算以唐凌的力量配上C级合金长刀也是要颇费一番力气的。

而唐凌的直接行动，让一向信任唐凌的猛龙小队成员也开始纷纷行动起来，尽管心底还有疑问，但彼此之间的默契、信任和感情早就不是一朝一夕能培养出来的，所以唐凌不愿意解释，大家也就不问。利器切割开凿岩石的声音开始回响在这一片小地方，而在周围的其他队伍因为光源和距离的问题，只能听到声音，却并不知道这里发生了什么，只能压抑着疑惑，更加小心地防备着，毕竟不得擅自离开各自的镇守之地。

压抑的气氛，伴随着升腾的焦虑情绪，让唐凌开凿岩石壁的速度越来越快，碎石飞溅之间，唐凌总感觉这一场表演战有一个明显的漏洞，让人能嗅出阴谋的味道。这个漏洞是什么呢？唐凌皱着眉头仔细地思考着，而他一人负责开凿一个点，速度比其他分别由两人配合开凿的三个点还要快。

"轰"的一声，唐凌一脚踢开了最后一层薄薄的岩石壁，伴随着这个声音，在第三战略要道之中终于传来了隐隐约约的打杀之声。声音一开始还并不大，但是只是一分钟不到的时间，就已经变得非常清晰，让整个洞穴中的人都听得分明起来。而这就如同一个信号一般，接连着第一战略要道和第二战略要道都同时传出了打杀的声音。只是瞬间，就从模模糊糊变得沸腾爆裂起来，还伴随着隐约的晃动，可以想象一场接触战，从碰撞的一开始，没有任何的过渡直接就进入了白热化。

奥斯顿的手心开始略微出汗——这该死的岩石洞壁究竟是什么玩意儿，虽然不是坚硬得难以凿动，但这硬度依然恼人，每切割下一块岩石，都会耗费相当的体力。所以，当战斗的声音在三个战略要道都清晰爆发时，奥斯顿忍不住问道："唐凌，还要继续吗？我们随时都可能马上进入战斗状态。"

唐凌没有回答，他一人已经开凿出了一个符合要求的口子，他直接冲到了奥斯顿这边，开始快速地帮助奥斯顿和克里斯蒂娜搭配的二人组开凿岩石壁。

"唐凌是对的，我们抓紧时间。"昱在这个时候突然喊了一句，御风家族在战场上声名赫赫，昱从小接受的培养可不是单纯的个人武力，更有关于战场上的战略和战术，他看出了问题。

"是，抓紧时间。"唐凌的速度飞快，在这个时候顾不得有任何的隐藏，近乎是发泄一般地凿砍着岩石壁。

"你是怪物吗？"奥斯顿虽然还是不解，但这种突如其来的紧张感感染着他，让他不敢有半分的保留。

　　唐凌的汗水开始在额头密布，这并不是因为他感觉劳累，而是内心的焦虑在这个时候似乎陡然上升到了顶点。

　　"杀！"从第三战略要道之中传出了一个清晰的"杀"字，因为这里靠近第二和第三要道的交界点，所以这个字就像喊在耳边一样。

　　唐凌的手一震，心中已经感觉到强烈的不对，可是他还没有抓住重点！时间，给我两秒时间。思考，我需要思考。唐凌猛地把长刀插入了岩石壁中，停止了动作，开始努力地让自己冷静下来。关键点，关键点！

　　唐凌举目四望，耳中充斥着各种打斗的声音……什么是关键点？地面的熔岩洞？那个让人震撼的地热装置？无人的小洞穴？小洞穴外悬挂的不超过四十具还在明灭不定的像是在充能的义体？还是这些打斗声中传递的信息？

　　一秒……唐凌的额头上汗珠滚落。两秒，唐凌握紧了拳头。三秒，四秒……奥斯顿狂吼了一声，在唐凌的帮忙下，顺利地打开了第二个入口。

　　"哐当"一声，唐凌之前插入洞穴壁的长刀掉落在了地上，奥斯顿转头望向唐凌，嘴唇开合着，显然是对唐凌现在的状态有所疑问。

　　也就是在这一瞬间，唐凌猛地抬头，甚至顾不得捡起长刀，在奥斯顿异常震惊的目光下，猛地一甩手腕，拿出了"狼咬"，整个人向上一跃，同时伸出手臂，将"狼咬"深深地钉入了洞穴壁中，以此为支点，整个人快速地向上爬去。

　　"这是做什么啊？"奥斯顿不明白唐凌的思维怎么如此跳跃。而与此同时，十几道喊杀声响彻在第二和第三要道，接着便是一片激烈的兵刃相撞的声音，伴随着热武器的声音。

　　"去帮忙开凿洞口。"唐凌在此时没有任何的解释，只是快速地朝着洞穴壁上方爬去，这句话音刚落，他已经爬了快有十五米的高度，几乎快接近岩石壁的高度。这样的高度还不够！没有阴谋吗？原来这个阴谋隐藏得如此之深！如果真的是针对我的，我现在要怎么做？做出什么样的选择？

　　唐凌的脑中翻腾着各种念头，已经没有更好的办法了，如今要做的一切都是补救。可就算是神仙，在信息缺乏的情况下，也无法去勾勒隐藏在暗处的阴谋啊。唐凌的内心开始痛苦，他知道告别也许就在下一刻，甚至来不及说一声再见。

　　而此时，他已经爬到了二十米左右的高度，他抓住一块稍微凸出的岩石，开始用"狼咬"快速地在这里切割出了一个直径三厘米，类似于钩子形状的岩石小柱，将战术移动盘的智能锁扣挂在了这里。然后来不及喘一口气，又快速地切割出第二个，第三个……

　　"将你们的战术移动盘扔过来给我！"唐凌挂在岩石壁上，大声地喊了一句。在不为人注意的大洞穴壁上，此时一具义体忽然停止了明灭不定的闪烁……

第188章　悲战

　　"唰""唰""唰"，几声整齐的声音响起，六个战术移动盘按照一定的顺序都扔给了唐凌。接着被唐凌固定在了岩石壁上。这算是一个小弥补吧，第一次使用战术移动盘，就连唐凌最初都没有设置安全点的概念。

　　而如今选择这个安全点，是万分无奈的做法，因为没有拉开一定的距离。不应该是这样作战的，在有限的空间内，七个人作战，如果稍有差错，线盘内的线丝就会绞缠在一起，那将是灾难性的后果。可是时间已经非常紧迫，来不及找到更好的地方了，在接下来的时间内，唯一的办法只有高强度地运用精准本能，来指挥作战，避免发生这样的后果。否则，这为了困死他的阴谋，会让他人陪葬，这岩石壁作为困局的一部分，也并不是全无作用，至少……至少能够在最危急的时刻，让猛龙小队的队员们得到最少一分钟的喘息时间。

　　只有一分钟，但已经足够了。毕竟，目标应该是他，而不是别人，如无必要，想必不管是安德鲁也好，艾伯也好，都不会愿意让猛龙小队的其他人牺牲，特别是奥斯顿和昱。他们身后的家族原本应该是勉强接受17号安全区被颠覆的结果，如果奥斯顿和昱在这个时候出事，对于整个局势的稳定并不是什么好消息。所以，这关键的一分钟，唐凌要为队友争取。

　　接下来呢？便是支撑，支撑到大戏将要上演完的前一刻，这一分钟就会发挥作用，因为那个时候才会有空出的人手，顺理成章地救下猛龙小队的成员。亦或许，不用支撑那么久，但为了保证他们的安全，唐凌愿意这样去支撑，因为那将是……

　　固定好了猛龙小队的战术移动盘，唐凌整个人从岩石壁上俯冲而下，一条细细的近乎透明的丝线也快速地从他的战术移动盘拉扯而出。风声，呼啸在唐凌的耳边，落地以后，唐凌没有半分停留，直接冲入了这片地带旁边的地下河之中。从炎热的洞穴一下子冲入冰凉的地下河内，那巨大的温差刺激得唐凌连呼吸都有些困难，整个人因此莫名地哽咽……他低头将脸埋入了水中，心中剩下的最后一个念头——"那将是告别的最后礼物。"

"唐凌，你在做什么？"安迪发现自己越来越不了解唐凌了，不管是凿开岩石壁，还是固定战术移动盘，还是冲入地下河中，统统都是难以解释的行为。

岩石壁不是最好的安全保障吗？其实在这种地形作战，战术移动盘有发挥作用的必要吗？安迪觉得它的鼓励意义更大于实际意义。最后冲入河中又是什么意思？难道在战斗之前洗个澡吗？安迪的脑中充斥着这些念头，他转头望向了唐凌，可是令人害怕的一幕出现了，那些小洞穴上悬挂的义体"活"了。

它们是真的活了！有些在略微僵硬地活动着四肢，但更多的似乎已经完全活动完毕，直接拔掉了身后那根连接的管子，朝着下方俯冲而来。这洞穴之内——分明就还有敌人！

一瞬间，安迪的脑中闪过了无数的念头，最多的是废墟战场上的场景。这些穿着义体的地下种族，全身冒着蒸腾的热气，挥舞着巨大的石锤，毫不留情地将战士砸成肉酱……不能靠近，一阵阵被烫伤的惨嚎似乎还回响在耳边。最后的念头，是这个巨大洞穴中的一个个火堆，火堆旁边被啃噬得干干净净的人骨……不是……不是应该害怕的吗？不是……早有觉悟要和这些怪物作战的吗？

安迪有一种想要哭泣的冲动，他不是想要这样畏惧，在他的想象中应该没有多少漏网之鱼，他们最多面对的是一两只，或者两三只，然后一拥而上杀了它们。而现在怎么会有那么多？三四十个？为什么它们都朝着这边冲过来？耳边从第二和第三战略要道传来的，越来越近的厮杀声还提醒着安迪，等一下也许还会有大量的敌人冲出来。应该怎么办？应该还好？洞穴之中毕竟有一百多个预备营的新月战士，能够打赢吧？

可是，新月战士一共被分为了十二个小队，组成了两道防线，按照战术安排，第一防线的人是绝对不能离开镇守之地的，否则整个布局将会乱成一团。第二防线的人是机动灵活的，可以根据情况做出救援，但是……洞穴巨大，相隔甚远，就算剩下的五队第二防线的人全部过来支援，也需要一定的时间吧？再则，那么多敌人，仅靠六支小队有战胜的可能吗？

论起单体作战，地底种族穿上义体以后，远远强于精英战士，几乎是一比五的比例，才能勉强形成平衡。就算新月战士强于精英战士，最多，最多也只能一比二？如果，在接下来的时间，战略要道之中又冲出了大量的敌人，第二防线的小队又怎么可能全部来支援他们？

安迪六神无主，在这样莫名发生的危急的情况下，他一向不擅于分析的大脑竟然变得灵活起来，把猛龙小队的处境分析得异常清楚。虽然他根本不明白，为什么洞穴之中还残留有三四十个敌人，也不明白为什么这些敌人那么靠近他们所在的地方，而且选择了直接冲向他们……

"唔……呃……"安迪的喉间发出了毫无意义的声音，畏惧带来的剧烈收缩让他想要呕吐。他以为自己是见过大世面的，就比如仓库里那一群群的尸人……但尸人到底是孱弱的，哪里能和这些强悍的地下种族相比？它们来了，它们都来了，一张张类人的，却扭曲的脸，像怪物。一个个举起了硕大的石锤，跑动起来那么快，又那么震撼，让整个洞穴都在颤抖。

安迪发现了敌人，猛龙小队的其他人同样也发现了敌人。在三两秒的时间内，每个人脑中浮现出的念头和安迪都差不多，只是安迪是最胆小的，其他人即便畏惧，也没有快要哭出来，只是呆立当场，唯有昱握紧了手中的长刀，但手心也全是汗液。这是一场死战，如果注定要死在地下，那便顶着守护的名义，去获得最终的荣耀吧。奥斯顿也握紧了手中的长刀，他想起了在仓库之中，他关上那一扇门时的耻辱。即便如此，还是不安，还是畏惧……

而就在这时，一道破水声传入了大家的耳中。唐凌的身影从水中一跃而出，他全身还滴着水滴，可声音却是那么地淡漠冷静："还有三十七秒，我们就会面对战斗。不要使用'回弹'回安全点，就算在岩石壁上暂时安全，敌人也可以集中力量，一分钟内摧毁岩石壁。立刻下水，抓紧时间将全身打湿。出水后，退回岩壁。以四个入口为基点，阿米尔和奥斯顿，你们站在左侧前入口位置，安迪和昱，你们站在右侧前入口位置，薇安你站在左侧后入口位置，克里斯蒂娜你站在右侧后入口位置，我会站在中心位置。我来指挥整场战斗，速度，行动起来。我们，唯有战。"

唐凌在极短的时间内说出了一连串的指令，众人立刻扑入地下河中，莫名开始安心。男孩子们想起了堵在门前，大喊关门的唐凌。而女孩子们则想起了在仓库顶上，那个持刀站立，莫名让人心安的背影。为什么要害怕，不是还有唐凌吗？

"昱，退后四点三米。"

"退后，四点三米。"一柄石锤重重地落下，刚好就落在昱之前所站的位置，砸出了一阵烟尘。

昱恰到好处地退开了，四点三米的精确指挥，让昱退开的同时，也避免和小队中的任何人丝线发生绞缠的情况。

"薇安，上前，阿米尔退后，休整三十秒。记住彼此保持一米的距离。奥斯顿左前，直接撞过去。

"对，薇安俯身，直接攻击敌人右腿，然后退后三米。奥斯顿右边敌人，直接肘击。"

一场惊艳的配合，稍许陷入疲惫的阿米尔迅速退到后方，得到喘息的机会，而薇安则恰到好处地上前，和阿米尔交错而过，替代了阿米尔之前所在的位置。与此同时，奥斯顿上前冲了一步，撞开了在唐凌左侧要攻击唐凌的敌人，在敌人跟跄后退的那一瞬，薇安一个俯身，冲了过去，长刀完美地划过了敌人的右膝。而奥斯顿则稳住身体，朝着右边直接一个肘击，撞开了冲向薇安的敌人。

"安迪，回弹五米，不要停留，直接冲下来，敌人右肩，斩击。"

"回弹五米。"原本慌乱的安迪，此时如同变了一个人一般，直接回弹了五米，到了岩石壁的上空，然后不做丝毫的停留，更不观察一眼，直接俯冲而下，恰到好处地站在了一个巨大敌人的肩膀上，长刀毫不留情地斩击而下……

"克里斯蒂娜，从右上方冲过去，直接撞击，倒地，挥刀斩击双腿。退后五点一米。"

得到命令的克里斯蒂娜没有任何犹豫，直接一个跳跃，借助反弹力，朝着右上方冲了过去。

这一瞬间，被安迪砍断右臂的敌人正好身体右倾，留出了一个足够的缝隙让克里斯蒂娜冲了过去。巨大的撞击力，撞得稍后的一个敌人失去平衡，直接脚步不稳地朝着后方倒去，也连带着后方拥挤的敌人跟着退了好几个。克里斯蒂娜根本不看一眼自己造成了什么样的战果，直接倒地，并按照唐凌的说法，倒地以后，长刀挥出，斩向了敌人的双腿……"退后，五点一米。"克里斯蒂娜喊了一声，巨大的拉扯力从战术移动盘传来，将克里斯蒂娜拖回了安全地带。而这个时候，另外一个左侧的敌人正好扑向了克里斯蒂娜，结果当然落空了。

这是战斗吗？这是一场团体配合到了极限的艺术，曾经这样的艺术只有唐凌一个人能将它表演得行云流水，如今加上了战术移动盘的辅助，整个队伍竟然奇迹般地将它呈现了出来。前来支援的三支小队目瞪口呆，不明白这支吊车尾的小队是如何想出了这样的战术配合。他们死守在两道岩壁之间，而两道岩壁相隔不过百米，这就意味着他们面对的敌人始终是有限的，毕竟敌人的身躯巨大，彼此之间还要相隔一定的距离，才能发挥战斗力。在这种情况下，他们配合战术移动盘的高机动性，牢牢地坚守着这条防线，偶尔会退后一些，巧妙地利用在岩石壁上开出的四个洞口，去到地下河打湿身体，始终保持身体的湿润。这样，就不会怕身体被烫伤。至少在水分完全蒸发以前，那些地底种族滚烫的义体是不会将他们的常规作战服烧得千疮百孔，继而烫伤他们的皮肤。所以他们毫无顾虑地用身体直接冲撞，如果力量不够，就利用战术移动盘的机动性，造成俯冲的效果……这样的战斗方式无疑给了这些前来支援的小队灵感，他们也学会了用水打湿身体，开始利用战术移动盘尝试着配合……但无论如何，他们完全达不到猛龙小队的作战效果。

　　第一，这个小队似乎太过富有，不仅人人都有C级合金长刀，能对敌人造成有效的杀伤，而且作战服内好像还穿有内甲，完全可以硬抗一下这些巨大的怪物。第二，这个小队的整体实力太强，他们的力量速度等综合素质都胜过一般的作战小队，为什么会如此？他们明明……明明是新晋的新月战士啊？第三，则是其他小队不可能拥有唐凌吧。这个吊车尾的家伙，为什么会拥有这样神一般的指挥能力，还有如此强大的作战能力？如此完美的配合，几乎百分之九十的原因来自唐凌的指挥，而唐凌还如此强大，一个人几乎顶住了防线的一半，他和亨克相比，谁会强一些？

　　前来支援的队伍都不可避免地看到了这些问题，他们肯定不会想到C级合金长刀其实也来自唐凌的财富，不会想到小队战斗力提升得如此之快，是因为修炼以后就有源源不断的凶兽肉汤，还是加了良木芯的凶兽肉汤……

　　当然，唐凌的实力他们更不可能知道，他们只知道唐凌是哈士野猪、大胃王、吊车尾……事情有些不对，但在战场之中，谁也不会就这种问题过多地思考。压力很大！前来支援的小队发现就算这些敌人的目标始终只是猛龙小队，对于他们就像打发"杂鱼"一般——能够一锤子震开他们，那就尽量一锤子震开……根本不和他们缠斗，只是前仆后继地冲向猛龙小队。可就算如此，压力还是非常大啊。

　　不知道为什么，虽然第二战略要道厮杀得非常激烈，但几乎没有什么敌人冲出来。反而从第一和第三要道源源不绝地冲出了许多的敌人，第一防线连连失守。但幸运的也是，这些敌人的目标都似乎一致，只是朝着这边冲刺，扑向猛龙小队，第一预备营的人只要及时逃离，都不会有敌人追杀。

这是为什么？没人能思考清楚这个问题！可是，照此下去，敌人源源不绝而来，就算自己不是目标，也迟早会累死在这里。

退，还是不退？来支援的每个小队脑中都浮现出这样的问题。退？无路可退；战，亦疲于奔命。唐凌一刀砍向了一个冲来的敌人，又一脚踢开了另外一个敌人，喘息开始变得剧烈。到了这个时候，他的话语变得更加简短："昱，退，四点五。奥斯顿，前，撞，斩。"但效率却也没有受到丝毫的影响。

厮杀了整整二十七分钟，大家的默契在一次次的配合之中，变得更加圆融。有时一个眼神，一个动作，甚至不用唐凌精准的指挥，都可以恰到好处地形成配合，而唐凌只需要告诉他们什么时候退开，退开什么距离就足够了。在这个时候，唐凌作为队长，指挥的能力毋庸置疑，他已经形成了绝对的核心。只要他在，似乎这望不到尽头的绝望战斗都不会让人绝望。没人怀疑唐凌这样的能力究竟是什么，为唐凌保密似乎已经成为猛龙小队的另外一个默契。就算唐凌有再多的秘密，又有什么关系？他是我们猛龙小队的唐凌！每个人都这样自豪着。

唯有唐凌，心中的焦虑始终未曾散去，更有一股淡淡的伤感弥漫开来。疲惫的身体，涨痛的大脑，不停涌出的鼻血也无法压抑这样的情绪。没有人比他更清楚，眼前的敌人绝对是斩杀不尽的，尽管经历了二十七分钟的战斗，猛龙小队顶住了上百个敌人的进攻，成功地带义体连真身，杀死了二十一个地底种族，可这场战斗还是没有希望。任何事情，都应该有一个合理范围，就像这源源不绝涌出的敌人也应该有合理数量。按照唐凌的计算，这个数值在两百以内，就是合理的。

为什么？有一个强大的理由——敌人在第二战略要道感觉到了压力，分兵了！在这种情况下，第一战略要道漏网八十个到一百个敌人，合理吗？非常合理。而第三战略要道涌出的合理敌人人数则在五十到六十之间。加上埋伏在这里的四十一个敌人，两百个就是非常合理的数值。

可是，两百个就是困死猛龙小队的绝对天堑！一百二十个敌人就是猛龙小队能够防守的极限了，最多还有十分钟也是大家体力的极限了。所以，这场战斗没有希望。唯一的希望只在于，困死自己之前，这场大戏不得不快到了要结束的前奏。毕竟地底种族就算和昂斯家族是合作关系，也不能眼睁睁地送那么多战士去死。

唐凌不了解地底种族的文明，但他猜测人口绝对是它们的弱项，否则仅凭17号安全区如何能够和地底种族形成平衡？仅仅是因为守住了三条战略要道吗？不，是因为没有多余的兵力来冲击这三条战略要道，否则根本守不住！

所以啊……多杀，在这里尽量地多杀，就是唯一的突破点，能够让希望快一些到来。唐凌根本不怀疑，不管是艾伯还是安德鲁都可以第一时间知道这里的战报，管他们用什么手段。

想到这里，唐凌脸上带着凶狠的狞笑，挥刀又砍向了一个敌人，他胡乱地抹了一把脸上的鼻血，尽管身体还贴着敌人滚烫的义体，大量水蒸气冒出，带出惊人的温度，他还是不理会，将"狼咬"狠狠地插了另外一只从义体冲出的、丑陋的、长得像老鼠一般的地底种族的眼中，然后狠狠一绞……

他满面的血污，看起来就像一个杀神。可是有什么关系？这是一场心理游戏一般的阴谋，唐凌就用杀戮来破局。为什么这么说？只因为冲入的队伍不会想到里面有埋伏，在地面战场的惨烈让人很容易就想到地下R区暂时已经兵力尽出了。一旦有了这样的想法，再加上第二战略要道敌情紧急，不去搜索一番是再正常不过。那么先头部队经过的地方没有问题，后入的部队会理所当然地认为没有问题。至于第一预备营？紫月战士经过的地方，显然是安全的，多少年了，人们对紫月战士有一种天然的依赖心理。这就是环环相扣的心理阴谋，为这里设下埋伏做了一场完美的掩饰。

如果不是那"热能核心"成了唯一的破绽，就连唐凌也不会发现这场心理游戏的破绽。是啊，为什么不顺手破坏热能核心？这对紫月战士来说，只是随手一击的事情。当然，不破坏也说得过去，可是当有了这个疑点，再观察那些一明一灭还在充能的义体，就会发现这些义体高高低低的排列尽管没有规律，但是都朝着猛龙小队所在的这一片范围，对这里形成了包围！

完美吗？非常完美！艾伯或者安德鲁凭什么那么看得起自己，觉得要堪堪安排两百个地底种族，才能杀死或者困死自己？难道他们发现了什么吗？唐凌冷笑，其实连他都没有发现自己有什么问题。精准本能算吗？小种算吗？还是自己作为一个聚居地人，和17号安全区有刻骨的仇恨这一点？想起来，统统都不值得艾伯布下这一个环环相扣之局。唯一的答案，只在苏耀身上。

唐凌咬牙支撑着，他已经彻底地陷入了疯狂，为了杀敌几乎已经不顾自身。需要小种爆发吗？无数次唐凌在考虑这个问题，但心中那股焦虑的情绪始终阻止他这样做。而理由并不是害怕在众目睽睽之下，暴露自己的秘密。唐凌必须要相信自己的感觉，那一夜不就是最深刻的教训？

156，161……唐凌在数着包围自己敌人的数目。27，29……唐凌在数着被杀死的敌人有多少，多少才会触碰到地底种族敏感的极限？反正不管是敌人达到两百个也好，触碰到了敏感的极限也罢。总之，这两个条件任何一个达到，就快到这场大戏快要终场的时刻了吧？

唐凌的手臂被烫伤了一片，但他似乎没有感觉，狞笑着直接用"狼咬"刺入了地底种族的义体之中，然后借助"狼咬"，手臂也跟着伸入了其中。这个过程，就像整个手臂被剥落了一层皮。但没有关系，唐凌的手腕一转，"狼咬"收进了袖口，但整个手掌张开，一把抓住了藏在义体中的地底鼠人。

"啊！"唐凌狂吼了一声，竟然就这样爆发用力，将地底鼠人一把从义体中拉了出来。地底鼠人的身体还在空中，唐凌的另外一只手就握成了拳头，一拳打爆了它的头。

唐凌疯了吗？猛龙小队的人都开始震惊，不，他很冷静，爆头之时，他还在继续指挥着，他似乎永远不倒，不知疲惫。可，为什么这一幕让人想哭？是什么让唐凌如此……是这一场赤裸裸的丑陋吗？就连最迟钝的奥斯顿都看出了问题，为什么敌人只围攻他们？尽管每个人都想不出答案，但大家本能地认为唐凌应该是知道的，所以他疯狂了。

知道？唐凌当然知道，他还知道这场丑陋的大戏，艾伯一定会找出一个完美的理由，就比如他们所在的位置恰好有地底种族最在意的什么东西，说不定会在这里挖出一张热能核心的设计图。

这个想法是无稽的，但这个思路绝对没有错。不过，已经没有关系了，包围的敌人快有两百个了吧？自己作为一个诱饵，快要引出了所有的敌人。所以，大戏也应该到了快要结束的时刻了吧？第二战略要道似乎传来了此起彼伏的喊声，在嘶吼着什么。

遥远地，似乎也看见了安德鲁的小队……唐凌猛然回头，看了一眼猛龙小队的人，便决绝地转头。时间不能再拖延下去了，唐凌认为自己还能坚持，但已经负伤的大家便不要再承受折磨了吧！

第189章　殇

友情最初是什么时候产生的呢？对于唐凌来说已经模糊了。一开始分明是带着抗拒的啊，但渐渐地，渐渐地，就走入了内心。这个过程似乎很缓慢，但似乎又只是一瞬，他们的样子就烙印进了内心的深处。

刀光在眼前闪过，唐凌的脸上却露出一丝追忆的微笑。奥斯顿骑着王野兽，啃着苹果，敞开胸膛，露着家族传承的黑色太阳文身……昱冷漠地出现，结结巴巴的口齿不清，一身风尘仆仆，扔在地上的袋子，露出他实力的证明……站在他身旁啰里啰唆的安迪，看着奥斯顿啃苹果，悄悄咽口水的安迪……那个有着野兽一般眼神，却始终带着紧张不适的畏惧，低着头进入血腥铁笼的阿米尔……对不起啊，克里斯蒂娜和薇安，不太在乎你们的战斗，可是无法忘记你们挽着手，为彼此真正通过考核而相互庆祝的样子……是的，谁还在乎友情的最初是怎么回事呢？我记得你们当初的样子。

"呼"，唐凌喘了一口气，从第二战略要道传来了山呼海啸一般的欢呼声。似乎看见安德鲁带着顶峰小队的人冲过来了，虽然没有看见亨克在哪里，但现在已经懒得思考这样的细节了。敌人已经聚集得差不多了，大戏差不多也到了高潮，现在就是离开的最好时机，不会给猛龙小队留下任何的祸患了吧？

其实，唐凌并不是没考虑过一开始就离开。但那样离开就太早了，他怕敌人根本不知道目标是谁，只有所谓的作战计划……这样的话，没有了自己的猛龙小队会面临什么样的结果？不敢想象啊！

这只是唐凌的猜测，他猜测就算昂斯家族勾结了地底种族，但一定不会说出所有的秘密。如果关于自己的这场阴谋，昂斯家族对地底种族只是模糊地交代呢？有可能啊，这场阴谋隐藏得那么深，至少连自己都差点儿被骗过去。

当然，这只是猜测，唐凌并不敢肯定什么。可是，就是这么一点儿猜测，就让唐凌畏惧，他不敢拿伙伴们的性命去赌。赌自己就是唯一的目标，赌自己离开了，伙伴们就不会遭到攻击。所以，唐凌只能选择最稳妥的方式。

　　坚持，坚持！守护着，最后的守护！守护到敌人聚集到极限，大戏差不多到高潮处……听啊，第三要道和第一要道的厮杀声莫名就小了下去。听啊，第二要道已经没有厮杀声了，传来的只是一声比一声高昂的"艾伯、艾伯"的呼喊声。看吧，安德鲁保持着一种诡异的速度，不慢，但也绝对不快，就像一个要收网的人。他会怎么收网？此时这已经不在唐凌的考虑范围内，他只知道在这个时候，一切都是沿着他设想的主线走的，没有出现任何差错。

　　自己只要选择现在离开，一切就结束了。他为伙伴们争取的黄金一分钟，终于要开始发挥作用了。安德鲁或者以为自己会在这个时候选择"回弹"，上到安全点？唐凌的脸上出现一丝嘲讽的微笑。

　　对于战术移动盘，他始终有疑问，虽然已经使用了那么久，证明它没有问题。但这场表演实在来得太过莫名其妙，可能阴谋就藏在深处？但反正没有分析的必要了。自己悄悄深入左翼莽林，不惜用变身清理了道路上的障碍物，那些称王称霸的变异兽……

　　昂斯家族也没有预料到吧？为了完美地出逃，他甚至藏匿了变异兽身上的值钱材料，如果真到了一个其他地方，也不会陷入没有货币的窘境。所以，准备已经很周全了，就不用在意敌人最后的小小阴谋了吧？他们收网抓不住自己的。

　　既然怀疑战术移动盘，那战术移动盘唐凌是不会再用了。一脚踢开了一个地底种族，唐凌的手摁住了战术移动盘上的锁扣，稍微用力，"啪"的一声，战术移动盘的锁扣就解开了。双肩一抖，又"啪"的一声，背在背上的战术移动盘落地了。

　　"唐凌，你在搞什么？"昱难以置信地看着唐凌，从周围拥过来越来越多的救援来看，战斗分明已经快要结束了，唐凌竟然选择了这样的"自杀"行为？他怎么会这么傻？即便战斗要结束了，他们依然陷入包围之中，依然处在危险之中，这就松懈了吗？

　　可是，唐凌没有给出答案，他只是抬头望向了安德鲁，安德鲁果然流露出了震惊和难以置信的神情。问题就在战术移动盘上吗？唐凌忽然大声地说道："全部有序后退，使用'回弹'，到安全点。"

　　"唐凌，你……"安迪开始不安。但默契的配合让他们开始快速而有序地后退，而唐凌连回头都没有，在大家后退的时候，忽然一个猛冲，几乎是以不计后果的，以伤换伤的疯狂砍杀了两秒。他成功地引来了最前方几个敌人的愤怒。

　　却在这个时候，他一个突兀的转身，对身体的控制几乎达到了百分之百的完美，然后一个滑步，猛地冲向了右侧的入口。那里在唐凌准备逃跑之前，刻意地清杀过，所以没有敌人围住。接着，唐凌从右侧出口风一般地跑了出去。

整个地下R区乱糟糟的，已经听到了胜利希望的第一预备营的新月战士们，仿佛被注入了无数的鸡血，变得勇猛了起来——这是争取战功最好的时机，没见第一战略要道已经有紫月战士出来了吗？他们出现，这里的敌人很快就会被清理干净吧？抢战功啊！

唐凌看着这并不陌生的战场之事，心里涌动着的是悲伤，每天都会对着废墟战场的日子总算结束了，悲伤什么呢？焦虑感也已经没有了，只剩下这些无用的悲伤。但这是唐凌的选择。不得不的选择。在他的计划之中，唯一逃跑的时机就是在大战纷乱之际。

大战前，他没有信心能够逃脱，如果有针对自己的阴谋，自己一定是会被"盯死"的。大战后，做梦吧！昂斯家族已经真正上位，自己不会再有一丝逃跑的机会。所以啊，唐凌一直在勾勒整个阴谋的轮廓，在计划着自己要逃脱的准备。其至唐凌还在和苏耀最后一次的相聚中，提起了一个假设，即如果他和苏耀失散了，在什么地方相见是最安全的。苏耀应该在收到消息后能想到。多的唐凌已经不能再考虑了，这已经是他运用了所有的智慧、力量与小心，能够做到的极致了。

唐凌的速度很快。在追杀着敌人的新月战士们没有人注意到他。在唐凌的计算中，猛龙小队七秒就能完成有序后退，然后回弹，有序这是必需的，毕竟安全点设置得很近，敌人又分布得密密麻麻，陡然回弹很有可能发生丝线纠缠的情况，也容易让速度慢上那么一丝的人陷入包围。

七秒是个理想的时间，如果采取有序后退的话，敌人起码要用九秒的时间才会冲到他们后退的区域。这两秒的时间差，足够他们使用回弹了。

七秒的时间过去四秒。唐凌用三秒冲出了岩石壁的战斗场，一秒钟时间几乎冲出了三十几米。

五秒。唐凌冲出了快要七十米。

可是，他集中着所有注意力，在听着身后的动静，伙伴们发现他头也不回地跑了，会不会延误回弹的时机？他们是什么感觉？后面一个问题，刚刚浮现就被唐凌硬生生地掐住了，在这个时候是不应该去想这些的。

六秒。唐凌冲出了快百米。

他的心跳很快，一定要抓紧时间回弹啊，黄金一分钟，好不容易争取的黄金一分钟。实际上，情况比想象中的好很多，一分钟时间已经太多了，照这个形势，不出二十秒，猛龙小队就会彻底安全。放心吧，会的，他们会回弹的。有昱在，不是吗？阿米尔也很理智的，想到这两个人，唐凌稍许心安。

七秒。唐凌抬头，忽然看见了亨克的身影，他竟然守在了地下R区的出口，那些凌乱无比的地下洞穴口。

唐凌的心猛然收紧，像被一只巨大的手猛然拽住，然后狠狠一拧。痛，心开始剧烈地疼痛。并不是为自己，而是下意识的觉得猛龙小队会出问题。因为亨克是安德鲁的人，他们的关系整个第一预备营传言纷纷，艾伯绝对指挥不动亨克……那说明了什么？说明了安德鲁笃定自己会逃跑，才会派亨克守在入口处。因为如果是艾伯认为自己会逃跑，那守在这里的不应该是安德鲁的亲信，而会变成艾伯的亲信。但艾伯没有这样做，说明他有百分之百的信心，认为他的计划会"钉死"自己。可安德鲁认为不会，顺着这条线分析下去，只能证明安德鲁在计划的某些细节上根本没有照着艾伯的指示去做。这种戏码一点都不新鲜，如果弄死自己是一件功劳，人人都会抢着去做的吧，昂斯家族里的所谓亲人也不例外。从莱诺，到安德鲁，到艾伯……他们在争功！

但这些乱七八糟的事情，唐凌一点儿也不在乎，他在乎的是，安德鲁用了瞒天过海的手法，那完全有可能……

在这一瞬间，唐凌脑中掠过了很多分析与想法，可在纷乱的声音之中，唐凌听见了那几声整齐的"回弹"。这个声音，让唐凌松了一口气，也许是自己想太多了，猛龙小队那边不会有问题的。接下来，好好想想怎么抓紧时间对付亨克吧！马上变身是最好的选择？

可是下一秒！"啊……"是薇安惊恐无助的尖叫声。

"薇安！"大家几乎同一时间大声地呼唤起薇安的名字。

"不！不！不！你骗我！"最后，是阿米尔癫狂的声音。

"薇！安！"唐凌的心要碎了。

而心碎的刹那是什么感觉？人会不可避免地出现也许半秒，也许更短时间的呆滞，然后是一阵阵的麻木，心理保护会下意识地觉得自己是在做梦。所以唐凌愣了一下，猛龙小队的所有人都愣了一下。

唐凌麻木地转身，几乎是用了生平最快的速度往两道岩石壁那里冲刺。来得及吗？呵呵……唐凌的双眼通红，烧得通红，烫得通红！不能召唤小种，变身至少需要两秒的时间，我能怎么办啊？怎么办！唐凌颤抖得厉害！大脑一片空白。

猛龙小队的所有人也大脑一片空白，在呆滞的目光之中，看着薇安无助地，毫无准备地站在原地，大量的敌人瞬间涌向了她。还有多久，不到一秒，她就会被包围。

阿米尔癫狂了，他发疯一般地冲了下去。克里斯蒂娜呆呆地张了张口："阿米尔？"这是发生了什么？下一刻，克里斯蒂娜如同释放压力一般地惊叫出声。

我要回去，能不能用性命来多换两秒？只要两秒，我就可以挡在薇安的身前！我不是求死啊，真的不是！我只是不能这样眼睁睁地看着薇安死去，而不在她的身前。

因为……她是替代我去死的！

唐凌心如刀绞，"替代"两个字，让唐凌的喉头涌动着一股甜腥的滋味，多么可笑的自己，算天算地，算不出人心，算丢了伙伴的性命是这样的吗？

在大家的目光之中，薇安似乎明白了自己的处境。她忽然望着唐凌离去的方向，露出了一个笑容，扬起了自己手中的战刀。战！不要忘记了，自己是一个战士！

唐凌看见入口了，就在眼前，他疯狂地冲了过去。

阿米尔落地，踩了一个敌人的肩膀上，也疯狂地冲向了薇安。

敌人举起了大锤，薇安扬起了战刀。"当"的一声，薇安挡住了这把大锤，整个人后退了一步，却从左面又挥舞过来一柄大锤，狠狠地锤向了薇安的腰部。

而整个猛龙小队的人被这一声"当"唤醒了，这个时候还有什么所谓的生死和危险？脑中只有一幕幕大家在一起的画面，七个人，是七个人在一起。

"七"这个数字似乎刺激到了所有人，大家都冲了下来。

"噗——"薇安吐出了一口鲜血，努力地伸出长刀，刺向了她的敌人。在她的长刀刺入的刹那，另一柄重锤锤向了她的胸口，根本无法阻挡，密密麻麻的敌人啊。

阿米尔不要命地冲了过去。到了，终于到了，他伸出双手想要抱住薇安，抱着她，然后回弹不就好了吗？阿米尔的速度发挥到了极致，薇安胸口的肋骨已经碎裂了吧？

唐凌冲回了岩石壁之中，猛龙小队的人冲了下来。虽然只耽误了不到一秒，却漫长得像过去了半个世纪。敌人太密集了啊，太密集了！唐凌嘶吼了一声，重重一跃，踩着敌人的脑袋，在无数的乱锤之中，将精准本能发挥到了极致，冲向了薇安所在的包围圈。

是唐凌的声音吗？薇安的眼神已经开始涣散，但她努力地张望着。在这个时候，一柄重锤狠狠地锤向了薇安的脑袋。

阿米尔陡然一回头，伸出的双手一个转向，猛地抱住了那柄大锤。接着无数柄的大锤锤向了他和薇安。

唐凌冲了进来！猛龙小队的人冲了进来！唐凌用了极限的速度，用肩膀狠狠地撞向了锤过来的大锤。"咔嚓"一声，是骨裂的声音，唐凌顾不得了！

薇安带着已经快要消散的微笑，拽住了唐凌的衣角，唐凌回头，心终于彻底地碎了。

而阿米尔也同时回头，嘴角吐着鲜血，眼中是最后惨淡的绝望，他似乎一心求死。用全身各个部位挡住了各个方向的大锤。

猛龙小队的人终于冲了过来，全部都不顾性命地用身体，用武器，用尽一切办法抵挡着敌人，抵挡着大锤。

三秒的时间，就是生与死的距离吗？心麻木得就像做梦！怎么会这样？瞬间就离别了？这才是真正的离别吧？

沉默，非常沉默，只有不惜性命的战斗，保护着包围圈里已经倒下的薇安。安静，似乎周围一切都很安静，耳中"嗡嗡"作响，什么也听不见。时间在这一刻几乎是跨越似的流逝，有紫月战士冲了过来，敌人似乎收到了指令开始退散。

这是过去了多久，十秒？十五秒？二十秒？唐凌的精准本能都失去了效果，他无心计算。他只知道，放人散去了又有什么用？战斗时那么多的敌人，没有任何的机会抱住薇安回到安全点，乱了队形，根本无法抵挡，剩下的只是性命相搏。

还有更多的人牺牲吗？似乎没有，在敌人散去的时候，除了薇安，每个人都站着，阿米尔摇摇欲坠，他望着唐凌，唐凌也望向他。此刻该说什么？唐凌扬刀，冰冷的刀尖抵着阿米尔的脖子。

阿米尔惨淡地笑，眼中根本没有半点求生的欲望，其实他快死了，锤向薇安脑袋的那一下，他双手抱住重锤，用胸口当作阻挡，感觉内脏已经出了一些问题。可这些有什么所谓？他的人生从来都没有开始过，他心中的花儿凋谢了。

"唐凌……"薇安虚弱的声音传来，唐凌收刀，转头望向薇安，他现在要做什么呢？拿出极寒液，对，去打水，对，冻住薇安，对……好多事情要做，唐凌庆幸自己还能想起这个。

可是，薇安却似乎用尽了所有的力气拉住了唐凌，事实上，她一直拽着唐凌的衣角没有放手。"抱……我……冷……"薇安的眼神中充满了祈求。

唐凌慌乱无比，怎么办？拒绝？不，做不到的！我不是应该去找水吗？可本能回应了唐凌，他忍着肩膀传来的疼痛，抱住了薇安。

薇安的手轻轻抓着唐凌胸口的衣襟，神情安然而满足，她的嘴角不停地涌出鲜血。可口中的话却变得很清晰："我还有弟弟，我很安心。唐凌，我以为这一辈子，都不会有机会被你……"

唐凌抱着薇安麻木地走向地下河，对，把薇安放在地下河中冻住怎么样？能冻住吗？唐凌心痛得厉害，这疼痛就像回到了那一夜，因为薇安是替代他而死的。薇安可不可以不要再说了？因为每一个字听起来都让人如此难过。嗯，她已经没有机会说话了，她开始抽搐，然后咽下了最后一口气，嘴角的鲜血印在了唐凌的胸口。

最后一个字是什么？抱吗？唐凌收紧了双臂……薇安，你不醒来为我缝补常规作战服吗？你不醒来安静地坐在一旁，就这样安静地坐着，像以前那样看着我吗？

我，其实不是已经抱住你了吗？

唐凌没有眼泪，克里斯蒂娜转过头，声音颤抖："薇安，她……她……她是不是……已经……呜呜……"

阿米尔的眼神也开始涣散，仿佛看见了小时候，想要伸手去抓住的那朵花儿，被狂风吹起，慢慢，慢慢飘远，再也抓不住……夏天啊，快要结束了吗？

唐凌单手抱着薇安，拿出了"狼咬"。十年后呢？这不是不能忘记的约定吗？我没有忘记，我准备着十年后一定要来见你们呢！"狼咬"刺入了薇安的后脑，搅动……

十年后的我们是什么样子？十年后没有了你，可是，你不能变成尸人啊。

唐凌收起了"狼咬"，很仔细温柔地为薇安包扎好了后脑。

走吧，我去为你讨回公道！让该为你陪葬的人，统统——去死！

第190章　暴乱前夕

这是胜利了吧？这是胜利了啊！尽管艾伯想要努力地压抑，脸上还是忍不住流露出一丝阴沉的神色。在曾经的想象之中，这个时候他不是应该如同英雄一般地被环绕，享受着胜利的果实吗？

但是这样的画面并没有出现。在这该死的，不断的，带着被污染气息的，有些微酸的雨中，每个人都是一副沉闷、小心、沉默的样子。似乎已经完全忘记了他的英雄事迹，忘记了他最终力挽狂澜的突破包围，冒着生命危险，一举擒拿了地底种族这次带队的大队长，最终取得了谈判权，中止了这场战争的辉煌……

一切都是因为他吧！想到这里，艾伯抬头望向了前方，那个并不高大，略显瘦削的身影，怀中抱着一个死去的新月战士，身上仿佛有一种无形的气场影响着每一个人。他在难过，在愤怒，或者是在悲伤？总之他沉默的姿态，平静却压抑的神情会让每个人都不自觉地小心起来，郁闷起来，就连这绵绵不断的雨，也似乎在应和着他的悲伤。

"可是，他现在不是应该死了吗？"艾伯有些烦躁地扯下了斗篷，他不愿意承认，他也受到了这个无形气场的影响，心情跟随着沉重，压抑。

他愤怒地望向了安德鲁，可是安德鲁对他视而不见。呵呵……庶民生的儿子，果然不堪重用！看来自己太过托大，让一个家族的杂碎破坏了自己的大事。

艾伯有些口干，还有一丝苦涩。他很聪明，他已经想明白了，那个原本应该分配给唐凌的，"回弹"功能有问题的战术移动盘，因为一些别的什么原因，莫名其妙地落到了一个不相干的新月战士身上。唯一能做这种小手脚的人，只有安德鲁。但艾伯根本没想到的是，就算安德鲁没有动手脚，唐凌在最终逃跑的时候，也卸下了战术移动盘。两人对弈，他根本就输给了处在劣势的唐凌。

而唐凌，则输给了人心。不是安德鲁，而是输给了阿米尔。

　　此时的阿米尔就趴在奥斯顿的背上，手脚无力地垂下，随着奥斯顿的每一步移动在无规律地晃动着。他的意识已经有些模糊，但某些往事却无比地清晰，就像发生在昨天。

　　在他出生的那个苦难的聚居地，他是家中五个孩子之中，最小最瘦弱的一个。没有人在意他，甚至没有人注意他，吃饭总是吃不饱，抢夺更是不敢，因为稍微流露出想要多吃一些的样子，迎接他的总是几个哥哥的拳头，和姐姐们最恶毒的诅咒一般的痛骂。他连大声地说话都不敢，他总是低着头，他不想要有存在感，甚至不想要存在。

　　温暖是什么？亲情是什么？他的人生苍白一片。可是啊……在那一夜的灾难中，他阴错阳差地活了下来，在那一扇绝望的大门前，他作为年龄符合的一位，被选入了17号安全区。第一次，他开始庆幸他幼小的年龄。而在那一夜，他做了一件事情——他推开了他最小的那位哥哥，大声地告诉旁边的战士："他的年纪不符合要求，他十六岁了。"

　　哥哥十六岁了吗？并没有，还有一个月。可是，那个拿着一个奇异圆盘的紫月战士竟然没有揭穿他，他带着意味不明的笑，问阿米尔："你厌恶他，是吗？"阿米尔低头不敢承认，但那位紫月战士就这样一把把他那位年龄最小的哥哥扔出了队伍。

　　"你的天赋很出色，虽然这只是最模糊的测试。"那位紫月战士敲着手中的奇异圆盘，"所以，强者可以为所欲为。"

　　为所欲为吗？阿米尔没有这样的想法，他只是不想要在任何地方都无法摆脱那沉重的阴影——永远被人抢夺自己的东西，永远活得战战兢兢，一句话不对就被打，就被痛骂。

　　"阿米尔。求求你，阿米尔……"那是他的哥哥，他的亲人第一次在他面前流露出软弱，第一次痛哭流涕地恳求他。可是阿米尔的内心没有波动，更没有回头。就如他的亲人，甚至他的父母对他的存在一样没有波动，他永远只是一个浪费食物的废物。

　　雨，接连地下着。阿米尔无力地垂着头，但他涣散的目光还是能够看见前方的唐凌，看见在唐凌怀中闭上了双眼的薇安。和她的第一次相遇，她是从来没有在意过的吧？甚至，到她死去，他都没有被她放在心上过的吧？或者说，她已经忘记了。

　　那是第一次考核。阿米尔远远地躲在一旁。他是唯一一个来自聚居地的人，而聚居地已经覆灭了。尽管无数次地安慰自己，自己是有天赋的人，可是阿米尔还是不敢上前，不敢和任何一个人靠得太近。别人会厌恶他的吧。是的，一定会厌恶他的，厌恶他那面黄肌瘦的穷酸模样，厌恶他畏畏缩缩的气质，厌恶他……

"你是来参加考核的吗？"阿米尔抬头，看见的是一个有着亚麻发色，大大的褐色双眼，还有些小雀斑，笑容却非常甜美的女孩子。

多么漂亮的女孩子，聚居地中，阿米尔没有看见过比她还要美好的女孩子了。她竟然对着自己流露出笑容，她的身上有一股淡淡的香气，她的手很干净，连指甲缝中都没有任何的污渍。阿米尔想要逃开，他更加不敢靠近这样的女孩子。

"站在这里吧，我也是才到呢，你站我旁边，可以的吧？"她笑着，甚至轻轻拉了一下阿米尔的胳膊。她竟然还会触碰自己。

阿米尔的胳膊，被薇安轻轻拉过的地方，散发着一种奇异的热度，让他迷醉又恍惚。恍惚到这个女孩子在他旁边说着自己的紧张，他都没有听清楚。他只是低着头，永远低着头。

直到他看见一双白净的手，捧着一张手帕，手帕上有两块用黄粟谷烤出来的面包。面包似乎是现烤出来不久，还散发着微微的热气。"你要吃吗？妈妈为我准备的早餐。可是早餐我已经吃了很多，吃不下了，但妈妈老是说，多吃一些才会有力气……"

阿米尔震惊地抬头，看见的依旧是她的笑容，双眼眯起来，却又湿漉漉的，像莽林中才出生的小鹿。这么美好的女孩子，竟然会把最最珍贵的食物分享给他？

阿米尔迟疑着，其实他肚子很饿，在临时收养地，可没有人会为阿米尔准备早饭。因为那里没人觉得这个来自聚居地的小孩能够进入第一预备营。

"吃吧。"一块带着热气的面包已经递到了阿米尔的手中。这是什么的感觉？这就是从未体会过的温暖吗？阿米尔仰头，那一天早上，阳光突破云层的第一缕光线是那么地鲜明。

克里斯蒂娜的哭泣声还在断断续续地传来。最好的朋友竟然就这样消逝了，这一切是梦吗？唐凌为什么要把刀放在阿米尔的脖子上，而阿米尔为什么……想到这里，克里斯蒂娜忍不住又回头看了一眼阿米尔。这一路上，她都忍不住一次又一次地回头看向阿米尔，可是阿米尔始终没有给她一个回应的目光。

天哪，救救他吧。不管他犯下了什么错，先救救他吧。可是，唐凌的眼中深藏着压抑的愤怒，似乎根本已经不在乎阿米尔的生死。

克里斯蒂娜还记得唐凌抱起薇安时，转头对阿米尔说的那一句话："如果，你还想弥补。请你努力地活到希望壁垒，活到可以说出真相。"

这是什么残忍的话语啊？唐凌为什么会这样冷漠？我们不是伙伴吗？

对的，我们是伙伴，我们还曾经年少天真，彼此温暖。所以，这也注定了这是一堂最沉重的人生课。也许在别的时代没有必要，但在这个时代这是必需的。如果唐凌有心情，他定然会这样回答克里斯蒂娜，可是他没有任何的心情。一种冰冷的愤怒在冰冻着他的心脏，他的血液，他的每一条经脉。他在勾勒着，策划着，压抑着，等待着……他的心渴望着永远洁白无瑕的时光，手却向往着杀戮。

"所以……"阿米尔看着前方唐凌的身影，他的步伐还是一步一步那么稳定，他稳稳地抱着薇安，时不时地就掏出一条凶兽肉塞入口中。已经无须掩饰他所拥有的资源了吗？他开始如此放肆的时候，定然会做出什么惊天动地的事情吧？而自己，自己其实是崇拜他的吧？

可是……阿米尔的呼吸有些乱。他不能忘记啊。第一次考核，薇安目光闪动地望向血腥铁笼中，那个站在莱斯特银背巨熊身旁的少年。他的手滴着血，他冷漠地叫着"开门"，周围的人都说这是一个奇迹少年。而自己通过考核的光芒早就掩盖在了他的光芒下。

第二次考核。奥斯顿冷漠地推开他，然后对唐凌说道"你站在这儿来"。他测试出了五星基因链，可是飞龙队长似乎不太在意。甚至，他不能忘记，似乎为了让唐凌更加绽放光芒，飞龙队长找了一个蹩脚的理由，让唐凌最后测试。唐凌的测试结果那么糟糕，但大家都竟然是有些担心他。

可是，唐凌在意过吗？他似乎从来都不在意……他不在意别人对他是否那么珍爱，那么欣赏，那么重视。他永远做着他认为该做的事，放肆，无赖，甚至张狂。可他永远都是对的。永远都会在恰当的时候，将自己压在他的光芒之下。所以，自己永远只能看着每个人都围绕着他，这其实并没有关系，自己的内心也一次又一次地想要跟随着他。

可是啊……薇安！这是自己无法放下的啊！躲在暗处，悄悄地看着薇安看向唐凌的目光越来越温柔，悄悄地看着薇安偷偷地凝视唐凌……这样的滋味多么苦涩。

当唐凌又"活"过来的那一天，阿米尔内心是欣喜的，他想要放下一切，去彻底拥抱这温暖的友情。可是，他看见了薇安冲向唐凌的那一个拥抱。那一刻，自己是绝望的吧。如果他可以超越唐凌，比他强大，那么……曾经那个紫月战士不是说过吗？"强大可以为所欲为。"

可是，希望在哪里？唐凌永远都是神秘的，一天比一天地强大着。直到，那一天，安德鲁偷偷让人找到了自己。背叛的耻辱和对强大的渴望、对薇安的渴求在来回地拉锯着。于是，自己终究还是选择了背叛。

关于唐凌的情报，阿米尔一次又一次偷偷地传递给了安德鲁，甚至艾伯……只是传递情报，没有关系的吧？毕竟，安德鲁私下给了他那么多资源，他尝到了快速成长的喜悦。他在计算着，应该快要超过唐凌了吧？在这样的想法中，他已经回不了头了。

所以，到最后……关于战术移动盘的事情被提了出来，他必须配合。

"放心，唐凌不会死的。但他的身份有巨大的问题，所以他会被俘虏。因为他很狡猾，所以一个有问题的战术移动盘，会增加我们俘虏他的概率。

"嗯，你问为什么不直接动手？不不不，安全区远比你想象的复杂，不是随便就能带走一个什么人的。唐凌身边是有保护的，不然你想想苏耀？"

阿米尔被说服了，唐凌如果被俘虏，那么……阿米尔偶尔也会想起猛龙小队那些温暖，他骗自己，等着自己强大了，再弥补唐凌吧。至少，如果不是因为薇安，不是因为长久以来被压制着，自己不会这样做，自己没有不喜欢唐凌。

但……为什么是这样的结果？为什么死去的会是薇安？为什么那个有问题的战术移动盘会莫名其妙地被分给薇安？还是自己亲手递给她的！

一滴泪，从阿米尔的眼角滑落，他的呼吸变得轻柔起来，身体的感觉也开始消失。他想要把记忆永远地停在那天早上，第一缕阳光破开云层的那一霎。

"你又猜对了，这小子竟然真的选择了回希望壁垒。"蹲在苏耀的旁边，一个男人把玩着手中的蝴蝶刀，看着废墟战场上那一队浩浩荡荡的队伍，看着走在前方唐凌的身影，无奈地叹息了一声。

"我没有猜对什么，我只是第一时间收到了战场的情报，才肯定这小子会这样做。"苏耀的神情没有变化，但深邃的目光之中却流露出一丝遥远的追忆。

"这样做……嗯……"那男人的手快速地一甩，"啪"的一声，蝴蝶刀完美地闭合在了一起，被他插入了腰间。

"这样做至少证明了一点，他就是那个疯子的儿子。你认为，那个疯子如果还活着，他会怎样做呢？"苏耀从衣兜里摸出了一支卷烟点上。

"对，这才是首领的作风。只是，我们曾经老是跟着首领犯傻，现在又要跟着他儿子犯傻吗？在关键时候，总是不能做出最理智的决定，逃跑不才是最好的选择吗？我很懒……我不想战斗啊。"男人口中抱怨着，站了起来，说着不想战斗，但拳头却被他捏得"噼啪"作响。

"理智的决定是什么？"苏耀吐了一口烟，脸上流露出玩味的笑容，这才接着说道，"让这臭小子闹吧。闹得越大越好，这才是他最好的出场方式，对这个世界宣告'我来了'。不然，你以为这一次昂斯家族能够隐瞒住他的身份？"

"这样啊……"那男人脸上也流露出了玩味的笑容，说道，"挺刺激的。我很想知道，当这个小子正式登场时，某些家伙脸上的表情会不会很精彩？哈哈哈……"

说完，他忽然望向了苏耀："狂狮苏啸，你是不是已经寂寞了很久？你的拳头是不是喊着'我在渴望着鲜血'？狂狮，你也在期待着归来吗？"

"不，我只是负责迎接，迎接着这个小子重新走上那个疯子曾经走过的路。"苏耀望着天空，记忆真的是遥远了，因为一个新的轮回又开始了。世界总是在生生不息，某一些火种也一定会重新成为燎原大火。

考克莱恩身上的盔甲还带着血污。一个九十岁的紫月战士，一个很多年没有出手过的老人，在这一次的战场上重新证明了他的荣耀。他的孙子艾伯带着紫月战队深入地下了，而他则带领着部队围歼了地面战场上的地底种族。一个都没有放过，他亲手斩杀了整整七十个地底种族。

希望壁垒在沸腾着，呼唤着考克莱恩的名字，而有的人则在心底冷笑：等一下会呼唤的是不是艾伯的名字。昂斯家族的虚荣心真是强大啊，得了实际的好处，还要得到盛大的名声。

仰空脸上始终带着嘲讽的笑容，冷漠地站在人群中，这样想着。但当他看见从地底归来的紫月战队越走越近时，却渐渐紧张疑惑了起来。为什么走在前方的似乎是猛龙小队的成员？仰空尽管想装作漠不关心，但还是忍不住上前几步，来到巡逻之地的边缘，抢过了身旁一个侦察战士的望远镜，望向了那一支回归的队伍。

走在前方的是唐凌！唐凌没事，仰空心中微微松了一口气，可下一刻他就发现了唐凌怀中抱着一个人。那……那是薇安！她死了吗？仰空的心中浮现出一丝微微的难过，这个安静温柔的女孩子战死在了地底？还有奥斯顿，他身上背着的是，是阿米尔？阿米尔还活着吗？他也战死了？

这到底发生了什么？仰空的心底开始不安，剧烈地不安，只因为在望远镜中清楚地映出了唐凌的眼神。这眼神似乎蕴藏着毁灭的火焰，让人心惊胆战。仰空甚至不敢再看，有些无力地放下了望远镜，他发现他聪明的大脑都快要转不过来了，接下来要发生什么，他心中竟然一片茫然。

"沃夫，唐凌竟然回来了。"佐文站在沃夫的身旁，看着废墟战场上回归的队伍，看着走在前方的唐凌，吃惊地说了一句。

沃夫背着双手没有回应，他似乎在思考着什么。

"该死的苏耀不带走他？苏耀没有任何的行动？他就那么迟钝？我们分明冒险通知了他……"佐文没有说下去了。

而沃夫突然转头，望着佐文问了一个非常奇怪的问题："苏耀，你有感觉吗？"

"什么感觉？"佐文诧异，这个时候沃夫在想什么？不关心唐凌的问题，竟然询问起了关于苏耀的事情。

"熟悉的感觉。"沃夫自言自语，接着说道，"其实，我早就有所怀疑了。如果我对苏耀的感觉是对的，那么我的怀疑也是对的。我很庆幸我是对的，所以我提前对唐凌释放了一个善意。"沃夫似乎对自己做的事情非常骄傲，他慢条斯理地从办公桌上拿过了一支雪茄，开始精心地修剪起来。

"沃夫，我有些不明白你到底要做什么？唐凌不过是17号安全区里，那份名单中最受重视的一个。我们只是为着能多一个火种，要力保下他，可你的表现却越来越超出我的意料……"佐文的脸上尽是疑惑。

沃夫将手中的雪茄转着圈，精心地点着，然后抬头看向佐文："我觉得17号安全区接下来，会比我想象中的更加乱成一团。然后，你这个人从来都不重视细节的吗？他姓唐……"

"姓唐怎么了？姓唐的很多，他……姓唐？"佐文一下子愣住了。

尽管暴雨已经变成了绵绵细雨，但从地底归来的紫月战士们还是全身湿透。在地底被烤干的内服，再一次湿淋淋地贴在身上，让人有一种黏腻的不适感。因此，他们显得沉闷了一些。让原本在希望壁垒欢呼的所有人，心中开始有了一丝不安，难道地底行动失败了？不然中间怎么会有一个显得有些沉默悲伤的小子，抱着他队友的尸体？

可在这时，艾伯忽然站了出来，只是一瞬，就站在了一堆箱子上，他亮着伤口，带着一股不辱使命的模样，对着所有人高呼道："我们胜利了！"

"哗"的一声，人群开始欢呼，而艾伯对身旁两个他的心腹使了一个眼色，准备开始述说他的光荣事迹。站在人群之中考克莱恩也整理了一下头发，迈着郑重的步伐走向了艾伯，按照剧本，他此时应该上前拥抱他英雄的孙子，然后爷孙俩一起接受人们崇敬的目光和欢呼。

在这时，只有少数人注意到了唐凌，注意到他默默地走上前，走到了主战通道的中央，慢慢地放下了薇安的尸体。"我要一个交代。"唐凌开口了。但声音很快被淹没在一片欢呼声之中。

第191章　挑战你们全部

在这种欢乐的庆祝胜利的时候，怎么会有人在意唐凌呢？即便在唐凌的身旁，有几个战士听到了唐凌的话，对唐凌流露出了同情的神色，可是……在这种时刻，喊着要交代，是不是太不懂事了？战场上死去战友，不是每天都在发生着的事情吗？

听着这铺天盖地的欢呼，看着考克莱恩和艾伯让人作呕的做作表演，唐凌冷笑了一声。他看向克里斯蒂娜，说了一句："看好薇安。"转身就冲向了巡逻之地。

而此时考克莱恩已经快要走到艾伯的身旁，而艾伯的身旁，两个紫月战士正在用"战吼"拼命地宣传着艾伯在地下是如何英勇，怎样力挽狂澜，取得了谈判的资格。

艾伯脸上带着笑容，目光却一直注意着唐凌，虽然事情应该是被安德鲁搅和了，但这小子到底还是回到了希望壁垒。只要他还在17号安全区，就不可能再有逃脱的机会。可惜的是，这份功劳他再也没有办法独揽了，因为这一次想要留下唐凌一定是一件惨烈的事情，一定会和那些埋藏在暗中的势力狠狠碰撞。这必须要借助家族以及家族联合的力量了。

想到这里，艾伯狠狠地看向了安德鲁，这个家族的杂碎，妄想抢夺他功劳的杂碎竟然破坏了他的计划。要知道为了他的计划，他还特地拜托了母亲大人定制了这样一个战术移动盘，甚至他还动用了母亲大人那边的关系，和地底种族的一个将军取得了联系，对唐凌设下了必死之局……

"所以，就是这样，艾伯大人拿住了它们重要的大队长，逼迫地下种族停战，我们取得了一个谈判的机会。"紫月战士的讲述到达了尾声，他的脸上流露着崇敬与感动。

听到的人虽然内心感觉略微有些憋屈，原来不是大获全胜？还是要谈判？但想想，原本大祸一般的灾难，被昂斯家族的祖孙俩生生阻止，再想想艾伯一个人独闯敌营的英姿……就算只是谈判也是不错的结果啊，至少能让希望壁垒暂时回归平静，恢复元气。在这个时代，不能要求太多，能够平安已经是最大的福气。所以，欢呼声更加响亮了。

而考克莱恩也恰好在这时，走到艾伯的身前，伸出了双手，想要紧紧地拥抱他的孙子。这场大戏就要圆满收场了。

可偏偏在这时，一个异常不和谐的声音回响在了希望壁垒上空："我要一个交代。"

所有人都愣住了，这个声音是如此之大，带着肆无忌惮的张扬，带着一种悲伤的愤怒。但这是什么鬼？在庆祝胜利，歌颂英雄的时候，是谁蹦出来要交代？交代什么？人们开始找寻这个声音，然后发现在希望壁垒的最高点，一处瞭望台上，站着一个少年。

他并不算高大，甚至有些瘦削，他的黑发被雨淋湿，常规作战服有撕裂的痕迹，身上还有伤口。他显得有些狼狈，可是他站得笔直，他的手中竟然拿着营地用来指挥近处遭遇战才会动用的大型电喇叭，他神色平静，毫无顾忌，在他的脚下，瞭望台的指挥官被绑成了一团，呜呜地挣扎着。

"逮捕他。"艾伯望了一眼唐凌，轻描淡写地说出了三个字。几个战士立刻从人群中挤出，朝着唐凌小跑而去。

唐凌的脸上露出轻蔑和不屑，直接开口了："所以，结果就只是谈判，对

不对？谈判的结果又是什么呢？让我来猜猜，一开始是暂时恢复到之前最平静的对峙状态。但这样的状态维持不了几天。因为什么呢？你们想不到吗？敌军的大部队其实已经突破了战略要道，集结在了一起，希望壁垒还有曾经那样对峙的本钱吗？想想吧，战略要道也失守了。在对方大部队已经集结完毕的情况下，紫月战士还如何深入地下去镇守战略要道？这是战功？这根本就是一场丑陋的出卖！

"我觉得不远的将来，你们会看见在希望壁垒的一侧，地底种族也会修建它们的壁垒，和希望壁垒和谐地、美妙地共享万能源石。再过不了多久，大家就会高兴地发现，17号安全区也会有地底种族堂而皇之地走上地面，和大家一起吃饭，喝酒……多么美妙啊，和平共处。"

好刺耳的声音，多让人难过的言语，可似乎却充满了道理，所有欢呼的人像被掐住了脖子一般，欢呼被硬生生地憋在了喉咙里。

"这是一场打着战争名义的出卖！出卖者是谁想要知道吗？现在还要逮捕我吗？不要脸的吗？对了，看看我身上的伤痕吧，我可是才从地底作战归来的战士，这就是给予战士的待遇吗？"

几个已经靠近瞭望台的战士有些迷茫了。上前去逮捕？就算现在还不知道唐凌是否胡说八道，但他的确是刚从地底归来的新月战士啊！那几个战士望向了艾伯，而艾伯极度震惊，唐凌完全猜中了！他与地底种族交换的条件差不多就是这样！

现在还逮捕他吗？他话里直接指向了昂斯家族，在场的只要不是傻子，都能明白这个暗示。如果不顾一切地逮捕了他，昂斯家族所表演的这一切就毁掉了，那会显得多么心虚啊！

艾伯难以做出决定，而在他的身旁，考克莱恩却用责备和玩味的目光望向了自己的孙子，小声地说道："还打算隐瞒吗？"

与此同时，复杂的心情开始涌现在人们的心头，虽然一时间还难辨这些是非，可是取得的战果是什么？好像这少年说的才是真的。那两个紫月战士避重就轻，并没有说敌军退去，或者R区被占领，又或者斩杀了多少敌人这样的话……那么照此说来，少年所说的未来应该会成真的？

人们开始心惊，都是战士，都懂战争，如果是这个结果，现在根本就不是庆祝的时候，而是必须马上集结一切的力量，深入地下，去打一个硬仗。至少消灭大部分集结在R区的敌人，然后重新占领战略要道。

可是……没人敢这么说。因为此时城主在哪里呢？最高议会的会长，副会长，终身议员呢？反而是昂斯家族莫名地带领了整个紫月战队？

在这个时候，只要不是傻子，都终于明白大势是什么了。一股凄惶开始蔓延在所有人心里。但离开17号安全区？开什么玩笑呢？生活教给很多人的经验是，苟且，再苟且下去，只要还能活着。

"所以，一个交代那么难吗？非要逼得大家脸上那么难看吗？"唐凌站在雨中，直接抬起一只脚，踩住了瞭望台的边缘。

"疯了。"仰空无法言说，心中只是回荡着这么一个词语。

"疯了。"有少数人心中也浮现出这样一个词语。

什么交代那么重要？唐凌都没有打算给自己留退路？他把不能摆上台面的一切，都一一摆上台面，结果只能是不死不休。昂斯家族随时可以"不要脸"的。但唐凌根本不在乎，闹大就好，他只是需要一个机会……一个给薇安送行，让薇安瞑目的机会。还要一个能够让他潜伏下来，收取所谓善意的机会，他需要—— 一个杀戮的机会。

"你需要什么交代呢？"在匆忙地对考克莱恩说出了真相以后，艾伯不得不忍着恶心站了出来。

相比于艾伯，考克莱恩是真正的老狐狸，他根本不在意唐凌所表演的这一切闹剧，他认为艾伯太年轻了。不过，他现在得知了一个无比重要的消息，他必须要马上着手处理，他只给艾伯吩咐了两个字："拖延。"

拖延什么呢？艾伯不太明白！不是应该利用昂斯家族还有的优势，给唐凌扣上胡说八道的帽子，然后逮捕他就完事了吗？可艾伯在这个时候不敢反抗考克莱恩的命令，他想要独吞功劳的事实已经无法掩盖，而且，他并没有独吞成功，他现在还是得依靠家族。

这一场拖延，在唐凌的预料当中，他很直接地用不屑的目光望着艾伯："交代什么，你个王八蛋难道不知道？难道你活了二十几年，唯一学会的就是装疯卖傻？看见了吗？我的伙伴，我的战友，一个多么美好的姑娘，她死在了一个畜生的阴谋之下，虽然这个畜生的阴谋可能被另外一个畜生搞出了一些岔子……但是，她死了。所以，你明白我所要的交代了吗？"唐凌抹了一把脸上的雨水，他站到了瞭望之塔的边缘。

"你在胡言乱语什么呢？我很同情你战友的死亡，可战争是残酷的，每一天都有战士战死沙场。希望壁垒需要秩序，如果你怀疑你的战友死于阴谋，17

号安全区有军事法庭。不然，每一个人都这样因为怀疑，就开始大闹，希望壁垒的存在就会变得像一个笑话。我想你现在需要冷静，你的战友需要安葬。把他带下去吧。"艾伯深吸了一口气，对于他被骂作王八蛋这件事情充耳不闻。他用一个看似完美的理由拒绝了唐凌。

几个战士终于收到了指令，朝着瞭望之台冲了上去。唐凌根本一副无所谓的样子，在那几个战士冲上来的瞬间，他快速地踢出了几脚，直接把那几个战士都踢下了瞭望台。

"你是在挑衅17号安全区？"艾伯扬眉。

"不，我只是觉得我的地位可能太低微了！我想问你一句，如果今天是你艾伯死于阴谋之下，尊贵的考克莱恩族长是不是得等着军事法庭的审判？"

考克莱恩没有任何回应，他只是冷冷地瞄了一眼唐凌，转而继续对着通讯仪低声地说着什么。

"对，不要说你艾伯了，就说在场的紫月战士，如果你们的战友死于阴谋，你们会不马上要交代，而是等着所谓的军事法庭？据我了解的事实，不是这样的吧？紫月战士不是有一项特殊的权力，叫作决斗权吗？可以直指仇人。对对对，这项权力不要说紫月战士，一等贵族也是有的吧？到底是我唐凌地位低微，对不对？"

没有人说话，就连艾伯也有些愣住了，唐凌忽然说出这番话，是什么意思？开始抱怨阶级了吗？

猛龙小队的人站在雨中，有人开始紧急地原地救治阿米尔，虽然这可能只是在勉强维持他的生命。而薇安的尸体就在他们几人的中央。这一幕让他们显得有些凄凉，无助，悲伤。可他们只把目光看向了唐凌——唐凌要怎么为薇安讨回公道？

"所以！"唐凌一把扯下了他的常规作战服，在他的身上有着大小十几处伤口，显得如此刺眼，"我，唐凌，决定为自己争取一个身份。我是谁？我是一个吊车尾的，在第一预备营中实力倒数第一的新月战士。

"我现在宣布，我就在这里，正式开始对整个第一预备营的新月战士发起排名挑战！我会一直打下去。第一名的身份够不够高贵？如果不够，我就继续挑战紫月战士！挑战权是神圣的，你们谁敢不接受？"唐凌"唰"的一声拔下了身后的长刀，直接指向了第一预备营所站的位置。

"疯子！"仰空的脸色立刻变了，唐凌有这样的实力挑战整个预备营？他到底是要做什么？这样做能给薇安交代？

"小疯子！哈哈哈……"距离废墟战场不远的一处山丘之上，苏耀拿着通讯仪，听着里面传来的声音，不由得开口笑了出来。

在他身旁的男人伸手去抢："老苏，你倒是给我听一下啊。"

"疯子。"希望壁垒的顶部，有少数已经开始默默做好某种准备的人心理几乎是同时冒出了这个想法，但那莫名的熟悉感，是那么地让人感到亲切。

艾伯皱起了眉头，这什么跟什么？但是也好，族长不是要拖延时间吗？唐凌这样挑战，显得非常配合。那让这个傻瓜闹吧，被打死最好，安德鲁这个杂碎虽然可恶，但实力有几分，艾伯是知道的，更别提安德鲁的狗——亨克了。

自寻死路，谁也拦不住。安德鲁的脸色立刻苍白了几分，亨克站在他的身旁，握紧了安德鲁的手："他不会成功的。"

"但愿如此。"其实从地底出来，安德鲁内心就一片惨淡，他不是艾伯，他没有什么资本，他只有成功与失败。成功就是天堂。失败即是地狱。他已经身处在地狱中了，一切都无所谓了。人生不是如此吗？一念天堂一念地狱。终究按捺不住的妒火，不平与贪婪，将他推向了地狱。

挑战权的确是神圣的。至少在紫月战队，第一预备营之中是异常鼓励挑战的，为了鼓励这种挑战，所以赋予了它神圣的意义。所以，发起挑战的人是被保护的，在他的挑战完成之前，被挑战的人只能选择接受或不接受。

可是，这是众目睽睽之下，而且第一预备营传统的，根深蒂固的思想是——荣耀！如果失去了荣耀，那就会失去一切——前途，名声，培养，甚至资源……这比死亡更加难受。当然，也有人理所当然地可以不接受挑战而被理解，这些人只能是猛龙小队的成员。

唐凌从瞭望台一跃而下，缓缓地走到了人群的中央。由几十个铁箱子搭成的简易擂台快速地被摆在了中央，人群自觉地退开，为擂台四周留出了位置。

唐凌平静地跳上了擂台，他转身看着跟在身后的猛龙小队的伙伴，轻轻地说道："请将薇安放在我的身后，让她看着。"说话间，唐凌猛地把长刀插在了自己的身后，说道，"以此为界，没人可以靠近薇安。因为，这一次我会永远地在她身前。"

昱无声地抱着薇安，小心地摆在了唐凌的身后。唐凌看着薇安已经失去血色的脸，嘴角还带着一丝很淡的微笑，用最温柔的语气说道："看着，我为你送上献祭。"然后，唐凌果断地转头，喊道，"开始吧，倒数第二。"

安迪站在台下："我认输。"

"倒数第三。"

"我认输。"克里斯蒂娜哽咽着。

"倒数第四。"

没人回应，唐凌心头一痛，不敢回头，他自嘲一般地轻声说道："不好意思，她，牺牲了。"

"倒数第五。"

和唐凌身处在同一个洞穴的某个学长，有些战战兢兢地上台了。"我很难过，但因为新月战士的荣耀，我不会留手。"他这样说道，然后冲着唐凌鞠了一躬，冲了过来。

唐凌没有抬头，任由雨水模糊着自己的视线。

"唰"的一声，唐凌出脚了，只是一脚，快到很多精英战士都无法捕捉的一脚，竟然带起了残影。"嘭"的一声，那位学长的大腿被脚尖毫不留情地扫过，整个身体立刻失去了平衡，一下子就跌落在擂台之外。

这么强？！唐凌——这么强？！

第一预备营至少有五十个以上的人都震惊了！普通人可能不懂，战士可能不懂，甚至精英战士都可能不懂！但第一预备营的新月战士，在人群中围观的紫月战士如果不懂，那就是笑话了！这个出脚速度，几乎是第一预备营最优秀的人才可以踢出的速度！这还要配合极强的神经反应速度，在最适合的节点一脚扫出……对，还有力量！唐凌……是吊车尾的？！

面对许多震惊的目光，唐凌的表情没有任何变化："倒数第六。"

又一个学长上台了。他没有任何的废话，傻子才看不出唐凌的实力，说什么全力以赴就太傻了。他只是鞠躬，然后冲向了唐凌。

一拳，仅仅一拳，他就被打下了擂台，没有任何拖泥带水，一拳的力量刚好够把他打下擂台。"谢谢。"这位学长轻声地说了一句，他看出唐凌最后收了拳势，否则这一拳会轻松地打裂他的骨头。

"倒数第七。"唐凌大声地喊着。

"我认输。"奥斯顿大声地回答了一句。

"倒数第八。"没有人回答。

唐凌的脸上浮现出一丝带着痛苦的，嘲讽的笑意，他回头望向了身后。

阿米尔已经暂时被包扎好了，可惜以他的身份是绝对不会得到高级细胞修复剂的。如果……如果没有背叛，如果……如果还是伙伴……阿米尔的心头浮现着一丝丝酸涩，他其实相信有这些如果，唐凌是会全力以赴，创造奇迹一般地为他抢也要抢来这些的。

但是，人生没有如果。就如此刻，薇安躺在唐凌的身后，到死……自己也没有靠近她，但错误在谁呢？阿米尔好像已经想通了什么，但已经晚了。

"我……咳……认输……"阿米尔费力地说着。

"嗯，你记住，继续撑下去。如果，你还是个男人的话。"唐凌转头。他其实已经心痛得无法呼吸，可是任何错误都要承担必然的惩罚，他不可能再心软，那谁来为薇安心软？

"倒数第九。"

同一洞穴的最后一位学长走上了擂台。依然，只是一拳。

"倒数第十。"

"我认输。"昱低声地说道。

一分钟，从倒数第一冲出了倒数的位置，挑战了九个人，唐凌创造了一个骄人的成绩，即便中间有六个人是放弃的。可是……他还是打败了另外三个人啊，总共只用了两拳一脚！好笑吗？不好笑，因为他打败的可不是什么土鸡瓦狗，而是第一预备营的精英啊！唐凌，这么强的吗？所有人的心中再次浮现出这个念头。这两拳是多少公斤级的力量？还是说已经可以用"牛"力计算了？他的速度是多少？已经到极限了吗？那他优秀的是神经反应速度吗？他的能力是什么？展现出来了吗？许多人都心思复杂，且不可避免地联想到了——唐凌有秘密。

而唐凌站在雨中面无表情："下一个！"

第192章　挑（上）

雨中的唐凌，就如同一台战斗机器。他永远都不会给你任何反应时间，很

简单的一拳一脚，然后就是一成不变的"下一个"。他打倒了多少人了？10人？还是20人？

是21个人！不包含猛龙小队的6个人，整整21个天才啊，就这样被他一拳一脚地打发了？

直到刚才，才有一个人让他多出了一拳，那是第一预备营排名82的一位新月战士。这是去年以第一名的成绩进入第一预备营的，是大家看好的一位天才，仅仅不到一年时间就让排名上升到了82名，还有人认为他隐藏了实力，等待着再一轮的爆发，让自己的实力更加靠前。

可如今呢？他在唐凌面前，彻底成了一个笑话。对，天才，只是让唐凌多出了一拳。很多人脸色都变得异常沉重，但没人认为唐凌的挑战是虚假的。每一次出拳的力道，每一次出脚的速度，对对手都是绝对碾压的。

"没有关系，其实在第一预备营，有个明显的实力分界线。前55名，和后55名不是一个档次的。"一位精英战士看着唐凌的"表演"，忍不住对身旁的一位战士小声说了一句。

不能接受啊，一个才15岁的少年，怎么那么强大？所以，一定是有原因的。其实没有跨越过那条分界线，就算比别人强大，也是很有限的。

"这应该怎么理解？"旁边战士显然不知道那么多。

"简单地说，前55名都是有资格立刻成为紫月战士的人。因为他们的能力达到了冲击紫月战士的标准点，他们只是在累积。而后55名的人是还没有这个资格的。只要没有这个资格，他们之间就会差了一道天堑。"那精英战士似乎非常了解，他解答得很认真。

而就在他解答的这一小会儿，场中已经回荡了两次唐凌的声音："下一个。"对，又有两名新月战士被唐凌打下了擂台。

那位听着解答的战士非常不解，他一边惊叹着唐凌的表演，一边问道："有那么夸张吗？我知道冲击紫月战士有一个标准线。假设这条标准线需要3000公斤的力量，那你觉得2999公斤和3000公斤有多大的区别？"

这听起来非常有道理，却换来了精英战士的嗤笑，曾几何时，他也是那么以为的啊，他也抱过冲击紫月战士的希望啊。可现实给了他狠狠的一耳光，让他认识到人与人之间的差距到底有多么巨大。"你知道极限值吗？实际上，要冲击紫月战士，是要达到未开锁之前的极限值的。这个极限值有几个标准，具体我不清楚。如果你没有达到极限值的潜力，你的力量会永远停留在一个区间。

"就借你的假设，3000公斤是一个极限值，如果你没有这个潜力，你的力量将永远不会超过2900公斤。而你一旦跨越了3000公斤这个极限值，那么在接下来的一小段日子里，你会有一个迅猛的提升，这个提升范围不会超过一个数值，假设500公斤吧。你算算，这已经拉开了多少差距？是的，过了迅猛期，他们的提升会越来越慢，越来越艰难。但如果有的天才，能够冲破第二个极限值呢？这又拉开了什么距离？

"第一预备营有些'变态'，据我所知，已经冲破了三个极限值！后55名永远都是一些菜鸟，但是进入前55名，唔，每一名可能都天差地别。"精英战士一边解说，一边叹息着。天才和普通人就是有这样巨大的差距，能够进入第一预备营的都能够冲破至少一个极限值。而有的天才根本没有任何的瓶颈，他们会一直冲，一直冲……就好比亨克那样的。

可没有人知道，唐凌连所谓的极限值都没有，他只要进食，战斗，修炼，他就会一直成长。因为，他是完美基因链。

"下一个。"唐凌依旧在喊着。他已经懒得计算打倒了多少个，他只知道他的目标是什么？劳累，不存在的！他就是喜欢这种痛苦的滋味，心如刀绞，所以身体的疼痛算什么？在这种状态下，他几乎是用身体能够承受的极限给自己补充凶兽肉，更不计代价。反正战斗会带来巨大的消耗，他接下来应该争分夺秒地成长，消化率什么的，不用在意了。

排名62的一个新月战士上台了。"我该对你自我介绍一下，我叫维……"

"不用啰唆了，来吧。"唐凌直接打断了这位学长的话，他没有时间来浪费，听任何的废话，他叫什么名字重要吗？

但显然，唐凌的不耐惹恼了这位学长，他有些不忿地大声说道："我只是想要提醒你小心，因为我的累积已经足够冲击紫月战士了。我原本只想一鸣惊人，让自己的排名陡然上升一些。但现在抱歉，我要借助你的擂台了。"

学长的话音刚落，擂台下就响起了一片议论之声，不得不说在后55名中，出现了一位真正的准紫月战士，还是让人吃惊的。但也不得不佩服这位新月战士，能够隐忍至此，然后厚积薄发。那么，唐凌的神话会在他这里被终结吗？

唐凌的表情没有任何变化，他只是淡淡地"哦"了一声，然后扬手："开始吧。"

还有比这更大的侮辱吗？就算掀开了底牌也被如此不屑地对待吗？这位学长恼怒之极，直接冲向了唐凌。

慢，速度实在还是太慢，只不过出拳的力量比起之前那些人有力道。那么神经反应速度呢？唐凌终于稍微有了一丝战意，精准本能在这一刻终于运转了起来。

当那位学长的拳头离唐凌还有不到5厘米时，唐凌微微地一个侧身，那位学长的拳头落空了。实际上，这根本不需要精准本能来配合！唐凌在不到半秒的时间就得出了答案。这样的速度，就算凭借战斗本能，也能做出预判，然后避开。这位学长出拳太死，太局于限现代搏击的技巧之中，根本没有学会将所谓的技巧训练为肌肉记忆，达到不受技巧束缚，只凭战斗的变化来出招。

可是，唐凌的这一躲闪，终于让看习惯了唐凌碾压的人有了一些新鲜的感觉："看，唐凌开始闪避了，这个新月战士的力量应该强于他，不然他直接硬碰也是可以的。"

"不，我觉得应该是速度快于他，他只是躲闪。"

"我倒是有不同的看法，你们谁看过唐凌的血腥铁笼战？他最大的能力是什么？是类似于预判的能力，他应该是用上了这个能力。"

"嗯，预判能力，那么这场战斗有看点了。之前的都太无聊了。可无论如何，说明这个新月战士的能力很强。但唐凌竟然那么短的时间也有了准紫月战士的能力。"

议论声瞬间爆发而出，但唐凌似乎什么都没有听见。他没有感受过所谓的极限，他只知道他的一切都在无声地成长着。如果有一天成长遇见了瓶颈，再突破是不是会带来什么好处？比如说特殊的能力？唐凌并不认为精准本能是他的能力，这是与生俱来的，所谓的能力在他的眼中应该是一种天赋的表现，就好比安东尼的雷电，沃夫那黑色的丝线……所以，不要太快打败这个新月战士，要逼迫一下，看看他是否有能力？

于是，唐凌没有选择攻击，而是在众目睽睽之下，再次表演了一次血腥铁笼战时，那让人惊艳的预判。

"落空""落空""落空"……15秒内，这位学长一共攻击了唐凌27拳，16脚，身体各个部分的攻击更是一共进行了35次。不用怀疑，这就是准紫月战士的速度。可是，没有用，一连串的落空，浪费了力气，产生的全部都是无效攻击。

这是在羞辱自己吗？因为只有这位学长自己才知道这种感觉是多么侮辱，唐凌完全是在小范围地进行躲避，他连挪动一步都没有。该死……学长彻底愤怒了，他有底牌，他本想要保留底牌，借助唐凌将事情闹得轰轰烈烈之际，让自己彻底崛起。他不仅要在这次将唐凌踩在脚下，还要趁机向前30名的某个新月战士发出挑战。底牌应该是在那个时候才用的！

"你不要逼我！"学长狂吼了一声，出拳的速度陡然变快，带出一丝丝的破风声。

与此同时，围观者之中已经有人看出了问题："预判？预判能力这么牛？是不是还有别的能力？"这是一位精英战士的发言，他的话显然也惹来了周围人的迷茫，预判能力是一种感觉，实际上是要看发挥的，在那么短的时间内，连续精准的预判？这能力……

"这能力绝对不是预判。预判需要耗费极大的精神力，才能调动这种类似于第六感的感觉，但唐凌的眼神、微表情说明他根本没有在调动精神力。"终于，有紫月战士开始注意这场战斗了。

这和唐凌在血腥铁笼战之中的发挥略有不同，确切地说在之前，唐凌的发挥才更像预判，而这一次更像是一种计算，计算出了对方出拳的角度，力量……又或者像是在长期的战斗演练中，形成的一种本能。

不得不说，紫月战士对事情的判断是高于一般战士的。但他们不可能知道，在血腥铁笼战，唐凌并没有敢完全地发挥精准本能，在后半段，他在表演失误，让人产生了错觉，从而不会联想到这是一种战术演算类的能力。

至于这一次，唐凌懒得表演了，在他决定给薇安一场盛大的送行时，他已经没有再掩饰自己的心情了。

男儿，生于天地间，要么隐忍，如若不忍，那一定要惊天动地，放肆痛快！可他的成长速度太快了，他太爱"自虐"，太爱在生死之间舞蹈了。所以，那位紫月战士说对了，他没有运用什么计算能力，他只是凭借长期累积的战斗本能。

"唐凌有秘密，这一点任谁都看出来了。他的能力……我也认为绝对不是预判。预判这种耗费精神力、靠感觉的事情，是存在失误率的，他没有失误率。"另外一个紫月战士原本一直半闭着眼睛，像是睡着了一般，现在也睁开了双眼。实际上地底一战应该是表演吧？他有这样的判断，可一场表演也让他太过疲惫。原本新月战士之间的挑战是引不起他任何兴趣的，可是唐凌的预判却让他产生了一丝兴趣。

显然，出风头的又是唐凌！尽管唐凌只是为了看所谓的准紫月战士有什么不同，而他的目的显然达到了。这位被激怒的学长终于使出了一点儿不同的东西。

风？是风吗？但是完全不同于安迪的那种速度，是整个身体速度天生就强于普通人，像一只善于奔跑的霍莱山地羊。

这位学长没有什么身体速度的优势，他的风来自他的双拳之间。随着他的出拳频率快到了一定的程度，他的拳头带起的那一丝丝风明显地在聚集，每一次出拳那些风就强大那么一些。慢慢地，划过唐凌裸露的皮肤，开始为唐凌带来了一些痛感，慢慢地，这些风的存在感就如同实物一般。

"就是这样吗？"唐凌眼中一下子流露出了一丝认真，他感觉到了，这些风聚集到了一个临界点。

在这个时候，精准本能几乎是不自觉地就出现了。在唐凌的脑中形成了这样一幅画面——出拳速度微妙地变化，在上一丝风没有散去的时候，下一丝带起的风又卷袭而来。渐渐地，这些风累积起来，就像在飞行中的某种事物，带起的风暴就能给人造成伤害。

这就是天赋？所谓亲近风的天赋。如果不是对风特别敏感，是不可能在某种微妙之间去感受到风的累积的。那么，自己是不是也可以做到？唐凌的脑中燃起了一个疯狂的念头——他想要去模仿，尽管他没有亲近风的敏感性，但是精准本能可以去计算……而精准本能真的只是精准吗？它仿佛是一种可以看透本质的能力啊！

唐凌已经习惯大脑两用了，他一边在思考着这个问题，一边已经利用精准本能计算出了这一拳带来的成形的可以给人造成伤害的风，它会在1.8秒之后，出现在这位学长拳头的一侧。而攻击的方向是自己的腹部。躲避的方式起码有37种，最轻松的方式当然是侧跨一步，但唐凌却并没有打算挪动自身，他还有另外一个疯狂的想法——他要去感受这累积起来的风会造成什么样的伤害。

是冬天那样的风吗？那些风刮在脸上是生疼的感觉，自然有速度的原因，但更多的是一丝一丝一片一片接绵不断。这个学长利用出拳的变化，将它们聚集在了一起，"把玩"在了双拳之间，那么积累而出的伤害是什么？精准本能现在还无法计算，必须亲自去感受！

腹部很脆弱吗？不，唐凌不会让身上遗留什么脆弱的地方，他第一时间绷紧了腹部，捏紧了拳头。显然，肌肉是人类最好的一道防御线，如果绷紧的肌肉不能抵挡这一道风刃，那么拳头也可以破坏它。风是会被打散的，前提是力量足够，形成碰撞。

学长的脸上出现了一丝潮红，显然聚集这些风，也是到了他能力的一个极值，算是底牌尽出。他打出了极具掩饰的一拳，这一拳直接攻向唐凌的面部，又一脚踢向了唐凌的胸口，另一只拳则呈现出一个完美的弧度，似乎是要攻击唐凌的右臂。唐凌被三方封锁，并不是不能避开，但关键是那一道聚集的风被释放了，攻击的方向果然是唐凌的腹部。

"风刃？"一位紫月战士平淡地说了一句，其实风这种天赋能力非常常见，操控风并打出风刃这种能力只是风向能力中，极其常见的一类分支。显然，这个新月战士还非常稚嫩，一共出了76拳，才勉强聚集了一道风刃。不过，在这个年纪，还没有正式晋升为紫月战士，在打开第一把基因锁，能够更加敏锐地感受自然之前，能做到这个程度，已经很好了。

"嗯，风刃，不过战术运用得很好。"另外一位紫月战士也在这个时候，淡淡地评价了一句。

其实，就算依靠76拳才聚集而出的风刃，也不是能够作为撒手锏的。如果被看破，有很多种方式可以破除这道风刃。关键是面对唐凌，这种有着疑似异种能力，或者超强天赋战斗本能的人，让风刃对他多形成一道攻击，构成四方封锁式的战术才是正确的。唐凌要避开哪一个？似乎有些困难啊！尽管唐凌已经表现得非常惊人，但在紫月战士看来，避开四方攻击，还不是唐凌能做到的。

唐凌不能做到吗？他当然能！在他的计算之中方法有很多，包括以力破力。可是他要感受风刃啊。左拳避开！右腿避开！右拳避开！唐凌的身体扭曲，回旋，那完美的掌控力让看得清楚唐凌动作的人忍不住喝彩。

"能避开啊。"有紫月战士忽然开口道。

"竟然……"那学长忽然有些泄气。因为，大家都看出来了，避开了三方攻击的唐凌只需要一个简单的"铁板桥"就可以彻底打破这四方攻击。

而铁板桥这个动作，对于普通人来说几乎不可能做到，但以唐凌对身体的掌控，没有任何的难度。可是，让所有人目瞪口呆的一幕发生了——唐凌竟然一个回转，用腹部直接对上了风刃！只要有一点战斗经验的人，都不会这样选择的啊！唐凌这是？

"唰"，风刃以极快的速度飞向了唐凌的腹部，而与此同时，唐凌的腹部绷到了极限，八块完美线条的腹肌极具力量感。

一道血痕快速地出现，与此同时唐凌的拳头直直地砸了下来。皮肤被划破了，但是没有伤害到肌肉，如果不用拳头砸散这一道风刃，它是能够造成一条深达一厘米左右的伤口的。自己的防御能力实在一般，不要说和变异野兽比，就算和王野兽比也是被吊打的份。这是人类的劣势！毕竟力量不能等同于防御。但，无论如何，这风刃的威力也是不错的……

"成功了！"那学长在这一瞬间有一种异常激动的感觉，他早已经忘记了自己之前的雄心壮志，能伤害到唐凌似乎就已经让他得到了极大的安慰。

"他是故意的。"有些紫月战士难以相信这个结果，但却不得不接受事实所呈现的一切。

可是，为什么要以身犯险去感受风刃呢？唐凌自然不会说出什么答案，他只是抬头，神情平静地对那学长说道："结束了。"

说话间，唐凌终于展开了他的第一次攻击。非常直接的一拳，速度显然快于这个学长能够反应过来的极限。所以，当唐凌的拳头快要触碰到这位学长的时候，他才堪堪抬起了拳头。"嘭——"直接碰撞，学长被迫后退两步。

"快了，唐凌出拳比之前又快了。"学长的脸色苍白。

但唐凌非常轻描淡写："再来吧。"

"唰"，破风声响起，又是一拳，这一拳比之前那一拳还要快，学长想要抵挡，可是他这个时候才发现，他和唐凌对撞的那一只手，竟然传来了剧烈的疼痛感，再也无法握拳，他只能仓促地后退。可是没有用，这一拳直接打在了他的肩膀，就如同被重锤狠狠地锤下。可是，他还能坚持站在擂台上，一种更大的屈辱感在他心中升腾，他喊道："你明明……"对，唐凌明明可以攻击学长，和他直接对战一场，为什么要躲避？是在玩弄他，还是在表演？

可惜他不会得到答案了，唐凌扭身，一个完美的侧踢，直接踢在了这位学长的背部，一脚把他踢下了擂台。实际上，这位学长可以再坚持和唐凌对攻几次的，但他心神已经彻底的乱了。对于唐凌最后的侧踢，竟然毫无反应。直到重重地落地，他还沉浸在这种耻辱的感觉当中，同样明显的还有挫败感——这就是差距吗？天才与天才之间，也存在的巨大沟壑吗？

"下一个。"唐凌站在原地，直接开始了下一场挑战，他在等待，等待一个可以和他形成对攻的对手，让他可以试一下风刃的威力。他不敢保证能够学会，所以他要试验，一次次地试验。人不会介意自己变得更强，至少唐凌非常迫切地渴望强大。

"你有什么看法，大哥？"在这个时候，被科普了一番所谓极限值的战士又开始询问身旁的精英战士。

"我……没有看法。他，的确很强大。"那位精英战士吞了一口唾沫，什么前55，后55，好像已经不再是唐凌的阻碍。这根本就是一个怪物。他进入第一预备营多久？三个月吧？他竟然累积到了第一道极限？不，不仅仅是累积到了这个程度，至少已经过了第一个实力暴涨期。他表现出来的速度、力量还有神经反应速度，是远远强于那个会玩风的家伙的。在绝对的力量面前，天赋没有练到一定的程度，只是一个笑话。

"但，我觉得能够打入前20就是他的极限了。"想了一下，这位精英战士终于带着肯定的语气，说出了一句他觉得已经非常大胆的判断了。第一预备营的一些天才，不仅天分出众，还耐得寂寞，他们累积了多久；就算唐凌天赋出众到不行，他也敌不过时间的，他不能跨越时间一下子完成爆发似的累积。

"嗯，前20就是他的极限。"这位精英战士再一次肯定地说道。

这一次旁边的战士没有说话了，他就是莫名觉得唐凌还能创造奇迹。现在，时间过去了不到五分钟，唐凌的排名已经打到了62。

谁也没有料到在62位会出现一个准紫月战士，但这也就意味着接下来的战斗根本没有悬念。

"下一个。"

"下一个。"唐凌又开始了快打的模式，没有任何拖沓，反正一拳解决不了的，就两拳。最多也就三五拳，一个个被称为天才的新月战士都倒在了擂台之下。

在渐渐小下来的细雨中，苏耀的通讯仪上那一幅小小的画面让苏耀和另外一个男人看得非常喜悦。

"老苏，你和首领从小一起长大，首领那个时候也是这样强大？"玩刀的男人忍不住询问了一句。

画面中，唐凌的排名已经打到了57位。用时不过8分46秒。

"他？不，他那个时候还在玩泥巴。"苏耀不屑地一笑，那家伙不能和唐凌比，唐凌显然更加出色。

"不可能，差距会有那么大？"玩刀的男人不相信，在他眼中，首领是谁？是一个奇迹的创造者，他完成任何事情都不用吃惊。只是，这样一个人，为什么……会失败？为什么会以那么惨烈的方式失败？玩刀男人沉寂了下来。

但苏耀似乎没有感受到玩刀男人的心情，他抬头忍不住望向了远处，在雨中显得有些模糊的希望壁垒，沉声说道："差距大，是因为资源。他在那个时候，吃不起菜，没有粮食，最垃圾的肉类吃到便秘。你以为呢？"苏耀的脸上忽然出现了一抹笑容——真是值得怀念的曾经啊，谁能想到那个神一般的男人，在拉屎的时候叫得鬼哭狼嚎一般难听呢？

"便秘？"玩刀男人的脸抽了抽，他觉得不应该去想象这样一幅画面，会破坏首领的形象，所以他转移了话题，"所以呢？唐凌得以享受的资源很多？"

"多？不多！完全配不上他的成长。只是让老子要破产了而已。嗯，他只是从15岁，可以培养开始，就拿凶兽肉当零食，其实并不奢侈……"

"嗯，不奢侈。"玩刀男人的脸色变了变，但想起另一些事情，唐凌的确不奢侈，甚至很可怜。所以，这样的资源能够支撑这个小子，从最后一名打到第一名吗？

第193章 挑（下）

空中，两个速度几乎相差无几的身影迅速碰撞在了一起，"嘭嘭嘭"，只是刹那，两人就对轰出了几十拳。每一拳都带起了音爆之声。

"轰隆隆"，细微的雷电从一方的拳头上不停地冒出。"吱啦啦"，承受的一方身体抽搐，但还是以一个肘击毫不犹豫地撞向了对方，被避过之后，几乎无间隙的一个膝撞又攻向了对方的小腹。

侧身，躲避。可是，还有得避吗？一道风刃在众人难以置信的目光之中，从拳头的一侧打出，"唰"的一声从躲避方的额头上划过。风刃过处，断裂的金黄色发丝飞起，额头上一道血痕下，是一张惊慌失措的脸。但还来不及有多余的想法，双脚就被另外一只脚毫不留情地扫过，身体飞起的瞬间，又被一记重拳轰在了脸上，终于掉下了擂台。

还有擂台吗？不，已经没有了。那些用捆绑的铁箱临时搭建而成的擂台早就已经四分五裂。这一场前所未有的极限挑战，打到了后半段，是什么级别的战斗，铁箱早就不能承受！唯有在坚实的主战通道上，画出了擂台的界限，勉强算作了擂台。

文森特此时的身影就从简易擂台的边缘划过，然后重重地落地。"噗"，一口鲜血从文森特的口中喷出，他勉强支撑起身体，脑中只有一个惊骇的念头："他，怎么会风刃？他的天赋是风？"

显然，唐凌不会给这个排名11，大名鼎鼎的新月战士一个答案，时间已经越来越紧迫了，他高声喊道："下一个。"近了，离目标越来越近了！唐凌大口地喘息着，往口中塞了一把凶兽肉。他不是神，他只是凭着一股不屈的意志和强烈的仇恨，在擂台上一直坚持着。

每一个人都在猜测唐凌的极限，但每一次以为是他的极限时，他总会再爆发出更强大的力量。这一次，他竟然打出了风刃！有这样的实力，能够提前感受天赋能力，并且能在一定程度上运用出来，这是一件再正常不过的事情。可是，稍有实力的人都会难以避免地产生一丝疑惑：为什么唐凌打出风刃的手法和之前失败的62名一样？难道……不，这个可能哪怕只是想想，都太过惊人了！这会让人不由自主地产生一个想法——唐凌，究竟是谁？

是谁？唐凌自己也没有答案，他只知道事到如今，掩饰已经没有任何的意义，既然不需要再掩饰，那不如战个痛快。

下一个对手已经上台，没有任何言语，直接手持一杆长枪就朝着唐凌冲了过来。或许胜之不武，但相比失败，胜之不武这个结局还是要好上许多！前10，是一个门槛！意味着完全不同的资源和完全不同的前途，失去这个排名的代价太大，这个新月战士承受不起。

武器吗？唐凌的脸上神色没有任何的变化，他甚至在这一刻闭上了眼睛，只凭精准本能去感受周围的细微变化，他需要一点点短暂的、安静的时间。

雷电，是他打擂台到现在，遇见的第二个能被使用出的天赋。但是它显然比风这种天赋更难以领会一些。雷电产生的本质是空气之中的正负电荷碰撞而产生的放电现象……就算人体也有微电流的存在……这中间的关键是……想到这里，唐凌陡然睁开了双眼，手腕一扬，"狼咬"从腰间拔出，下一刻，便和对手的枪尖碰撞在了一起，发出了一声刺耳的金属摩擦声。

很多人看见这一幕，都倒吸了一口凉气！这是怎么样的极限预判，才能用一把小小的匕首挡住长枪的枪尖？简直精准到了无法言说的地步，比用四两拨千斤、巧力荡开长枪的打法要难上不知道多少倍。唐凌，是不是在借助擂台进步？很多人只要一想到这个可能，就觉得不可思议。

　　台下，那个说唐凌最多只能打到前20的精英战士，已经没有脸再说出任何一句评论了。他只是难以置信，这个世界还有这样的天才？竟然还被他亲眼看见了？这也算人生的一种幸运？

　　台上，长枪如同游龙，枪尖带起阵阵劲风，几乎以难以捕捉的速度点点绽放，密密麻麻如同一张编织的枪网，密不透风。而唐凌则如行走在间隙的一缕微风，就在这危险的枪网之中，做出令人难以置信的极限躲避，甚至还能够时不时地做出危险之极的几次攻击。用匕首对上长枪，绝对是劣势的选择，最起码唐凌应该拔出那把长刀来对战。但自始至终，那把长刀就如守护薇安的一道象征，唐凌根本就没有动用它的心思。

　　30秒。唐凌的身上已经出现了好几道新的伤口，台上武器碰撞的刺耳声音不绝于耳。

　　一分钟。唐凌身上依旧有新伤口出现，但已经渐渐变少，他似乎已经抓住了对方的枪式套路，躲避得越来越游刃有余。

　　71秒。一声刺耳的声音传来，伴随着唐凌一句"你输了"，人们只是吃惊地看见，那杆长枪竟然突然间断裂成了三截，而在断裂的瞬间，唐凌整个人已经侵身而上，一手勒住了那个新月战士，"狼咬"冰冷的刀刃则抵住了那名新月战士的脖子。

　　发生了什么？不要说台下吃惊的人们，就算是那位排名第十的新月战士也是一阵迷茫——他的枪怎么莫名其妙就断了？这可是他积攒了很久的希望点，才换来的C级合金长枪啊！而如果不是因为长枪忽然断了，整个人反应不及，又怎么可能被唐凌抓住这一瞬间的机会，直接落败呢？

　　可是不管有万千条的理由，失败就是失败了，如果是真正的战场，匕首就不是抵在自己的脖子上，而是已经划过了动脉，割破了喉咙……

　　"我认输。"排名第十的新月战士叹息了一声，直接认输。按照挑战的规则，如果不及时认输，对方就算打死自己也不算违规。

　　唐凌松开了手，而那位新月战士望了一眼唐凌，想要问他是怎么做到的，但估计唐凌也不会回答，只得捡起了断枪，有些悻悻地朝着擂台外走去。

　　"罗伊斯，换作是你，能够做到吗？"在这个时候，离擂台较远的一处瞭望台上，一个看起来有些懒散的紫月战士忽然问出了一个问题。

　　如果唐凌看见，一眼就会认出，这不就是黑夜闪电——安东尼？而安东尼作为一名紫月战士，随着基因锁的突破，大脑也会得到一定的提升，他的记忆力很不错。自然也不会忘记唐凌，在三个月以前，作为仰空带人希望壁垒的菜鸟，站在指挥中心里一副看什么都很震惊的样子。

就三个月，已经成长成这个样子了？17号安全区出现了这样的天才，有什么理由不被珍惜？换成自己是17号安全区的绝对高层，一定会想尽办法保护、培养这样的天才。但马上就要实际掌权的昂斯家族显然不会这样想，看得出来，他们和这个小子之间有极大的恩怨……想到这里，安东尼揉了一下鼻子，对于自己这种万事都喜欢置身事外的人来说，是不是想得有些多了？

但是那个被称作罗伊斯的紫月战士开口了："换成是我，又假设对手是和我实力相当的人，要做到这一点相当难。

"我发现唐凌在战斗中是无所不用其极的，他这一战完全是利用的武器优势。他手上的匕首应该是B级合金制造的。俗话说一寸长一寸强，一寸短一寸险。匕首对长枪看似吃亏，但是通过貌似抵挡的动作，实则多次地斩击长枪，也是一种战术，而且是非常有效的战术！但是，如果没有他那样的天赋……"说到这里，罗伊斯没有再说下去了。

的确，没有唐凌这种让人疑惑的预判能力，谁敢这样冒险？不要说在躲避的间隙斩击长枪，而且要多次斩击同一地方，能做到这样长时间的有效躲避都已经很幸运了。所以，还由此可以推断出一个更惊人的结果，那便是——唐凌如果不是采取了这种战术，他根本就连受伤都不会。因为斩击的动作会耽误时间，而打断躲避动作。

不得不说，紫月战士的眼力的确不是一般人可以比拟的。那位新月战士百思不得其解的结果，被他们轻易就看出了端倪。但就算是他们也没有办法知道，唐凌选择这样的战术，竟然是为了节省体力和时间。断枪，抓住机会，一击必杀比起硬拼到底的确是要节省体力和时间许多。毕竟，还剩下的九人，是一个比一个还难啃的骨头。

到此时，唐凌用时27分钟。这时间看似惊人，实则合理，只要实力到位，高手过招其实只在毫厘之间，并不用耽误太久。如果某一场比赛，用时过久，纠缠太长，只能说明那是实力的极限，双方势均力敌。

还有九人！唐凌的眼中燃烧着熊熊的战意。而那边，考克莱恩似乎十分忙碌，他躲在角落不停地对着通讯仪低声说着一些什么，然后又不停地挂断，再连接通讯仪，就像得到了什么许可，在层层上报的模样。

安德鲁的脸色更加苍白了一些。留给他的时间已经不多了，以他的智慧一定能够想到，唐凌发起这场挑战赛的原因是什么。别人都震惊于唐凌的强大，但安德鲁不会。不管是平日里从阿米尔那里得到的情报，还是从艾伯的态度分析出的结果，都直指唐凌至少是那份名单上的重量级人物，他如果是弱者才怪。

那自己已经全无希望了吗？也并不是如此！唐凌设下的这一个局，是一个明局，到了自己的时候，自己还剩下另一种选择。可是无论怎么选择，下场都很糟糕啊。自己的人生到了这里，似乎已经看不见明日的光明了。

台上，排名第九的新月战士已经走了上去。唐凌的状况看起来已经没有刚才那么从容了，一连接近百场的挑战下来，他累了，也或多或少受了一些伤，更别忘了，他才从地底战场归来，在那边他一样受了伤，左边小臂的皮肤上还有层层的，就像火烧过的痕迹。

不过，明白的人也知道千万不能去轻信这样的表象，唐凌不加掩饰地狂吃凶兽肉，是被许多人看在眼里的。没有人去想过他到底会不会疼痛的问题，毕竟开始了正式修炼的人，细胞经过了能量的冲刷，对于这种疼痛已经能够承受，且不会再有虚弱期。所有人都想的是，唐凌怎么会有那么多凶兽肉？

战斗还在继续，朝着越来越惨烈的方向。时间一分一秒地流逝，艾伯的脸色已经变得有些难看，他似乎知道唐凌想要做什么了。可是族长那边还在不停地通话，还没有一个具体的指示传达下来。

一间完全封闭的房间内，紫光氤氲，犹若实质的能量如水般在房间内来回地流动。仔细看去，会发现这间房间就是由一整块万能源石打造，但这样奢侈的房内，只在正中盘坐着一个身影。这个身影异常地高大，就算如山般强壮的苏耀在这个身影面前，也会被直接碾压。

但偏偏就是这么一个高大的身影，却几乎没有存在感。只是每间隔一段时间，他会呼吸一次。而随着他的一吸，整个房间的紫色能量就会形成一道旋涡，急剧地朝着他的身体流去，从鼻腔钻入。接着，又会随着他的一呼，从他的口中喷出，如同一道利箭射出，经久不散。

他在练功，只要稍许明白功法境界的人，都知道这个盘坐在房间中的人已经进入了某种至高的境界，就比如说——龟息状态。而达到这种状态的人，究竟有多强大，没人敢妄自猜测。

此时，房间内响起了一阵轻且柔和的震动声，练功的身影睁开了双眼，低沉地说道："进来。"

他话音刚落，房间的某一处便洞开了一扇小门，一个身披黑袍的身影双手捧着一个非常先进的通讯仪，恭敬地走入了房间。"主上，有重要消息。"这个黑袍人轻声说道，同时递上了手中的通讯仪。

主上的脸在紫色的能量中显得有些模糊不清，他"嗯"了一声，接过了递来的通讯仪，只是"喂"了一声。

通讯仪的那边传来了一个战战兢兢，十分小心的声音，不敢有过多的废话，直接就把情报一五一十地全部说了出来。

主上的表情没有任何变化，只是说了一句："知道了，留活口，明天十点以前星辰——影，会直接过来。"说到这里，他似乎想起了一点儿什么，又说道，"你那边，不管用什么手段压迫，必须用尽能够动用的一切力量。"说完这句话，男人挂断了通讯仪。

但是那个黑袍人并没有第一时间离去，而是略微有些不放心地问道："主上，根据情报，是那个人的儿子。只派影一个人去，是不是？"

"不是影一个人，他会带领一个十人小分队。"主上回答了一句。

"这样，我也认为不保险啊。不然让议员L……"黑袍人提出了一个建议。

"不用了。证据不足，仅凭一个种子是不足以证明的。况且种子的形态万千，他表现出来的形态只是很多种子都会表现出的初级形态。"主上如此回答了一句。

"可是种子的存在并不多。如果错放了……"黑袍人说完这句话，赶紧又鞠了一躬，表示惶恐。

主上站了起来，一字一句地说道："关键证据在于基因链，我们这边一共锁定九个疑似目标。狂狮的下落才是关键，而最近有疑似狂狮的人出现在了希罗城。希罗城的唐云才是关键的目标。他的基因链表现……"

"主上的意思我明白了，重点的目标地点还是放在希罗城。到时候，再和龙少的基因链比对，就一定会把那个人的儿子找出来。"黑袍人立刻领悟了。

"对，希罗城作为一个一级安全城，势力无比强大，我更在意的是那边，你去办事吧。"主上这样吩咐了一句。

黑袍人闻言，手捧着通讯仪，面对着主上小心地退了出去。

随着房间门的关闭，主上似乎也没有了练功的心思，他信步走到了房间的边缘，轻轻一推，一扇巨大的窗户就被推开了。呼啸的风顿时充斥在整个房间，而主上望向了远方，低沉地说道："唐风，唐云？风云再起？你就算死了，也还是想留下一丝希望吗？不，死人是没有希望的。你留下的迷局，就要被破解，而当年的火种计划，也会被我一一掐灭。这其中，就包括你的儿子。时间，不用太久了。"说话间，主上仰头，目光似乎穿透了无尽的云层，穿透了大气，望向了无尽的宇宙。

第194章　送葬曲（上）

"亨克，你知道吗？我的时间不多了。"安德鲁的目光直直地落在台上，和唐凌开始对决的已经是顶峰小队的队员了。到了这个时候，不知道是否是错觉，唐凌开始毫不留情！顶峰小队的队员甚至连认输的机会都没有，全部是重伤下台。

甚至唐凌是想要痛下杀手的，只不过每当在这个时候，安德鲁都会示意亨克及时阻止，用队长的身份及时认输。队长是有这个权限的，当然只能用在生死之间。

人生到最后，是不是应该抓紧时间善良？安德鲁摸出了一支烟，平静地点上。他很务实，绝对不相信前世今生这种说法。不过到了现在，这种说法似乎成了一种安慰，为了下辈子能够稍许幸福一些，所以……

毕竟，顶峰小队的队员是被连累的，从始到终都是他安德鲁的棋子、刻意培养的手下。现在，该把最后的善意释放给他们，让他们能够保住一条性命。虽然，最正确的方式应该是让他们被打死，这样至少还能够拖延一些时间。

"下一个，我上台。"亨克这样说道。

如果这样下去，第六位被打败，接下来就是安德鲁了。唐凌在对决顶峰小队的时候说了，他会开始真正用尽全力，因为顶峰小队欠了他一笔债，这笔债是一把锁。没人能听懂这是什么意思，但顶峰小队的人没人不明白，唐凌的意思是指九号仓库被人为破坏的门锁。唐凌原来什么都知道，他吊儿郎当，他无所谓，他无赖，他甚至可以不要脸，原来这些都是他的掩饰。

迪尔·戈丁吐了一口血，无力地坐在擂台不远处的一角等待着救护人员。他的肋骨断了五根，内脏破裂出血，臂骨骨折，甚至连指骨都被折断了三根。刚才经历的擂台是一场噩梦。唐凌那冰冷的、无法撼动的决绝眼神，和恶魔的眼神有什么区别？在不久以前，他这被折断指头的手，还亲自给了唐凌一拳。接着，就是这样狠狠的报复。这些疼痛到现在算得了什么？被唐凌的拳头打在身上那种疼痛才难以忘记。全部是精准的弱点打击。他迪尔·戈丁，按照家族的传统，是练体的，全身的极限防御就是他追求的终极目标。即便自己离这个终极目标还很远，可是唐凌是怎么知道自己身上何处是弱点的？难道自己破绽太多了吗？

"噗"，迪尔又吐出了一口鲜血，身为同族的奥斯顿连同情的目光都不曾给迪尔。迪尔知道，他败了，他以后一辈子都会在奥斯顿面前抬不起头，和唐凌的这一场对决，唐凌是在摧毁他的内心。

"我抽完这支烟，你就走。头也不回地马上离开17号安全区。"对于亨克先上的提议，安德鲁拒绝了，他的目光第一次充满感情地落在了迪尔，还有另外一位顶峰小队的成员身上，这样说道。

"你说什么？"亨克无法接受，他已经习惯了和安德鲁一起，他们从小就这样一起长大，从未分开过，在这种时候安德鲁让他走？事情究竟严重到了什么地步？

台上，第三个顶峰小队的人在被唐凌痛揍，的确，发挥了全部实力的唐凌很可怕，但自己也不至于无法和他一战。

"我说，你走吧，为我留下一线希望！记住，我的第一仇人并不是唐凌。而是艾伯·昂斯！之后，你就算没有亲自看见，你也会听到一个消息，艾伯会亲自逼死我的，相信我。"

"安德鲁……"亨克的手微微有些颤抖。

"你听过一个名单吗？这个名单有一个别号，叫作'恐怖摇篮曲'。意思是在这张名单上的人，都会被扼杀在萌芽阶段。对的，萌芽阶段的婴儿，总是听着妈妈哼唱的摇篮曲，他们需要在一个安宁、充满保护的环境下长大。可是呢……"安德鲁吸了一口烟，望向天空，然后再缓缓地吐出了一口烟雾，"这个名单上的人只能听见'送葬曲'，他们没有未来！因为，这名单上的人都是天才，懂吗？天才！"安德鲁回头朝着亨克一笑。

亨克的眼睛有些刺痛，太过酸涩的感觉并不舒服。

"当然，这个世界天才很多。可是，那个人留下的天才，留下的火种全部要被扼杀。唐凌，百分之百是那名单上的人，明白吗？"安德鲁停了一下，习惯性地抚过亨克的金发，"走吧，我只是想要争功，你明白我从来没有机会光明正大地发挥自己的才华。我的母亲，我的妈妈是一个侍女，我的出生是一个错误。"

"所以呢？你放弃了吗？"亨克忍不住想哭，可是安德鲁曾经说过，他哭泣的样子像个女孩子，让他从此以后不要哭，亨克应该是强大的。

"我从来没有放弃，只是我没有性命再坚持下去了。"安德鲁笑得有些惨淡，手中的烟还剩下半支。

"唐凌说不上错，也许我要死了，我开始体会到什么叫作善良，你记得，是我自己招惹他的。如果有一天，亨克真正强大了，艾伯就是仇人。"说到这里，又一个重伤的顶峰小队队员被踢下了擂台，四肢折断。这就是唐凌，他冷血起来，如同从地狱归来的恶魔。

"下一个。"唐凌的身体略微有些摇晃，但他喊出下一个的声音永远充满了战意。在风中，雨中，人们必须要铭记这一幕，记住这个身影。从倒数第一，到了正数第六，他已经创造了一个永远难以超越的奇迹，他还在继续着……

"走吧，就是现在！"安德鲁看了一眼台上的唐凌，忽然说道，"如果艾伯死了，就去找他母亲的家族。你知道，这是我最大的愿望。"安德鲁扔掉了手中的香烟。

亨克的内心开始破碎，他知道这的确是安德鲁最大的愿望，因为他的母亲，那个弱小的、不值一提的侍女母亲，就是死在艾伯母亲的一句话下。尽管这个女人从来没有在乎过艾伯和安德鲁的父亲，一年也来不了17号安全区两次。可是，她怎么能容忍一个侍女和她拥有同一个男人？所以，安德鲁的母亲死了。

安德鲁连拥有父亲的权利也被剥夺，他只能卑微地算作昂斯家族的庶出，他同父异母的哥哥艾伯·昂斯，他没有叫哥哥的权利，只能叫他堂哥。因为他不配！他一直隐忍地活着，到最后也没有报仇的希望，所以他把这个责任交给了自己。想到这里，亨克握紧了拳头，他明白安德鲁一死，他也会被清算，安德鲁从来都是精明的，他早就算出了这一点，他让自己走。不一定要报仇，他可能只是怕自己不走，才给自己肩上加上了这个责任。

亨克慢慢地退了两步。安德鲁已经走上了擂台，他回头看了一眼亨克，露出最后一个温柔的笑容。

亨克忍着，最后的时刻，就不要让他以为自己哭了吧。他点头，然后转身，决绝却也隐秘地朝着希望壁垒的洞穴快速跑去。

该道别了。"阿米尔。"看着安德鲁走上了擂台，唐凌只是叫了一声阿米尔的名字。

安德鲁没有任何的表示，就这么在风中静静地和唐凌对峙着。

阿米尔的身体已经有些冰凉了，可是他的眼睛却一直睁着，当终于看见安德鲁的时候，他的眼中流露出了仇恨。如果可以，他情愿有问题的战术移动盘是给了自己，而不是薇安。

奥斯顿的嘴唇颤抖得厉害，他很想哭，但为什么哭？为了薇安？还是为了阿米尔？可能，只是为了曾经的岁月，生命之中最宝贵的四个月。散得太快，破碎得太沉痛……虽然还是不明白发生了什么，可是，阿米尔背叛了他们，唐凌的意思就是这个……会吗？奥斯顿不解！

"阿米尔，你会说出真相，不是你，对不对？"克里斯蒂娜抱着最后的希望，这样询问了阿米尔一句。

此时，奥斯顿已经扶起了阿米尔。唐凌从台上扔下了一个扩音喇叭，那是他之前从瞭望台拿的，就是为了现在这一刻。

其实，真相什么的，对于所有人来说重要吗？也许根本不重要。但是，薇安必须死得明明白白，你们想听或者不想听，都必须听着，这是我唐凌要给薇安的公道。

"安德鲁，你骗了我。"阿米尔没有力气站着了，他几乎是半倚在奥斯顿的身上。

在这个时候，考克莱恩终于挂断了电话，他很直接地对艾伯吩咐道："逮捕安德鲁，逮捕唐凌。"

艾伯的脸上流露出一丝笑容，是这样的结果吗？族长既然发话了，那就肆无忌惮地做吧。艾伯给两个紫月战士使了一个眼色。

与此同时，沃夫站在窗前，身边已经没有了佐文的身影，他叹息了一声，似乎有些不忍再看，慢慢地踱步，坐到了办公桌前。在他的手里有一串钥匙，非常复杂精密的，还带着芯片的钥匙。他把玩着手中的钥匙，点燃了一支雪茄，皱着眉头，在思考着……

"那是个意外，总之那个有问题的战术移动盘不是交给唐凌的，我也并不知道它会落到谁的手上。"安德鲁的声音很大，他故意说得非常大声，他甚至望向了唐凌，"你介意给我一个喇叭吗？"

唐凌没有说话，他看见了，两个紫月战士正无声地穿过人群，朝着擂台走来。但他并不慌乱，这是意料当中的事情。"说重点吧，阿米尔。"唐凌叹息了一声。

"安德鲁想要陷害唐凌，战术移动盘是早就做过手脚的。终极'回弹'指令不会奏效。包括我站出来的时机，我去领移动盘该站在哪个位置，都是事先预定好的。"阿米尔气喘吁吁，他坚持不了太久了。恍惚中，一束若有似无的阳光在照射着他，非常地温暖。他看见薇安似乎站起来了，歪着头对他微笑："走吧，阿米尔。不是我一个人孤单了，我知道，你很难过的，对吗？走吧，你可以慢慢地跟我说。我不知道我会不会原谅你，看你怎么认错了。"

薇安……阿米尔快要握不住喇叭了，奥斯顿接过了喇叭，扔给了唐凌。阿米尔承认了，阿米尔竟然承受了，奥斯顿感觉自己的身体和阿米尔一样冰凉。谁能告诉他，猛龙小队究竟发生了什么？不是一切都很好吗？那围着火堆醉倒一片的画面似乎就发生在昨日，那笑笑闹闹抢着食物的样子，仿佛还在眼前……为什么到今天有人就死了，有人就叛变了？而唐凌一个人站在擂台上，战斗到了如此的地步。

"唐……凌。"阿米尔觉得自己要和薇安一起走了。模糊中，薇安背着双手，带着微笑，还在等着他。可是，先别急，一直忍耐到现在，他不只是为了说出真相，他，还有一两句话要说。

唐凌听见了这声虚弱的呼唤，他握紧了拳头，他不想回头。

阿米尔略微有些失落，但很快，他调整了一下呼吸，很急促地说道："请记得，我从来没有不喜欢你。没有……我，甚……甚至是想一直……一直跟随……跟随你的……"

唐凌的指甲几乎刺入了手掌的肉中：那就一直跟随啊，你为什么要这样做？其实，也不需要跟随，我会愿意和你们并肩的！懂吗？并肩的！可是，我不再愿意将这样的话说给你听。你害死的不止是薇安，你还……玷污了我们最珍贵的一段岁月，不可原谅啊！

"大家，对不起。"阿米尔的目光扫过了猛龙小队的所有人。僵硬的奥斯顿，沉默的昱，眼神空洞的安迪，还有哭泣的克里斯蒂娜……这些人，其实温暖了他的岁月，偏激的一直是他。曾经不是渴望过哥哥姐姐们吗？他拥有了，但他抛弃了。

"对不起，克里……克里斯蒂……"阿米尔无声地垂下了头。

奥斯顿猛地一愣，泪水无声地从脸颊流下，安迪埋下了头，昱转过了脸。克里斯蒂娜嘶吼道："我没有办法原谅你！没有办法！"

唐凌看向了安德鲁，一字一句地说道："现在知道你有多么不可原谅了吗？"说话间，他扬起了喇叭，大声喊道，"你们听见了吗？所有人都听见了吗？希望壁垒的新月战士，一个十五岁的女孩子，我的伙伴，她是怎么死的？你们，觉得比起真正的战死，她是否屈辱？安德鲁，说出真相！"唐凌放下了喇叭，直接扔给了安德鲁。

安德鲁会说的，他一定会说的！到这个时候，他只有两个选择，第一是为了昂斯家族死扛，但如果他真的愿意，就不会抢夺艾伯的功劳。第二就是说出真相，堂堂正正地去死。他没有第三个选择。

"嗯，我会说。但是，就到此为止吧，我没有你的本事，去维护队员，但到最后，让我耻辱地请求，到我这里就结束吧。"安德鲁淡淡地说道，此时亨克应该走远了吧。

"唐凌，你被逮捕了。涉嫌偷窃最珍贵的细胞药剂。"在这时，两个紫月战士已经来到了擂台之旁，"安德鲁，你同样被逮捕了。你的罪行所有人都听见了，违反希望壁垒的铁则，用阴谋坑害战友，罪不可恕。"

呵呵，唐凌和安德鲁都同时冷笑了一声。来了吗？唐凌知道，自己一定会被安上一个罪名，不过偷窃细胞药剂？这是什么时候的事情？这个罪名可够重的，细胞药剂为17号安全区最珍贵的战略物资之一，偷窃它可是重罪。至于安德鲁，看吧，注定要为昂斯家族背这一口黑锅了。

"你有办法吗？"安德鲁无视了两位紫月战士，直接望向了唐凌。

"等着吧。"唐凌没有给出什么答案，因为他并不笃定这件事情会有什么转折，他的计划关键点不是在此时。如果真的现在就被逮捕了，他在计算他需要多长的时间，能够亲自手刃安德鲁。但最好还是有转折，因为堂堂正正地正杀死安德鲁，为薇安的送葬摆上第一颗人头，是最好的。

面对唐凌的答案，安德鲁似乎有些失望，他转头望向两个紫月战士："你们难道不知道，擂台挑战是神圣不可侵犯的？就算要逮捕我，是不是也应该等到挑战结束？"

"不，你没有资格顶着昂斯这个名字来挑战。"艾伯的声音从远处传来，他表现得非常恼怒，充满了正义感，"自裁吧，昂斯家族没有坑害战友的垃圾。听见我说的了吗？我劝你最好选择自裁。如果你没有自裁的勇气，那就选择老老实实地走下擂台被捕。"

呵呵，安德鲁和唐凌都同时冷笑。这一幕，不管是安德鲁还是唐凌都预料到了。挑战了将近一百场，为的不就是这一刻？艾伯这个虚假又虚荣的人，是不会允许安德鲁往他身上"泼脏水"的，他会威胁安德鲁，让安德鲁闭嘴。果然，威胁这不是来了吗？他在告诉安德鲁要么死，要么闭嘴。

当然，安德鲁不会老老实实自裁，如果安德鲁接下来要说出什么，旁边的紫月战士一定会动手，及时杀死安德鲁。在冷笑中，唐凌的身体忽然动了，他几乎是出人意料地从擂台的一头陡然移动到了安德鲁的身旁。

"你有什么尽管说。"唐凌如是说道。他的话刚落音，两位紫月战士同时动了。

而安德鲁则在此时举起了喇叭，大声地说道："我的确是示意阿米尔配合关于战术移动盘的阴谋。"

话刚落音，唐凌便和紫月战士硬对了一拳，唐凌感觉他的拳头就要骨裂了。但是面前的紫月战士纹丝不动，而另外一个则直接朝着安德鲁伸出了手，就要一把抓住安德鲁。

不行吗？那么……就变身吧。唐凌如此打算！可在这时，一道身影忽然冲了过来，只听见"嘭嘭"两声，两个紫月战士竟然莫名其妙地飞出了擂台。

唐凌回头，看见的是一个完全陌生的身影，而安德鲁则认识这个人："佐文将军？"

"佐文将军？我想知道昂斯家族清理叛徒，外加抓捕偷窃细胞药剂的盗贼，为什么会被阻止？是城主的意思吗？"艾伯的话里分明有威胁的意思，沃夫的立场非常关键，难道在这个节骨眼上，沃夫动摇了吗？

考克莱恩无声地站到了艾伯的身旁，忽然说了一句："这样的事情不用劳烦城主，老夫会酌情好好处理。因为明天将有重要的使者来支援17号安全区，城主大人应该会亲自接待的。"

"城主一定会亲自接待。"佐文淡然地望着考克莱恩这只老狐狸，说了一句，考克莱恩这是在施压吗？

"另外，城主大人也绝对不会干涉逮捕任何人。"说话间，佐文还是挡在了两位重新走过来的紫月战士面前。

"我个人只是太不喜欢挑战被打断。就我个人而言，他们的战斗不应该被终止，安德鲁既然已经上了擂台，一切都等他下了擂台再处理吧。"佐文没有半点儿退让的意思。

考克莱恩"呵呵"了一声，他知道现在无法改变局势，只有等事后利用铺天盖地的舆论来掩盖这一切。

艾伯的脸色苍白了几分，他知道……等一下他会面对什么样的目光。

"还不退开？"佐文呵斥了两个紫月战士一声。

见艾伯都没有说话，两个紫月战士退到了一旁，而佐文望着唐凌和安德鲁说了一句："那你们务必精彩地打。尽情地……说！"

呵呵，尽情地说。安德鲁的脸上流露出了一丝感激，他举起了喇叭大声说道："对，一切都是我授意阿米尔做的。可是，我，小小的安德鲁·昂斯，一个侍女所生的垃圾杂种，有什么资格去动重要的战略级武器——战术移动盘？我是昂斯家族的子弟，可是是当狗的那种子弟。我也很无奈，只能服从命令啊。是吗？我亲爱的艾伯堂兄？"

安德鲁望向了艾伯，也有人跟着望向了艾伯，艾伯恨不得立刻逃开，但他不得不嘴硬地说道："你难道就那么不敢面对自己的错误，到底要拖累整个昂斯家族？"

"整个昂斯家族？不，我亲爱的堂兄，你还代表不了整个昂斯家族！你不过想自己俘虏或者杀死唐凌，夺得功劳，毕竟我们的族长可没有你那么愚蠢，如果是他出手，唐凌可不能站在这里和我打擂台。是啊，昂斯家族就是如此！利益至上！狗咬狗的游戏我看了十几年，我也亲自参与了不少。艾伯堂兄，不管你今天认与不认，都不能改变你是一条狗的事实，毕竟人与人之间互相咬来咬去算什么呢？"

艾伯的脸色一下子变得无比难堪，他似乎感觉到整个希望壁垒的人都在嘲笑他，都在鄙视他，而他刚才分明是光芒万丈的英雄啊。

"之后，你再怎么不承认，我都不会和你争辩了。毕竟，我马上就会是一个死人。大家是相信一个活人，还是相信一个死人，是大家的选择。反正，17号安全区的主人马上就要姓昂斯……"

"闭嘴。"开口的是考克莱恩，他恼怒地望向了佐文："你喜欢看挑战，现在是否可以开始了？如果再任由这个不肖的子孙胡言乱语下去，老夫不介意马上出手解决他，免得玷污了我昂斯家族的名声。"

佐文无奈地耸肩，而安德鲁略微有些遗憾地放下了喇叭："不怎么痛快。但是，你应该会让我痛快的。可惜，我看不见了。"

唐凌不言。

"我欠下的，已经归还了一半。那么，现在开始战斗吧，唐凌！来吧，唐凌。"安德鲁扔掉了手中的喇叭。

唐凌看了一眼躺在身后的薇安，抹了一把脸上的雨水，无声地冲向了安德鲁。

第195章　送葬曲（下）

六岁的时候，安德鲁参加了母亲的葬礼。在那之前，他亲眼看见了母亲被人推下楼梯，倒在血泊之中。那一天，母亲穿着那些贵族不是那么喜欢的奶油色棉布裙，就像一朵盛放的红色刺玫的花蕊。随着这朵刺玫慢慢、慢慢地愈加盛放，她的裙子也变成了红色，似乎她整个人都融在了这片血红当中。

"安……"她好像想要叫他，但她终究只是睁着双眼，什么都没有喊出来。那她在想些什么呢？在临死的前一刻。安德鲁一直好奇这个问题，后来这个问题延展开来，变成了自己快死的那一刻会想些什么。

想些什么呢？大脑似乎一片空白，只看见唐凌冰冷的双眸，连拳头打在身上都已经麻木了。对，唐凌为什么那么强大？他在那份被称作"恐怖摇篮曲"的名单上会是什么地位？

"这一拳是替薇安给你的。"雨中，唐凌的拳头带起了一片劲风，吹开了一片雨水，直接打在了安德鲁的胸口。

"噗"，安德鲁吐出了一口鲜血，里面好像还带有内脏碎片什么的，无所谓了。他已经尽了全力，没有因为必死而亵渎自己的最后一场战斗，但是无法战胜就是无法战胜，有些事情并不是凭借意志可以改变的。

擦掉了嘴角的鲜血，安德鲁支撑着勉强站了起来，盯着唐凌微笑。他是否应该感谢唐凌？给了自己一个相对光荣的死法，而不是被压迫着自裁，或者说被悄悄地处死在阴暗的牢房。

"这一拳是替阿米尔给你的。"唐凌冲向了安德鲁，这一拳直接打在安德鲁的下巴，骨裂的声音是如此刺耳。

当阿米尔这个名字从口中说出的时候，唐凌的心刺痛了一下。到底，还是要为他追讨一个公道吗？

"呼"，安德鲁感觉呼吸有些困难，下巴什么的被打裂了吧？如果换成是亨克，他那么注意形象，宁愿死也不愿意下巴被打裂吧？他能躲开这一拳吗？能的吧。

"哈。"那一年，是四岁吧，安德鲁呼喝着，拳头打向了亨克，他是认真的，他想要收服亨克，想要当大哥。可是亨克，这个随时都会瘪嘴哭泣，随时都怯生生喜欢跟在一群贵族孩子身后的家伙，一边哭喊着，一边避开了。他像受尽了欺负，而实际上安德鲁更加憋屈，他根本一拳都没有打到他。累了，不打了，安德鲁转身就走。

亨克带着没有擦干净的鼻涕，跟在了安德鲁的身后。

"你为什么要跟着我？"安德鲁其实也无处可去，家族聚会，他和妈妈是没有资格参加的，而往往这种时候，妈妈会非常伤心，他不想回家看见妈妈伤心的双眼。

"你不会真的打我。"亨克怯生生地说道，作为一个小贵族的儿子，特别是新晋小贵族的儿子，还是因为父亲牺牲，才换来的这个名头。亨克其实和这个圈子隔着天堑一般的距离，受尽欺负是常态。

"啊？"安德鲁愣了，他分明是打不到，好吧？

但那一刻，亨克认真而无助的眼睛像是触动了他，安德鲁不由自主地伸出手，摸了摸他的头，说道："好吧，那就跟着我吧。我会把你当弟弟一般照顾。"

这一跟，是多少年了？安德鲁有些计算不清，只感觉唐凌拽住了他的衣领，"嘭"又是一拳，直接打在腹部。

"这一拳，是替猛龙小队给你的。"唐凌的心中翻滚着悲伤。希望崖就在眼前，在那一天，那个炎热的下午，他们曾经就并肩站在希望崖的边缘。那一个画面就像生命的刻印，烙在了灵魂当中。直到今天，唐凌才感觉到什么叫作那时年少，而讽刺的是，那时有多么的意气风发，这个时候心就有多么的破碎。

同样，安德鲁也快看不清眼前的事物了。帮猛龙小队给自己的一拳吗？唔，好，很好，自己也曾经有过小队呢，最好的小队，顶峰小队。

"安德鲁，我考核过了，综合成绩第一。"希望崖顶，亨克的金发散发着细碎的光芒，同他胸前的徽章一般耀眼。

"那不是应该的吗？"安德鲁带着淡然的笑容，进入第一预备营了，之后成为紫月战士吧，梦想从这个时候终于可以起航。如果，他成为厉害的紫月战士，身边有亨克或者更多强大的队友，终究可以摆脱该死的昂斯家族吧？

"是应该的，我会一直在你身旁。"亨克笑了，一向唇红齿白，绿眼迷人。

"嗯，在我身旁，陪着我一起在第一预备营走上巅峰。"安德鲁也笑了，忍不住揽住了亨克。

那个时候，多么意气风发！然后呢？然后有了迪尔·戈丁，有了艾玛……最终，有了顶峰小队。这一切，都结束了吧？

是结束了，安德鲁可以感觉到生命在快速地流逝，已经由不得他阻止。不知道那个阿米尔为什么能够支撑那么久？这种带着热度的生命气息，在远离的时候，是多么无奈且无力啊……另外，还带着一种甜蜜的安然，仿佛生命中所有最好的画面都变得清晰起来，让人想要迫不及待地拥抱死亡。

所以，支撑起来是多么艰难！安德鲁艰难地抬起眼皮，模糊中他能看见唐凌的脸，黑发黑眸，清秀干净，似乎永远都有一丝羞涩，又有一丝忧郁，但更多的是一种让人折服的强大感，和安心的信任感。真的很难相信，这样的感觉会出现在这么一张脸上。可他的双眼通红，他也是想要哭吗？

"这一拳，是我替自己给你的。你毁灭了在我心中，至少想要留住十年的梦想。"唐凌提起已经无力的安德鲁，最后一个膝撞，狠狠地撞向了安德鲁……

唔，没有办法支撑了。这一刻，生命最后的气息就像迎来了一双风铸的双手，那双手轻轻地带走了温暖的生命力。安德鲁的眼神开始涣散，唐凌的双眼开始模糊。

"安德鲁，你说十年以后，我们会变成什么样子？"阳光下，亨克躺在莽林的草坪上，忽然问道。

"十年啊？我们当然是成为紫月战士。"安德鲁理所当然地回答道。

"我不是这个意思，我是说，你觉得你会有妻子，有孩子吗？"在这个时代，就算是贵族也必须肩负着为人类增加人口的重任，晚婚？不婚？那是不符合一个贵族的要求的。

"嗯，我不知道。也许会有吧，那你呢？"安德鲁对这种事情并没有多大的兴趣。

"我？不会的。"亨克仰着头，侧脸带着几分认真，然后略微羞涩地说道，"我觉得我生命的意义就是陪伴在你身边，看你走上巅峰，达成愿望。你的妻子我当作姐姐吧，你如果有了孩子，我就当他们的另外一个父亲。"说话间，亨克转头望着安德鲁笑了，背后是午后的阳光，难得不是那么炙热。

"呵呵，说什么傻话呢！"

安德鲁喉咙发出了"咕噜咕噜"的声音，只有他才知道自己这一刻想要说什么。但是不必说出来了，他似乎看见妈妈来接他了。"过来啊，小安德鲁，看看，你的脸怎么那么脏？还流血了？是不是又和人打架了？"

"妈妈。"安德鲁的嘴角扬起一丝笑容。

"真是调皮的小家伙。走吧，我们回家，今天妈妈做了炖肉……"

"好啊，好啊，那走吧，回家吧。"安德鲁吐出了最后一口气，前方是妈妈温暖的怀抱，后方是亨克离去的背影。不必再回头看了，让他忘记我。

"你还要继续挑战吗？"在一旁早已等待得不耐的一名紫月战士望向了双眼通红的唐凌。

唐凌看了一眼安德鲁的头颅，轻轻摇头。

"那我正式宣布，唐凌涉嫌偷窃17号安全区重要物资——高级细胞修复剂，即刻逮捕。"说话间，那名紫月战士快步走上了擂台。

在这个时候，一直沉默的昱忽然猛冲了上来，挡在了唐凌的身前，接着是奥斯顿、克里斯蒂娜、安迪……

"你们谁敢？今天如果要逮捕唐凌，就先从我的尸体上踏过去，我是御风家族的昱。"虽然很不耻用家族的名声，可在这个时候又有什么关系。唐凌已经为了死去的伙伴做到了这个地步，有什么理由不与他并肩？

"我是戈丁家族的奥斯顿。我不会让开的。"奥斯顿挡在唐凌的后方。

"我是布莱德家族的克里斯蒂娜，你们休想抓走我们的伙伴。"克里斯蒂娜挡在唐凌的左侧。

"我是安迪，我不是贵族。我只是有这样一条命来保护我的同伴。"安迪挡在了唐凌的右侧。

他们将唐凌围了一个严严实实。

一群人无声地、焦急地朝着这边赶来，在艾伯和考克莱恩嘲讽的笑容之中，其中实力显得非常强大的一人冲开人群，一个瞬步就冲上了擂台。他抓住了昱的肩膀，大声说道："昱，从今天起你退出第一预备营，这是家族决定。"

"奥斯顿，希望壁垒不是让你任性的地方，你不适合待在这里！跟我回去，这是家族的命令。"另外一个人在这个时候也冲上了擂台，他的脖子左侧有戈丁家族的太阳文身。

"蒂娜，祖父让我带你回去。他认为你一个女孩子终究不适合待在军营中成长。"与此同时，另外一个男人也走上了擂台，揽住了克里斯蒂娜。

安迪有些迷茫无助，他看见了他的妈妈也正焦急地朝着这边跑来："安迪，你快过来，快过来！你回来和我们一起务工吧，不要当什么战士了。"

"不，叔叔！"昱想要挣扎，却被他称作叔叔的人牢牢地控制着。

"大哥，你是在侮辱我，侮辱我，你知道吗？"奥斯顿直接顶撞，却被他称作大哥的人一拳撂倒在地。

"求求你，求求你了，堂哥，你不能……"克里斯蒂娜难以置信，流着泪恳求着，但被她叫作堂哥的人只是无声地摇头。

"妈妈，妈妈，你回去啊，回去。"安迪蹲在地上，哭喊着。

"我求求你了，儿子。"安迪的母亲跪倒在擂台之前，她已经吓得没有力气跑到擂台了。

他们是被紧急通知到了这里，这样一幕其实已经无声地宣告了，谁才是17号安全区真正的主人。也许猛龙小队的人都和唐凌有感情，但他们的家族和家人可不是，他们还要生存，生活下去，不可能为了庇护唐凌赌上一切和昂斯家族作对。

考克莱恩轻声在艾伯耳边说道："看，有的事情根本不用亲自去做，权力的好处就在于这里！你要学会利用，懂吗？利用！"

"是的，族长。"艾伯此时仿佛已经忘记了刚才的屈辱，脸上又重新浮现出优雅的笑容，是的，就算所有人都知道事情是他艾伯做的又如何？有人敢说什么吗？有人敢阻止什么吗？

唐凌始终没有什么表示，他的手轻轻地搭在了昱的肩膀上，对着前方薇安的尸体说道："道个别，就走吧。"

"唐凌……"昱转头，大家都不可思议地望着唐凌。

唐凌深吸了一口气，望着要逮捕他的紫月战士说道："不介意我为伙伴送上最后的告别吧？然后，我跟你走。"唐凌的眼中根本就没有任何意外的神色，逮捕是预料当中的事情。刻骨的仇恨还没有发泄殆尽，他怎么能轻易离开呢？

"唐凌！"奥斯顿喊了一声。

"听我的。"唐凌拉起了跪在地上的安迪，说道，"我们，现在同薇安道别。"

猛龙小队的所有人沉默了，他们能看出来唐凌的坚持无法撼动。也许，也是因为这一股无法撼动的意志，猛龙小队的家人们松开了手，安迪的母亲也哭泣着站了起来。雨中，五个人并排而站，少了两个人，有些不习惯，但无妨，在雨中，克里斯蒂娜轻轻哼唱起来那一首歌：

> 相信着我们在十年后的夏末还能相见
> 强忍着泪水，笑着说再见
> 是有些伤感的吧，但怀揣着最美好的记忆

按照17号安全区的习惯，死去的人活着的时候已经够痛苦了，在这个时代幸福很遥远，所以，离去的时候，要有一首温柔的歌曲伴随着告别，就算不会，也要哼唱一段温柔的调子……这个时候，还有什么比这首歌更适合呢？为薇安，虽然心中充满了遗憾，但也为阿米尔。

歌曲慢慢结束了，五个人同时鞠躬："再见，薇安。再见，阿米尔。"

唐凌站直了身体，望向了猛龙小队的人，说道："好好安葬他们。十年后，我会再来看他们的。"

"你……"四个人异口同声地看向了唐凌。

"不要忘记。"唐凌没有回头，只说了这四个字，就径直走向了那个紫月战士，伸出了自己的双手，一副不知道什么时候准备好的镣铐出现在了那个紫月战士的手中，"啪"的一声，他毫不留情地给唐凌扣上了手铐。

唐凌慢慢地走下了擂台，但在路过那个喇叭的时候，他忽然捡起了喇叭，望向了艾伯。"你逮捕我，真的不会后悔吗，艾伯？是的，你不会后悔，因为你从头到尾都是一个蠢货！就连和安德鲁的对弈你都棋差一着，你有什么资格和我对弈？我若是昂斯家族的人，我会认为安德鲁更加适合继承昂斯家族，而

不是你这个蠢货，还要让家族为你擦屁股！不过可惜，安德鲁也已经死了，我亲手杀的。"

唐凌的语速很快，但也不妨碍大家把这些话听了个清清楚楚，一连几个蠢货，让有的人莫名其妙地想笑。

艾伯努力忍着，最后终于忍不住大喊了一句："还不把这个小偷给我带下去？！"

唐凌冷笑着，跟着那个紫月战士走了，似乎有意无意地，他望了一眼希望崖。

在离废墟战场有一定距离的山头，苏耀伸了一个懒腰，关掉了通讯仪，对旁边的男人说道："走吧，大戏看完了，我们准备干活吧，就在今晚。"

第196章　情报

这是一间阴暗潮湿的房间。从地底的积水来看，应该不在地面上，而是在有一定深度的地底。不过，房间虽然阴暗潮湿，倒也不算脏，相反在房间的一角，还有一张干净的桌子，两条干净的凳子。唐凌的双手被锁在精铁镣铐上，在他的小腹贴着一个特殊的装置，只要他想要使出力量，聚集能量，甚至是提起一口气，这个装置都会放出一道电流，让他全身麻痹。

没有越狱的可能，在这个特殊装置的看守下，唐凌此时比普通人还不如。还剩下些什么呢？什么都没有了。关于他的一切——武器，装备，积攒下来的一些乱七八糟的东西，还有所剩不多的凶兽肉都被搜刮了一个干净。

不过，唐凌也不在乎了。那一本《补遗》已经被他牢牢地记在脑海中，然后毁掉了，至于战种就隐藏在他身体的某处，良木芯也吃完了，那一天和奥斯顿在莽林中煮汤所用的，就是最后一点儿。只是稍微有些可惜那些凶兽肉，是苏耀花费了那么多才给他换来的，所幸剩余的也很少很少了。

"滴答""滴答"，从某处墙壁的缝隙中，每隔一定的时间就会传来的滴水声，成了唐凌唯一的娱乐，他已经数到了第四百二十三声。不过，等待的还是没有来，他必须继续等待着。就如，在17号安全区的很多处地方，有许多人已经全副武装地在等待着最后行动的命令。

夜，寂静无声。这一天酝酿的所有恐怖惊到了17号安全区的人们，他们早早地就躲回了屋中。以往本该热闹的时间，变得冷清，就连内城的街道上也没有几个人。而该死的雨从白天起就没有停过，这正常吗？哪有暴雨过后就是小雨的？

艾伯穿着黑色的斗篷，从马车上下来，迎着夜晚夹着雨丝的凉风，走入了一条异常偏僻的小巷。一个殷勤的、穿着蓝白制服的人，则满面谄媚地提着一盏油灯，为艾伯照着前行的路。

"犯人们都还好？没出什么乱子？"艾伯随意地开口问道。其实能出什么乱子呢？17号安全区的监狱向来戒备森严，而这次昂斯家族背后的势力又派出了一部分力量来共同管理监狱，就是为了在清洗以后，17号安全区不至于陷入动荡。毫无疑问，有一个稳定的监狱是工作的重中之重。事实上，艾伯只是有些不习惯这样冷清的夜罢了，他可是一个在夜晚活跃的人物，而如今这样的夜晚他还能到哪里去活跃？

"族长决定以后要对17号安全区采取宵禁，那还有什么意思？永远理解不了那些老头子的想法。"艾伯一边在心里吐槽着，一边跨入了监狱的大门。但他并没有前往关押犯人的区域，而是直接去了监狱办公区。这里是整个监狱防御最重的地方，就连艾伯也不知道背后的势力在这里布置了什么，他只知道就在这办公区的某处，隐藏着一条地下通道，通往整个监狱真正的重犯区。

下行了起码三十米，艾伯才看见了一条幽深、压抑、地面上长满了青苔的湿滑巷道。在这巷道的两旁，排列着十间完全密闭的小门。唐凌就关押在最里面的一间，甚至在门前还特别安排了一个至少有精英战士实力的人把守。

艾伯进入了这间房间，而一路为他带路的监狱官则在这个时候，非常懂事地退了出去。"你好像并不吃惊。"艾伯看着双手被铐住、腹部上安装着电极束缚带的唐凌，一边很轻松随意地说着话，一边解开了自己的黑色斗篷，随意地放在了一条凳子上。

唐凌抬了抬眼，只是"呵呵"地笑了一声，便不再言语。

艾伯这种自认骄傲，实则睚眦必报的家伙，会第一个来到这里，绝对是意料当中的事情。想起曾经，苏耀就对这个人有过评价——一条躲在暗处会咬人的毒蛇。他是来咬自己的吧？想到这里，唐凌低下了头，"滴答"的水声响

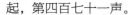

起，第四百七十一声。

或许是唐凌这样的态度激怒了艾伯，他一边无所谓地笑着，一边像是观察这间屋子，却忽然来到了唐凌的身旁，毫无预兆地一拳直接打向了唐凌的胃部。

"噗"，唐凌的胃开始急剧地收缩，就如同被一柄重锤狠狠地砸过，已经消化干净的胃袋中没有任何的东西，只是吐出了几口酸涩的胃液。艾伯作为紫月战士，他随意的一拳，给唐凌脆弱的胃带来的疼痛是巨大的。唐凌脸色苍白了几分，额头上也因为剧痛，凝聚出了几颗汗珠。

"是不是这样，你才会收起你那讨厌的笑声？你以为呢？以为坐牢是一件很轻松的事情？你只需要在这里被铐住，然后老老实实地待着就行了？"艾伯掏出一条丝巾，擦了擦自己刚才打过唐凌的拳头，他似乎非常嫌弃触碰唐凌。接着，他又打了一个响指，门口立刻有脚步声快速地渐行渐远，接着又快速地朝着这边接近。

"我是一个优雅的绅士。所以，我不屑掩饰我这次来的目的，就是折磨你，并且教育你：人不能贪嘴上一时的痛快，这是会付出代价的。"艾伯说到这里，双手插袋，用一种居高临下的姿态看着唐凌。

"呵呵。"唐凌再次笑了，顺便吐了一口口中的酸液，抬起头看着艾伯，"你敢打死我吗？敢不敢？如果你不敢，你依旧是一个只能被人牵着鼻子走的蠢货！"

艾伯的脸色变了变，他现在对于"蠢货"两个字非常敏感，就在今天下午，他被唐凌当着几万人的面，一连骂了很多个"蠢货"。最重要的是，他竟然说高贵的自己不如安德鲁，不如安德鲁——那个卑贱的侍女所生的儿子！更可恨的是，竟然有人相信了！

"吱呀"一声，监狱的铁门被拉开了，那个之前退出去的监狱官不知道从哪里搞来了一条鞭子，扎实的，用细铁链和牛皮交织在一起编织而成的鞭子。现在的很多犯人是强悍的，前文明的鞭子太仁慈了，打在身上对他们而言是没有什么感觉的。这种以E级合金为主材料做成细铁链，铁链上还带着小小倒刺的鞭子就很好，就算紫月战士也不见得能够承受这种鞭子抽打在身上的痛感。

"去搞一点儿盐水来。"艾伯似乎很喜欢手上的鞭子，把玩了两下，又在空气中狠狠地抽出了一鞭，空气中传来了"啪"的一声音爆声，甚至带起了几点火星。很不错的鞭子。

"怕吗？"艾伯转头，眼中全是恶意，他询问的声音很温柔，他想知道唐凌此时会怎样逞强。对，就是逞强。

"怕？嗯，我怕死。只要不弄死我，一点儿皮肉之苦算什么？"唐凌的语气非常平静，停顿了一下，他又说道，"反正你也是不敢弄死我的吧？"

"你真以为我不敢？"艾伯有些羞恼，他真的不敢，因为族长说过那个势力明确指出要活口。不然，将唐凌狠狠地虐待一番，再痛快地杀了，才符合艾伯的意志，才能发泄他的怨气。

"你当然不敢！你如果能够杀我，何必等到现在？只要将我从人群中带出来，你随时都可以动手，不是吗，尊贵的艾伯大人？"唐凌的语气之中充满了嘲讽。

"呵呵。"艾伯无言以对，这时，那个殷勤的监狱官已经拿来了一整桶的盐水，甚至还带了两个人，拿来了烧得通红的炭火和铁烙子。所以他才能当上监狱官啊，这逢迎的本事真不一般。看着这些刑具，艾伯脸上流露出了满意的神色。监狱官一挥手，两个狱卒就退了出去，他自己也满是谄媚笑容地跟着退了出去，还体贴地关上了门。

艾伯舒爽地动了动脖子，听见两声脆响后，才满足地望向唐凌，他没有说话，而是毫无预兆"唰"的一声甩出了鞭子。这条铁鞭带着爆裂的声音，直接落在了唐凌只穿着一件背心的上半身。

"啪"的声音清脆刺耳，艾伯愉悦地看着唐凌，看着唐凌身上的背心立刻被撕裂，皮肤也被撕裂，皮肤下的肌肉被倒刺划破，留下一道鲜血淋淋的伤口。

"唔。"唐凌只是低哼了一声，这条鞭子真不错啊，打在身上就如同被无数只铁尾蝎刺了一下，火辣辣的疼痛伴随着强烈的撕裂感，真痛快！

艾伯又将鞭子放入了盐水之中浸泡着。"就算不能杀你又如何？无尽地折磨你，给你留下一口气也是可以的。"

唐凌深吸了一口气，忽然看着艾伯，开口道："一口气就好。毕竟我不是那些聚居地的贱民对不对？一下子杀光全部也没有任何负担。"

艾伯的脸色一变，聚居地？这件事情已经过去了很久，久到艾伯就要将它遗忘了，这小子为什么会突然提起来？虽然这也算不得什么了不起的秘密。艾伯并没有回答唐凌什么，而是抓起了盐水中的鞭子，"唰"地又抽出了一鞭。

不愧是紫月战士，这一鞭精准地抽在了和上一鞭相同的位置上，原本就血淋淋、火辣辣、刺痛就如同钻入了骨髓的伤口，再一次尝到了被撕裂的感觉。刺激的盐水也趁机钻入了伤口，就连唐凌也忍不住想要嘶吼。

但他没有，他捏紧了拳头，全身肌肉绷紧，脖子上青筋鼓胀，硬生生地忍了下来。他粗重地呼吸着，像一只受伤却又疲惫的野兽。这样的表现，自然不能让艾伯满意，他微微皱眉，随意沾了一下盐水，一抖手腕，又连续抽了七八鞭子。

唐凌全身颤抖，可是……可是绝不会嘶吼的。为什么要嘶吼？这有什么帮助吗？只是为了增加艾伯的快感吗？不，这绝不可能！这就是对峙的开始，怎么可能一开始就输给这个蠢货？尽管痛苦会加倍，但痛苦在唐凌的生命里从来都无足轻重。

"很好。"艾伯有些气恼，一连甩出七八鞭就连他也有些微微喘息。这小子怎么忍耐下来的？他身上虽然只有三道鞭痕，但其中最深的那道几乎已经深可见骨，加上盐水温柔的"消毒"，他是怎么忍耐的？

"怎么样？不能杀了我，是不是感觉很不痛快？"唐凌的声音略微带着嘶哑，然后接着说道，"我不死，就说不定有活着的机会，反正这里也不会关押我太久。"

艾伯扬眉，他真是非常讨厌唐凌啊，这小子为什么显得什么都知道的样子，是谁在给他泄露情报？艾伯不愿意承认唐凌聪明得让他害怕！可他心知肚明，不可能有人会给唐凌这些情报。就比如唐凌明天就会被影带队的精英小队秘密转移，这个秘密，只有他和族长两个人知道。

但唐凌无视艾伯的思考，继续说道："我会被转移到一个什么地方呢？但不管转移到什么地方，我这样的人多少都会有些价值，有价值的人总是容易活下来，对不对？"

艾伯的脸色变了，活下来？你是"恐怖摇篮曲"名单上的那颗"璀璨的钻石"，你想活下来？但万一不是呢？如果唐凌愿意投诚，也不是没有机会。艾伯忽然觉得手中的鞭子有些烫手，下一秒他就恼怒得要命——我真的是蠢货吗？事情都到这个地步了，竟然还会在监狱里，继续被这小子威胁？

想到这里，艾伯阴沉着脸，转身拿起了炭火盆里，被烧得发红的铁烙子，径直走向了唐凌："我好害怕，你竟然能活下来！所以，我现在是不是应该弥补？你看，你的伤口多么恐怖吓人，我帮它止止血，好吗？"说话间，艾伯毫不留情地将铁烙子烙在了唐凌最深的那条伤口上。

"吱啦"，伴随着一声如同烤肉般的声音，铁烙子和皮肤接触的地方霎时冒起了一股青烟。

"呃……"唐凌几乎将牙齿咬碎，但低哼就是他最大的底线，他绝对不会满足艾伯想要折磨他，以求发泄的想法。"艾伯，说了，我会，活下来。"唐凌调整着呼吸，表现得无比强悍，甚至眼中都带上了玩味的神色，接着说道，"因为，你和我，是新仇旧恨。"

"什么新仇旧恨？"艾伯决定自己不能再被这小子牵着鼻子走，他很淡然，很是无所谓地将铁烙子放在了炭火之中，又重新拿起了鞭子。

"哟哟哟，你情报这么落后吗？难道没有人告诉你，我从小就在17号安全区的聚居地长大吗？"唐凌的眼睛死死地盯着艾伯。

而艾伯一下子愣住了，手中的鞭子也"吧嗒"一声落地，有些难以置信地问道："你说你是聚居地的人？17号安全区的聚居地？"

唐凌根本就不正面回答他的问题，而是直接说道："所以说，新仇旧恨啊！你以为我不知道，聚居地发生了尸人潮的灾难，是你们昂斯家族勾结他人一手策划的吗？所以，艾伯，你完蛋了，你真的完蛋了！"

艾伯的脸抽搐了两下，都到了这般境地，这小子竟然还在叫嚣着自己完蛋了。他根本不知道，唐凌对于这一切都是推测，自己今天晚上来这里折磨唐凌，在唐凌看来只是一个机会，证实的机会！一旦证实，他的怒火会真正将整个昂斯家族焚烧成灰烬！可惜，不知情的艾伯已经被两句完蛋刺激得不知所以，他恼怒地说道："对，我完蛋了！但先完蛋的是聚居地！我猜测一下，你家人有活下来没有？一定没有吧！"

唐凌的眼中压抑着冰冷的火焰，他面无表情。

艾伯嚣张地大笑，然后看着唐凌继续说道："我太荣幸了，竟然无意中将你变成了一个孤零零的可怜虫。对啊，那一夜17号安全区的配合，就是我昂斯家族主导的，听到这个消息，你是不是很心痛？啧啧啧……"

"昂斯家族，才是一条可怜虫吧？整个家族像一条狗一般舔着一个能够指挥肮脏尸人的家伙，换取了一个上位的机会。其实，你应该面对着我跪下，为什么呢？因为这个机会是我给予你们的。如果不是因为我在聚居地，那些尸人先生不会光临的，你们就获取不了这个当舔狗的机会。所以，你是不是该对着我跪下？"唐凌心中的怒火和仇恨已经快要冲破他的躯体，可是他拼命地压抑着，表面上和之前没有任何的区别。这件事情，已经不仅仅是为薇安那么简单了，还有婆婆和妹妹——昂斯家族必定要被血洗，这个罪恶的家族要用自己的灵魂来献祭。

　　艾伯尽管一再努力告诉自己不要被唐凌刺激，可这几句贬低昂斯家族的话，让艾伯近乎抓狂，他怒吼了一声，拿起鞭子，几乎是没有停歇地，一连抽出了十几鞭。

　　而唐凌从始至终就是冰冷地看着他，然后冷笑，最后喊道："跪下啊，蠢货，怎么不跪？"

　　"你是自我感觉太良好了吗？你以为聚居地的尸人灾变是因为你？就算你疑似'恐怖摇篮曲'名单上的人，可你的分量还不够！你以为你的基因链能够引起'寻星仪'的震动？你做什么美梦？你这个三星基因链的垃圾！"艾伯已经气得语无伦次，言语间暴露了非常多的秘密。

　　唐凌仔细地听着，口中却一直说道："掩饰什么呢？蠢货！跪下啊，不要解释。"

　　"你找死！十二少早就找到了寻星仪震动的关键，那是厄……"艾伯说到这里，陡然停止，他发现自己口不择言之下，似乎说出了什么了不得的秘密。

　　好在唐凌根本置若罔闻，一直喊着让他跪下。

　　艾伯忽然觉得心累，自己今天晚上究竟来做什么了？似乎做什么都让人感觉更加气恼！

　　"我就是出生在聚居地，来聚居地就是为了我。这么重要的情报……你竟然不知道，你这个蠢货。"唐凌还在继续骂着，他是故意的。

　　在他的内心现在已经被几条惊人的消息搅动得翻天覆地，他已经不想再与艾伯对话。他的确是一个不如安德鲁的对手。所以，唐凌故意接着表演自己也语无伦次的骂战，提醒艾伯——情报啊，自己出生于聚居地是情报啊，你还不去汇报？你还不滚？

　　幸好，艾伯还没有傻到无可救药的地步，他脸上忽然浮现出一个奇异的笑容，"啪"的一声放下鞭子。对啊，唐凌出生于聚居地，这件事情还真的没有人知道，难道寻星仪的震动真的有他的原因？但是不可能啊，一个聚居地怎么可能出现两个……艾伯认为自己真的得到了非常了不起的情报，他一刻也不能停留了，他要去汇报消息。幸运女神就是如此眷顾他，他虽然失去了一次机会，但另外一次机会又给他了不是？

第197章　寂寞之夜

艾伯匆忙地走了，就连刑具都没有来得及收拾，可见有多么激动。放出这个秘密，是唐凌一早就计划好的。

至于原因有三点。第一，唐凌要借这件事情，来套出聚居地尸人事件的真相，昂斯家族没有可能不知情。因为冲击聚居地的明显是外来势力，加上毁灭聚居地对17号安全区来说是一件伤害根本的事情……两者联系起来，指向性非常明显。没有想到，轻轻地一诈，艾伯就说出了那么多消息。

第二，唐凌必须要支走艾伯，被逮捕这件事情唐凌是有预料的，但唐凌也并不是没有反转的希望，这是唐凌设下的一场豪赌。对，又是一场豪赌，在极端的情况下，但凡有一丝希望，唐凌都不会选择逃避。那只有一丝希望的事情，就是赌。可只要艾伯一直留在这里折磨他，那这场赌局唐凌所面对的结果就是输。

至于第三，是唐凌为了自身的安全考虑。不用去想，都知道自己强硬的态度会让艾伯对自己的折磨升级，肉体上的痛苦唐凌可以承受，但是有些不可逆转的伤势，就比如说残废什么的，是唐凌绝对不可以接受的。他必须尽快支走艾伯。

显然，唐凌又一次赌对了，他故意放出的消息换来了极其重要的情报，艾伯也匆忙离去了。只可惜，不管是寻星仪震动，"恐怖摇篮曲"名单，还是说那句未说完的话，都太过碎片化了，唐凌一时间根本理不出头绪。他唯一能肯定的事情就是，聚居地有什么人惊动了某个势力，然后这个势力不知道为什么，不用正常的方式来抢夺一个手无缚鸡之力的聚居地人，而是选择了尸人潮袭杀，不惜用雷霆速度灭掉整个聚居地，然后来抢夺或者毁灭这个人。至于17号安全区紫月战士对平民的屠杀，就是昂斯家族的授意。

"呵呵……"唐凌低头冷笑，仇恨的烈焰就像一条毒蛇啃噬着他的心，让他每一秒都处在愤怒的折磨之中。可惜的是，他还是必须要等待，豪赌的底牌还没有翻开。

"那一句话，究竟是……"唐凌努力地转移着注意力，想起了艾伯的那一句话"你找死！十二少早就找到了寻星仪震动的关键，那是厄……"那是额？那是厄？唐凌无法确定艾伯究竟要说什么，但是脑海中不可避免地回忆起了那个银发黑袍人的那句话"厄难基因链？还真有……"

一丝丝希望在唐凌的心底蔓延，却又被唐凌强行掐灭。不可能！不要抱着这种希望，他是亲眼见到妹妹被几只尸人袭杀，还记得妹妹最后那一句无助的"哥……哥……"

"啊！啊！啊！"想到这里，忍受了艾伯如此折磨，都不肯发出一声惨叫的唐凌，忍不住在房间里痛号嘶吼，整个人剧烈地挣扎，就连铐住他的铁镣都哗啦作响。

腹部的电极束缚带，发出了一阵阵强力电流，但唐凌似乎没有任何的感觉。这是唐凌第一次如此激烈地发泄，这种痛苦已经埋藏在他心中太久了，他一直忍耐，一直压抑，在今天终于确定了其中一个仇人以后，他如何还能够平静？他太痛苦……回忆越重，感情越深，就越伤心。妹妹，是被毁灭了吧？是毁灭吧！毕竟有什么"恐怖摇篮曲"名单，是被毁灭了，是不是？

"啊！"唐凌不顾一切地号叫着，守在门口那个冷漠的男人转头看了看身后的铁门，又平静地回头。也不知道艾伯是怎么折磨这个小子的，在他走后，让这小子如此痛苦。但无所谓，明天他就会被移交给别人。

艾伯离去四十分钟以后。整个17号安全区更加安静了，此时不要说街上的行人，就算那些亮起灯的屋子也陡然变少了许多。人们惧怕黑暗，但偶尔似乎又只有无尽的黑暗才能给他们安慰，让他们恍惚间觉得似乎躲进黑暗中缩起来，就不会被畏惧的事物找上门来。

通往监狱的偏僻小巷更加安静了。但无声的，一个身披斗篷，将脸罩得严严实实的身影却突兀地出现在了这条暗巷当中。他移动的速度很快，却看不出来究竟是在奔跑还是在行走，分明是积雨的小巷，这样的速度，竟然没有半点儿声音发出。

在小巷的尽头，就是17号安全区戒备森严的监牢，高达二十米的厚重高墙，配上三米高的电网，还有合金大门，让这座监牢看起来似乎不可突破。

这个身影站在墙下，只是停顿了不到一秒，就轻轻地飘起，一个翻身轻松地蹿入了监牢之内。监牢的气氛明显不同往日，处处都是来回巡逻的人，只一眼就能看出这些人并不是17号安全区的战士——他们并没有穿着17号安全区的制服，而是穿着以黑为底色，胸前绣着一颗星球图案的制服。

黑袍人低头轻声冷笑了一声，非常随意地前行。他分明没有刻意躲闪，有好几次甚至和巡逻的队伍擦肩而过，可是巡逻的队伍偏偏就是发现不了他。等有敏感的人察觉到有什么不对的时候，黑袍人已经出现在另外一个视觉的盲点中了。

穿过了巨大的院子和监牢区，黑袍人很快就来到了监狱的办公区域。他径直进入，直接就从办公区域的走廊走过，无声的脚步，飘忽的身影，办公区的所有人都没有注意到他的存在。他的嘴角一直带着冷笑，只要有心就能发现，整个办公区域的官员狱卒，起码被替换了三分之二，17号安全区变成傀儡势力的趋势已经不可阻挡了。

一路向上，黑袍人来到了办公区域那栋大楼的顶楼，说是顶楼也不过只有三层楼的高度。在三楼走廊的一侧，只有两间办公室，尽头处是一扇巨大的铁门。黑袍人直接走向了那扇巨大的铁门，但是他既没有敲门，也没有强闯，而是掏出了一把看起来非常复杂，还带着芯片的钥匙，轻轻贴上了这扇大门。

"嘀嗒"一声轻响，这扇看起来非常结实的大门就这样被轻易地打开了，发出了轻轻的一声"吱呀"。"谁？"走廊旁的两间办公室都冲出来了一个人。

黑袍人非常淡然地转身，拉开了自己的帽兜。两个人松了一口气，刚刚开口想说一些什么，两把匕首突兀地出现在了他们面前，随着"扑哧"两声，这两把不知道是几阶合金打造的匕首就轻易地洞穿了他们的头颅，然后黑袍人一个转向，又突兀地出现在了办公室里。

不到二十秒，两间办公室，一共九个人，全部被匕首洞穿头颅而死。来人却拉起了帽兜，低声说了一句："走狗。"然后蹿入了门内，但想了想，他又停了下来，将大门那精致的锁用暴力破坏掉了。

走廊没有监控，但是进入铁门以后那间巨大的办公室却有监控，黑袍人从袍内拿出了一张面具戴上，无声地进入了那间办公室。办公室中，之前带领艾伯进入地下监牢的那个监狱官正背对着办公桌，双脚搭在办公桌后的窗棂上，跟随着办公室内播放的一首前文明的音乐，在快乐地哼唱着。他一副很潇洒的样子，旁边还站着两个狱卒，左边那个手中捧着一个冰桶，桶里是一瓶奢侈之极的红酒。右边那个则捧着一个盘子，盘中是切好的一块块王野兽的腿肉，搭配着薯泥，还有苹果片。

　　他身旁的这两个人第一时间就发现了黑袍人，但他们还来不及做出任何的反应，就被尖锐的匕首无声地刺入了喉中，除了抽搐，连声音都无法发出。

　　"倒酒。"监狱官伸出了手，一个空的水晶酒杯递了过来。可惜，那个捧着酒的人再也没有办法及时地倒酒了。

　　"搞什么？"监狱官有些恼怒了，一转头，恰好那个捧着酒的狱卒就"啪"的一声倒在了地上，匕首飞起，带起一串儿血沫，从喉间发出毫无意义的"咕嘟咕嘟"。接着，另外一声倒地声伴随着飞起的血沫也传入了监狱官的耳中。他全身僵硬地，几乎是下意识地转过了办公椅。

　　"看看吧，17号安全区究竟养了一些什么样的蛀虫，一个小小的监狱官就可以如此享受。让我都有些羡慕啊……"黑袍人半点儿都没有慌张，甚至语气还带着调侃。

　　"精跃者？"监狱官下意识地想堆起一丝习惯的谄媚笑容，可是脸有些僵硬。

　　黑袍人并不回答，两把致命的匕首同时突兀地出现在监狱官脑袋的两侧，毫不留情地从他的太阳穴刺入，然后又飞回了黑袍人的衣袍之中。

　　对于瞬间杀死了那么多人，黑袍人一直都很淡然，他走到了监狱官的尸体旁边，拿起红酒喝了一口，又夹了一片烤肉放入口中，才不慌不忙地从监狱官身上摸出了一串钥匙，转身离去。但仅凭屋内的监控，是不可能听见他那一声低语："精跃者？不好意思，答错了。"

　　"滴答"，压抑的监房内，滴水的声音再次响起。第五百七十一声。唐凌没有失去耐心，在一番痛苦的发泄之后，他终于平静了下来。

　　黑暗的房间中没有窗户，但只要不是被带走，转移到别的地方，他的赌局就还有希望。监房之中有些冰冷，之前被搬进来那一盆炭火，已经被搬了出去，长期燃烧着一盆炭火在相对封闭的房间是会致命的。显然，不能让唐凌死去，是一个铁一般的命令。

　　"喂，我冷了，就快要冷死了。如果不弄点吃的来喂我，就给我弄点取暖的。"唐凌肆无忌惮地叫着，其实他是想要试探看守者的底线在哪里，在底线之上能利用的都利用起来，为什么非得要在这里装英雄受苦？

　　没人回答唐凌，但是却传出了一点儿轻微的动静。接着，门开了。但并不是刚才那个穿着黑色制服，胸前绣着星辰图案的守卫者，而是一个穿着黑色斗篷，帽兜将脸遮得严严实实的人走入了牢房。他进来以后并不说话，动作和艾伯一样，竟然像参观一样地打量起房间来。

唐凌心中无奈，什么时候牢房也成了一个可以参观的地方了？但不管如何，他脸上还是浮现出了一丝笑意——他再一次赌赢了。

手中的"蛇袭"已经被反复擦拭了不知道多少次，酒吧之中只亮着昏暗的油灯，灯光照在这光洁锃亮的蛇袭上，反射出幽幽的荧光。可是它的主人似乎不厌其烦，还是一遍又一遍地擦拭着，拿着布的手很稳定，动作很轻柔，没有半分不耐，就像对待情人的躯体。只是偶尔，他会抬头，看向他酒柜上的那个挂钟。他很坦然，因为他从来都是孤身一人，来就来，去就去，无牵无挂，亦不需要道别。

传说铁匠铺内，强壮如牛，胳膊就像平常人大腿一般粗的老板，进入了卧室之中。卧室亮着温暖的烛火，烛火旁坐着一个目光温柔的女人，尽管岁月让她的身材不再苗条，脸庞不再光洁，可也越发地沉静如水，让人亲近。

"孩子们都睡着了？"老板把玩着手腕上的那一串串珠，轻声询问了一句，并轻吻了女人的额头，"行李呢？也收拾好了吗？"老板揽住了女人，目光中有无限的温柔。

"差不多已经收拾好了。"女人为老板整理了一下乱糟糟的头发，尽管一再强忍，终究还是浮现出一丝哀伤担忧的神情，"对不起，我不该这样的。"女人有些焦虑地站了起来，"我一直都理解你，一直都理解的。可是，亲爱的，和我们一起走吧！"

"我也想，但不是现在。"老板拒绝了，天知道这一句拒绝说出来有多让人难过。他站了起来，推开了房间的衣橱，在衣橱后有一扇小小的暗门，就镶嵌在石头墙内，他打开这扇暗门，门中是一柄精光四溢的铁锤，看起来非常沉重。老板却轻松地拎起了它，在手中舞动了一下。"我还没老，我还很幸运，有了你，有了三个儿子，两个女儿。所以，我更加不能忘记我的誓言和我的坚守。我现在就去亲吻孩子们，期待我们三天后再见。"

女人冲上前去抱住了老板，无声地啜泣。

"不要忘记入口，和我给你说的路线图。穿过了那个黑市，你们就可以平安地逃出17号安全区，有人会接应你们的。"说话间，老板反手握住了妻子的手，沉声说道，"我希望以后你给孩子们说起我的时候，可以骄傲地告诉他们：你们的父亲是一个英雄，而不是一个单纯的铁匠铺老板。"

"我都明白，我们一起长大在首领的……"女人有些说不下去了。

"当然，我也更希望我们一家能够在一起！我会用尽一切办法争取回到你的身边。相信我！"

"好。"

神秘花园酒楼，优雅的店主正在一块一块地数着手中的钱币，这些钱币并不是17号安全区的信用点，也不是更加值钱的希望点，而是一枚又一枚显得很精致，大部分17号安全区的人都不认识的钱币。

"亲爱的，钱很多呢。虽然不是正京币，但也是除了正京币以外，最硬通的货币之一了。"店主的神情带着喜悦，全然不顾在旁哭泣的美丽女子，他把这一小堆钱币都推向了女子，用温柔的语气哄着女子，"你看，真的很多呢，你为什么不开心？当初，你嫁给我时，不是骄傲地公开宣称，因为我会赚钱，你只喜欢我的钱吗？"

"我现在不喜欢了！我一点儿都不喜欢这些东西！"女子发泄一般地将桌上的钱一把扫落在地上，"我不管，你和我一起走！必须一起走！否则，我就离开你。"女子站起来抓住了店主的衣襟，霸道又悲伤地说道。

店主叹息了一声，弯腰一枚一枚将钱币全部都捡了起来，他的动作很快，捡钱的双手就如同虚幻的影子一般，只是片刻，这一堆亮闪闪，让人喜爱的钱币又堆积在了桌上。

"我说了，不要！全部拿走，今天你要是不和我一起走，我就会马上离开你，消失，永远地消失。"女子非常激动。

店主叹息了一声，也不说话，将钱币都装入了一个布袋当中。然后上前去抱住了女子："为什么一定要我和你一起走，难道这么多年以来，你终于喜欢我了？"

"呜呜……你难道没有感觉吗？你没有心的吗？我是不是真的喜欢你，你不知道吗？对，我喜欢你，不，我是爱着我的丈夫。"女子抱紧了店主。

店主的眼眶有些红，但他终究还是扬起了右手，朝着女子的脖颈猛地一击。女子软软地扑在了店主的怀里。

"你平时太厉害了。无数次，我都想揍你，我简直软弱得不像一个男人。今天我动手了……时机好像不是很好，竟然选在了你第一次说爱我的时候。"

店主说着话，将女人温柔地放在了床上，将桌上那个装着钱币的布袋牢牢地系在她的腰间。

"艾文，进来吧。"店主朝着门外喊了一声。

从门外走进来了一个憨厚的，看起来无比悲伤的年轻男人："大哥，你真的不要我今晚和你一起留下？"

店主从腰间摸出了两把短刀，手腕扭动间，短刀留下了一片刀影："你是觉得我老了吗？不，我没老。你嫂子是一个麻烦，将她带走，告诉她，三天后，我若能回来，我会在她面前跪一个月的搓衣板。若是不能，让她用这些钱尽量地花天酒地，爱怎么活着怎么活着，不会用完的。就是记得……忘记我。"

这个冷清的夜晚，看起来是那么的寂寞。寂寞得让无数的分别上演，就算没有亲人爱人朋友，也会拥抱一下自己，向平静的蛰伏岁月说一声再见。这很痛苦，但定然是有更大的勇气和理由支撑着他们。对，只因火种出现在了这里。

第198章　燃烧之夜

"不吃惊吗？"看着唐凌的笑容，黑袍人的语气略微有一些诧异。

"我需要吃惊吗，沃夫城主？"唐凌促狭地望着黑袍人，反问了他一句。

黑袍人沉默了，忽然冲到唐凌身前，伸手握住了他的脖子，微微用力。

唐凌非常坦然，看着黑袍人说道："我是不是应该表现得配合一些？比如说装作吃惊，或者害怕？"

"你……真是和某些人一样，非常令人讨厌啊。"黑袍人松开了手，顺便扯下了帽兜。帽兜下的那张脸，不是沃夫是谁？

"和谁一样讨厌？"唐凌诧异地扬眉，难道是苏耀？

"我就不告诉你。"沃夫的神情并不痛快，为什么这小子就像预知到了自己会来一般？强大如沃夫，并不希望被人看穿一举一动，那感觉十分恶心，就像吞了一只苍蝇。所以，他想吓唬一下唐凌，可惜没有作用，这令他更加不

 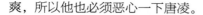

爽，所以他也必须恶心一下唐凌。

"好吧，城主如果不愿意告诉我，我也没有什么好办法。那么，是不是现在可以解开我？我感觉有些血脉不通，迫不及待地想要活动一下。"唐凌对沃夫如是说道。

"不，我并不介意我只是白来一趟。如果你的回答没有让我满意，我转身就走。"这一次，换成沃夫促狭地看着唐凌，他非常想知道唐凌为什么就算准是自己。

"很简单，城主一再提醒我，你给予了我一个善意。可是，善意给死人还有什么意思？"唐凌回答得非常简单。

"所以，你就料到我会来？为什么不是苏耀或者别人？相信我，苏耀不会甘心你就这样被关押的。"沃夫很从容地坐到了条凳上。他不得不承认，唐凌真是聪明啊，聪明得就跟那个人一模一样，一个小小的破绽，一句小小的暗示，都会被他牢牢地抓住。

"苏耀叔？如果是他，外面不会那么安静。他也无须披着一身黑袍，遮着脸……就算是苏耀叔的帮手，也实在无须如此啊，反正是必然公开撕破脸的，他们一定会闹得轰轰烈烈。"唐凌也没有半点儿想要隐瞒城主的意思，干脆都如实地回答了。

"好吧，你的回答没有破绽。但我依然不想放了你，因为我不满意。"沃夫并不着急，只是打量着唐凌身上的伤痕，并不同情，反而觉得有些好笑。

"算了，我老老实实说吧，我其实并不肯定城主你会来。毕竟，善意这种事情，就算我最终变成死人，让你做了一件无意义的事情，你也最多就是遗憾。为什么一定要冒险来救我？你的立场毕竟非常分明，选择了沉默的妥协。重点是，沉默的妥协背后代表的是深深的不甘，如果没有不甘，你连善意都无须给我，毕竟我处在那么危险的境地，何必要做没意义的事情呢？

"所以，我赌的是你不甘，你总需要埋下一颗种子，制造一场乱子，对不对？另外，佐文将军出现在擂台上，也是一个信号。我是不是可以理解为，第一，你在表达，就算17号安全区被颠覆了，但有你在，事情必须还是要有底线。第二，算我自大，你是在表达，让我安心。"

"呵呵，安心什么？"沃夫的眼中流露出一丝欣赏，这小子真的有点儿意思，比那个人还要有意思。

"安心你对我的态度，并没有放弃。"唐凌简单地说了一句。对的，这就是唐凌的赌局，在抱着薇安回来的路上，决定要大闹17号安全区时，就已经在谋划的事情。在擂台之前，事情不明朗，凭借着一丝可能，唐凌就赌了。毕竟在某些事情面前，生死是注定要被抛却的。擂台之后，事情明朗了一些，那就更加要赌。这就是小人物的命运，没有必然的保障，只能去抓住一丝丝的可能，去赌一个机会，否则永远只能沉默压抑地活着。那样活着，感觉和死去并没有区别。

沃夫沉默了一秒，然后站了起来，拿出了手中的匕首，轻轻一划，束缚唐凌的镣铐就被打开了。

唐凌活动了一下酸涩的手腕，指了一下自己的腹部，沃夫并没有拿出钥匙什么的，也无意去寻找，他只是稍微探查了一下这条电极束缚带，在某个点上用手一指，只见黑光一闪，电极束缚带就失去了作用。

"空间能力真是强大啊，原来还可以这么用。"唐凌着实有些羡慕。

"呵呵，我一路走来，别人只以为我是精跃者。"沃夫似乎对这件事情非常得意。

实际上，空间能力修炼到了一定的地步，想要伪装成精跃者也并非不可能。就像沃夫的匕首，是通过空间能力达到了穿梭的效果，可惜不强大到一定的地步，是认不出这是空间能力的。

"走了。"唐凌就这样准备要走出监房，实际上他感觉非常冷，藏在皮带扣中的极寒液无时无刻不在散发着凉意，冻得他小腹都在抽搐。这个东西他有些排斥，搞不懂昆为什么给他这样一个不祥的玩意儿？可是，他也不能丢弃。只能庆幸，把他匆忙抓来搜身的人并没有脱他裤子的嗜好，估计是那些凶兽肉已经让他感觉收获满意。

不过就算这极寒液被搜走，唐凌也不会可惜，他只是没有亲手丢弃它的勇气而已。总觉得不安？唐凌也搞不懂，他现在只想赶紧出去，先妥当地把极寒液收好。

"这就走？"沃夫没想到唐凌这么干脆，也这么急切。

"不然呢？"想了想，唐凌对沃夫抱拳，"大恩不言谢，沃夫城主的善意我会一直记得。"唐凌是认真的，有些话就算不说出来，也会放心底绝不遗忘。

"就凭现在的你，没有资格和我谈什么恩情。"沃夫冷笑了一声，然后从黑袍中拿出了好几样东西，接着才说道，"只是我认为，既然释放了善意，不如将善意释放得更加彻底一些。如果我猜测得没错，今天晚上17号安全区一定会乱成一团。捣乱的人就应该保持一个良好的状态。"

唐凌回头一看，桌上有两管细胞恢复剂，从那颜色上看，是纯度很高的那种。另外，还有食物——一堆肉食，大多是变异兽肉，加上一些凶兽肉和清水。最后他看见了武器，和一件与沃夫身上的黑袍款式一样的黑袍。

"我想这已经足够了。"沃夫淡淡地说道。

"非常足够。"唐凌直接抓了一块肉塞入口中，然后拿起了桌上的匕首。不是他熟悉的"狼咬"，但是从强度上来看，同样是B级合金的匕首，令人惊喜的是，长刀也是。

"期待你的行动。"沃夫直接说道，接着补充了一句，"另外，送你一个情报，苏耀也在等待着，确切地说不止是苏耀。所以，你今天晚上可以尽情地放肆。当你走出监狱的那一刻，一切就会开始。"说完沃夫直接离开了，他的时间有限，他不能暴露自己，因为17号安全区还需要自己来一力支撑。只是，今晚会闹出什么样的结果？沃夫看着唐凌在监房中猛吃的背影，眼中竟然流露出一丝期待。

苏耀究竟是谁呢？

距离17号安全区上千公里的某一处山巅。一个全身包裹下在灰衣下，戴着哭泣表情白色面具的男人，此时就站在山巅边缘。山风刮得有些猛烈，虽然只是秋季，这个地方却已经飘起了雪。这些雪粒偶尔会被山风夹带着，打在灰衣人的面具上，发出噼啪作响的声音。但灰衣人毫不介意，他歪着头，很专注地听着蹲在他手腕旁一只鸟儿的低鸣。一分钟后，他扬起了手腕，这只长得略微有些像前文明八哥，但又有着巨大差别的鸟儿很快就飞走了。

"行动升级。"灰衣人转身，在这个时候，才发现在这处山巅上，还站在10个同样穿着紧身灰衣的人，不同的只是他们的面具是纯白一片，戴在脸上，就像没有脸一样。面对行动升级四个字，这些人没有发表任何意见，只是站在原地，看着灰衣人掏出了一个口哨，对着飘雪的天空，吹响了它。口哨发出了悠扬的声音，就像是来自远古的呼唤，回荡在这安静的雪夜里。

不到五分钟，天空中传来了大片"扑棱扑棱"的声音。半分钟后，即便是只有迷蒙紫月的夜空下，也能看见11只展翅身宽达到15米的巨大鸟类盘旋在山巅之上。

"呜……"灰衣人口中的哨子发出了最后一声呼啸声，那些巨大的鸟儿一个俯冲，就朝着山巅冲刺而来，扬起大片大片狂乱的落雪，最后竟收翅——停在了这群灰衣人的身旁。

托斯奇牛鹰，是前文明哪一种鹰进化而来的，已经不得而知，更多的科技者认为它并不是某一种鹰进化而来，而是鹰属动物产生了剧烈的基因突变后诞生的。它的战斗力其实一般，严格地说来只能算作三级凶兽，可是它的飞行耐力却是让人叹为观止。综合能力当然不能和前文明的飞机相比，因为它的时速只有可怜的200公里，可是它能够驮着上百公斤的重物持续不停地飞行24小时，加上自身的战斗力，已经是这个时代难得的一种"交通工具"。

这些鹰盘旋落地后，为首的灰衣人从怀中掏出了一个竹筒。他拔开了竹筒的塞子，从里面倒出了三颗艳红色的，类似于药丸的东西，直接喂给他身旁的托斯奇牛鹰。奇异的是，这些红色药丸对托斯奇牛鹰似乎有着致命的吸引力，对于灰衣人的喂食，它非常积极地就吞了下去。

"影大人，如果吃下这些爆裂丸，它们飞行6个小时就会脱力而死。"其中一个灰衣人看见此状，站了出来，对为首的灰衣人这样说了一句。

原来他就是影？面对这样的问题，影没有任何反应："行动升级，必须提升速度。"他的话非常少，说完就把竹筒扔给了另外一个灰衣人。

没有人有问题了，都默默地从竹筒中倒出了三颗红色药丸，分别喂给了站在自己身旁的托斯奇牛鹰。随即，所有人都从怀中掏出了一捆绳索，抖开来，竟然是像缰绳一般的东西。接着，这缰绳被套在了托斯奇牛鹰的尖锐鸟喙上，影率先拉着缰绳，一个跳跃，站在了托斯奇牛鹰的背上。

"出发。到达目的地时间150分钟以内。"随着他的话音落下，他脚下的托斯奇牛鹰冲天而起。

在吃下了红色药丸以后，原本速度只是差强人意的托斯奇牛鹰竟然爆发出了奔雷鹰才会有的速度，如风雷一般冲刺，瞬间就变成了天上的一个小小黑点，消失不见。

行动升级？难道就是指原本需要一夜6个小时的路程，变为了两个半小时吗？原本，不是应该骑着南烈黑鬃马前去的吗？其中一个灰衣人带着疑惑的心情，不知道为什么要如此之赶，但还是一言不发地跃上了鹰背，第一个跟随着影，朝着天空之中飞去。

"滴滴滴"，通讯仪发出了略微有些刺耳的声音，在房间中来回踱步的艾伯一把抓起了通讯仪："我亲爱的母亲大人，是有什么消息了吗？"艾伯脸上写满了期待，眼中充满了喜悦，"什么？你是说我的消息已经滞后？你得到的回馈是行动升级？"艾伯略微有些失望。

在这时，从电话中传来了一个平静冰冷，几乎没有什么感情色彩的女声："不过，鉴于你的积极，上面的大人还是会给你一定的奖励，但具体是什么我并不知晓。"

"那还好。不过，行动升级了是什么意思？为什么那么重要的消息会……滞后？"艾伯到底还是有些不甘。

"我不知道，辗转联系星辰议会这样的事情已经花费了我的精力和人脉，我不可能再询问更多的事情。而你，也不要老是去做一些愚蠢无用的举动。另外，我并不认为17号安全区现在适合你待下去。我为你争取了一个长青藤联合学院的名额，你今夜就出发，到我这边来吧。"那个平静的女声忽然说出了一个令人震惊的消息。

"母亲大人？为什么？不，等等，你说长青藤联合学院？哦，母亲大人，我简直无法表达我有多爱你。但是为什么要放弃17号安全区呢？我铁定会成为城主的，这会为您以及我们尊贵的赫尔墨斯家族占领下一个安全区，这……"艾伯还是多少有些不甘。

"并不是放弃。而是我收到了一个消息，17号安全区今夜会陷入动荡，你最好今夜离开。况且，它的稳定还需要一定的时间，就让你父亲那个愚蠢的家族去用力吧。等你从长青藤联合学院毕业，再顺理成章地成为城主，我认为是更好的路。

"记住，尽快收拾好一切，对谁也不要透露这个消息，包括考克莱恩那只老狐狸。最多一个小时以后，赫尔墨斯家族的使者就会出现在内城，他会保护着你，带着你来到我的身边，亲爱的儿子。"

"我爱你，母亲大人。我会尽快去收拾一切。"艾伯的语气中有压抑不住的兴奋。

"嗯，我也爱你，期待着不久之后见到你。"说到这里，通讯仪就被挂断了。

艾伯握着手中的通讯仪，忍不住挥舞了一下双拳，满面的兴奋神色。在17号安全区有多少人了解呢？不，这些乡巴佬、土包子根本就不可能了解。在这个世界上，还沿袭了前文明的一些精英学院。当然，这些学院所学已经和前文明大相径庭，主要是为了培养精英、顶峰的紫月战士和各类职业者。

长青藤联合学院就是这些精英学院之一。当然，最好的那一座学院自然是正京城的青华学院，可那并不是艾伯能够触及的。但不管如何，能够进入长青藤联合学院已经非常地，嗯，非常地让人感觉期待了。果然，自己是一直被幸运女神眷顾的。

想到这里，艾伯忍不住低吼了一声，而在这个时候，他房间的门陡然被推开了，考克莱恩走入了房间："我亲爱的小艾伯，是什么事让你如此的兴奋？"考克莱恩能够察觉到艾伯脸上那丝还未散去的潮红，以及眼中的兴奋。

但艾伯的反应也很快，立刻说道："折磨唐凌，让我从心底感觉由衷地舒爽。"这个回答非常合乎情理，但考克莱恩还是皱着眉头，流露出了一丝不满："你不要把注意力放在这些无关的小事上。你以后是前途无量的人，格局怎么能如此之小？"

说到这里，考克莱恩还是忍不住在心底叹息了一声，或许安德鲁……不，自己不能那么想，安德鲁只是昂斯家族的一个贱种，他可没有一个强大的母亲和一个强大的赫尔墨斯家族来支持他。选择安德鲁才是真正愚蠢的决定。只能是艾伯，艾伯才是独一无二的继承人。考克莱恩有些愠怒，莫非自己也受了那个小子言语的蛊惑？

艾伯并不知道族长对自己嫌弃的想法，他表现出了恭顺的态度，这一点倒让考克莱恩非常满意。"我让你一直监控的沃夫呢？"考克莱恩拿出了一支雪茄，坐在了沙发上。

"他没有任何的问题，除了中途上了一次厕所，不过一分钟的时间。接下来的时间，他一直在布置着欢迎大厅，看来对于使者大人，他是从心底畏惧且在乎的。"艾伯随意地答了一句，然后打开了屋中的监控，他已经不在乎什么沃夫、唐凌之类的了，他只想要快点收拾一切，然后奔向他光明的前途。

在监控中，沃夫果然在忙碌着，可笑的是他已经穿上了正式的礼服，甚至还戴上了长长的白色假发，一副正式的模样——按照17号安全区的传统，最正式的着装就是如此，要配上白色的假发。

"很好，沃夫果然不敢有任何的异动。要知道，他的空间能力很是让我担忧。"考克莱恩放松地说了一句。实际上监牢的钥匙沃夫已经交了出来，那些钥匙是不可能复制的，自己实在无须如此监视沃夫，但小心是一切行动的准则。

"族长，你还有什么事情吗？我去了一趟监房，感觉很是肮脏，我想要痛快地沐浴一次。"艾伯略微有些不好意思地开口说道。

"没有了，你尽情沐浴吧，毕竟明天还要见星辰议会的使者。"考克莱恩站起来，直接离去了。

艾伯看着考克莱恩离去的背影，压抑不住自己的兴奋，嘴角浮现出一丝笑意。乱吧，乱吧，让这个讨厌的老头子去担忧费劲吧，他只需要给自己牢牢地守好这17号安全区，等着自己回来继承就好。

已经快要进入初秋的深夜，夜风的寒凉已经不是夏季可以相比。这个时候，是夜晚冰冷的巅峰，而一个略显瘦削的身影出现在了一条偏僻的小巷之中。风吹起了他裹得不是那么严实的黑袍，露出了其下破烂的背心，背心下的胸膛结实而光洁。只是在正中处有一个明显的，被烫伤的烙印。烙印就不要用细胞修复剂除掉了吧，那是17号安全区留给他生命的烙印。那些美好，那些痛苦，那些温暖，那些悲伤……都统统记录在这个烙印当中吧。

小巷的另一头，一个男人蹲在巷口，叼着香烟，望着天空迷蒙的紫月，手中玩着一把蝴蝶刀。他在等待，等待着……

第199章　屠

暗夜中的烟头明灭不定。巷道中的脚步声轻且极度有规律。半分钟后，脚步声停下了，月光下，寒风中，唐凌的黑袍飘荡，露出了半张平静的脸。

抽烟的男人站了起来，尽管他也很想平静，可还是忍不住激动。就连一向稳定的、拿刀的手也开始颤抖，蝴蝶刀再也不能舞出美丽的刀花。所以，他只好收起了蝴蝶刀。该死，为什么喉咙会干涩啊？为什么一句话都说不出来啊？即便已经在通讯仪中看过这张脸，可当他真的站在自己面前时，为何还是会激动得不能自已？

"不是苏耀叔吗？"唐凌开口了，他直接拉下了帽兜，看着巷口这个陌生的男人，略微有些诧异。

"等你的是我。他还需要一点儿时间才能行动。"深吸了一口气,男人努力地平静了心情,然后抬头说道,"我叫阿兵,你可以叫我兵。"

"嗯,兵叔。"唐凌打了一句招呼。

但就是"兵叔"这么一个简单的称呼,竟然让阿兵双眼有了酸涩的感觉。他努力地忍着,接着说了一句:"你准备要怎么做?"

"我?"唐凌扬眉,"不是应该告诉我,你们的行动,然后……"

"不,我们没有任何谋划好的行动。我们只有一个目标——让你的行动顺利,最后将你安全地带出17号安全区,仅此而已。"阿兵简单地说道。

唐凌沉默了,大概过了两秒,他才说道:"我的行动又危险又任性,我一个人也可以的。"

"不,你的安全最重要。我想我们也没有选择,只能跟随你的任性,因为你必然会轰轰烈烈地登场,这是苏耀的原话。"阿兵站了起来,可以看见他腰间绑着一条飞镖带,里面整整齐齐地插着二十支飞镖和一把蝴蝶刀。他的背上背着一张大弓,弓弦在月色下散发着清冷的光芒,而箭壶就挂在他的腰间,里面插着至少三十支长箭。

"不用担心我们的性命,我们的生命原本在十三年前就应该结束。苟且十三年,已经非常痛苦。我们等待的就是今夜。你按照内心的意志行动吧。就如苏耀所说!这轰轰烈烈的登场不仅是必然,而且是必须,你不能龟缩着逃出17号安全区,在你因为薇安选择了留下的前提下。"

阿兵的话,有些难以理解,唐凌的心中波动着异样的情绪,他忽然开口问道:"我是谁?"

阿兵沉默。

唐凌叹息了一声,说道:"我走出监狱很顺利,沃夫城主不仅为我扫清了障碍,而且还为我打开了监狱的大门。可最多五分钟,这一切就会暴露。时间不多了,我要去通天塔。"

"好,如你所愿。你尽管前行!"说话间,阿兵默默地把手伸进裤兜,将一个半破碎的狗头彻底捏碎。一时间,17号安全区的许多人都收到了某个信号,听到了一句简单的话"时间不多了,我要去通天塔。"

"呜——""呜——""呜——"刺耳的警报终于在这一刻划破了安静的夜。突然亮起的红色警报灯和探照灯,一下子将17号安全区的整个内城照得灯光通明。原本就不安、难眠的人们如同被惊吓到的猫，猛地从床上坐起，尽管心头涌动着巨大的不安，还是有不少人选择了悄悄走到窗前，将窗帘撩开一条缝隙，偷偷地望向了街道。

"天哪，发生了什么？他们是谁？"有一个妇人看到街道的场景，忍不住惊呼了一声，立刻就被身旁的丈夫捂住了嘴。

"不管是谁，我相信都是对白天行动的一次回应。没人会甘心这样的清洗，就包括我。"丈夫最后一句话几乎低不可闻，妇人则惊恐地瞪大了眼睛。是的，街道上的是谁？那些披着黑袍，全副武装，从各个角落甚至地下冒出的人，他们是谁？

17号安全区对此并不是没有回应，荣耀大殿警钟长鸣，亚罕阴沉着一张脸，带着五十名紫月战士紧急出发。至于精英护卫队的战士们早已出动，全部配备热武器。今夜，会是屠杀之夜。

唐凌快速地走在前方，在他的身侧，身后，甚至身前，开始快速地聚拢一批陌生的黑袍人。不知道是否错觉，唐凌能感受到他们望向自己的眼神都带着一股狂热。是在狂热什么呢？

唐凌没有办法思考出一个答案，第一批带着热武器的精英战士出现了。没有言语，没有任何预兆，更没有什么警告，就像两股对流的水碰撞在一起，战斗一触即发。

"砰砰砰"，在遭遇的瞬间，枪声就响起。而一直站在唐凌身边的阿兵，直接扔出了一把飞刀，就连唐凌也不能捕捉那把飞刀的速度，待到他看清时，飞刀已经插入了最前方，一个拿着机枪的精英战士喉间。

就在这一瞬间，唐凌前方一个陌生的男人忽然转头看了一眼唐凌，大声说了一句："少主，如果你放慢了脚步，就是对我们的侮辱。请你继续前行。"

唐凌抿紧嘴角，脚步果然没有丝毫的放慢，他看着那个男人一下子跳起，踩着旁边建筑物的高墙，以一种不可思议的，与地面平行的角度，朝着精英战士的队伍冲去。短短三秒，他就已经冲到了那个死去的精英战士面前，捡起了那把机枪，看也不看，直接朝着精英战士的队伍疯狂地扫射。

在他的掩护下，十几个黑袍人全部冲向了精英战士的队伍，而阿兵一直张望着，时不时就会甩出一把飞刀，直接点杀这支队伍之中的"火力点"。那个冲着唐凌高喊的男人身体开始颤抖，仅仅一分钟，点点血花就从他的身上开始冒出。

是中枪了吗？唐凌的心开始抽搐，但同时也看见因为他的掩护，那十几个黑袍人顺利地杀入了那一队精英战士的队伍中。没有了热武器的优势，精英战士几乎是一面倒的失败。

"战斗就是如此，你要习惯牺牲。"阿兵在唐凌的耳边很平静地说道。

唐凌不言，但他的脚步一直没有放慢。是要习惯吗？在街道的远处也传来了枪声，厮杀声，唐凌已经完全处在一个迷茫又清醒的状态。迷茫的是，他以为只是十几个人的行动，只针对保护他的行动，为什么这场行动会扩大为像是针对整个17号安全区的行动？清醒的是，唐凌知道自己非常重要，自己的身份就要揭露开来，所有的行动都是跟随着他的脚步，他必须将自己和一些莫名的责任、荣耀什么的捆绑起来。

似乎是为了印证唐凌的想法，阿兵又说了一句："这不仅仅是你的登场，也是在向整个世界宣告，我们归来。所以……"阿兵的话说到这里，忽然停顿了一下，他猛地摘下了自己背上的长弓，瞬间搭上了一支长箭，射向了空中的某处。

"嘭"的一声，原本看起来平淡无奇的长箭竟然在空中爆裂开来，随着这一声爆炸，一个紫月战士的身影也同时出现在空中。他的样子多少有些狼狈，左肩的肩甲已经四分五裂。在这个时候，跟在唐凌身后的一个女人忽然一跃而起，说了一句："他交给我。"便冲向了那个紫月战士。

只一秒，唐凌的身后就响起了"轰""轰""轰"，似乎是什么狂暴的巨兽在对撞一般的声音。接着，第二个紫月战士的身影出现在了街道前方，又一个身影无声地冲向了第二个紫月战士。只是一刹那，两人相遇，刀光同时闪现，发出了一声刺耳的金属对撞声。

前行，继续前行！唐凌皱着眉头，看着身边聚集的人越来越多，又看着身边的人一个一个离去战斗。看着自己走过那个遭遇第一支精英护卫队的街口，那一队百人精英战士全军覆没，热武器被收缴……再看着手持热武器的黑袍人很快投入下一场战斗！只是一分钟的时间，厮杀就白热化；只是一分钟时间，战争的洪流就吞噬了上百条生命。

习惯？唐凌皱紧眉头，脚步越来越快，后来直接奔跑了起来。尽管每一天都面对着废墟战场，就算经历了那么多的鲜血与生死，还是没有办法习惯在这样的时代，承受人类互相厮杀的惨剧。

风声呼啸中，就恍如回到了那一夜，那么无助地看着聚居地人的生命一条一条消失。有一种力量，和一种奢望就在心中勃发。想要打破这个时代，想要建立一个崭新的时代，至少……唐凌握紧了拳头，跑动的速度快到了极限，但对于一直跟在他身边的几个黑袍人来说，还是能轻松跟上。

内城算不上很大，转眼通天塔就在眼前。但横亘在通天塔前的是荣耀广场以及荣耀大殿，在这里整齐地排列着一队队精英护卫队，和来自前文明的火炮，黑沉沉的炮口直接对准了唐凌一行人。还有二十个紫月战士一列排开，亚罕身披的红色斗篷就在风中飘扬，他的脸色阴沉，看见唐凌就如同看见刻骨的仇人，他咳嗽了一声，慢慢地从紫月战士的队伍之中走出。

在这一刹，时间仿佛重叠，唐凌压抑着冰冷仇恨的双眼，仿佛看见了那一个雷雨之夜，他从紫月战士的队伍中走出，说出了一个冰冷的"杀"字。"他，留给我。"唐凌冲着身边的阿兵这样说了一句，声音低沉。

阿兵没有吃惊，仿佛唐凌这样一个新月战士说出要挑战一个紫月战士的分队长，是如此地理所当然。

"二十分钟，我要在通天塔中待二十分钟。他会是我出来以后，第一个用来祭奠聚居地的人。"唐凌淡淡地说道。唐凌的话说得理所当然，显得他很狂妄，就像即使被这样的阵势阻挡，黑袍人一样能破局，就像他在通天塔中待个二十分钟，出来以后就可以理所当然地杀掉亚罕。

可是唐凌狂妄吗？从来不，他甚至可以为了韬光养晦而装疯卖傻。他之所以那么平静，是因为他看见了三个人。

对，就是三个人。他们从黑袍人的队伍中走出，原本毫不起眼，但随着他们平常的步伐，每朝着前方前进几米，整个人的气势就强大了几分，到最后，已经强大到让唐凌有了一种窒息的感觉。

"唰"的一声，三个人同时扯下了黑袍，露出了身上穿着的制服。非常帅气的制服啊，洁白，高贵，干净，优雅，袖口衣襟是古华夏的云纹图案，肩上的徽章是两条抽象的金龙。长长的衣摆在风中飞扬，就如同后背霸气张扬的猛虎暗纹在风中活了过来。

"喔——"黑袍人的队伍中发出了欢呼的声音，压抑不住的激动昂扬。

亚罕有些疑惑，穿着白色来战斗是认真的吗？以他的见识，他根本不明白这身制服代表的意义。他只是有些恼怒，接下来要面对的血腥战斗。所以，他只是慢慢地摘下了手套，轻咳了一声，一挥手，轻描淡写地说道："战。"

"轰"的一声，前方的火炮毫不留情地喷出了火焰，巨大的炮弹从炮口射出，疯狂地冲向黑袍人聚集最密集的地方。

在这个时候，三个人中站在正中的那个有着亚麻色长发，还有着一双让人一见就难忘，如同星空般深邃褐色双眼的男人动了。他的手只是轻抚过了白色的制服，那制服竟然神奇地变为如同夜色一般黑沉的颜色，长长的衣摆变为一条战术腰带，"啪"的一声扣紧在了腰间，背上黑色的猛虎散发出了金属的光泽，瞬间化为了无数的金属片，飞扬在一片光芒中，又迅速聚合在一起，形成了肩甲、护臂、胸甲、护腿，还有一个猛虎头型的头盔，"唰"的一声穿在了这个男人身上。

真是令人怀念的一幕啊！阿兵的眼中流露着他才明白的情绪，看着这个男人忽然举起了双手，亚麻色的长发无风自动，疯狂飞舞，全身的黑色战袍也如同在狂风中一般鼓起。

"缚！"男人的口中只喊出了一个字，最神奇的一幕发生了。那些飞舞在空中的炮弹、枪弹全部静止，就像有一双双无形的手牢牢地抓住了他们。

"呵呵，七字真言——缚，真是令人怀念啊。"在右侧，同样穿着白色制服的，是一个拥有着迷人身材，卷发高高束起，修长的双腿在迈步间充满了无限风情的黑皮肤女子。她的手也从白色的制服上轻轻地抚过，同样的一幕再次发生——制服瞬间变为了黑色，背上的猛虎暗纹变为了一套银色的虎盔。她的脚步越来越快，在下一瞬间，她就化为一道银色的闪电，再看清她的身影时，她已经出现在了那些精英护卫队的队伍之中。

"呼"的一声，一道巨大的龙卷风从女人的身后突兀地出现，她的手轻描淡写地在空中画了一道弧线，龙卷风就跟随着这道弧线疯狂地在精英护卫队的队伍中席卷而过，霎时上百个战士被卷入了空中。

亚罕的脸色变了，看着这银色的虎盔，他似乎想起了什么，他忽然大喊道："紫月战士听令，全体出击！"

"唰"，随着这一声令下，二十个紫月战士同时一跃而起，瞬步同时跨出，如同一道紫色的雷电一下子划破了黑色的天幕。

左边那个穿着白色制服，和唐凌同样有着黑发黑眸，显得有些沧桑懒散的男人动了。他甚至都没有将制服变色，依旧任由制服保留着那华贵的形态。他只是掏出了一个酒壶，眼中带着叹息的神色，拧开壶盖，喝了一口酒，眼看着二十个紫月战士就要冲入黑袍人的队伍。那个男人忽然站直了身体，冲着那二十个紫月战士开口大吼了一声。

"嗡嗡嗡"，唐凌根本听不见这个男人吼了什么，只觉得他开口的瞬间，双耳都嗡嗡作响，整个人陷入了一种眩晕当中。攻击的目标根本不是唐凌，他的感觉尚且如此，这些直面这个黑发男人咆哮的紫月战士，瞬步直接被打断，所有人几乎不由自主地捂住双耳，东倒西歪地撞在了一起。这个男人看都没有看那些紫月战士一眼，只是拧开酒壶，又喝了一口酒，一副置身事外的模样。

这，是什么级别的战斗？这些紫月战士何时变得如此弱小？第一个是精跃者吗？用精神力控制物体？第二个是风天赋者修到高阶？第三个他掌握的天赋是偏门又偏门的"音"吗？唐凌在阿兵和一个手拿重锤，无比强壮的男人一左一右的护送下，快速地朝着通天塔冲去。

"转。"在他的身后，那个有着亚麻色长发的男人再次开口。那些被他束缚住的炮弹和子弹忽然就调转了一个方向，朝着精英护卫队的队伍呼啸而去。下一秒，一阵阵爆炸的声音传来，惨叫声不绝于耳。

"呼"，龙卷风在这个时候爆裂开来，上百个被卷入风中的精英战士"啪啪啪"地落地。但这并不是结束，这些爆裂开的风变成了一道道巨大的风刃，"唰"的从精英护卫队的队伍中一道道斩下……

"呜……呜……呜呜……"喝酒的男人在这个时候哼唱起来了一首似乎古老的曲调，让人就如看见了一个在血色战场之中游走吟唱的悲怆诗人。刚刚从那一声吼叫声中清醒过来的紫月战士，心中无法抑制地升起了一股悲凉颓废的感觉，他们不想再战斗，他们毫无斗志与战意。

相反，在另一旁的黑袍人却一个个涨红了脸，就像有无穷的勇气被注入，无穷的力量被灌输，他们充满了悍不畏死的兴奋，他们高举着武器："杀！"

就是这样三个人啊，把黑袍人处在绝对劣势的局面瞬间扭转。他们表现出了超出唐凌认知的战斗力，在这17号安全区之中谁能和他们匹敌？应该只有城主沃夫？毕竟空间能力实在让人望而生畏。

但不管是什么样的能力，什么样的战斗力，唐凌都无畏！只要不死，他一定会朝着巅峰不停地前行，他必须要站在巅峰。因为，他要打破这个时代！打破！这个愿望之种终于萌芽破土，变成了一颗深扎在内心的幼苗！在刀光剑影中，在枪林弹雨中，唐凌急速地朝着通天塔飞奔，他心中的热血已经被彻底点燃。这里一定要有一片属于他的舞台。快了，他要如同地狱恶魔一般地归来，将罪恶的人血洗，来祭奠心中的仇恨。

第200章 禁药

"他们是什么人？"快要接近通天塔了，唐凌终于还是忍不住询问起阿兵这三个人的身份。实际上，只要不傻，就能看出这三个人是碾压式的强大，有这三个人存在，只要沃夫不出手，17号安全区可以轻易地被颠覆，为何还要出动这么多人这么费力？

"虎将。"阿兵没有隐瞒的意思。

"我看是狗屁将，他们身上还穿着荣耀战袍，却忘记了天大的恩情，他们……"在另一旁，一直拿着重锤没有说话的那个强壮男人，突然吐了一口唾沫。或许是因为太过激动，他脸上的胡子都在跟随着他说话颤抖着。

阿兵沉默了半秒，终究还是开口呵斥道："索林，他们只是理念不同。"

"狗屁的理念不同！"被唤作索林的男子怒骂了一句。

"够了，他们能够出手一次，说明铭记了恩情。从某种程度来说，其实他们是真正继承了大首领意志的人，你明白吗？不要再说了。"说到最后，阿兵叹息了一声。

索林有些悻悻地闭上了嘴，但瞪得通红的双眼说明他并不认同这三位虎将。

唐凌根本不明白事情的来龙去脉，更不知道所谓大首领是谁，他的意志又是什么。他只听明白了一件事情，于是忍不住抬头问道："兵叔，你的意思是这三位虎将只会出手一次？"

"是的！这一次都是因为苏耀的恳求。现在，在这个时刻出手是违背了他们的理念与意志的。"阿兵平静地说道，通天塔已在眼前。

或许因为重兵集结在了荣耀广场，此时的通天塔竟然只有两位精英战士把守。看见唐凌三人过来，这两位精英战士立刻落荒而逃，三人并没有追杀的心思，反而是索林上前，直接用大锤锤开了通天塔的大门。

"少主，快进去。"索林提着重锤，站在了门前。

唐凌在此刻却不急，他严肃地问道："他们出手一次的意思是？"

"在最关键的时刻出手，自行判断。刚才他们已经出手，解决了荣耀广场的敌人，他们就会离开。"阿兵没有任何的隐瞒。黑暗中，凉风里，已经起了层层的夜雾，阿兵说完这句话，似乎是有什么预感一般，望向了远处。

　　激烈厮杀的战场中，一个人扛着黑色的长刀朝着通天塔一步一步走来。与此同时，唐凌也看见了这个身影，他认得他，怎么可能忘记第一次看见高端武力的震撼？安东尼。

　　"索林，你抵挡一阵，我陪着少主进去。"阿兵的脸色严肃了几分，叮嘱了索林一句，直接拉着唐凌进入了通天塔。

　　通天塔内只有几个战士，但却不是安全区的精英战士，而是穿着星辰制服的人，或许是对荣耀广场的布置太过自信，这里竟然没有一个紫月战士。阿兵直接去解决那几个星辰战士，而唐凌则一脚踹开了办公室的大门。

　　还是上一次那个漂亮的女人在这里值岗，当她看见唐凌闯入，下意识地就要呵斥唐凌，却被唐凌一个箭步上前，扣住了她的脖子。"开启权限，我要探查整个通天塔。"唐凌没有半句废话，神情冰冷，说话间手指微微收拢，只是使出了轻微的力量，就让这个漂亮的女人喘息困难。

　　"你……在严重地……违规。"那漂亮女人努力地说出了这样一句话，她对唐凌还有印象，那个带着家产来修炼的新月战士，她不明白为什么转眼这个新月战士就如此胆大？

　　面对这样无知的话，唐凌直接冷笑了一声，拖着这个漂亮女人来到了通天塔的大门前。在这个过程中，漂亮女人看见了被杀死的星辰战士，发出了惊恐的尖叫："他们是谁？他们怎么会来驻守通天塔？"

　　唐凌真想冷笑，这个女人是什么都不知道吗？她是把自己封闭在通天塔内过日子的吗？

　　大门前，索林已经负伤，他根本就不是安东尼的对手，只是短短的一会儿，就看见他身上焦煳的伤口，有的还冒着微微的电光。但安东尼也并没有痛下杀手，而是望向了唐凌："我对你并没有很坏的印象，我也不知道这些身穿黑袍的人是做什么的！我只是奉命行事，要将你逮捕。你跟我走，也许战斗就可以结束，我的刀真是没有兴趣杀人！"

　　唐凌根本不理会安东尼，而是拉着那个女人，指着荣耀广场的战场说道："看见没有？这是战斗！而我显然是坏人，其他还需要我给你理由吗？"说完这句话，唐凌看了一眼安东尼，心中纵有感慨，此时也是道不同不相为谋。

"安东尼，对吗？"阿兵在这个时候站了出来，腰间的蝴蝶刀被拔出。一个漂亮的刀花甩出，蝴蝶刀的刀刃忽然就变长了两倍。"啪"的一声，分成两半的刀柄在这个时候合拢，整把刀被阿兵握在了手中。

安东尼没有回答阿兵，他只是略微疑惑地皱起眉头，总觉得眼前这个看起来透着一股沧桑的黑发男人有些眼熟。

而唐凌则径直拉着这个漂亮的女人再次进入了办公室。无须担心，在这个时候只需要交付百分之百的信任。

"这个新月战士是坏人？他是那些黑袍人中的一员？他们在发动战斗，要杀人吗？"漂亮女人的手不停地颤抖，心中充满了乱七八糟的念头。事实上，她一个月有十五天都在这里值班，实在不知道外界的风云变幻，通天塔内就像一个安静的小世界。现在开启权限，让一个坏人探查通天塔，是严重违规啊。

换在曾经，就算给这个漂亮女人一百个胆子，她也不敢私自开启这个权限。可她的双手不听使唤，尽管颤抖得厉害，还是不停地在眼前的仪器上输入各种复杂的密码。因为她看见了唐凌眼中的冰冷，她相信自己只要稍微耽误他的时间，他一定会杀人的。就算自己的死会给他进入通天塔的修炼室造成麻烦，但漂亮女人相信，唐凌会强闯，会想各种办法。

随着密码的输入，通天塔的内部结构图，以及关闭的、开放的房间都被唐凌看得一清二楚。但是他对这些统统都没有兴趣，他需要进入的是一个关键的房间。"通天塔的能源存储在什么地方？"唐凌的手指指向了屏幕，在屏幕上有几处完全漆黑的方块，代表着几个完全不开放的房间。显然除了那个能够聚集紫月能量的大型仪器存在地，这几个房间其中之一，就应该是唐凌的目标。

这次换成漂亮女人吃惊了，她望着唐凌："你要去能量室？那里……"

"不要废话。开启它！"唐凌皱起眉头，直接开口。也许是有不妥，但事到如今，唐凌已经不可能改变自己的计划。

漂亮女人咽了一口唾沫，带着十二分小心的态度说道："那是你自己要进去的，出了任何问题，不是我害你的。"说到这里，这女人又抓紧时间补充了一句，"因为能量聚集在一起太浓厚，要是不徐徐导出的话，那些能量非常狂暴……"

能等到能量徐徐导出吗？唐凌自问没有这个时间了。17号安全区已经彻底乱了起来，对于战斗的情况，昂斯家族一定会第一时间了解。不能等他们跑了！绝对不能！

"找出能量室，直接开启。"唐凌没有半句废话。

"除了这间，别的都是能量室，都要开启吗？"漂亮女人战战兢兢地问道。

"都开启。"唐凌随口回答了一声，他并不知道通天塔能量储存的具体情况，他怕一间能量室根本不够。

女人不敢再废话，直接输入了几个密码，几间能量室就变成了灰色的状态，意味着可以直接进入了。唐凌毫不留情地打晕了女人，然后将她牢牢地绑在了椅子上，直接奔向了已经开启权限的能量室。

艾伯的脸色有些苍白，他一再告诉自己快一些，再快一些，无奈身为堂堂的紫月战士，他还是忍不住双手颤抖，影响着收拾的速度。

是啊，多么可怕的画面啊！那三个人是传说中的虎将吗？不，他们就是虎将！如果虎将来了17号安全区，不要说三个，就算只有一个，17号安全区都没有了希望。他们会把紫月战士屠杀干净的吧？如果没有了紫月战士的支撑，就算昂斯家族只是星辰议会下的傀儡，怕也只是一句话都说不上的傀儡，更没有任何的实权！

艾伯有些慌乱地站起身来，他想要关掉实时监控着战场的大屏，却又抱着侥幸的心理盯着大屏。他觉得自己是不是应该放弃收拾，立刻冲出昂斯家族的大宅，可是出去会不会死？

艾伯有些乱了，他甚至有些后悔为什么要得罪唐凌，虎将都出手了，唐凌的身份还有疑惑吗？唐凌会来杀自己的吧？艾伯几乎有些站立不稳了，他想要给母亲大人打一个电话，但在这个时候显然不能，母亲大人怕是会觉得他非常无能。那怎么办？去求助族长吗？现在战斗已经开始了，族长却没有任何消息传来，甚至根本没有走出过昂斯家族的大宅。那说明族长心里是有一定的依仗的。什么依仗呢？是不是二级护城仪？如果是二级护城仪的话，那么事情还有希望。艾伯终于让自己镇定了下来，有些勉强地倒了一杯烈酒，一口灌了下去，他需要平静，需要理想来支撑着自己，所以他拿出了那一张熟悉的黑胶碟，再一次放出了那一首熟悉的音乐。身体渐渐地不再颤抖。

考克莱恩看着屏幕，屏幕中正是艾伯渐渐平静下来的样子。尽管努力地想要自我安慰，考克莱恩的眼中还是忍不住写满了失望。不够果断，在这个时候还莫名其妙地收拾什么行李！身为堂堂赫尔墨斯家族的人，还会担心没有饭吃，没有钱花吗？不够勇敢，如果真的担心战争的结果，那就果断地到约定的地方等待，自己怎么说也有紫月战士的实力，趁乱逃走，至少在这个时候是一个时机。不够睿智，虎将出手，难道星辰议会真的会无动于衷吗？联想到行动升级这件事情，分明可以分析出星辰议会已经得到消息，否则不会莫名地提升行动等级，那还慌乱什么？虎将是足够强大，但也不至于强大到能撼动星辰议会，甚至已经沦为丧家之犬的虎将，连星辰议会的一根毫毛都撼动不了吧？

想到这里，考克莱恩咂了咂嘴，那一句"艾伯不如安德鲁"的话语又再次回响在他耳边。这让他很烦恼，有些不耐地点燃了一支雪茄，不要再想这些无聊的事情了，安德鲁已经死了，他再优秀，身份也决定了他的前途。

昂斯家族还要继续强盛下去，也许艾伯去到长青藤联合学院以后，会逐渐优秀起来吧？毕竟，他已经平静下来了，恐怕是想通了事情的关键。而整件事情只有两个不确定因素：第一，是唐凌；第二，是苏耀，这个到现在还没有现身的男人，这个第一个守护在唐凌身边的男人，他究竟会是谁？

但唐凌的因素应该不用太过担心，现在虽然他闯入了通天塔，但通天塔能够给他带来多少提升？时间还剩下多少？临时提升，这种幼稚的想法……考克莱恩吐出了一口烟雾，觉得不应该发生在唐凌这样优秀的少年身上。所以，事情多少还是存疑，但也只是存疑而已，毕竟实力是一切的基础，这个基础限制了唐凌。

关键还是苏耀啊。考克莱恩一边想着，一边拿起了眼前的一叠资料。苏耀，出生于第31号安全区，平民。早年加入龙军，在龙军失败后，成为流浪战士……考克莱恩反复阅读着苏耀的这一份资料，这份资料可不是他调查出来的，而是星辰议会给他的，真实度非常高。但就是因为如此，才让人疑惑。

这苏耀的履历非常干净，就算加入过龙军，但也并不是什么大人物，而且加入的时间应该是后期了。之后，他就成为一个流浪战士，在哪些地方流浪过，资料上也标记得非常清楚。总之，苏耀就是一个身份背景都没有什么大问题的，在整个世界只能算稍许有一些个人实力的人。试问，这样的人怎么可能在这次的事情之中扮演一个举足轻重的角色呢？

考克莱恩摇摇头，觉得这种事情还是不要他来头疼了，在其位谋其事，去想一些超出个人能力范围的事情并不是一个好习惯。总之，不管唐凌是意外也好，还是苏耀是意外也罢，二级护城仪不是摆设，在关键时候，考克莱恩会毫不犹豫地动用。

内城陷入了一片厮杀。外城虽然暂时安全，但人们也惶恐不安。罗娜在轻声地哭泣着，从前几天开始，她就被苏耀带到了地下，藏在了某个小黑市当中。

苏耀让她离开17号安全区，是她坚持不走的。因为她有一个预感，如果她离开了17号安全区，可能此生再也见不到苏耀了。果然，苏耀失踪了，直到今天晚上才突然出现在她面前。

"罗娜，你必须离开了。如果说前几天我允许你的任性，让你在这里多停留了几天，是因为我还想见你最后一面。那么现在，你没有任何选择了。"这是苏耀告诉罗娜的话。他拥抱了罗娜，接着让两个人强行带走了她。看着苏耀站在原地越来越远的身影，罗娜终于忍不住开始轻声哭泣。对啊，她只是一个普通的女人，她有感觉，不管是苏耀也好，唐凌也罢，都不是她的生活中该出现的那种人物，能有过短暂的交集，就应该是天大的奇迹了。所以，她在哭泣什么呢？

罗娜转头，苏耀一声叹息，走入了之前罗娜藏身的那间地下小屋。小屋中还残留着罗娜的气息，苏耀抓起了床上的被子，轻轻地嗅了一下。就是这种气息，带着皂角香气，干净又简单的味道，让他恍然回到了二十几年前。

苏耀是有过妻子的，甚至他还有一个女儿。想到这里，苏耀的手一下子握紧，青筋毕现！他不能回忆，回忆实在太过痛苦。总之，如果可以的话，他真的愿意和罗娜这样平凡但又美好的女子厮守下去，她就像二十几年前的她，身上都带着异样清新的皂角香气。所以，苏耀从一开始就不掩饰对罗娜的好感，即便他故意带着几分调戏，而罗娜只是想要找一个依靠，但真的感情会在意是怎么样发生的吗？只是，不能忘记责任，不能忘记承诺啊。

想到这里，苏耀从怀里拿出了那一管带着梦幻色彩的药剂，即便在黑暗中，它也散发着诱人的光芒。这一次，终于要使用它了。苏耀没有犹豫，拔开了药剂的塞子，一口气将药剂灌入了口中。

药剂一入喉，便带着一种异样的苦涩，还有一种如同硫酸烧灼一般的感觉。即便坚毅如苏耀，也忍不住一拳锤在了墙上，在墙上留下了一个深深的拳印。他抱着那一床带着皂角香气的被子，涨红着脸，努力让自己不要叫出声音。他浑身的肌肉上下起伏着，青筋膨胀到如同一条条蛇纠缠在身体的表面。

"阿啸，你知道吗？只要是关系到时间这个概念的物品，都会被划为禁忌。就算是我这双眼睛也暂时看不透时间呢。"

"你不是说时间是并不存在的概念吗？"

"对啊，就是因为它不存在，所以很难定义它。可是，从某种程度上，我们又能感受它，就比如这一秒过去了，我们就再也回不去了。"

"嗯。"其实苏耀并不是很懂。

"这一管药剂，就是禁忌的药剂，让人能够回到最巅峰的状态。我该怎么称呼它呢？就叫作回溯怎么样？时光回溯的意思。"

时光回溯吗？苏耀全身都感觉到了一种切割感，他的脸非常疼痛，他忍不住伸手去抚摸了一下。结果，一块皮竟然直接落在了他的手中。这是……苏耀瞪大了双眼，心中涌动着太复杂的情绪，这回溯药剂，是真的在回溯时光吗？

第201章 地狱火焰

时光真的可以回溯吗？如果可以，苏耀最想回到的是那一天，他不会再站在原地，看着那个人的背影慢慢走远。

"接下来的事情很危险，而我这个人做事又喜欢冒险又任性，所以我一个人就可以了。相信我。"

是的，每一次都很相信，所以相信着，相信着就等来了惊天噩耗。早知如此，那一次不要相信就好了。

就回到那一天，回到那一刻，阻止他。可惜，时光回溯药剂，并不是真的能倒流时光，它只是一种神奇的能唤醒细胞记忆的药剂，能让每一个细胞都短暂地恢复到最巅峰的时期，让整个人如同穿越了时光……当然并不是没有代价。总之很神奇，前文明无法解释的细胞学原理。

十五分钟以后，苏耀站了起来。一头白发披肩，身材更加高大壮实，黄色的皮肤显出一种奇异的色泽，就像大地的土色。原本棱角分明的五官，变得更加狂放，浓重的眉，深邃上扬的眼，宽大的鼻翼，让他看起来像一头雄狮。

"嘿，苏啸，你知道吗？只要我们在一起，大家都会刻意回避一个话题。"他吊儿郎当地叼着一根草，双手枕在脑后，跷着腿，望着茫茫的星空。广阔的草原，一只不长眼的五级变异兽——澜星狮恰好从他旁边路过。

"嗷！"他忽然翻身而起，冲着澜星狮大吼了一声。

"呜。"那只澜星狮吓得鬃毛都炸了起来，夹着尾巴就狂奔而逃。

"你有意思吗？"苏啸觉得他很无聊，又忍不住好奇，"大家会刻意回避什么话题？"

"关于长相的话题。我长得实在太英俊了，你和我在一起的时候，就像走在我身旁的野兽。"他很严肃，然后比画着说道，"谁说只有美女与野兽的？我和你在一起，就是帅哥与野兽。大家觉得很尴尬，所以你懂得……"

苏啸很想揍他，只要老天爷能再给一次机会，苏啸觉得自己一定会抓紧时间，将他这张脸揍个稀巴烂，对，嘴也给撕烂。可惜，老天爷从八岁开始，就对苏耀关闭了这扇大门，揍不赢啊，只能被揍！

"你以后就叫狂狮吧，这个称号拉风吗？"他坐了起来，吐掉了口中的草根，眼里带着笑意，说道，"我哥们儿出场，必须震撼。啧啧啧，来看看，人们带着崇敬的目光，喊着'狂狮苏啸''狂狮苏啸'，你会不会觉得你的脸也变英俊了二十倍？"

"你没完了？"苏啸真怒了。

"不。"他躺了下来，再次望向了深邃的星空，"你知道吗？在这大草原上，最尊贵的就是白狮。在前文明大草原的传说中，白狮是神的使者，是草原之王。你说你从出生起，就是一头白发。我有时会想，你是不是上一世就是一头白狮呢？反正你长得也像一头狮子。"

"你绕着弯逗我呢！"苏啸哭笑不得，再也忍不住，提起拳头就朝着他砸了过去。不管了，打不赢也拼了。

"哎呀，苏啸大哥，别打了，我错了。哎呀，考虑一下嘛，狂狮如何？疯狂咆哮的白狮，哈哈哈……"

回忆似乎太久远了，久远到偶尔想起，都不敢肯定它是否发生过。只是，很多年以后，他说的都变成了真的，人们果然会带着崇敬的目光，喊着"狂狮苏啸""狂狮苏啸"，那一刻，他却记起了在大草原冒险的日子。岁月不可回，是真的不可回吗？苏耀拿起了房间中罗娜留下的镜子，在镜子中的他很年轻，这感觉异常不真实，倒不像是照镜子，反倒是像在看一张自己年轻时的照片或者画像。

狂狮苏啸？这个名字就快要被遗忘了吧？这个他亲自给予的名字，怎么能就如此被遗忘？苏耀，不，苏啸知道，这个名字还有灿烂登场的那一天。他一直在等待着，他终于等到了，这就是今天。

"臭小子。"不知为何，苏啸想起了唐凌，忍不住小声骂了一句，但嘴角很快就扬起了笑容。生生不息，脉脉相承，就如同他说的那样，希望总是有的，这个时间不出现，下一个时间也会出现。在这个世界上，就算是神也不能扼杀希望。

"他还能认出我吗？"苏啸捏了一下拳头，拳头周围竟然粉尘环绕，很快就形成了一层薄土覆盖在了苏啸的拳头上，瞬间就变得坚硬。但想到唐凌看见自己，会流露出什么样的吃惊，苏啸又忍不住眼底的笑意。太有意思了，他一抖拳头，拳头上的那一层土盔立刻就散成了粉尘，飘散在空中。

"轰"，唐凌拉开能量室大门的瞬间，差点被奔涌而出的狂暴能量炸飞。能量因为浓厚而变成的狂暴是什么样的感觉？就是这样的感觉……唐凌咬紧牙关，"砰"的一声关上了大门，不能开着门，能量会逸散的。

"呼"，长舒了一口气，唐凌就在门前盘膝坐下了。这个能量室中待着的感觉真的非常难受，就像待在重力室，对，这里的大气压几乎达到了外界的五倍以上，只是单纯地站在这里，就感觉像全身压满了石头，盘膝坐下的时候，唐凌甚至听见了自己骨头"吱吱"作响的声音。

这样的能量能够被吸收吗？是不是吸收的瞬间，就会挤爆自己的身体？唐凌没有答案，但他更没有选择。他要做的事情非常简单，就是激活战种！对，二十个自己的战斗力集合起来会是什么样？如果再激活小种呢？无法想象那个时候爆发出来的战斗力会有多么强大！够不够报仇？

但在这之前，还必须要激活战种。那需要多少的能量？又需要多少的时间？所以唐凌的谋划一开始就直指——通天塔的能源储备。现在，已经做到了，那么接下来……唐凌闭上了双眼，开始运转起千锻功。他要利用千锻功来把能量吸收入体，然后再把多余的能量源源不断地灌入战种。非常危险的方式，唐凌自己也没有预料到能源室的能量会如此狂暴！但这个方式是不可改变的，唐凌可没有办法直接吞噬能量。

"呼——""嘶——"，唐凌的呼吸节奏开始变得缓慢，随着千锻功的运转，能源室中被挤压的，无处可去的能量如同找到了一个微小的出口，瞬间就疯狂地朝着唐凌涌去。

"噗"，只是尝试着微微吸入一点儿能量，唐凌就喷出了一口鲜血。这里的能量根本就不用捕捉，在进入身体的瞬间，极高密度的能量如同一把挥舞着的重锤，一下子砸入了身体。瞬间，唐凌就感觉到自己身体内的细胞几乎要被挤爆。怎么办？完全无法吸收！这是要命的事情啊！

可是……唐凌擦掉了嘴角的鲜血，再次闭上了双眼。如果是这样，他只有一个办法还可以试一试！这个办法再不行的话，唐凌准备强吸，赌上性命的强吸！"小种，小种……"唐凌开始集中精神力，试图联系心脏内的种子。而小种很快就给出了回应，还带着一股迷迷糊糊的睡意。最近，它总是处于满足的状态，不再像曾经那样缺乏成长的能量，所以大多数时候，它都是沉睡着的。

"你能感受到这里的能量吗？"唐凌表达着他的意思。小种瞬间传来了兴奋的回应，比起各种需要转化的食物，最纯粹的能量才是小种最需要的成长资源。可惜，就算唐凌把千锻功练到最高层，吸收的能量恐怕也满足不了小种对能量的所需，所以，各种资源的补充才是正道。

但不管如何，忽然感应到一间充满能量的房间，小种的兴奋自然可以理解。"爸爸，爸爸，小种要吃，要吃……""爸爸，吃吃……"

唐凌的脸抽搐了一下，这怎么感觉跟个智障儿似的？而就算已经努力试着麻木，但每次听见"爸爸"这个称呼时，唐凌的心情还是万分复杂。努力压抑着不适的感觉，唐凌开始认真地表达自己想要传递给小种的计划。他也不知道这个计划对于小种来说是否太过复杂，毕竟，你能指望一个智障儿做什么？唐凌其实没有把握。

五分钟以后，一个简单的计划被唐凌反复说了七次以后，小种终于有些似懂非懂了。它也努力地表达了自己的回应，充满了不满。大概意思是"为什么小种吃的东西要吐出来？""为什么小种的食物，要喂给另外一个东西？"

另外一个东西？唐凌忍不住暴怒：有没有一点同理心了？你们不都是种子？可是，他没有办法对智障的小种解释太多，对于这种智商不在线的种子，唯一的办法就是哄骗：

"嗯，你吃过的，吐出来了再给它吃，说明了爸爸比较疼你啊。

"你一次吃得太多，会消化不了，你撑死了，爸爸会心疼的。

"所以，这次只有给它吃。但是，爸爸又舍不得它那么容易地吃到，所以必须你吐出来，它才有资格吃。"

唐凌说着这些话，没有一点罪恶感，他只是感觉自己的智商正在受到深刻的侮辱，说出来的话带着异常恶心的画风。还自称爸爸？！但没有办法啊，如果不把智商拉低到和小种同一个层次，是绝对无法交流的。

果然，唐凌的哄骗起了作用，小种传来了一丝丝异样的开心情绪，还带着依恋和撒娇，估计是觉得唐凌对它太好了。

"那就这样说定了，爸爸吸收能量，爸爸吃不下的，你就努力吃。再慢慢地吐出来。记得，要慢慢地吐。乖孩子要优雅，一次性吐太多，不优雅的。"最后，唐凌再强调了一遍释放能量的节奏，他怕小种智障，吸收的能量一次性放出，那和它没吸收有什么区别？

小种表示清楚了。在这个时候，唐凌才擦了一把额头上的汗，准备再次运转千锻功。事实上，比起和小种交流，他宁愿吞凶兽肉，太累了。

半分钟以后，唐凌再次入定，身体如同一个旋涡被放入了这个充满狂暴能量的房间。

"轰"，如同上次一样，这些能量蜂涌而至，而唐凌在努力运转能量的同时，小种也开始第一时间配合着疯狂吸收能量。

非常好，一次的吸收，正好在唐凌和小种都能承受的极限范围内。唐凌并不理会小种"撑死了""要吐""要吐"的呼唤声，开始运转着身体的能量朝着大腿的内侧奔涌而去。这些没被小种吸收的能量，也是唐凌能承受的极限，或许说已经稍微超出了极限。所以，这个过程是一个极其痛苦的过程，每运转一寸，都如同被重物碾压过一寸。但也只是痛苦罢了，它在合理的范围内，并不会撑爆细胞，也不会对身体造成任何伤害。反倒是暗合了千锻功的本质——用能量来锤炼细胞，并在这个基础上吸收一定程度的能量。

唐凌发现，在这个状态下，细胞会不自觉地留下一丝能量，这并不是他能控制的事情，反而像是一种自主的本能。他更发现，在这个环境下修炼千锻功比在正常的环境下修炼千锻功，效率岂止高了一倍？

终于，第一波能量被压缩到了大腿内侧，那一颗被唐凌藏在皮肤下的战种开始有了动静。只是一瞬间，就将这一波唐凌辛苦运送来的能量一次性吸了个干干净净。这是什么效率？这是什么样的"食量"？小种比起它，简直是一个有"厌食症"的小孩子。

"小种，吐。"唐凌闭着眼睛，开始让小种释放能量。

"哗"的一声，小种立刻吐出了一大波能量，唐凌的身体一晃，差点被这波能量冲爆炸！但是，刚才一次锤炼的好处立刻显现了出来，这一波超出了唐凌承受能力极限的能量，竟然被缓缓地控制住了。

似乎感受到了唐凌的难受，小种开始发出了愧疚、别打我的情绪。唐凌第一次感觉到微微一暖，下意识地就安慰了一句："小种很乖，爸爸不打。"只是这个念头刚刚传达出去，唐凌就想打死自己——怎么就那么自觉地当起爸爸了？这是一种怎样恶心的说话方式？会不会以后说成习惯了？！

　　但毕竟是在修行当中，唐凌也不敢有太多的杂念，念头一闪而逝后，还是专注地投入了继续喂养战种的过程中。

　　五分钟过去了。这个能量被挤压得犹若实体的能量室，能量波动的感觉终于稍许弱了那么一些。唐凌和小种的配合也越来越娴熟，喂养战种的速度开始变得快了起来。更让唐凌惊喜的是，他分明只是想要通过千锻功喂养战种，无意中却让自身迎来了一个飞速的提升。在这种极限压力下，细胞承受的锤炼都是异常实在的，而能量充足，根本不用考虑多少能量用于锤炼，多少能量用于吸收的问题。就算不刻意吸收，细胞也会自动留存下一丝能量，变得饱满充盈起来。

　　十分钟过后。由于效率的提升，和唐凌的飞速成长等种种原因。能量室的能量竟然生生地少了四分之一。唐凌惊奇地发现，在小腹处，第一个旋涡竟然开始缓慢地成形！还有比这个更加惊喜的事情吗？

　　要知道《补遗》和17号安全区版本的《千锻功》最大的区别就在于修炼的初始阶段。这种区别，除了最开始用能量清洗细胞之外，还有就是关于旋涡的塑造。17号安全区的《千锻功》并没有规定第一个旋涡一定要在什么地方塑造，要求的只是越快塑造出旋涡越好，什么地方不重要。但是《补遗》的要求则是，第一个旋涡一定要塑造在丹田之处。而且，第一个旋涡在《补遗》的说法里，是万源之始。其含义不言而喻，就是说当它成形以后，所有的能量都要先通过它的吸收，再传递到全身各处，因为首先要通过它来补充生命的本源！所以，第一个丹田旋涡的成形是重中之重，万不可追求一蹴而就，而是要追求精练。反复的锤炼追求的不是刻意塑造，而是自然成形。

　　事实上，猛龙小队在唐凌的补汤之下，除了唐凌，所有人都有旋涡成形。只有唐凌从来没有刻意地塑造旋涡，反而是一次次将丹田聚集的能量不停地打碎，压缩，压缩到极限！唐凌在等待着，不能再打碎，不能再压缩的情况下，它自然成形。到今天竟然真的成功了！

　　而唐凌所不知道的是，这个过程对于真正能够修炼《补遗》的每一个人来说，都是极其痛苦漫长的过程。旋涡不成形，修炼速度会远远慢于其他人。

另外，哪里去寻找那么多能量来一次次打碎，压缩？就算能量足够了，自身又能承受吗？所以，很多修炼《补遗》的人，他们的旋涡都不是最纯粹自然的旋涡，而是有人为塑造的一些因素。自然成形的漩涡实在太过难得。唐凌如果不是因为有了小种，如果不是阴差阳错地进入了能源储备室，他最后说不定也要人为地去塑造旋涡。

而此时，旋涡一旦有了雏形以后，唐凌吸收能量的速度开始飞涨。可到了这个时候，能源室的能量已经稀薄起来，不像一开始那么狂暴，加上唐凌本身能承受的上限增加，反而这种储备的过程让唐凌感到舒适起来。

他似乎已经真的进入了修炼，一边喂养着战种，一边不停地锤炼细胞，吸收能量，再打碎，压缩。他小腹中的能量旋涡越来越清晰。而战种在这个时候，终于也让唐凌玄妙地感觉到，它的储备已经超过三分之二，快要接近成功了。可是，时间呢？时间过去了多少？！

唐凌决定敞开吸收，不再像之前那样小心翼翼，他得到了好处，自然要刻意去重复先前的那种困难模式。只要，能够变强！只要，能够节省一些时间！当战种被彻底激活以后，唐凌将要带来地狱的火焰，焚烧昂斯家族！

第202章　各弈

"昱，你该休息了。"一个长得和昱有六分相似的青年走入了昱的房间。而昱站在窗前，望着远处朦胧的火光，听着那激烈的战斗之声，并没有半分睡意。

"你明天要跟我一起离开，我觉得保持充足的体力，是一个不错的主意。"青年的话没有得到昱的回应，但他并不恼怒，而是拉了一张凳子坐下，很有耐心地看着昱。御风家族的宅院，虽然在内城，但距离荣耀广场还有一定的距离，站在这里能看清什么呢？

"哥，给我一支烟。"昱终于拉上了窗帘，转身回到了房间。

被昱称呼为哥的人，听到昱的要求显然愣了一下，但最后还是什么也没问，从怀里摸出了一支香烟递给昱。抽烟，是从前文明流传下来的陋习。那么大的灾难，几乎将文明的传承破坏了百分之八十，为什么偏偏抽烟这种事情，有那么顽强的生命力呢？它似乎会让每一个青春期的男孩子都要经受它的考验，显然昱没有过关，他学会了这个坏习惯。

点上了香烟，昱吸了一口，他的神情还算平静，他抬头对青年说道："你一定觉得我对家族充满了抱怨。不，我并没有，我刚才只是在思考，离开这里以后，在普里埃尔学院，我要怎么变得更强大，能够得到长青藤联合学院的关注。我只是在想这个。"

"真的吗？"青年扬眉，他真的难以相信他这个优秀而倔强的弟弟会那么快就平静下来。从小，在家族中，听话乖顺绝对不是他的常态，对抗和自我才是常常在他和家族之间上演的戏码。

"真的。"灯光下昱的侧影多少还显得有些青涩，可是那平静坚硬的眼神却让人有种错觉——他已经瞬间成熟了。

"我想，你可能也意识到了，你的朋友身份复杂，你可能明白了现实不只是黑与白，还有灰色地带……"青年还是难以安心，他试图用平和的话语，打开昱的心扉。心事说出来比隐藏要安全。

"不，和什么朋友之类的无关，你不用刻意提起这些话题。"昱皱起了眉头，然后说道，"哥哥，明天六点，我们准时出发吧。我已经很想离开这里了。现在，我累了，我需要睡眠。"

"好吧，亲爱的弟弟。"青年无奈地站起来，拍了拍昱的肩膀。实际上，他如何不能感觉出昱的抗拒，只是有些东西只能交给时间，时间久了，昱会忘记这场伤痛吧？青年摇摇头离开了房间。至少昱现在是平静的，也许今天回来以后，冒着危险让他和剩下的伙伴最后相聚了一个小时，是最正确的决定，是让他顺从平静的关键。没有什么最坏的结果发生，昱还是愿意和他一起离开17号安全区的。

想到这里，青年已经踱步到了大宅的长廊前，看着远处明灭不定的火光，也点燃了一支香烟。家族也会很快从这里转移，成为傀儡的17号安全区已经不适合御风家族了。御风家族想要守护的不是这样的17号安全区。这样，算不算一种对曾经那个英雄的致敬？毕竟，一个小小的家族只能在时代的洪流中随波逐流，比起普通人又能强上多少呢？

吐出了一口烟气，青年望向火光冲天之处，心中默默祝福了一句："活下来吧，昱的伙伴。如果你真的是情报中的那个人，昱能和你结交，我也很骄傲。"

大哥的脚步声已经远去了，昱想要掐灭手中的香烟，但想起了一些场景，他最终还是没有舍得掐灭。

"十年后，我会再来看他们的。不要忘记。"这是唐凌被逮捕以前，留给猛龙小队的最后一句话，表面上看来是如此。实际上在说完了"再见，薇安""再见，阿米尔"两句话以后，唐凌还在昱的耳边悄悄地，快速地说了一句话："看好你的行李。"

以昱和唐凌的默契，如何会不知道唐凌的意思呢？他一定在自己的行李中藏了什么东西。

他事先就预料到了什么吗？昱想着这一点，想着猛龙小队最后一个多月快乐的日子，换成是他，根本不会认为有任何危机。但，那是唐凌，神奇小子唐凌啊，·他能预料到什么，有什么奇怪的吗？所以，昱被带走后，小心地收好了自己的行李，行李中果然藏着一封信。

信的内容简单又复杂。简单的是，唐凌本人只留下了一句话："我们猛龙小队，十年后于希望壁垒再聚，绝不失约。"复杂的是，信里对《千锻功》提出了前所未有的新见解，最后还有一段来自唐凌本人的批注："改变这些关键点，练习千锻功，真的会更加强大，我本人是第一个试验者。"

其实不用加最后一段批注来说服自己的，这些新见解，只要对修炼有所了解的人，都会知道应该是对的。唐凌，竟然把这样的秘密分享了出来。

想到这里，昱又吸了一口烟，他懂得，他都明白，这是唐凌的一种"表白"——你们，都要强大起来，不许平庸啊！这是我唐凌能够想到帮助你们的办法了。当然，如果你们是笨蛋的话，当我没说。

"呵呵。"昱忍不住笑了一声，是因为几个月的朝夕相处，太过了解唐凌了吗？仿佛唐凌就站在他的面前，用他特有的，带着几分吊儿郎当，不认真的语气在大声地对他说着，顺便还要嘲讽大家几句。

这小子，也不知道十年以后，会不会有机会揍他一次呢？昱失去了伙伴，经历了背叛，伤痛的心中总还是有一些温暖的东西。所以啊，少年时的相逢，几个月的时间就会拥有成年以后也许几十年的时间，都不能再有的纯真友情。而这份友情注定会伴随一生。

内城一处非常高的建筑楼顶，奥斯顿顶着嘴角的淤青，默默地站在楼顶的边缘等待着。

除了少数的贵族，几乎没有人知道，这栋高楼是一处秘密交通点。按照规律，每个月15号，这里都会飞来一只弥勒暗云鹏，如果有人在这里等待，它就会接走来人。如果没有，那"驾驶"着它的人就会在等待10分钟之后，再悄悄地离去。

弥勒暗云鹏吗？在家族的秘密资料库里曾经记载过这种四级凶兽——它展翼以后，宽达120米，而身长则可达50米。如此巨大的大鹏鸟啊，不自觉地就会让人想起古华夏传说中的"鲲鹏"。但如果不是强者，根本不可能轻易地发现它，因为它名为"暗云"。它总是在夜间才会活跃，它低空飞行时，总会有一团暗云浓雾将它包裹，而夜晚的阴云浓雾再正常不过！所以，强者驯服它，用它来作为一种临时的、秘密的交通工具也再合适不过。如果是从前，知道自己能够坐在弥勒暗云鹏身上，一定会很兴奋的吧？

但现在，奥斯顿感觉不到一点儿兴奋。按照他得到的消息，他的旅途很长很长，弥勒暗云鹏将把他接到某个安全城，然后在那个安全城他还要乘坐一种超科技的大型飞行工具才能够到达目的地——处在沙漠之中的阿波罗雇佣兵训练营。

"小奥斯顿，你是不是一定很吃惊？就算乘坐飞行器，也需要那么久的时间，才能到达目的地？毕竟，按照前文明的记载，这个星球的大小已经不是秘密了……"此时，站在奥斯顿身旁的，是一个身材比奥斯顿还要魁梧三分之一的青年。他是奥斯顿的七哥，是除了奥斯顿的五哥以外，和奥斯顿关系最好的一位哥哥。

可是，平日里最能引起奥斯顿兴趣的秘密话题，这一次丝毫没能引起奥斯顿的反应，他甚至皱起了眉头，低声地说了一句："我不想听，我只想安静。"

听到这句话，七哥又捏紧了拳头，想要揍这个臭小子一顿了。家族已经收到了情报，自己也明示暗示了好几次，他交了一个他根本交不起的朋友，为什么这小子就是不醒悟呢？不，也不能说不醒悟。至少他屈服了，顺从了，安静了，不用家里的人轮流着一个个地揍他。

和伙伴们一个小时的聚会真的有那么神奇吗？七哥其实不太相信。他应该是有了什么新的目标吧？想到这里，七哥点上了一支烟，走过去揽住了奥斯顿，说道："臭小子，你在打什么鬼主意呢？我其实都看穿了！我告诉你，不要抱有什么妄想，到了阿波罗雇佣兵训练营，你就算变作九级凶兽也没有逃出来的可能，你唯一的选择就是给我老老实实地毕业。"

"哦，是吗？那太适合我了！我想要变强。"奥斯顿忽然抢过了七哥嘴里叼着的香烟，深深地吸了一口。他吸烟的姿势很像昱，昱吸烟的姿势很像唐凌，而唐凌则是模仿着苏耀。他们是一脉相承的吸烟者。

"好吧，那你就好好变强。"对于奥斯顿抢烟的行为，七哥有些恼怒，但最终还是忍耐了下来。他忽然感觉奥斯顿成熟了，不是几句话就能将实话诈出来的那个二愣子少年了。他有心事，但心事已经不再对家人诉说。面对这种成长，没有别的办法，只能把一切都交给时间。

高楼前不远处，一团乌云渐渐地飘近了，在靠近这栋高楼的瞬间，一只巨大的，全身没有一点杂色，只能勉强看出轮廓的黑色鸟类突兀地出现了。它压根没有盘旋，就径直地，轻轻地，悄悄落在了这栋高楼的顶端。奥斯顿原本魁梧的身体在这只巨大的，就算近在眼前，还是不太看得清模样的弥勒暗云鹏面前，就像一只小小的虫子。

"是你们预定了临时的空中移动服务吗？"在巨鸟背上，一个人声传来，却看不见人影。

奥斯顿的七哥赶紧说道："是我们家族预定的服务。请将他带到指定地点。"七哥指了指奥斯顿。

"密码。"对的，这样的空中移动价格非常昂贵，更别提是临时预定的，那对于普通人来说，是一个绝对无法想象的价钱。这些钱当然不可能临时支付，而是在预定成功的同时就必须通过各种手段进行支付了。但为了奥斯顿，戈丁家族不惜代价！毕竟，他是家族有史以来，能够承受最大、最完整的太阳文身者，是家族的希望。这个秘密，家族没有一个人告诉奥斯顿，免得这小子骄傲。当然现在，他们也不打算说出来！

七哥报了一串复杂的数字，随即，一股大风平地吹起，将奥斯顿包裹着带到了弥勒暗云鹏的背上。

看着这一幕，七哥的心里非常难受。这么快就带走奥斯顿了？一句告别都来不及说？七哥抬头，想要抓紧时间说几句告别的话，可惜不擅长煽情的他，酝酿了几秒，却一句话都说不出口。而偏偏就是这几秒的时间，弥勒暗云鹏已经冲天而起，一团云雾再次将它包裹。

在弥勒暗云鹏的背上，有一个小小的，不知道被怎么固定好的座椅，甚至还有一条类似于安全带的铁链帮助固定身体。奥斯顿依旧没有看见"驾驶"这只弥勒暗云鹏的人，他只是孤单得慌张，无助得要命。他还没来得及和家人说一声告别。这让奥斯顿有些想哭，就这么离开了吗？他微微转头，只来得及看见越来越小的17号安全区，看见内城某一处火光冲天。

他知道唐凌身份不凡，这一场战斗是因唐凌而起。他不是真的傻，能听懂家里人的暗示。而想到唐凌，奥斯顿的心慢慢平静下来，他的话，他的功法自己已经收到了。这不是离开，而是等待着十年后的再相聚！十年后的今天，他奥斯顿会回来的，成为真正的太阳神！

高楼顶端，奥斯顿的七哥望着那一片快速飘远的云雾，再从这里望向了火光冲天的荣耀广场，握紧了拳头："唐凌，但愿你能活着，因为你是奥斯顿那么期盼的朋友。如果你真的是情报中的那个人，相信奥斯顿这个一根筋的小子，也会努力地跟上你的脚步。至于戈丁家族，会在17号安全区坚守，只为了城主不要那么孤立无援。戈丁家族，战斗家族，英雄的家族。"

"妈妈，你就在这里待着，我来收拾吧。"安迪的语气平静，神情也非常安宁。这一刻，即便是自己的儿子，安迪的母亲也觉得他有些陌生。那个胆小、嘴馋、稍许有些怯懦的儿子似乎在一瞬间就消失了，变成了现在这个沉稳、安然、甚至带着一丝丝勇敢气息的少年。如果不是出于女性的敏感，就连安迪的妈妈也不能发现他眼底深藏的那一丝伤感，可是能说什么呢？什么都不能说。

安迪一直在忙碌着，非常有序且有效率地收拾着家里的大小细软。他是一个没有什么太大理想的人，从小生于17号安全区，长于安全区外城，他的世界就那么大。所以，他的第一个愿望是能住到内城，让父母不用再那么辛苦地劳动。然后能娶一个温柔的媳妇，生几个孩子。就这样！如果不是为了这个理想，他不会报考什么战士预备营，但如果没有报考战士预备营，又怎么能遇见唐凌，遇见伙伴们呢？

后悔吗？这一生都不会后悔，因为在这短短的几个月，他有了一个模糊的第二愿望。经历了这一天的痛彻心扉，这第二个愿望便坚定了起来。这个愿望就是看着唐凌的背影，自己也跟随着一路前行。跟随他的背影，还能经历许多精彩吧？会有不一样的人生吧？会看遍很多风景，踏过千山万水吧？

男孩子都是有着带着冒险色彩的野心的，安迪的野心是被唐凌激发的，也就再没有打算收回了。那一直跟随着唐凌吧！想到这里，安迪将小时候一家人站在房子前的合影塞进了皮箱。那是家里在外城刚买下这套石屋，感觉幸福达到了巅峰时，留下的合影。在那个时候，安迪也以为自己一辈子都不会离开17号安全区。这里很好，很安全，很舒服，就算贫困一些，但感觉整个17号安全区就如它那一堵巨大的城墙一般，永远都不会倒塌。

任谁也没有想到离开来得这么快！就在他参加完伙伴最后的聚会，收到了昱转达的唐凌带给大家的话和他留下的功法回家后，家里悄悄潜入了一个陌生的男人。这个男人不多话，从头到尾只是简单地说了几句话："这里是产业证明，产业在罗曼安全城。不大的屋子，但是住你们一家三口足够了。这里是一封介绍信。在罗曼安全城里有一所不错的战士学院，尤其擅长培养具有风属性天赋的战士。它叫作伯多利战士综合学院。

"放心，这封介绍信会让安迪顺利入学。入学以后你要努力，不用担心你的父母，他们将会在罗曼安全城得到一份工作，到时候会有人联系你们。

"最后，这是一些钱，足够路上的开支。今天晚上，你们就到外城的这个地方，进入地道，按照这份地图，走到地道所标注的黑市。17号安全区乱了，这个黑市今天将会有一次带人离开的买卖，你们混入其中离开吧。离开的钱我已经付过了，你们一家人的名单也报了上去。你们只需要用身份牌证明你们的身份就可以了。"

对，就是这几句话，却交代得事无巨细。而留下的一张产业证明，一封介绍信，一张地图和一袋子钱，都是一眼看去就无法做伪的东西。因为产业证明的关键印章，是用加入了结晶的印泥盖上去的，上面的能量波动是特别的，安迪能够分辨。

那封介绍信，竟然有城主沃夫的亲笔签名。而沃夫的签名又是如此特别，有一种模糊却又清晰的感觉，和空间能力有关？至少没有空间能力的人是绝对模仿不来。地图很精细，标注得非常精准，不至于为了骗安迪这种小人物家庭，特别去做一张地图。至于钱，父母不认得这种货币，但看过了前三样东西，这面额为100元的罗曼币定然也不会是假的。

其实，这些都不重要，重要的是这个男人临走时，说的最后一句话。这句话让安迪无比坚定地相信着一些什么："加油吧，小伙子。你要为唐凌骄傲，唐凌也一定会为拥有你这样的伙伴而骄傲。"

所以，就走吧！在安葬薇安和阿米尔的时候，安迪感觉自己是那样地无助，他不知道即将来临的风雨飘摇，凭借自己是否能够护住父母，护住这个家。就算他不聪明，也知道接下来要面对什么。不管是昱、奥斯顿还是克里斯蒂娜的安慰和承诺都无法让他真正心安。他们在家族内有多少话语权呢？而自己，还要成为他们的拖累吗？

直到下午的聚会收到了唐凌的话和功法，才让安迪渐渐地安心下来。在那一瞬间，他读懂了唐凌的意思——他等着他们一起变强大，十年以后再相聚。

而想起唐凌的处境，在艰难中始终未放弃的坚韧，自己也是男子汉啊！要试着独自面对，要试着独立成长。看着唐凌的背影，并不是让他拖着自己前行啊。

但……安迪抬头，望向了内城。就算那高高的城墙也阻止不了内城冒出的火光！是开始战斗了吗？昱下午曾说过，唐凌不是一般人，如果今夜安全区动荡，一定是因为唐凌！对的，是他！在这种处境之中，自己还受到了唐凌的照顾，他又怎么可能甘于被抓入监牢中不挣扎呢？

那一句"一定记得"，当然不会忘记！十年后，必然会成熟而坚强地与大家相见！

唐凌，这也是最后一次受到你的照顾，我发誓！因为，我要成为跟随你的伙伴，和你并肩战斗的战友，我——要变强！

"妈妈，爸爸，收拾好了，我们走吧。"安迪如是说道。

第203章　龙军

"妈妈，我已经做出了选择。我想，拥抱一下您。"克里斯蒂娜站在哭红了双眼的母亲身边，终于还是说出了她的选择。

她离开17号安全区是必然的。所以，家族给了克里斯蒂娜两个选择。第一个选择，就是立刻和岳林家族履行订下的婚约，然后由岳林家族亲自来接走克里斯蒂娜，前往东方的华岳安全城。第二个选择，就是明早立刻动身前往布莱德家族的主家。对的，主家，在奥尔马洛安全城的布莱德家族，那个强大的、传奇的布莱德家族。

这才是克里斯蒂娜家族的真正底蕴。他们只是家族的一个小小分支，当年克里斯蒂娜的祖父奉命来到17号安全区发展。虽然不明白主家的目的，但以布莱德家族的办事效率和强大，他们也只用了不到三十年，就在17号安全区深深地扎根下来。

如今，17号安全区要乱了，主家也没有发出让旁支回归的命令，倒是对克里斯蒂娜本人，主家特别提出了这两个方案。对此，克里斯蒂娜的祖父并不吃惊。第一，克里斯蒂娜是家族中难得的女孩。第二，克里斯蒂娜是唐凌的朋友和伙伴。

第一点外人也许很难理解，但布莱德家族的核心人物却清楚，家族中很难诞生女孩儿，然而一旦诞生出一个女孩儿，在之后她必然会展露双天赋。克里斯蒂娜对于布莱德家族无疑是相当宝贵的，即便现在的她看起来天赋一般，也没有展现出任何的才能。

至于第二点，并不是一个绝对的原因，唐凌能不能成长起来，就算强大如布莱德家族也不敢轻易地得出结论。但这是一种家族投资，总之和任何有可能强大的、耀眼的人物和家族多少都拉上一些关系，是一种生存之道。无论如何，这一点为克里斯蒂娜的分量和地位又增加了一份砝码。

不过，关于这些，克里斯蒂娜本人并不知情。她甚至震惊自己什么时候有了一份婚约，还是来自强大的东方家族。她很疑惑，自己的家族为何会有这种能量？

她不可能知道，布莱德家族和岳林家族之间存在着一份长期的，默契的姻亲关系——只要布莱德家族诞生出了女孩儿，且布莱德家族愿意将这个女孩儿嫁给岳林家族，岳林家族一定都会选出一个优秀的嫡系男孩来与之匹配。

所以，这两个选择，克里斯蒂娜的母亲是倾向于第一个的。她知晓在奥尔马洛安全城中的布莱德家族的能量，更知晓华岳安全城的岳林家族更加厉害。她希望女儿能得到庇护和安稳。她明白薇安和阿米尔的事件，让女儿受到了深重的伤害，她需要一个安稳温暖的环境来治愈自己的内心。

所以，当克里斯蒂娜提出她选择第二条路，回到奥尔马洛安全城时，克里斯蒂娜的母亲深深地震惊，并为之难过了。她并没有拥抱自己的女儿，而是看着克里斯蒂娜说道："你真的很清楚你的选择吗？你也许根本不清楚在奥尔马洛城的布莱德是一个什么样的家族。咱们在17号安全区的旁系根本不能与之相比。他们强大但也冷血！你要是回到那里，你面对的将不会再有这些舒适，你将要和众多的家族子弟竞争，竞争一切，就包括资源，地位等。因为他们如同饲养斗兽那样对待家族子弟，只会关注最优秀的那几个。其余的……哦，女儿，你不能选择这样一条路啊。"说到最后，克里斯蒂娜母亲原本已经哭红的双眼又泛起了泪光。她舍不得女儿离开，但更舍不得女儿去往一个那么艰苦的环境。

她明白克里斯蒂娜是不会被轻视的，因为双天赋迟早会表现出来，到时候她的基因链也会产生变化。毕竟基因链十五岁成形，只是一个笼统的说法，这个世界会出现的意外太多了。可是她说的话也是真的，布莱德家族就是如此对待家族子弟的，越有天赋越有价值的，就会承受越多的艰苦与磨炼，不会比她说的轻松，只会比她说的更加艰难。

"妈妈，就是因为如此，我更要去奥尔马洛城。这些日子……我学会了很多，我失去了最好的朋友，也失去了一群重要的伙伴，让我更加明白，我肩负了什么。我的生命不能只在安逸之中度过。这个时代哪里又有真正安逸的地方？唯一的安逸只在于心安，而心安又在于有一群强大的，可以交付后背的伙伴。妈妈，他们在等着我变得强大。连同薇安的份一起，变得强大。"克里斯蒂娜流泪了，这是这个倔强的女孩子，在参加了最后一个小时同伴聚会回来以后，第一次流泪。

"您，能拥抱我吗？"克里斯蒂娜抹去了眼泪，望着自己最爱的母亲。在她心里，她已经决定背负着薇安的生命一起活着。既然如此，怎么可能将两人的命运交给一个完全不认识的陌生男孩呢？联姻，也许曾经的她会毫不犹豫选择的路，在第一时间就被她否决了。如果不是为了照顾妈妈的心情，她不会踌躇那么久，才决定说出自己的选择。

"拥抱你，我的女儿。"克里斯蒂娜的母亲终于上前去，紧紧地抱住了自己的女儿。明天，最迟不过明天，就会有布莱德家族主家的人来接走克里斯蒂娜。总之不管17号安全区再混乱，他们在这里的旁系是绝对不用担心安全问题的。

但唐凌这个人，能够顺利地逃脱吗？要知道，从来都有些随波逐流的女儿，一夜之间变得坚强，成熟，敢于迎接挑战，就为了守住心中的那份坚持。那么唐凌，你一定不能让克里斯蒂娜失望啊！

卧室中的昱，弥勒暗云鹏背上的奥斯顿，与爸妈走出了17号安全区老宅的安迪，和妈妈拥抱的克里斯蒂娜，在这个时候，都同时捏碎了手中一枚结晶样的石头。石头碎裂的那一瞬，四道微小而灿烂的光芒亮起，很快又消散在夜色中。

"拿着吧，只要确定了自身安全，就捏碎它。还未真正安全的人，至少能看见一道安慰的光芒。"昱拿出这四颗一次性通讯结晶的时候，这样说道。此时，四道光芒亮起，代表大家都彼此安稳，就连安迪也找到了明亮的前途。

"拜托家族的事情，已经有人做了，会不会是唐凌的人呢？"昱、奥斯顿、克里斯蒂娜几乎同时这样想着。现在，只剩下唐凌，我们等你。

是的，等待唐凌是一件理所当然的事情，阿兵的蝴蝶刀再次架住了安东尼的黑夜闪电，眼神中透出一丝无奈——二十分钟早已过去了，唐凌为什么还没有出现？是不顺，还是遇见了危险？他已经陪安东尼"玩耍"了太久，略微有些不耐烦了，但有什么办法呢？他不能现在就制服眼前这个紫月战士，如果他被制服了，17号安全区还会派出下一个，再下一个。

"你到底是谁？"安东尼抽回了黑夜闪电，一道道电流闪烁着"噼啪"的光芒，消散在空中。如果说前几分钟的战斗，他感觉不出对方的真实意图，那接下来的十几分钟，他已经越来越察觉到，对方其实是在故意拖延时间。好几次，分明感觉就要胜利了，对方总是能奇迹般地扭转战局。

又有好几次，对方分明要压制住自己了，可又总是会出现失误。这意味着什么？意味着对方的实力强过自己太多，他在控制战斗！可这，还并不是最让安东尼困扰的事情，最让他困扰的是，为什么眼前这个男人总是散发着一种令人熟悉的感觉呢？

"我是谁？你可以叫我阿兵。"面对安东尼的问题，阿兵直接回答了。但与此同时，蝴蝶刀旋转着刀花，又刺向了安东尼。安东尼只得提起黑夜闪电抵挡。阿兵？他没听过这个名字！眼前这个男人看似回答了他的问题，实际上等于什么也没说。

又是三分钟过去了。阿兵依然在和安东尼缠斗。荣耀广场那边渐渐地安静了下来，越来越多的黑袍人开始往通天塔聚集而来。

唐凌在何处，他们就在何处，这就是今夜行动的核心。他们聚集而来，说明荣耀广场的一战，黑袍人取得了胜利。

但与此同时，三位虎将却默默地披上黑袍，混入人群当中，无声无息地离开了17号安全区。没人注意到这一点，只有少数人知道，虎将已经离开，再也不会出手，唐凌从通天塔出来以后，真正的残酷战斗才会开始。但这也不会是大多数人的战斗了，而是真正的顶级对决。

看着黑袍人已经聚集而来，阿兵略微松了一口气。他再一次挡住了安东尼的黑夜闪电，却没有了刚才那种吃力的感觉，反而变得轻描淡写起来，他叹息了一声，开口说道："你很不错，第67期那么多小子当中，只有你成长到了这个地步。让我猜一猜，你还没有真正进入三阶的领域，只是到了接近了三阶的突破点，成了准三阶。快要打破第三把基因锁了吧？要是你真正突破了三阶，你的雷电不应该是这个威力！你的身体会进入新的领域，和大自然中的雷电产生真正的共鸣。"

说话间，"唰"的一声，蝴蝶刀从安东尼的脖颈划过，安东尼一个后仰，躲开了这关键的一刀。但在这时，蝴蝶刀的刀柄，原本是呈合拢状态的两半，忽然分开，其中一半被阿兵的手指轻轻一弹，直接撞向了安东尼的喉结。

安东尼的眼睛猛地瞪大了，这一招！这一招……怎么让他想起了曾经的一个传奇紫月战士，号称枪箭双绝的那个人。"他手中的枪，你要小心的不仅是它的枪尖，更要小心的是他的枪杆！避过了枪尖，避不过他的枪杆，看看这画面吧。"一头凶兽避开了一位紫月战士的枪尖，但在这个时候，枪杆忽然分为了两半，其中一半被那位紫月战士的手指轻轻一弹，直接撞向了那头凶兽的咽喉……

是他？！怎么会是他？！可惜，猜出来又如何？安东尼没有办法避开这必杀的一招，可偏偏也在这个时候，阿兵的手腕一转，那一半刀柄又被他握在了手中，他放过了安东尼。

"看你的眼神，似乎想起我来了？"阿兵的语气带着戏谑。

而安东尼重新站直了身体，没有再继续攻击下去。如果是他，对自己的实力那么清楚，是绝对应该的。如果是他，自己再战斗下去，没有任何的意义，因为绝对不会是对手。

"枪箭双绝，曾经被误以为没有任何天赋，其实是偏门天赋——武器精通的传奇紫月战士——陈道兵。是你吗？曾经为我上过四节课的导师，曾经是我仰望追随的偶像。因为我一开始也没有表现出任何天赋，直到突破了一阶紫月战士，才觉醒了雷电天赋……

"可为什么是你，要背叛17号安全区？"安东尼的语气有些沉痛。

但阿兵的表情没有任何的变化，还是那一副沧桑深沉，略微有些颓废的模样，他直接说道："既然你已经知道了，是要我亲自拿下你，还是直接束手就擒？直接束手就擒吧。那些老家伙要出手了，我不想在你身上浪费体力！"阿兵收起了蝴蝶刀，看向了荣耀广场的东侧。继续东行，一直走下去，就会到达昂斯家族的巨大宅院。他很好奇，究竟会有几个老家伙守在那里？苏啸呢？他是否已经提前赶往那里等待了。虽然说行动是跟随唐凌，但唐凌这小子会怎么做，是很容易猜到的啊，毕竟他是大首领的儿子。

"告诉我，你为什么要背叛？"安东尼怒吼了一声，他不甘心，他难以接受，在少年时代，有多少次是陈道兵的传奇故事鼓励着他啊！

面对安东尼的咆哮，阿兵只是伸手掏了掏耳朵，不耐烦地说道："像你这么糊涂的家伙，真是少见啊！我从来都没有背叛过，我自始至终都是龙军的人，还不明白？"

"龙军？你……"安东尼的眼神变得有些迷茫，然后沉默了下来，只是几秒以后，他就伸出了双手，代表他愿意束手就擒。有黑袍人走上来，拿出了一条电极束缚带。

"换一件吧，这个电极束缚带对他可没有用。"阿兵淡淡地说道，转头望向了身后的通天塔，唐凌怎么还没有出来？

又有黑袍人拿出了合金铁链，就在要绑住安东尼的一瞬间，安东尼突然抬头："唐凌是谁？"他终于想到了这个关键问题！他是最不喜欢思考的，也是最讨厌权力的争夺的。他一心沉浸在武道的世界之中，所以凭他准三阶的实力，还不是一个紫月分队长。而如今看来，他似乎有些愚蠢了。

"还会是谁？没有听见所有人叫他少主吗？"阿兵走到了安东尼的身边，反问了安东尼一句。

安东尼全身剧烈一震，他这一刻是真的迷茫了，他喃喃自语："我，我现在该怎么办？我该何去何从？"

只要稍有血性的男儿，都不该与龙军为敌！就算他们覆灭了，他们消失了……就算最后也会妥协在无尽的压力下，不敢再提起龙军……也不能与他们为敌。这几乎是稍有良知之人的一条准则！龙军曾经有过改变世界的希望啊！

"可能会有些疼，但你要忍住。何去何从？还用问吗？专心地跟着沃夫走过这一段最艰难的岁月吧。"阿兵如是说道，然后对周围的黑袍人使了一个眼色。

几个实力看起来非常不错的黑袍人，提起了武器，走向了安东尼，朝着他狠狠地攻击而去。安东尼咬牙忍住了，他明白阿兵的意思——阿兵要为他留下一身伤痕，他才能继续在17号安全区立足，才能默默地追随城主，度过这最艰难的岁月。

　　能量室中，唐凌终于睁开了双眼。此时整整一间能量室的能量几乎被消耗一空。原本狂暴的能量，只留下几丝淡淡的能量波动。战种已经吸收饱满，唐凌感觉到只要他意念一动，整个战种就会融化，然后利用存储的能量，将他强化到一个可怕的地步。

　　但这里的能量却不是因为战种才被耗尽的，而是唐凌忍不住用剩余的能量冲击了一下第一个旋涡。事实证明，这样的修炼环境实在太难得，竟然在能量耗尽以前，让第一个旋涡就快要成形了。但遗憾的是到底还是没有完全成形。小种也吃饱了，处在一种能量分外充盈的状态！

　　如果可以，唐凌真想再打开一间修炼室，继续提升一下自己啊。可是，时间已经来不及了，在醒来的瞬间，精准本能就已感应到，自己在修炼室中耽误了整整二十八分钟，远远超过了计划的二十分钟。

　　是时候了！唐凌站了起来，身上还有一块块凝结的血痂，那是他最后放开吸收以后，汹涌的能量冲破了他的毛细血管，渗出的血迹凝固而成的血痂。但没有关系，身体已经到了最好的状态，后续吸收的能量也修补好了这些毛细血管。

　　唐凌全身用力绷紧，鼓胀的肌肉将这些血痂震碎，纷纷落地。走吧，战斗去！

第204章　极致强大

　　"城内精英护卫队共损失600人。"

　　"城内紫月战士共损失6人，负伤17人。"

　　"现城内剩余精英护卫队共2100人，紫月战士27人，都在战斗中。"

　　"是否抽调精英战队，和希望壁垒、地底裂缝以及巡视莽林边缘三大区的紫月战士？"站在考克莱恩面前，昂斯家族负责城防的总管正在给他汇报着最新的战况。

　　考克莱恩闭着双眼，手指不停地敲打着座椅的扶手。情况非常不乐观，抽调战场上的战士？不，除非他想得到一个废弃的17号安全区。

从仓库区任务，到地底大战，再到今天的清洗行动，最后到今夜的战斗，17号安全区一连经历了几番大战，损失了太多战斗力。如今几条重要防线上的战士，只是勉强能够防护的边缘。他再抽调战士？再死去那么多战士，17号安全区就彻底暴露在兽潮、尸人潮、变异昆虫灾等各种危险之中了。

动用二级护城仪？恐怕现在还不行！这种战略打击武器的能源是十分宝贵的，用来对付这些黑袍人非常浪费，除非情况到了最紧急的时刻。

那么，地底的紫月战士其实是可以抽调的？考克莱恩睁开双眼，把手中的雪茄轻轻放在了桌上的水晶烟灰缸内。

不，绝对不行。那简直是在赤裸裸地暴露昂斯家族和地底种族勾结，毕竟唐凌下午的那番话已经造成了影响。本来如果昂斯家族咬死不认，其他人也无可奈何，但在这个时候送上证据和把柄，会让昂斯家族成为众矢之的。有的事情，也许已经在发生，也有很多人知情，但还是不能赤裸裸地摆上台面。

情况真的很糟糕啊，但好消息也并不是没有——虎将离开了，他们在荣耀广场战斗完毕后，就悄悄离开了17号安全区，这是负责监视他们的紫月战士传回来的消息。

就是说啊，虎将怎么能轻易地表达立场？就算唐凌的身份如此重要，他们现在的选择也只能是蛰伏。

考克莱恩不想思考太多关于虎将的事情，剩下也还有一条路可以走。考克莱恩重新叼起了雪茄，拿起了桌上的通讯仪，简单地吩咐了两句。很快，一份文件就由一个下人送到了考克莱恩的面前。

文件是一份简单的行动令，但这份行动令掀开了只有城主以及少数几位贵族才知道的，17号安全区的底牌。

拿出一个非常特别的，由一整块结晶雕刻而成的印章，考克莱恩郑重地在文件上盖章，说道："让剩下的精英护卫队和紫月战士逐渐撤退，停止战斗。将由新的力量来接替他们！"

"是。"下人收好文件，大声回答了一句，退出了考克莱恩的办公室。

考克莱恩望着窗外的夜色，昂斯家族的大院周围还非常安静。星辰议会那边传来了行动升级的消息，但愿他们的行动能够快一些。而动用了一张底牌，能够拖延多久呢？应该是没有问题的吧？把玩着手中的结晶印章，考克莱恩有些自嘲地想到，他才从沃夫那里拿到了这枚印章，没有想到仅仅过了几个小时，就必须要动用它了。

安东尼全身负伤地倒在了地上。黑袍人全部集结完毕，索林退到了阿兵的身旁。而莫名地，周围逐渐安静了下来。点上了一支香烟，阿兵眯着眼睛，望向了夜色中的通天塔，淡淡地说道："通知各个行动队负责人，快速集结。索林，你等一下将带领所有人对抗一支很特别的战队。"

"嗯？多特别？"索林擦拭着自己的重锤，也不知道今晚轰轰烈烈的行动，明日天明以后，是否会将龙军归来的消息传遍整个世界？至于有多特别的战队，重要吗？终将只是这条复兴路上的垫脚石。

"他们大概由150人组成，全部都已经达到准紫月战士的实力，配备17号安全区能拿出来的最先进热武器，还会配备手雷5颗。重点是，弹药的携带量也会远远大于普通的精英护卫队。"阿兵的语气并不激动，就像在诉说一件非常平常的事情。

索林的脸色变得严肃了起来："根据各方传来的消息，我们还剩下67人，如果有紫月战士加入战斗，不知道能否支撑住和这支队伍的交手。"

阿兵吐了一口烟，说道："紫月战士不会出手了。考克莱恩不想冒险，除非他愿意彻底损失17号安全区内部的防御力量。才清洗过，整个安全区是动荡的，你知道内部防御力量被掏空，是一件多么可怕的事情。他更不敢抽调战场上的紫月战士。"阿兵随着龙军征战了七年，加上在17号安全区还曾有过紫月战士的身份，他了解一切，也能分析一切。

"那没有问题，就算再多100人也没有问题。"索林也望向了通天塔，唐凌还没有出来。

"不要太乐观。这支队伍只能由你们六十多个人来迎战。因为，不管是我，还是苏啸，还是另外别的两个人，都会有自己的对手，明白吗？而且这支150人的队伍都不是正常人！他们……是半尸人。"阿兵说出了一件非常恐怖的事情。

"17号安全区怎么敢？"索林震惊了。

"他们不敢，他们只是曾经通过了申请，得到了大势力联盟的准许。才将重伤无救、签署了志愿书的战士变为了半尸人。你知道，这是正常流程。如果真的肆无忌惮，17号安全区怎么可能只有一支这样的队伍，而且才150人？"阿兵认真地说道。

这个时代就是如此残酷，也是如此无情，只是可怜了那些抱着伟大情怀，至死都想守护17号安全区的可怜战士。他们做梦都不会想到，想要毕生守护17号安全区的愿望落空，最终变成了昂斯家族用来对抗龙军的工具。

所以，有的势力不能原谅啊……他们在利用权势，玩弄普通人最朴实的一腔热血，为了一己私利，不惜践踏普通人绽放出来的伟大。阿兵的心中涌动着杀意，但这一次的杀戮注定会是由唐凌来完成。

"我明白了。我们会为了曾经立下的誓言，一生不变的理想战斗到最后。"索林再没有掉以轻心的念头。

半尸人非常可怕，他们有和尸人一样的特性，除非彻底杀死，否则什么都不可能让他们失去战斗意志。而如果不是折断了他们的四肢，他们甚至不会损失战斗力。对啊，你捅破尸人的肚子，会让它们损失战斗力吗？在此基础上，半尸人还保留有一部分行动意识，保留着生前的战斗本领，还可以用资源培养，用训练提升，即便他们再不可能有机会突破基因锁，成为紫月战士。

但那有什么所谓？总的来说，半尸人就是人类利用魔鬼真菌和某种特殊的技术，特别培养出来的战斗机器。索林即将会率领这六十多人面对这种可怕的怪物。

"你们战斗完，就立刻撤退出17号安全区，按照之前商定的计划，再次隐藏起来。"阿兵又叮嘱了一句，他没有告诉索林的是，接下来他和苏啸几人也将面临残酷的战斗，他们的敌人是——尸化紫月战士。

这是比半尸人厉害了不知道多少倍的存在，改造他们的药剂绝对不是人工能够合成的，而是不知来源！如果有紫月战士在临死之际，愿意接受这种携带有变种魔鬼真菌成分的药剂注射，他们就会变成尸化紫月战士。

当然，他们也会真正地失去自我意识，同半尸人一样，只服从某几种特殊指令。可不同的是，这些尸化紫月战士都会保留着生前最巅峰的战斗力，包括天赋能力！因为他们虽然不再进食，可他们每日都需要注射用优品结晶制造的结晶液。身体也会慢慢结晶化。当然，当彻底结晶化来临那一天，他们就会彻底死亡，但这个过程需要150年。

非常可怕的对手啊。阿兵皱着眉头，紫月战士每跨越三阶，为一个大门槛。能够尸化改造的紫月战士一般都是三阶以上的紫月战士，否则就是对能源的浪费。如果没有猜错的话，至少改造药剂的来源应该是——梦种！

如此能源堆积出来的尸化紫月战士，加上悍不畏死、永远坚毅的战斗意志，以及伤害承受能力远高于正常人的特点，跨阶战斗是多么正常的事情。除非是三阶的差距才会对他们形成碾压。另外，他们的身体结晶化，想要造成伤害会比一般情况更加困难，有一个说法是，越接近消亡的尸化紫月战士，越加可怕。

可是，就算扛不住，也必须硬扛……因为，今天龙军归来，唐凌会正式登上舞台。想到这里，阿兵再次抬头望向了通天塔。也就是在这时，一个略显瘦削的少年身影终于出现在了大门之后。他还是披着黑色的长袍，但是帽兜已经拉了下来，露出他那张清秀，永远带着一丝羞涩气息的脸庞。他的脸色已经变得非常正常，再没有之前的狼狈。但他没有表现得多么张扬，而是非常平常地从通天塔中走了出来。

所有人都安静了，都静静地凝视着这个少年，这个再一次承载了他们希望的少年。他叫作唐凌，是唐风的儿子。

"亚罕在哪里？"站在通天塔的大门前，任由夜风吹起黑色的斗篷，唐凌开口了。他似乎已经习惯了被大家注视，或者他还没有放在心上，他还不明白一切。

"亚罕在荣耀广场的西侧，没有人动他。但我估计现在，他会赶往东面，前往昂斯家族的大宅。这家伙应该多少感觉到了一点儿不对劲，会立刻去寻求主人庇护的。"阿兵淡淡地说道。

"嗯。"唐凌开始一步一步朝着荣耀广场前进，慢慢地他就小跑了起来。

"我会去先杀亚罕，然后去覆灭昂斯家族，就是这样。"他跑动的速度莫名开始加快，所有人都自动为唐凌让出了一条道路。

他的声音飞扬在夜风中，他已经清晰地传达了接下来的行动，他就是指引。一如当年，他的父亲就是指引。战种在这一刻，被彻底地激活了，它瞬间就融化在了唐凌的躯体之中。接着，一股奇异的能量开始源源不断地，大量地释放出来，充斥唐凌身体里的每一个角落。无声地，唐凌的身体强大了几分，他的速度陡然变快，如同黑夜中一道黑色的旋风。五秒钟后，再次强大，三秒钟后，又一次强大，一秒，继续强大……短短十五秒，唐凌强大到了一个令他自己都难以置信的程度。

速度？已经快要感觉不到速度了，他现在每跨出一步，都似乎融化在了风中，瞬间就移动数十米。力量？拳头只要轻轻捏紧，就似乎能够感觉到一块钢铁在手中被捏破。神经反应？不，还能够叫作神经反应速度吗？现在，应该是一种更奇妙的感应吧？

眼中越发清晰的紫月，变得缓慢且清晰的风，空气中的粉尘，飘浮的云……一切的一切，在眼中更加生动真实。他能够感应到一些细微的东西，身体再随之做出更符合自然的行动，根本无须反应。这种感觉，唐凌下意识地就觉得很重要，对以后的进阶之路，有着非比寻常的意义，他要记住这种感觉。

那么精准本能呢？精准本能会不会有改变？唐凌没有战斗，还无法得出答案。但是，他还是察觉到了一些令人惊喜的变化。就比如曾经要非常集中精神、计算、勾勒才会在脑中出现的3D图形，如今只要一眼扫过去，各种数据就立刻浮现在脑海中，而无须刻意勾勒，这些数据就会化作各种线条，这些线条也无须再次勾勒，就会自动组成立体的图形，如同在空中俯瞰，将周围的路线也相对清晰地补充出来。

只有这样吗？唐凌不觉得，这只是计算速度加快了，还没有本质的突破。可是，战种应该还会给他带来惊喜。

二十秒后，战种转化而出的特殊能量终于释放完毕！同时唐凌也停下了脚步，荣耀广场就在他的脚下。经过了一番激烈的战斗后，曾经美丽的这一片广场几乎变为废墟。残破的地板，血迹，尸体，袅袅青烟……这里就像另外一个废墟战场。

亚罕在什么地方？唐凌开始四处搜寻。他根本没有注意在他身后，跟随他一路前行，但被拉开了距离的所有人狂热的目光。

这么强？这就是少主？他这么强？不，他不应该这么强！他只是一个历经了艰辛，被隐藏的少年，他没有从小就用之不尽的高端资源，也没有任何名师的培养。就算他是大首领的儿子又如何？就算他是完美的天才也需要成长。

可是，他是如何办到的？就这样的速度，已经完全超越了一般的紫月战士，步步瞬步！好吧，不管他如何办到的，但这种熟悉的感觉就如同看见了当年的大首领——总是创造奇迹，总会让人感慨：他是如何办到的？这样的大首领。

所有人心中的血热了，如果说刚才的希望多少带着一些缥缈，如今却是实实在在落在了心中的希望。

"亚罕。"唐凌发现了目标。此时的他像一条丧家之犬，果然如阿兵所说，正疯狂地朝着荣耀广场的东边逃去。

疯了，都疯了！这一切是在做梦吗？亚罕狂奔在幽暗的小巷中，他尽量选择偏僻的路，恨不得再生出两条腿，能不能再快一些？今天晚上的战斗给了他太震撼的恐惧，至今他都不知道那三个强大到让人窒息的人究竟是什么来头。

对的，他的见识就是有限！他只是凭借着钻营，爬上了这个位置。早知道在这个位置要面对如此可怕的战斗，他宁愿缩起来，只当一个普通的紫月战士。他现在必须寻求昂斯家族的庇护，他不再渴求高位，他情愿当一条最安全的，守在主人身边的狗。因为带给他巨大恐惧的，不仅仅是那场让人震撼的战斗，还有那个能够控制枪炮的人最后的一个举动。

那就是他临走之前，对自己指了一指，自己就感觉脑袋如被重击，失去了所有的意识。可是，当他醒来，竟然吃惊地发现，自己毫发无伤，更没有任何人来俘虏他。这是好事吗？绝对不是！亚罕如同惊弓之鸟，敏感地嗅到了一种被针对的味道。他就像刻意被留下的一道美味，在等待比死亡更惨的结局吗？

想到这里，亚罕跑得更快了，身为紫月战士，他的速度无疑非常优秀。可是……亚罕总是觉得身后有一个轻轻的脚步在跟随着自己。这个感觉一开始很淡，后来就变得越来越清晰，越来越明显！

没有听见该死的脚步声啊！亚罕心中爆了一句粗口，他开始惶恐，该不会是闹鬼？他忍不住回头，却发现身后什么也没有。错觉……自己果然是被惊吓到了而已，亚罕如是想到，却在这一刻清楚地听见，脚步落地的声音，出现在自己的身前。

什么？！亚罕满头大汗地转头，看见了路灯模糊的灯光下，一个穿着黑袍的身影就站在离自己不到二十米的前方。

是谁？！亚罕的心脏都快要跳出胸腔了，可当他看清楚这张脸时，不由得哑然失笑。他还以为是谁呢？原来是唐凌！对，唐凌是非常关键的人物，可他再关键也只是一个新月战士，一个新月战士竟然敢拦截自己？要知道自己可是二阶紫月战士，甚至已经触摸到了准三阶的门槛。

"让开，不想找死的话。"亚罕阴沉着脸，低沉地说道。

唐凌的眼中闪过了一丝嘲弄，下一刻，他的身形一晃，竟然消失在了原地。

瞬步？亚罕立刻反应了过来，还来不及思考为什么，身体就开始本能地倒退，同样也使出了瞬步。他避开了！停下了脚步，在瞬步与瞬步之间，需要短暂的停顿。可是，唐凌呢？又在哪里？亚罕这个念头刚一出现，就发现近在眼前，一道黑色的身影陡然出现，一个放大的拳头开始在眼中变得无比清晰起来。

"找死！"亚罕的反应速度很快，立刻就挥拳迎向了唐凌的拳头。就算唐凌学会了瞬步，但力量这种需要时间累积、资源堆砌的基础能力，他还敢和紫月战士比？

只是瞬间，双拳就交会在了空中，发出了沉闷的"砰"的一声，周围风尘飞扬。

一股剧痛从亚罕的右拳传来，他吃惊地看着自己身穿的制式战甲，右臂的护臂出现了一道道波浪形的条纹。

"找死的，是你。聚居地的血债，你是否该痛快地还了？"

第205章　沿途血花

冲击波！就和炮弹爆炸时，那巨大的威力所产生的冲击波一模一样。这是什么？这就是唐凌的力量。亚罕的脑中一片空白，只有无数零碎的念头不停地在翻滚着。

他的力量是什么级别？达到了三阶紫月战士的最低标准1HT（紫月时代一个计量单位）？不用怀疑，只有1HT以上的力量才能形成冲击波！是的，冲击波啊，全套C级合金锻造的制式盔甲才会形成这种冲击纹吧……

聚居地，聚居地的血债……亚罕猛地瞪大了眼睛。

就是这短短的一瞬，唐凌和亚罕触碰的拳头忽然变拳为掌，一下子握住了亚罕的拳头。"想起来了吗？"唐凌冷冷地看着亚罕。

亚罕能够想起来什么？他不会记得那一夜雷鸣闪电之中，黑压压的人群之中到底有谁。他只是开始拼命地挣扎，他还在想为什么唐凌会有三阶紫月战士的速度和力量。可是，挣扎有用吗？他的身体被唐凌猛地拉到了面前，两人的脸相隔只有不到十厘米。唐凌冰冷地双眸直直地看向了亚罕惊恐的双眼，忽然咧嘴一笑。

"不！"亚罕感觉到一种生死危机，大呼了一声。

但随着他的话音刚落，他的身体已经被高高地扬起，又"嘭"的一声狠狠砸向了地面。这条已经有数十年历史的小巷，铺满了一种叫作青冈岩的坚硬石板的地面出现了十几道细小的龟裂。

"噗"，亚罕喷出了一口鲜血，巨大的力量让他的内脏全部受到了剧烈的冲击，虽然从外表来看，在制式盔甲的保护下他根本没有受伤。

"是不是不够过瘾？"唐凌踩着亚罕的头，蹲了下来。

亚罕没有办法回答，他的头现在昏沉得厉害。他在痛恨自己天赋实在一般，快十年的岁月，凭借着钻营，凭借着各种手段，他也侵占了不少资源。可惜，提升始终有限，连天赋都没有觉醒一个。如果没有天赋作战能力，紫月战士不过就是各种基础数据远远大于普通人的"超人类"罢了！又有多特别？！

面对忽然变成怪物一般，基础数据堪比三阶紫月战士的唐凌，亚罕根本就是被碾压。现在痛恨又有什么用？他被唐凌抓住脖子提了起来："我问你，是不是不够过瘾？"唐凌的眼中恨意汹涌，说话间，他抓住亚罕高高跃起，"嘭"的一声，又将亚罕狠狠地砸向了地面。

"轰"，地面再次形成了十几道龟裂，亚罕被深深地砸入了石板当中，陷入地下起码一米。巨大的疼痛感告诉他，这一次，应该有骨头断裂了。可惜，他并没有喘息的机会，唐凌冷冷地走过来，背后仿佛燃烧着一团黑色的火焰，他抓起了亚罕的一条腿，将亚罕拖了出来。

"你只要不开门就可以了。你们守在门前，怎么会有普通人能冲过去？"亚罕的身体再次被扬起，"所以啊，你为什么要下令'杀'？为什么啊？"

"婆婆，妹妹。"唐凌咬牙。

这个时代非常残酷啊，聚居地更不是什么好地方，人人为了活着在拼命挣扎，为了一口食物可以放弃尊严。但就算如此，就可以彻底地湮灭人性和温暖吗？黑暗困苦压抑是理所当然，那么在这样的环境中还生出的一丝丝人情，就更加可贵！是谁给了亚罕这样的权力去摧毁这些，去杀死这些在困难中依旧温暖的人们？

唐凌实在太恨，太愤怒！

"小凌，从今天起，你跟着我学打猎吧？这样你婆婆和妹妹就不会一直饿肚子了。"张叔没认为这是一个多么了不起的决定。

"唐凌，这块营养块儿，我妈妈让我给你。看你家姗姗饿得在门口哭鼻子了。"埃尔默在唐凌手中放了一块营养块儿。

"唐凌，你婆婆拾荒被另一方的荒头打了，我把她背回来了。"

"这……今天我的收获，也分一些给你婆婆吧。"

唐凌胸膛剧烈地起伏着，抓起了亚罕。不愧是紫月战士啊，就是这样的攻击，亚罕还没有死，他还有呼吸。虽然七窍流血，虽然平时引以为傲的制式盔甲已经全无作用，变形成了一堆废铁，一些被破坏的尖锐棱角，已经插入了亚罕的身体，可他还没有死。

对，他怎么能就这么死了呢？唐凌将他提起来，从他身上扯下了行军水壶，倒出了水壶中的水，淋了亚罕一头一脸。

亚罕终于感觉到了一丝清醒，噩梦般的折磨结束了吗？接下来，要杀死自己了吗？或许是因为之前太痛苦，此时对于死亡亚罕竟然没有了畏惧，心底只有麻木。

"想活下来吗？"唐凌站在亚罕面前，居高临下地望着亚罕，忽然这样问了一句。

什么？！亚罕已经没有抱着任何希望了，他不傻，唐凌话里暴露的意思还不分明吗？他原来是来自于聚居地的人啊。他还能活着吗？亚罕表示怀疑。可但凡有一丝生的希望，谁又不想抓住？自己受伤非常严重啊，可是倾尽财产去换几只细胞恢复剂，多少还是能够恢复一些的。离开这里，只要恢复了，就赶紧离开17号安全区。

亚罕开始编织着之后的打算，他非常激动，几乎是用尽了最后的力量不停地对唐凌说着："想，想，我想活。我有罪，我赎罪，我想活。"

"很好，那么现在，我需要你用最虔诚的心，对聚居地的人念一段祭词，说出你的忏悔，说出你愿意赎罪的心。"唐凌慢慢说道。

这是婆婆告诉唐凌的一个古老传说。她告诉唐凌，在古华夏，枉死的人们啊，会被怨气折磨，徘徊在死亡之地不肯离开，也找不到重生的路。就算杀死了仇人，往往也无法化解他们的怨气。他们需要的是仇人最虔诚的忏悔，最心甘情愿的赎罪。这样，他们就不会再被怨气折磨，会带着笑容放下这一生的苦难，在茫茫的轮回中找到自己的新生。这是真的吗？或许只是一个传说，但是想到那一个个枉死的身影，唐凌要为他们举行这个古老的仪式。

"我，亚罕·伊本·拉曼赫在今夜虔诚地忏悔，为死在那些刀下的聚居地人，奉上最深最真的悔意……

"我的罪孽无法饶恕，我的冷漠冰冷不配为人。我被魔鬼掠夺了心灵，才糊涂地决定了杀戮……

"我……"

亚罕在这个时候无比真诚，他是真的后悔自己为什么要做出屠杀这个决定。根源当然是昂斯家族，那一日他收到的命令是阻挡聚居地的人进入17号安全区。即便在那种情况下，只要不允许进入，不进行庇护，聚居地的人也会基本死光。

但屠杀的命令确实是自己下的，因为他当时恼怒这些聚居地的贱民竟然敢擅自组织起来，冲击队伍，想要冲入17号安全区。他们能够成功吗？显然不能，他们根本就不了解紫月战士。可是，亚罕喜欢用最简单的方式来解决问题，对于这些贱民就应该杀鸡儆猴，而不是警告驱赶。

所以……

早知道是这样的结果，自己当时为什么要这样做？如今这样的下场就是代价吗？想到这个，亚罕就忍不住痛哭流涕："我，我愿意，愿意用我的，我的余生赎罪。"带着哽咽，流着鼻涕，亚罕念出了最后一句祭词。

唐凌反手将刀轻轻握在了手中，说道："很遗憾，你没有余生，你现在就必须赎罪。"

"你说什么？你不是说……"亚罕彻底惊慌了，他刚才原本只是麻木地等死，这并不痛苦。痛苦的是分明有了一丝希望，他燃烧起了求生的欲念，结果还是……

刀光闪过，在夜风中画出了一道银色的弧线，就一如那一夜紫月战士的战刀。亚罕的头颅高高地飞起，喷溅的鲜血就好像那一夜聚居地的人们喷溅起来的鲜血。

唐凌想不出什么因果纠缠，他只知道亚罕欠下的血债，就一定要用血偿。当然，这只是小小的一部分，罪恶的昂斯家族才需要全员陪葬，他们没有一个人是无辜的。为什么？因为就连卑贱血统的安德鲁都知道这些阴谋，昂斯家族那些所谓更高贵的家伙会不知道？如果不知道，为什么莱诺一开始就会针对自己？！所以，他们等着吧。

仇，已经报了一小部分。但不知道为何，唐凌站在夜风中的身影却莫名的有些凄凉。看得就站在离唐凌不到五十米的索林鼻子都有些发酸。相处不过就短短的那么一点儿时间，但越是相处，索林就越能在唐凌身上感受到某种熟悉。

那是一种莫名的气场啊，就如同大首领，他的笑容能让所有人振奋，他的悲伤能让所有人低沉，他即便掩饰也会流露出的孤单会让所有人心酸……就如此刻的唐凌！

事实上，龙军余部早就到了，他们静静地看着唐凌完成了第一场复仇，看着唐凌手刃仇人，也看着唐凌此时站在夜风中的凄凉……

好在唐凌只是停留了不到一秒，便握着刀朝着前方继续前行。黑袍人们跟上了，索林忽然转头问阿兵："刚才，少主是想到了什么？不是报了仇吗？"

"他可能是在想，死亡带不来复生吧。"阿兵叼着烟，淡淡地说了一句。

"什么意思？"索林有些不明白阿兵这种故弄玄虚的话。

但阿兵也无须解释。"哗啦哗啦"，脚步声如同潮水一般继续朝着昂斯家族的大宅涌去。

无数躲在窗帘后，看着这一幕大戏的人们说不上内心究竟是什么感觉。白天才进行了血腥的清洗，晚上就迎来了激烈的报复，这些动荡会让17号安全区迎来一个怎么样的明天？

"咔嚓""咔嚓"，也就是在这个时候，一队整齐的脚步声响起，就像是回应着这些龙军余部显得有些散漫的脚步声。

路灯昏黄得有些飘忽，夜风吹来了薄暮，让紫月的光芒更加朦胧。夜，更深。昏黑到就如已经等不到明日的光明，寒凉孤寂的气息让人心底顿生凄凉，更会有一丝抓不住安全感的恐怖感。

"啊！"有女人发出了尖叫。

"啊！"也有男人忍不住低沉地喊了一声。

这并不是一个两个偷看的人发出了这种声音，而是看见某一幕的所有人，都几乎发出了这恐惧的声音。

苍白的皮肤，干瘪的肌肉，灰白色的眼眸，失去了生机的头发紧紧贴着头皮，就像一层干枯的草。是尸人吗？不！它们没有腐烂，只是全身散发着死亡的气息。它们没有像尸人那样破破烂烂，反而穿着最整齐的作战服，带着配备齐全的武器，像是来自地狱的军团。

是啊，这样的一幅场景出现在黑暗的夜色之中，恐怕只有最坚毅、最神经大条的人，才会忍住不惊呼出声。

但是，龙军余部没有！索林甚至笑了一声，举起了重锤，喊道："兄弟们，我们的最终之战就要开始了，准备吧。打赢了，我们就完成了今夜的登场，然后等着少主归来吧。"

"好！"散漫的队伍竟然发出了整齐划一的声音。

阿兵看了一眼索林，然后对唐凌说了一句："冲。"

"啪"的一声，那一支就像是来自地狱的队伍停下了脚步，就在大家说话间，走在前排的地狱军跪了下来，端起手中的步枪，对准了龙军余部。第二排蹲下，第三排微蹲，第四排站立……它们的动作无比整齐，150支黑洞洞的枪口瞬间就全部对准了敌人。

"来吧！"索林高喊了一声，之前缴获的热武器也全被端了起来。

阿兵动了，唐凌动了，从身后的队伍里冲出的三个身影也动了！他们的速度惊人，就如同一道风一般，轻飘飘地就冲向了这支地狱之队，从队伍的上空飘然而过。

也在这一刹那，枪声响起！阿兵没有回头，只是听见了一声声的惨叫，从第一声枪声响起，只是过了不到两秒，战斗就变得激烈起来。

"嗒嗒嗒""嗒嗒嗒"，子弹就如同不再是宝贵的资源，几乎狂暴地倾泻而出。双方直接就开始了对轰！

谁会胜利？不知道！能够知道的是，这支半尸人的队伍在一开始绝对占尽优势。子弹打在它们的身上根本不会减少战斗力，而子弹打在这些龙军身上呢？阿兵有些沉痛地皱起了眉头。

可是，就是这样战斗，必须这样战斗啊！需要踩着同伴的尸体冲入这支半尸人的队伍，才会有一丝胜利的希望。但这容易吗？"轰""轰""轰"，爆炸的声音响起，那是手雷扔出的声音。阿兵不想再去想会如何惨烈，他只知道不消耗干净这些半尸人的手雷，就不会冲破这一层火力网，那需要多大的牺牲？

"他们，是什么？"在奔跑中，唐凌忽然问了阿兵一个问题。

"半尸人。还保留着战斗意识，绝对服从命令，人为制造出来的尸人，17号安全区的底牌之一。"阿兵简单地回答了一句。

唐凌抿紧了嘴角，握紧了战刀，再次问了一个问题："它们为什么会存在？"

"原本，是为了在最危急的时刻，守护17号安全区。"

"昂斯家族，该死。"唐凌的心有些沉痛，他还弄不清楚这些龙军和自己的关系，他也懒得猜测。可是这些龙军义无反顾地为自己开路，用生命让自己前行，这份情谊唐凌还是认了。所以，他对昂斯家族的愤怒又加深了一层。不要再耽误了，血债血偿，只要毁灭了他们，一切就会结束。

而此时，偏偏在前方，一个孤零零的身影挡住了道路。熟悉的紫色制式盔甲，熟悉的1.5米长的制式战刀，只是那黑色的斗篷在扬起时，那骷髅的图案异常分明——这根本就不是一个正常的紫月战士，他的皮肤在昏暗的光线之中，散发着淡淡的晶体才会有的光芒。

"这一次交给我吧。"在唐凌身后，一个身影陡然加速冲向了前方。他拉下了斗篷的帽兜，露出了自己的脸，金色的头发，修剪整齐的八字形胡子，他曾经是这里最受欢迎的酒楼老板啊。所以，就战死在这里，也算叶落归根了。

双刀从腰间拔出，架成了一个十字，再"唰"的一声拉开，形成了一个交叉的形状，划向了那个怪异的紫月战士。

面对进攻，怪异的紫月战士没有任何的反应，反手拔出制式战刀就挡住了来犯者的双刀。

"继续冲，不用回头。"阿兵这样说了一句，然后拉着唐凌直接就从两人交战的身影之旁冲了过去。

不到两百米，又一个怪异的紫月战士守在了路口。无声地，几乎就像是一种默认的规则一般，又一个跟随着唐凌和阿兵的身影冲了出来，直接进入了战斗。一个，一个又一个。短短不到500米的距离，出现了三个怪异紫月战士，而跟随着阿兵和唐凌的人没有了，他们都义无反顾地投入了战斗。

"接下来的路，要你自己前行了。"阿兵有些落寞地抬头，前方不远处就是昂斯家族的大宅了，还有多少距离？100米？200米？阿兵并没有精准本能，他估算不出来，他只是遗憾他没能陪唐凌冲到最后。

因为，前方再次出现了一个尸化紫月战士，斗篷上绣着三个骷髅头，代表着它是将官级的尸化紫月战士，生前战斗力绝对超过了三阶。17号安全区还能有超越三阶的紫月战士？那是凤毛麟角吧？怪不得不能死，就算死也要留下来战斗啊。

阿兵拔出了蝴蝶刀，刀身快速地旋转，开始变形，待到他冲到这个尸化紫月战士面前时，蝴蝶刀竟然形成了一个盾牌。

"砰"的一声，黑色的长刀砸在了盾牌上。不是制式长刀，是专属武器，按照尸化紫月战士都可越阶战斗的规律，阿兵知道自己这一仗是真正的硬仗。但他还是抬头望向了唐凌："继续冲！"

真是遗憾啊，苏啸那个家伙一定等在最后的一段路上，自己却不能陪唐凌冲到最后，看一看苏啸那个家伙是否真的恢复了巅峰状态。

第206章　覆灭（上）

　　艾伯在房间内惶惶不可终日。是完蛋了吗？不，从战局上来看，远远没有，不管是昂斯家族派出的半尸人战队也好，尸化紫月战士也罢，现在都还占据着优势。那些该死的黑袍人在不停地死去，可是每死一个，艾伯的心就会颤抖一下。

　　对，即便取得了优势又如何？现在的战局已经和昂斯家族暂时没有关系了。他们被封锁了，彻底地封锁了。现在的房间内，无论是谁试图走出房间，都会受到一道土墙的阻挡和一句冰冷的警告："不要让我亲自出手，我并不愿意抢夺别人的猎物。"

　　这是什么样狂妄的话？把整个昂斯家族封锁在大宅内，成为别人待宰的猎物？当土墙第一次出现时，艾伯想要打碎它。因为他迫不及待地要离开，奔赴向他的光明前程。

　　他也不能再等待，当时战局已经明显朝着黑袍人倾斜，荣耀广场一战，他们彻底地失败。可是，族长考克莱恩的声音却从房间中传来："全体昂斯家族成员，原地不动。否则，后果自负。"

　　这个声音让艾伯几乎癫狂。第一，族长的声音能够传到这里，让他忽然意识到，全族恐怕都在族长的监视之下，自己要远走高飞的事情，不再是秘密。可恶的老头子。但这没有关系，就当他偷窥狂好了。第二，为什么敌人就一句简单的威胁，老头子就做出了这样的妥协？难道他又将昂斯家族卖给了另外一个势力？

　　艾伯跃跃欲试，他在犹豫！可在这个时候，一声凄厉的惨叫声从家族的大宅传来，惊得艾伯身体颤抖了一下。接着，房间内的大屏幕打开了，是考克莱恩亲自指示的。画面上，昂斯家族一位27岁的成员，罗伊·昂斯似乎是喝醉了，面对敌人的威胁和族长的警告，露出了轻蔑的笑容，他开始攻击这道土墙。然而下一刻，那道土墙忽然化作了一双土制的大手，直接捏碎了他。画面就这么简单，却让艾伯的心跳几乎停止。

土系天赋紫月战士！即便被捏死的罗伊根本不是紫月战士，只是比普通的精英战士强大，但还是说明，这个威胁之人的实力强大到远远地超过了三阶，否则这个人的天赋能力不会到如此程度，几乎是随心而动，任意而形。三阶紫月战士不可能做到！

那这个威胁昂斯家族的紫月战士又是几阶？他是谁？敢凭借一人之力威胁整个昂斯家族！不敢反抗，艾伯完全不敢反抗！他只是一个二阶紫月战士，拿什么来反抗？他只能等待着，看看考克莱恩那个狡诈的老头究竟会做出什么样的应对。

什么样的应对？考克莱恩的脸色有些灰白。他的年纪不小了，但从来都给人一种精神矍铄，老当益壮，还能再活上一百五十年的感觉。凭什么又不能呢？身为紫月战士，而且是进入三阶已久的紫月战士，完全有能力冲击四阶。而只要冲击成功，谁说不能再活一百五十年呢？至少他听说的强者，只有战死，还没有老死的说法。考克莱恩想要活到老死，他甚至不太在乎他这些子子孙孙，只要他能够继续活着，能够继续强大，他不会缺女人，子孙还不是随时都有一大堆？所以，他怎么会显出老态？他还非常地年轻呢！

可是今夜，当这个威胁的声音出现时，他开始忍不住害怕了，灰白的脸色就是证明，就连一向整齐的白发也因为焦虑显得有些凌乱。他嗅到了死亡的味道，一瞬间就老态毕现。

出神入化的土系能力，加上监控传来的画面，那个站在门口，双手抱胸的高大身影。别的昂斯家族的人或许不知道，但考克莱恩这个活得够久的老家伙，他必须知道这个人。

狂狮苏啸！！

呵呵，一切的预测都错了！能够证明星辰议会的情报网失败，是一件让人痛快又感觉恐怖的事情。痛快的是强大如星辰议会也会出错，那么他们并不是那么可怕且不可战胜。恐怖的在于，唐风死了，他整整死去十三年了，他生前布下的迷局，星辰议会最终还会解题失败。

唐风啊，这个男人太深不可测。星辰议会那个神秘的、强大无比的议会长会抓狂吗？他又一次输给了唐风。

"呵呵。"考克莱恩麻木地笑了一声，手中未抽完的雪茄散发的烟雾显得有些扭曲，因为他的手在颤抖。

　　狂狮苏啸出现在了这里，唐凌的身份还有疑惑吗？他们昂斯家族显然是狂狮苏啸留给唐凌的"礼物"。还有胜算吗？唯一的胜算还是只能寄托在星辰议会上。现在考克莱恩根本不敢妄动，他不敢下令动用二级护城仪，不敢第一时间向星辰议会汇报情报，请求最紧急的支援。

　　他知道，苏啸强大无比，他的六感完全可以监控这一整间大宅，除非自己找死才敢这样"作"。他只能等待，他甚至需要把希望寄托于唐凌。

　　是的，唐凌强大了，他从监控之中看清了一切，他并不吃惊，让人瞬间强大的方式有许多种。但唐凌依旧不会是他这个资深三阶紫月战士的对手，因为……考克莱恩端起了眼前的一杯酒，瞬间杯中的酒就化作了冰块。

　　唐凌还没有天赋，或许有，那弱小的风天赋吗？有很多办法可以提升他的基础能力，但是天赋能力呢？所以，拖延，唐凌就是还能够拖延时间的希望和筹码。而星辰议会已经升级的行动，不会等待太久了吧？

　　想到这里，考克莱恩摁动了桌上的一个摁键，他的声音再次传到了大宅里的每一个房间："不要忘记了，我们昂斯家族崛起的历史。依靠的是光荣的战斗！现在请你们穿起战甲，拿起武器，准备迎接即将到来的敌人吧。这将是昂斯家族的生死一战！"

　　如果是拖延，希望这些平日里享受着家族福利的家伙，为了自己的生命拼尽全力，尽量地拖延唐凌的每一分钟吧！

　　"啪嗒""啪嗒"，唐凌的脚步声终于在昂斯家族大宅前的那一条街道上响起。这一条两旁植物被修剪得整整齐齐，虽不宽阔，却异常干净，带着一丝丝庄重气息的街道就是昂斯家族门前的路。不到两百米的距离，唐凌几乎是瞬间而至。

　　但当他走上这条长度不足三十米的道路时，他停了下来，他需要一个短暂的缓冲与调整，来面对接下来的血腥。他需要一个郑重的，一步步行走的过程，来渐渐平息自己狂躁的愤怒。不能有丝毫的差错，他今天是覆灭者，如果逃掉一个都是他的失败。

　　他们该死啊，他们的死不仅能告慰逝者，也能阻止那些剩余的龙军前仆后继地再死去。即便，唐凌对龙军还谈不上亲近，他甚至从心底，骨子里有一种抗拒，不想和龙军搅和在一起。

　　虽然，他看见了龙军一个个用生命为他铺路，但他还没有自大地以为，是因为他唐凌。一定有别的原因，才让龙军如此狂热，而关于这个原因，唐凌更不想去分析，思考，他还是下意识地排斥。

可是，这毕竟是一条条鲜活的，带着坚毅信仰的生命啊，这个情唐凌认了，他悄悄地将这个责任扛在了肩上——覆灭昂斯家族；拯救剩余的龙军。双方从此不欠，不再纠缠就是最好的结果。唐凌莫名地有这个念头。

而在他的眼中，自始至终映照着一个身影，那个身影无比高大，一头张扬的白发在夜色中显得有些刺眼。他双手抱胸，看着唐凌，一副无所谓的样子。

从踏上这条路开始，所有的战斗便只属于唐凌了。那这个人就是战斗的开始吗？唐凌反手将合金长刀拿在了手中，一步步地朝着这个人靠近。

随着唐凌一步步前行，越发浓重的战意也开始升腾，形成了一股强大的气场，连他周围的风都跟着狂暴了起来。可是，面对唐凌这样的气场，那个高大的身影似乎只觉得好笑，他甚至悠然地点起了一支香烟。

最后十米。

唐凌忽然一个猛冲，战刀扬起，直接砍向了那个站在门口的人。此时的唐凌基础实力达到了三阶紫月战士，一刀之下，竟然带起了音爆之声。

而门口那人，微微扬眉，周围起了淡淡的旋风，粉尘飞扬。

眼看战斗一触即发，唐凌的刀忽然在半空中停住了。望着门口那个人，他笑了，有些安心，有些温暖，却也莫名有些悲伤。

"叔，这样玩儿有意思吗？"唐凌开口了。

"破绽是什么？"苏啸的嘴角有些抽搐，他就不能在智商或者武力上赢过这两父子一次吗？

当然，现在武力上他是能赢过唐凌的，但骄傲如苏啸，他实在不能接受去欺负一个才15岁，修炼刚起步的少年。揍他能算作是赢了吗？

"你不该点烟。你一点烟，偏头的角度几乎就没有变过。"唐凌这样回答道。

事实上，就算苏啸不点烟，还是会透露出无数的破绽，就比如站姿，就比如双手抱胸的角度……在有精准本能的唐凌面前，这些根本就无所遁形。重要的是，唐凌有着强大的第六感，他能感觉到苏啸的气场，一个只属于苏啸的、人无法模仿的气场。他从第一眼，就知道，是苏啸在这里等着他。

"哎呀，真是！"苏啸有些懊恼，既然懊恼他一定是要发泄，所以一脚将唐凌踢趴在了地上。

"你干吗啊！叔！"唐凌大呼小叫，实际上他是故意的，他不敢询问什么，就比如苏耀叔为什么会变成这个模样，他总觉得自己问了会难过。

"不干吗，就是想踢你，怎么样？"苏啸叼着烟，眯着眼，然后一双手重重地拍在了唐凌的肩膀上，"老鼠已经关在了笼子里，我负责一只都逃不出去，你负责杀，懂了？"

"嗯，懂了。"唐凌点头，转身就朝着昂斯家族的大宅之中走去。

"哦，对了。"苏啸忽然叫住了唐凌，他看着唐凌说道，"这才是我真正的样子，我真名叫作苏啸。当然，苏耀这个名字也没有骗你。这是我这十五年来的身份。之前，你问过我是谁，我说你没有资格知道，现在算是告诉你了，明白了吗？"

"另外……"苏耀的烟斗在暗夜里明灭不定，他说话的语气显得有些犹豫。

"嗯？"唐凌扬眉。

"昂斯家族的女人孩子以及一些无辜的人，已经走了。"苏耀掐灭了手中的烟。

"为什么？"唐凌压抑着愤怒，他知道苏耀守在这里，就是为了不让昂斯家族的人逃脱，如果不是苏耀故意，昂斯家族的人一个都走不掉。

而唐凌并没有打算放过任何一个昂斯家族的人，就像昂斯家族之前也没有打算放过任何一个聚居地的人一样……

"因为他们残忍并不是你残忍的理由，如果因为他们改变了你内心的底线，你才是输的那一个。难道你怕没有斩草除根，以后会有人来报复吗？要是这样，你才是真的软弱。"苏耀的嘴角扬起一抹嘲讽的笑意，似乎是在故意刺激唐凌。

唐凌低下头，沉默了。十几秒后，他才抬头： "嗯，明白了。"唐凌扬了扬手中的刀，头也不回地向前走去。是的，他要报仇！但就如苏耀所说，他不能让仇恨将自己拖入偏激残忍的深渊。至于报复？的确是弱者才要畏惧的事情。

现在，就让仇恨和愤怒燃烧吧！

"砰"的一声，昂斯家族的大门被踢开了。灯火通明的大厅中，七个身穿简单战盔的昂斯家族的男人，有些战战兢兢地举着武器，靠在一起看着唐凌！原来最终的敌人就是他啊——唐凌！

这七个人稍许放下了心，毕竟作为昂斯家族的人，他们不可能不知道唐凌这个人，只是作为只能住在大宅一楼的底层子弟，他们不太清楚其中的关键。

可无论如何，唐凌只是一个新月战士，又能强大到什么程度？族长在开玩笑吧？或者，他指的是守在门口那个强大到让人战栗的人。

"杀！"昂斯家族的三个子弟冲向了唐凌。

唐凌根本没有看他们一眼，而是站在这个灯火通明的大厅，打量着这座大宅。森严而等级分明。整个五层的大宅，伸出的露台刻意做成了金字塔形，越是往上，露台越小。这样就代表着每往上一层，所住的家族成员地位越高吗？

唐凌忽然挥刀，然后一个侧身，肩膀撞向了冲过来的身影，与此同时，没有握刀的手一把抓住了另一个身影，随手就砸在了墙上。

刀光下，头颅飞起。第一个。

被撞击的第二个昂斯子弟，胸膛明显塌陷了下去，落地时，吐出了一大口带着泡沫和内脏碎片的鲜血，然后就停止了呼吸。

至于第三个被撞在墙上的，直接在墙上留下了一道人形血印，然后就如烂泥一般缓缓滑落下来，再没有了任何动静。

第二个。

第三个。

唐凌的神情非常平静，之前他在路上就询问过阿兵，昂斯家族究竟有多少子弟。不多，真的不多，总共七十九个，包括考克莱恩在内。所以，他现在开始会一个一个地数过去，七十九个一个都不会少。

一秒，三个！唐凌所展现出来的实力彻底震慑到了另外四个人，他们转身就跑。可是，从唐凌进入这间宅子开始，就没有人有逃跑的机会了。

他们一动，唐凌便动。瞬间，跑在最后的那个就被唐凌抓住了衣领，朝着前方不到两米的另外一个砸了过去。两人碰撞在一起，身上的骨头同时传来了碎裂的声音。

第四个。

第五个。

第六个。

第七个。

唐凌没有什么痛快的感觉，只是觉得有些肮脏啊，不管是他们的脖颈溅出的血也好，身体被砸出的血也好，总是不可避免地溅到唐凌身上，让他瞬间就变成了一个全身滴着血的血人。这些散发着腥味的血迹，让唐凌异常嫌弃，无辜的人已经被苏耀放走，剩下的都是罪恶之人，根本不值得任何的怜悯。

所以，唐凌一把扯掉了身上的黑色斗篷，挑衅一般地望向了最高层。艾伯在那里？或者是考克莱恩在那里？一层一层地杀上去就是了。

　　想到这里，唐凌冷漠地转身，朝着一楼的走廊走去，每一个房间他都会搜索，一个罪人都不会放过，那是对聚居地无辜者的祭奠，是对婆婆和妹妹的交代。

　　大宅内开始传来了哭泣声、吼叫声、疯狂的骂声，唐凌杀人的这一幕通过每个家族成员房间都会摆放的屏幕，传到了所有人的眼中。他们想要集中起来战斗，想要得到那些平日里高高在上，住在高层之人的支援。可惜，楼上安静得要命，他们无法下来，因为苏啸进行了封锁。

　　苏啸的话回荡在大宅中："我喜欢公平。难道一人单挑你们全部，你们还想集结起来吗？当然，不要脸的你们完全可以集结起来。第一层，所有人都可以集结。第二层，超过五人我就会出手。第三层，超过三人我就会出手。第四层，超过两人我就会出手。最后一层？谢谢，请你们单打独斗。相信我，我杀人比唐凌杀人更加让人难受。"

　　是的，所有人都相信，绝对比唐凌杀人更加难受，被一只尘土凝结的大手捏爆，会好受吗？可这规则让人绝望啊，唐凌的实力已经展现，住在一层的集结起来有什么用？在这一层，甚至一个紫月战士都没有！这分明是让人等死！所以哭泣声、吼叫声、怒骂声爆发了，人在极度的恐惧下，如果没有崩溃，那就是愤怒，极度的愤怒。

　　唐凌没有任何的表情，他并不拒绝苏啸这样出手，老鼠就应该关在笼子里。另外，为了节省时间和体力，分割他们又有何不可？

　　唐凌踢开了第一间房间，房间中那个昂斯家族正在疯狂哭泣的子弟，"咚"的一声就跪在了唐凌的面前。唐凌的眼神没有任何的波动，瞬间而至，手起刀落接着继续前行……

　　第八个，第九个，第十个……杀戮，是罪！但杀戮也是仁慈！杀尽罪恶之人，庇佑弱小善良之辈，是为仁杀。前文明传说中的阿修罗，以杀为仁。

　　"应该没有记错吧。"唐凌抖了抖刀尖，血滴坠落，他此刻想起了前文明典籍中的宗教传说，内心波动着一丝丝异样的情绪。最后他一定会放一把火，将这个罪恶的大宅焚烧殆尽，就像将埋藏在内心的仇恨燃烧殆尽。他绝对不会为了昂斯家族所犯下的罪孽，将自己拖入杀戮的深渊。

第207章 覆灭（下）

三楼大厅。莱诺坐在大厅的正中，神情木然地等待着。身为第一预备营的教官，他很少穿着制式盔甲，但在这样的深夜，制式盔甲却被他一丝不苟地穿在了身上，而长达1.5米的制式长刀则倚在他的身旁，方便随时拿起。

他的样子看起来非常镇定，实则内心却一直在颤抖。从某种角度来说，唐凌也算作他的半个学生？现在，他就要被自己的学生杀死了？想到这里，莱诺觉得自己的手腕开始剧痛，那是他与唐凌第一次碰撞，苏耀留给他的"礼物"。

不，不是苏耀啊，应该是苏啸！看了一眼三楼大厅悬挂的巨大屏幕上，那个站在门前一动不动，满头白发的身影，莱诺的心抽了一下。觉得人生如梦啊，自己曾经竟然和狂狮苏啸对峙过？

而另一个屏幕中，刀光再一次闪过，又一个昂斯家族的子弟人头落地。至此，昂斯家族的一楼、二楼彻底变成地狱，再无一个成年男性的活口。

莱诺的脸抽搐了一下。他听见了一步一步上楼的脚步声，死神来了。但他必须坐在这里，因为三楼所有的昂斯家族子弟已经疯了，他们开始什么都不顾地癫狂发泄，就像死前最后的疯狂。他们把莱诺逼坐到了这里，因为他就是昂斯家族和唐凌恩怨的开始。至少这个时候，他们是这样以为。想到这里，莱诺的脸再次抽搐了一下，这就是所谓在死亡之前的众叛亲离？

看着躲在周围角落，一双双偷窥的眼睛，怎么？是想用自己的死来获得最后的安慰？如果日子可以正常继续下去，不出意外的话，自己明年就有住到四楼的资格了。毕竟，整个17号安全区才两百个左右的紫月战士，昂斯家族能有几个？也就七个而已，都已经足够称雄了。自己的实力还算不错。莱诺的心中翻腾着汹涌的恨意，猛地睁开了双眼，然后一下子打了一个冷战。

唐凌出现了。分明上一秒他的脚步声还在楼道，这一秒他就这样无声无息地出现在了三楼大厅。他的身上斑斑驳驳，全部是干涸的或者未干的血迹，只有脸上那一双黑白分明，冰冷的眼眸还是显得那么清晰。

"你是我的学生。"莱诺开口说道。

"嗯，你一共给我上过两堂战术课。因为没有修炼，也没有来得及教导具体的战技。所以，两堂战术课的内容是刺击。"

"对，匕首是最贴身的武器。也是最后一道防线！使用它，不用消耗太大的体力。而由于武器本身的特点，它的杀伤力又不可忽视，学会刺击，用好匕首，的确是你们首先要学习的战术。"莱诺一字一句地说道，然后将战术长刀拿在了手中。

"嗯。听说，你是17号安全区玩匕首最厉害的紫月战士？"唐凌扔下了手中的长刀，一个反手将沃夫给他的新匕首拿在了手中。

"所以呢？"莱诺站了起来。他的确是最厉害的刺杀大家，否则也不会以刚刚进入二阶的实力，就成为第一预备营的教官。那一场血腥铁笼战，莱诺解剖莱斯特银背巨熊时的场景相信很多人都记得，那行云流水的玩刀技巧，简直就是一场艺术。

唐凌微微侧身，匕首反手而握，挡在胸前，双腿微曲，标准的刺杀起手式。"我向来恩怨分明。我必须杀死你，但你两堂授课之恩，我也记在心上，我就用匕首和你战斗。你若能用匕首战胜我，你可以走。"

什么？莱诺瞪大了眼睛！他原本以为自己必死，也以为所谓的教导之情打动不了唐凌，因为他们的恩怨由来已久。但他没有想到，唐凌竟然提出了这样的战斗方式。

用匕首，唐凌怎么可能是他的对手？曾经，族长甚至说过，让他在这一条路上走到极致，说不定能产生某种天赋。天赋这种东西当然是以先天为主，但后天逐渐形成的也并不是没有。

可莱诺没有轻易答应，他略微落寞地微微摇头："你的基础能力对我形成了碾压，只是光凭技巧……"

"放心，我会非常公平。会将一切压制在和你同等的水平。"唐凌的语气淡淡，但就是没有由来地让人相信。

莱诺几乎想要放声大笑了，还有如此愚蠢的家伙？他只求战胜唐凌，绝对不会有能够杀死唐凌的想法。只要能够保住自己，什么昂斯家族之类的，见鬼去吧。

莱诺没有任何的言语，扔掉了手中的制式长刀，从腰间拿出了一把匕首，说道："那就开始吧。"

随着莱诺的话音刚落，两个人同时动了，都是B级合金铸造的匕首，在空中交接在了一起，发出了一声清脆的嗡鸣。

匕首战？对的，匕首战！唐凌会给莱诺一个惊喜。这个家族的罪恶血脉，不可能放过他们，怎么能任由他们再去污染人间？

"叮叮叮"，匕首快速地碰撞，只是两秒钟的时间就发出了十几声交接阻挡产生的声音。说是匕首战，那就是绝对的只使用匕首的技巧，没有人想到唐凌竟然把匕首玩得如此熟练，竟然和莱诺有来有往的，瞬间就对攻了十几个回合。

外人倒也罢了，莱诺可是玩匕首的大师，他的内心比谁都震撼！唐凌的匕首技巧怎么会到如此出神入化的地步？让他脑中不得不冒出一个他也不想承认的事实——唐凌竟然是他所有学生之中，将他的技巧学习得最到位的。可是，仅仅两堂课的教导，又能涉及什么高深的技巧，无非就是学习一些最基础的东西，就算唐凌天才，他也只是学习到了皮毛，运用熟练而已。

想到这里，莱诺忽然放慢了攻击速度，表情也变得略微有些震惊慌乱。匕首技，原本就是一种"阴暗"的技巧，它讲究的是一击必杀，所以一个人要真正理解了匕首技就应该明白，这个技巧绝对不能局限于招式之中，它真正的本质应该是无所不用其极的一种综合技巧，只为一击必杀。这种综合技巧中就包含"演技"——只表演给敌人看的某种虚假状态。

现在，莱诺就在做这种表演，因为环境的压力，唐凌使用匕首的娴熟等等，给他造成的一丝慌乱。在尤其讲究速度的匕首战中，一丝慌乱造成速度放慢，露出破绽是非常合理的。

莱诺没有拖延时间的想法，就算唐凌压制了自己的基础能力，但体力怎么压制？匕首战里，打持久战原本就是错误的战术，何况在体力方面唐凌的优势太大了。莱诺想要一击必杀，就要用出自己最得意的技巧。

在莱诺的刻意表演下，唐凌果然上当了。莱诺速度变慢，而且露出了太多的破绽，唐凌的匕首直接刺向了莱诺的腹部。莱诺顿时表现得有些失措，似乎是忘记了格挡，而是一抖手腕，匕首从正握变成了反握，直接刺向了唐凌的胸口。

两相交错，从战局的表面来看，莱诺必输无疑，因为按照精确的计算，在他的匕首捅入唐凌的胸口之前，唐凌的匕首绝对已经捅进了他的腹部，并且可以从容地翻搅一圈。这样的攻击会让莱诺瞬间失去战斗力。

但情况真的如此吗？唐凌的匕首已经触碰到了莱诺腹部的制式盔甲，那轻微的碰撞声也传到了莱诺的耳中。与此同时，莱诺的匕首尖也已经正对唐凌的胸口，但是还差着一定的距离！

　　就是现在！莱诺的眼神忽然从慌乱变得凌厉了起来，他的手腕开始奇异地抖动，匕首的影子在这个时候也变得模糊了起来，瞬间就朝着唐凌的胸口刺了过去，就像无视了距离。这是莱诺最厉害的技巧——七连幻影刺——利用手腕瞬间的高速抖动，造成匕首的残影，让敌人根本捕捉不到匕首的真正方位。与此同时，匕首高速地刺出，根本不是依靠手臂的力量，而是利用放在匕首末端的大拇指，一个弹出，让匕首凌空突刺，就像弹出一把飞刀那样。因为弹出的过程非常之快，让人看着就像匕首脱手而出。实际上，脱手而出的瞬间，已刺出了一次，再快速地抓回匕首，又一次弹出。以莱诺的实力，可以在残影未消散的瞬间，连弹连抓七次，而且可以利用角度的轻微不同，匕首刺击目标的方向也可以微微改变，根本防不胜防！

　　原本，这个技巧一出，莱诺的匕首之下难有胜者，但这一次为了保险起见，莱诺还故意表演了一番，让唐凌的注意力全部集中在了对他的攻击上。这固然有莱诺分散唐凌注意力的打算，更有莱诺要和唐凌拉近距离，而且让唐凌不易察觉的打算。莱诺要的是让七连幻影刺出现在一个绝对不会失败的使用距离上。

　　现在的莱诺分外得意，他似乎已经看见了唐凌胸口中刀的样子，就算不能一击必杀，按照规则唐凌已经失败了。他马上就能远走高飞，逃出这个像地狱一般的大宅。而他是唐凌放出去的，想必监控着这里的一切的苏啸，也不会阻拦他吧？

　　可惜的是，莱诺还没有来得及看清他想要看见的一幕，双眼就忽然看见一道刺目的炫光，他下意识地就闭上了双眼。发生了什么？莱诺的心里忽然非常慌乱，这一次不是演戏，而是真正的慌乱，他有一种异常不好的预感。

　　只是一瞬，预感立刻就变成了真的。原本应该费一番小力，刺入莱诺制式盔甲的匕首，根本只是和他的制式盔甲轻轻的一碰，就立刻收了回来。唐凌原本绝对不应该后退，应该因为想要刺穿他的腹部，而发力导致身体前倾才对。也没有！他根本没有要刺穿他的制式盔甲的打算，他只是象征性地碰了一下，然后身体微微后仰了不到二十厘米，就避开了原本应该刺入他胸膛的匕首。而且，利用这个后仰的角度，他快速扬起了手臂，将匕首正对大厅之中散发着强光的水晶吊灯。光芒被匕首光洁的表面完美地反射，再轻轻一晃，就对准了莱诺的双眼。

当莱诺睁开双眼，再一次握住被他弹出的匕首时，立刻就分析出了这一瞬间究竟发生了什么！他莱诺，毕竟还是使用匕首技的大家！

"原来如此。"唐凌的脸上流露出了一个嘲讽的微笑，甚至他连震惊的时间都不给莱诺，身体忽然扭动了一下，脚步朝前轻轻一滑，前进了不到十厘米。接着，莱诺就看见唐凌的手腕开始奇异地抖动起来，和他抖动的模样如出一辙，不，甚至更加完美。原本清晰的匕首，带出了无数道残影，产生了一片光芒。

"这个距离合适吗？"唐凌和莱诺贴身战，距离非常近，莱诺只听见了这个恶魔般的声音。可是，自己才是使用匕首的大家啊！莱诺一扬手，匕首挡在了自己脖子的左侧。预判，也是使用匕首必须掌握的技巧，因为匕首的轻巧，造成了它速度之快，它的格挡不能够见招拆招，而是必须依靠预判。

可是，下一刻，莱诺感觉到自己的喉结处传来了一丝冰凉的感觉，而他挡住的脖子左侧，连风都没有刮起一丝。

变向！这小子的变向怎么比自己运用得还要诡异？他是如何在一瞬间找到了一个精准的点，进行弹击，然后让必然会刺向他脖子左侧的匕首，忽然改变了方向，刺向了自己的喉结？

可惜，莱诺没有办法去问出这个问题了！制式盔甲虽然保护的面积非常大，但脖子还是露出了一部分！所以，唐凌的B级合金匕首轻易地刺入莱诺的喉结，一下子就刺破了他的喉管，涌出的血液瞬间堵住了他的喉咙，他只能发出一声咳嗽，鲜血喷在了唐凌的右臂。

可就算如此，唐凌还是一个勤奋的学生啊，他既然学习到了这个莱诺生平最得意的技巧，一定就要一丝不苟地完成。接着，莱诺感觉到那一丝冰凉又离开了自己的喉咙，接着再次刺入……

一次，两次……七次……九次！竟然在自己能完成七次的时间内，唐凌完成了九次刺击。

"额，咕……"莱诺的手捂住了脖子，他还是想要努力地说出一些什么，但此时，他的喉间只能发出这些无意义的声音。

"教官，你是想要表扬我吗？"唐凌眯着眼睛望向莱诺。

莱诺朝后一仰，轰然倒地，胸膛剧烈地起伏，他的心中有太多的未解之谜，全部都是关于唐凌！他分明已经计算好了一切啊，他甚至觉得唐凌太过稚嫩，要打匕首战，连制式盔甲都没有让他脱下。所以，在战斗的时候，他连制式盔甲能够发挥什么样的作用都计算在了其中，结果他输了？！

他的高超技巧，被唐凌用一个普通得不能再普通的方式破解了，那就是匕首的反光！这是什么样的战斗意识？而且，唐凌究竟有多天才，怎么在一瞬间学会他毕生得意的七连幻影刺的？不，应该叫作九连幻影刺吧？自己是不是应该骄傲？是不是应该得意？他莱诺的绝技没有失了传承？他甚至还想过，如果将这一招教给自己那个胖儿子，需要慢慢分解演示多少次，才能让他学会。

短短的两秒，莱诺的脑中过了无数的念头，而唐凌已经重新捡起了长刀，抵住了莱诺的脖子："我其实不想麻烦。可你的卑鄙给我留下了十分深刻的印象，所以我想直接杀死你是不是太便宜你了？现在感觉怎么样？被自己的得意绝技所杀，被自己的学生用匕首这种武器杀死，有没有感觉内心也被杀死了？"

莱诺愤怒地瞪大了眼睛，一连串的血沫从他的口中大口大口地喷出。

"我很喜欢你这个样子，想说什么却都说不出来。就像血腥铁笼战的时候，我想，有很多参加的人也想说一些什么吧？但是他们和我没有什么关系，我只是很荣幸顺便帮他们报了个仇，你认为呢？对了，你的绝技叫什么？你忘记说它的名字了！没有关系，以后就叫它唐凌刺吧。"

莱诺的脸一下子涨得通红，眼角都崩裂了，裂出了道道血痕。

唐凌摇摇头，长刀猛地划过，莱诺的头颅高高地飞起，又被唐凌一把抓在了手中。他望向了大屏幕，自己浑身染血如同来自地狱的身影，扬了扬手中莱诺的头颅："第五十二个。对了，你们是不是觉得我很天才？我希望当我站在你们面前时，得到你们由衷的赞美。毕竟，那个时候，你们一定认为我是一个小臭虫吧？而小臭虫现在真的很想翻身打脸，我是认真的。"

第208章　一个秘密

"臭虫，小臭虫！！你永远都是臭虫！！"艾伯全身颤抖得厉害，说不上是因为愤怒，怨恨，妒忌，还是畏惧。他此刻已经完全不能平静了！那种死亡随时都会降临的恐惧折磨着他，在这种折磨之下，再想想长青藤联合学院，再想想远大的前程，各种复杂的情绪被成倍地放大，让他如何冷静？

另外，唐凌的天才无疑也让艾伯如同吞了一颗毒药。他一向自视甚高，可他内心还是有一件不能提起的自卑往事。他原本不应该在这个穷乡僻壤一般的17号安全区长大的，他应该在他母亲大人的身边，享受母亲更加强大的家族所有的资源。

可是，他被看不起，他没有资格。那边家族的原话是："这孩子，不够家族培养的资格，天赋太差！"

天赋差？这个词语用在自己身上是多么地可笑。他的天赋怎么就差了？接近五星天赋的基因链潜力，还有一个虽然偏门，但并不是完全废材的天赋。他不服。

但事实容不得他不服，当他见识了他的同龄人，他的表亲们耀眼的实力以后，他只能缩起来当一个乡下小子。

也只有留在17号安全区，他才能找到一些自尊和平衡。所以，他妒忌所有的天才。他曾经请求过莱诺将他的匕首绝技传授给自己，想起来那一次，莱诺答应得十分勉强，并且说过他只演示十次。

无疑，既然答应了，莱诺是不敢敷衍的。在讲解清楚了原理以后，莱诺也慢动作分解了十次给艾伯看，可惜的是艾伯没有学会。至今为止，艾伯都没有学会，尽管他也时常悄悄练习，感觉有了一些成果。唐凌，为什么唐凌就能学会？为什么？！如果，自己有他那份天赋，在母亲大人的家族应该享受什么样的待遇？

艾伯有些痛恨自己，现在还在想着这些事情？他无法平息内心的折磨，他站了起来，将房间中的音乐调到了最大声。他只有幻想，幻想自己是那个他崇拜的男人。只有陷入深深的幻想，整颗心才会慢慢平静下来。可惜的是，现在连这首音乐，也成了折磨的曲调，因为那个男人竟然是……这件事情已经可以肯定了，艾伯脸上流露出了一个怪异的笑容。

"结束了。"唐凌抓起了最后一个头颅，摆放在了三楼的大厅。不用怀疑，在昂斯家族中，越是上层的人，罪恶就越深。唐凌甚至发现了一本日记，随便翻阅了一下，就发现了无数肮脏的事情，牵涉昂斯家族的很多成员。他们

竟然还贩卖人口！贩卖17号安全区、聚居地出生的婴儿。这个家族的基因里就没有一丝善良吗？

唐凌摆放好了最后一个头颅。第七十三人。然后，唐凌提着自己的战刀，朝着四楼前行。

还剩下几个呢？原本应该是六个，但是他在二楼发现了一具被捏烂的尸体，想必是苏耀叔用来立威的。所以，只剩下了五个。其中就包括了艾伯和考克莱恩。

杀了艾伯，彻底了结薇安和阿米尔的仇恨。杀了考克莱恩，结束这一切吧。唐凌的内心涌动着莫名的情绪，他需要回想婆婆的双手，妹妹的味道，苏耀的脚踢在自己身上的疼痛，和猛龙小队相处的温馨，才能压制住这些杀戮带来的负面情绪。因为杀戮，永远都不会是他内心的依托，他恐怕永远也不能沉溺在杀戮带来的掌控感中。

"啪"，唐凌站在了四楼最后一层阶梯前，身体还没有站稳，两道身影就从两个方向朝着唐凌攻击而来。这是苏耀叔规则允许的最大范围，在最后挣扎的昂斯家族一定会利用起来。

"这就开始了吗？"唐凌的身体后仰，巨大的制式战刀几乎贴着他的脸划过，带起一阵冰冷的风。但这个时候，就算身体后仰，唐凌还能踢出一脚，将另外一把砍向他的制式战刀一脚踢开。就是这样的怪物，永远都判断准确，永远都是巅峰的战斗意识。

考克莱恩鼻子上挂着一副眼镜，手中捧着一本写着"绝密"的小册子，冷漠地看着这场战斗。他想要知道唐凌还有什么底牌未使出。如今看来，一切都在他的判断之内，应该没有别的底牌了吧？除了那个状态。

嗯，那个状态……他不会成功的。

想到这里，考克莱恩低下头，册子被反复阅读的那一页上记载着几行简单的字。唐风——天赋不详，疑似"复制"天赋，疑似"目力"天赋，疑似"领悟"天赋。但据本人流传出来的信息，其只承认有"精准"天赋。

"啪"的一声，考克莱恩合上了册子，他绝对不会相信那个曾经站在世界之巅的男人只有一个精准天赋。那是多么垃圾的天赋？能够沟通自然之力中的任何一项吗？能够增加智慧和领悟力，还是能够反哺自身？更别提，更加高级的，那称之为法则天赋的能力，就比如说空间天赋。精准天赋是什么？在考克莱恩的理解里，从万千个例子中，都证明了它只会让人更擅长远程攻击，仅此而已，算是垃圾中的垃圾天赋。

"唐凌？他暴露了唐风的秘密，他们父子都应该是领悟一类的天赋。很强的天赋啊，可惜绝对不是人们妄想的'复制'天赋。"考克莱恩自言自语道。

如果真有复制天赋，这天下所有的强者只怕都没有了活路。想到这里，考克莱恩镇定地拿起了放在烟缸边缘的雪茄，又吸了一口。他就是如此谨慎的人，一边觉得唐凌只有风系天赋，一边又在查阅着资料，密切地观察着唐凌，然后才得出了自己的结论。

此时的画面中，两个夹击唐凌的紫月战士快要落败了。实际上，就没有得胜的可能，唐凌的基础能力绝对达到了三阶紫月战士的水准，这两个还不到二阶的家伙能支撑几何？他们根本就不比莱诺强大，能在四层居住，无非也是因为出身高贵，是昂斯家族和别的家族联姻生下的子弟。可悲的昂斯家族啊，自己辛苦经营了那么久，最终还是只有自己一个三阶紫月战士。

烟雾氤氲在考克莱恩的房间中，他根本就不会为唐凌此时的状态吃惊。他只是在计算着时间，计算着唐凌究竟是以何种方式，陡然提升了那么多，什么时候会结束，结束后负面影响是什么。

就是这样短暂思考的间隙，又是两颗头颅飞起。昂斯家族再次折损二人，头颅被摆放在了四楼大厅。接着，下一个。

真是巧啊，这四层留给他的最后一个"猎物"竟然是艾伯。唐凌很想知道，艾伯会用怎么样的表情迎接他。"砰"的一声，唐凌踢开了最后一扇大门。尽管都是住在四层，但艾伯的大门也与众不同，镶嵌着纯金打造的花纹，他毕竟是继承人。

唐凌看见了艾伯，他没有穿制式盔甲，或者任何的盔甲，也没有拿武器，他只是坐在一张宽大的椅子上，正对着大门，带着怪异的笑容看着唐凌。

房间中回荡着一首前文明的音乐，唐凌当然能听懂，这是他会的几门语言之一。实际上，17号安全区所讲的话语，也是以这门语言为基础发展起来的一种语言。艾伯对于唐凌的到来，视而不见，他只是沉迷地哼着这首歌：

He deals the cards as a meditation

他玩纸牌如深深冥想

And those he plays never suspect

他打牌从不迟疑

He doesn't play for the money he wins

他打牌并非为了金钱

唐凌站在门前安静地听着，而艾伯忽然停止了哼唱，望向唐凌："听着这歌词，你会想到什么？"

唐凌皱眉，但他并没有急着动手，他发现了一件有趣的事情，他需要观察。

而艾伯也似乎并不在意唐凌是否会回答，他自顾自地继续说道："你会想到，这是一首属于男人的音乐。我听了它几千遍，上万遍？我真的是如此认为！一个男人运筹帷幄，一个男人熟悉一切的游戏规则，他看透了一切，他是如此驾轻就熟地掌控着所有。可是，这些最终都无法触动他的内心。你听听是不是如此？我明白黑桃如士兵手握的利剑，梅花似战场轰鸣的枪炮，这艺术般的游戏里，方块便若到手的金钱……

"但最终，But that's not the shape of my heart. 是不是很有趣？因为你会忍不住想要探究，一个凌驾于一切之上，无法被金钱、权势、胜利打动的男人，他的内心到底是怎么样的？是如何强大？最终什么才是他内心城堡内珍藏的柔软？而且探究得久了，你会非常想要成为他。哪怕只是表面，表面那个视一切只是游戏，认真地玩下去，却不被束缚的男人。"艾伯一口气说了很多。

唐凌的脸色平静："嗯，说得很好。"

"不，并不好！因为这首歌代表着一个男人最深沉的内心，但这个世界有几个男人配呢？反正我不配，所以我只有常常听着它，去幻想。

"唐凌，你想要知道一个秘密吗？"艾伯站了起来，他甚至有心情给自己倒上一杯酒。唐凌不言。"这首歌，是曾经一个英雄，大英雄最爱哼唱的歌。那个时候我还小，我唯一记得的一幕是这样的：17号安全区陷入了危局，一群坏蛋，一大群凶兽，安全区要覆灭了。一个男人带着一群人，人数不多，就五十个，六十个？我不太确定，解决了这场危局。我自然无法忘记他在战场上的英姿，但我更无法忘记的是他站在一堆尸山下，慢慢蹲了下来，他竟然走神了。

"当然，我也不知道他为什么走神，甚至读不懂他那个时候的眼神。我只是被父亲举着，崇拜地望着他，听着他口中一直哼着一曲调子，记住了那一句歌词——But that's not the shape of my heart."艾伯说到这里，将手中的酒一饮而尽，歪着头望着唐凌，"有趣的故事，对不对？你想要听下去吗？一个秘密。"

"你说完了？"唐凌一步一步地靠近了艾伯，长刀扬起，直指艾伯，一字一句地说道，"我不想听任何秘密。"

"我不用这个秘密来换取我的生命，我会直接去死。我只有一个要求，留着我完整的尸体，我不想让我的母亲看见我尸体时太伤心。这样，你也没有兴趣？"艾伯有些慌，他拿着酒瓶倒酒的手微微有些颤抖。

"不想听，战斗吧。"唐凌的态度很坚决。

艾伯叹息了一声，将第二杯酒一饮而尽，然后从衣服中慢慢地掏出了一把手枪。实际上，以现在唐凌的速度，手枪很难对他产生太大的威胁了，原本不是顶级的枪手，就难以保持精准，更何况根本无法捕捉目标。一击不中，就等死吧。

"拿它和我战斗？"唐凌脸上带着嘲讽。

艾伯却说道："我绝对相信你是一个恪守诺言的人，写着秘密的那张纸就放在我的书桌上，留下我完整的尸体。"说完，艾伯不等唐凌说出任何一句话，反手一枪直接对准自己的心脏，干脆地开枪了。这是一支沙漠之鹰，它射出的子弹威力不言而喻，前方或许只是一个简单的弹孔，但后背却会留下碗口大的弹痕。

艾伯说了一番莫名其妙的话，就这样干脆地自杀了？不要怀疑，就算是二阶紫月战士，就算是天赋偏防御的紫月战士，在这样近的距离下，对准心脏开一枪，也不可能活下来。枪械的威力是值得尊重的！对紫月战士威胁不大的原因，只是因为速度和神经反应能力而已。

唐凌看着艾伯，脸上却没有一丝意外的表情。他慢慢地踱步到了艾伯的尸体旁边，脚尖轻轻一挑，艾伯的尸体就翻了过来，后背的伤口有些惨不忍睹。没有心跳，没有呼吸，身体也开始慢慢僵硬。

留给唐凌的选择无非就是能否给他一个体面的完整，然后直接去看一看那个秘密。其实并不亏本，反正唐凌打算最后一把火烧了这栋大宅。但是，唐凌并没有前去书桌，而是在艾伯的尸体旁边坐了下来，这里是一个吧台，吧台上还放着艾伯刚才打开的酒。

唐凌并不是什么斯文的人，直接拿起这瓶酒，灌了一大口。他其实不想耽误时间，他也需要一点儿酒精来平复内心某种混合着抗拒的复杂情绪。"知道你为什么不如安德鲁吗？"唐凌放下了酒瓶，在自言自语，死去的艾伯当然不可能回应唐凌，"因为，安德鲁比你出色的不仅仅是脑子，还有他更像一个男人，他至少知道无法逃避的时候，敢和我堂堂正正地一战。然后，他更清楚，小聪明和大智慧间的区别。大智慧是逼得敌人不得不答应他的要求，就比如最后，我没有再继续伤害安德鲁的伙伴，甚至没有计较亨克的离去。小聪明就如你啊。"唐凌说话间，B级合金的长刀放在了艾伯的后颈，却离着艾伯的后颈还有一定的距离。

唐凌不再说话了，他停顿了一秒，忽然间长刀直接地斩下，艾伯的头身瞬间分离。但大脑的意识不会因此中断，在这一刻艾伯竟然睁开了双眼，难以置信地望着唐凌。

唐凌轻蔑地看了他一眼，又喝了一口酒，说道："我给过你战斗的机会，但机会往往只有一次。所以，这一次你直接去死好了。你以为你说了一半所谓的秘密，勾起了我的好奇心，我就一定会去看那张纸，然后当个恪守诺言的人，反正我也不亏？

"不。首先，我讨厌你口中的秘密。第二，我很讨厌别人和我玩心理游戏，更讨厌被人牵着鼻子走，你的布局一点都不精彩。最后，你一定有疑惑，我为何看穿了你？嗯，我不会告诉你的。"唐凌说话间，走过去提起了艾伯的头颅，此时艾伯已经彻底失去了意识。

但唐凌没有离开，而是站在房间中继续听着那一首没有放完的音乐。不知道他在想些什么，低着头一直沉默着。当最后一句歌词唱完，他走过去，拿起了唱机中的黑胶唱片，毫不犹豫地掰碎了它。接着，他提着艾伯的头颅直接走出了房间，自始至终都没有去到书桌之前。

苏啸望着天空，神情有些伤感，表情却有些严肃。他"看见"了一切，他也理解唐凌的所作所为，这结果还是被他预料到了啊。

"我这一生其实活得挺失败，我想我的儿子长大后会怨恨我。可能，终其一生都不能理解我吧。"唐风很少伤感，但这一次他想笑，目光中却透着深深的难过。

"我能为你做一些什么呢，我的兄弟？"苏啸依旧望着天空，但他的心中没有答案。除非欺骗，除此之外，他什么也做不了！可是他能欺骗唐凌吗？不能，而且这小子也不会被欺骗。

这世间的事就是如此不美好，往往终其一生，看透了一切的荣耀、权力与欲望时，却等不来一个谅解。看看吧，最后的时刻，才知道心中要的非常简单——解开遗憾，追寻原谅……如同回到了初生，不被欲望蒙蔽的时候。但时光又哪里回得去？自己的女儿会原谅自己吗？

苏啸不敢再想，不要说女儿，就算和自己有一段露水情缘的罗娜也不会原谅自己吧？好吧，不原谅也就算了，到死之时，只能做到看透放下。战斗，就要开始了。

第209章　结束

"你杀了我几乎全部的家人。"考克莱恩望着最终走入了他房间的唐凌，神情平静，"但是也无所谓。"看着一步步朝着自己走来的唐凌，考克莱恩摁动了桌上的一个按钮。他身后的那一堵厚重的墙开始缓缓地朝着两边移动，露出了墙后那巨大的空间。

这是一间仓库，仓库的四面全部密密麻麻地堆满了架子，架子上放着很多东西，而在架子下还有几个开着的箱子，里面堆放着的是黄金，玉石，甚至还有结晶——这种在紫月时代也是硬通货的存在。除了这些外，这间仓库的正中是一个被铁笼罩了起来的巨大擂台。这会让人想起血腥铁笼战，莫非灵感就是来自这里？

事实上，昂斯家族大宅的整个第五层，除了考克莱恩拥有一间不大的，连同卧室在一起的办公室，其余的地方都被这秘密仓库占据了。

唐凌的心跳加快了，并不是因为眼前这巨大的财富，而是因为他看见了，在正中的架子上放着两件东西，对他来说至若珍宝的东西。虽然他早就料到，东西最终应该就在这里——婆婆的骨灰和妹妹的小裙子。他的东西落在了最终掌权17号安全区的昂斯家族手中，会很奇怪吗？

"你没有什么财富，但我依旧帮你收藏了起来。"考克莱恩站了起来，一把扯掉了身上披着的睡袍，露出了睡袍下的盔甲。并不是紫色的制式盔甲，而是一套黑色的，在胸口雕刻着三颗星辰的全新盔甲。

他缓缓地走到了擂台旁，在擂台旁的架子上挑挑选选，然后给自己带上了一副拳套，冰蓝色的拳套。接着，再摁了一个按钮，锁住擂台的铁笼打开了一道小门，考克莱恩自己走了进去。"我其实没有恶意，我只是怕这些筹码不够打动你，才很珍惜地帮你收起了你的东西，特别是当我知道你来自于聚居地。"说话间，考克莱恩活动着手脚，扭动着脖子，就像一个拳击手，在做着搏击前最后的准备。

"有话，你可以说得更加直接。"唐凌也走向了擂台，但他并没有急着进入。

"这是生死擂，是战斗的昂斯家族，最早的一代族长留下的东西。被我搬入了这个秘密仓库。"考克莱恩很平静地说道，"你知道，昂斯家族每一代族长的出现都不容易。谁都有野心不是吗？为了公平，最终势均力敌的几人必须选择生死擂，不死不休，活下来的那一个，就可以成为族长。我也是这样当上族长的。"考克莱恩的眼中流露了一丝追忆，然后说道，"所以，这个擂台就是一个豪赌之台，押上生命的擂台，我要和你进行一场豪赌。不仅押上生命，胜利者还可以获得更多的东西。我的诚意已经摆在了你面前，如果你胜利了，不仅我的命是你的，这个仓库内的所有东西都是你的。"考克莱恩认真地说道。

"我身上有什么值得你看上眼的东西吗？"唐凌大概猜到了答案，但还是故意询问了一句。

对于这个仓库，唐凌瞥了一眼，除了那几个箱子以外，收藏的大多都是武器，盔甲，前文明留下的一些艺术品，热武器，甚至还有成箱的子弹，和一个大概放了上百斤凶兽肉的架子，其中有四级，甚至五级凶兽肉。可以说是一笔巨大的财富。

"我如果赢了，只要你身上的种子。"考克莱恩说出了自己的目的。

"原来，你只是顾虑苏耀叔啊。"唐凌笑了，扔掉了手中的战刀、匕首，扯掉了满是血迹的作战服。

他开始在昂斯家族的仓库里面挑挑拣拣。实际上，他并不识货，就算超合金摆在他面前，他估计也不懂这是什么超合金，具体有什么作用。毕竟，现在的唐凌还所学有限。但用B级合金的武器，和穿着临时抢来的作战服与考克莱恩决斗？唐凌不是傻的！

面对唐凌的举动，考克莱恩也并没有什么反应，实际上现在狂狮苏啸没有反应才是最重要的。那等于他默认了自己与唐凌的赌斗，就算最后他赢得了唐凌的种子，想必以狂狮的为人，也只能认了这个结果。

何况，星辰议会的人快来了吧？自己要赶在这之前，杀死唐凌啊！不然，那颗宝贵的种子还有自己的份儿吗？

唐凌拿了一把A级合金铸造的长枪，实际上比起长刀，现在的长枪应该更适合唐凌。接着，他想要拿一套盔甲，可是这里的盔甲并不是什么太好的货色，最好的一套也就是B级合金打造，略强过紫月战士的制式盔甲而已。想了想，唐凌还是放弃了这一套盔甲，而是选择了一套贴身的，编织的，有些类似于他平日在希望壁垒所穿的内防护服。这种防护服也就是防弹衣的强度，但聊胜于无。

不过，唐凌选择了这个，考克莱恩倒是略微有些吃惊，他张了张口，想要说什么，但是最终还是什么都没有说。

实际上，唐凌随便乱挑的这一套内甲非常珍贵。整体的强度不弱于紫月战士的制式盔甲，但宝贵在它比制式盔甲轻便得多，灵活性更强，虽然只是护住了膝盖、手肘、手腕、整个躯干，而缺少头部防护，但比起笨重的制式盔甲，谁更好，明眼人都知道。更可贵的是，这套内甲大量地使用了某种生物材料，韧性非常好，任何身材都可以穿着……

莫非这小子看出来什么了？这内甲简直是为他的种子变身形态量身打造。可惜的是，唐凌已经使用了某种增强自身的东西，他已经无法使用他的种子，按照常理，这种增强自身的东西，是透支，需要消耗大量的能量。唐凌已经无法提供支持变身的能量。

考克莱恩的猜测很对，但也并不是全对。在唐凌彻底融化了战种以后，他自己就有所感觉，事实并不是他想象的那么美好——两颗种子可以双重叠加，最后爆发出四倍于现在状态的超级形态。问题在于没有那么多的能量提供支持！

他每一次到极限的变身，实际上是动用了平日储存在小种内的能量。如今小种储存的能量，是无论如何也不可能爆发出他想象的超级形态的。不过……

唐凌在继续挑选，他还需要一把匕首，这是他如今最熟练的武器，在关键时刻还得依赖它。可是，考克莱恩的收藏还是让唐凌失望，没有什么太好的匕首，最多也就是A级合金的匕首，只不过有的非常精美而已，但这有实用性吗？

在唐凌心中，匕首越简单越好，他要的只是杀伤力。抱着这样的想法，唐凌准备随便挑选一把A级合金的匕首就算了，可在这个时候，唐凌一眼瞥到了在不起眼的角落，有一把看起来很特别的匕首。

整把匕首的手柄是一截天然的木头，木头扭曲着，但就是因为这扭曲，握在手里显得异常贴合。而在手柄的上方，有着干枯的藤条环绕，也不知道这是来自木头本身的材料，还是人为加上去的，总之这条藤条形成了一个匕首格，将刀刃和手柄完美地划分开来。但除此之外，这把匕首的刀刃却非常奇怪，是淡黑色的材质，却不是金属，也不是木头或者骨质。摸起来像石头，却又像木头。它和刀柄一样扭曲着，形成了弯曲的弧度，就像一条蛇，在刃背处有锯齿，刃口处有血槽，但无论锯齿和血槽都没有人工打磨的痕迹，像天然形成的。不过，可惜的是，这把匕首是一把残缺品，它的刀刃只有半截，断口处已经变得平滑无比，就像一块木头被折断了，经历了岁月，又渐渐长好了那种平滑。

可这又有什么用呢？唐凌莫名地被这把匕首吸引，但握着手中这把轻若无物的匕首，他想不出这匕首有什么战斗力，便又放下了。

看着唐凌放下这把匕首，考克莱恩微微松了一口气。实际上，这把匕首考克莱恩时常都在研究，用尽了各种办法，甚至不惜重金请来了一个科技者帮助分析，但都没有一个结果。可是考克莱恩并不甘心，因为这把匕首来自一个五阶的强者！被他视若珍宝地珍藏着，岂是普通的东西？在考克莱恩的想法中，这场决斗唐凌输定了，他肯定不希望唐凌拿这把匕首，万一毁在战斗中了怎么办？

眼看着唐凌已经放下了这把匕首，拿起了一把A级合金打造的匕首。可是片刻以后，唐凌还是拿起了这把匕首，插在了自己的腰间。

"你选两把匕首？"考克莱恩心中恼怒，他忍了又忍，但还是忍不住开口询问了一句，装作很诧异的样子。

"有什么问题吗？"唐凌扬眉，同时也走入了擂台。和考克莱恩这番耽误，已经花去了五分钟的时间，唐凌并不想再耽误。

"没问题，只是很好奇你选一把没有杀伤力的匕首，那只是早年收起来的，象征胜利的一个收藏罢了。"考克莱恩假装无所谓地说道。

唐凌也不接话，因为精准本能，他从这把匕首上察觉到了异样，结合考克莱恩的态度，他知道他可能选了一个什么了不得的东西。

"唰"的一声，长枪直指考克莱恩。

"开始吧。"双方都没有再耽误的意思。

时间就像一个轮回。

唐凌初入17号安全区，第一场战斗是血腥铁笼战。而和考克莱恩的战斗，应该是唐凌在17号安全区的最后一场战斗，也是铁笼战，生死铁笼战！

这铁笼一经关闭，就算考克莱恩自己想要打开，也必须拧开一把小锁，再打开小锁内的一个密码盘，输入密码才行。如果想要暴力破坏整个C级合金打造的铁笼，不管是他还是考克莱恩，一样要耗费巨大的力量和比较长的时间才能做到。在生死战中，谁能有这样奢侈的时间去做这些事情？除非在战斗中占据了巨大的优势。

那么，这场战斗中，考克莱恩和唐凌谁占据了优势吗？谁都没有！这是一场双方实力都达到三阶的战斗，从一开始就进入了白热化。

半分钟之内，考克莱恩打出了三百多拳，拳拳的力量都可以打死一个准紫月战士。而唐凌的长枪也挥舞了三百多次，每一枪都恰好封住了考克莱恩的拳势。不用怀疑，这就是真正的高手之战，普通人几乎无法捕捉的动作，无法想象的力量，更无法企及的神经反应速度。

整个擂台之中，仅仅是一攻一守，就发出了爆裂一般的声音，巨大的C级合金铁笼都在震颤，拳头带起的冲击波，长枪挥舞出的枪风，都在铁笼上留下了凹凸不平的痕迹。

唐凌比想象的棘手太多。任何的预判，在战斗之前都是假设，只有真正进入了战斗，考克莱恩才发现了这一事实！

是的，唐凌面对自己已经形不成碾压，甚至基础能力上自己还略强于唐凌。可是，挥出的三百多拳，根本就没有一拳能够真正打中唐凌，他手中的长枪总是能恰到好处地封住自己的拳头。

难道这就是唐凌选择长枪的原因？因为攻击距离够长，所以能够更加全方位地封堵自己？以考克莱恩对唐凌的了解，他根本就不擅长使用长枪，他选择长枪这件事情就有些"迷"。在一开始，考克莱恩判断唐凌可能是隐藏了自己能够使用长枪的秘密，准备在和自己战斗的时候才真正发挥这个优势。对此，考克莱恩并不在乎，毕竟使用什么武器，对于战斗没有决定性的作用。

但在这个时候，考克莱恩才发现自己错了，唐凌是真的不擅使用长枪，他一开始的动作非常生涩，关于枪法的扎、刺、挞、抨、缠、圈、拦、拿、扑、点……唐凌没有一样是入门的。可是，仅仅半分钟以后，这把长枪在唐凌的手中就开始被使用得越发娴熟。它自始至终只发挥了一个作用，就是枪法之中的"拦"。

不过，即使这再让人吃惊，这样就能胜利吗？考克莱恩有自己的打算，只是稍作停歇，又再次朝着唐凌进攻而去。他似乎是有意的，又因为始终占据着些微的优势，所以他能够稍许地引领战斗，他带着唐凌在擂台的各个角落游走……

他的拳头即便不能对唐凌做到有效的打击，但他还是乐此不疲一般，在唐凌身上各个角落都顽固地试探着，似乎是想知道，唐凌的战斗意识中有没有疏于防备的弱点。这种高强度、快节奏的战斗再次持续了一分钟，仅仅只是一分钟，双方都有些气喘了。如此打下去，难道是一场体力的消耗战？

不，不管是唐凌还是考克莱恩，都没有做此打算！在这个时候，唐凌一抖长枪，一直插在腰间的匕首被他拿在了手中。长枪已经适应了，那么配合着精准本能的新战法是否可以开始了呢？

这一次，唐凌选择了主动进攻！面对考克莱恩的双拳，他手中的枪和匕首竟然完美地配合了起来，一攻一防。这突然的变化让考克莱恩有些猝不及防，他没有想到唐凌竟然能做到类似于一心二用的打法。

而相比于枪，唐凌对匕首的使用要惊艳得多，每次那把A级合金匕首从他手中开始进攻时，就像一条暴起攻击的毒蛇，让人防不胜防。这种不是一心二用，但是已经接近一心二用的打法，考克莱恩做不到，他第一次被动地陷入了防守。即便如此，他身上那套黑色的盔甲，也被唐凌的匕首破开了十几处伤痕，只是没有伤到身体。

是时候了！唐凌突然激退，将匕首反握在手中，而长枪却一滑，被他拿住了接近枪尾的部分。这是要做什么？考克莱恩一愣，就是在一瞬，唐凌的长枪枪尖以一种不可思议的速度刺向了考克莱恩。

"噗"的一声，考克莱恩的身体被唐凌刺出了一个小小的血洞。这样的小伤并不影响战斗，却激怒了考克莱恩。他狂吼了一声，提起了双拳，再次朝着唐凌攻击而去。只是不到五秒，他就发现了一个惊人的事实，其实是唐凌在带动着整个战斗的节奏。

用一开始的运用长枪防守，变为匕首和长枪一攻一防，最后再出人意料地变成了长枪攻，匕首贴身防。这种战斗的变化极大，考克莱恩必须用时间去适应这样的战斗方式，但就在这种转换之间，考克莱恩就会被牵着鼻子，在一开始适应的时间内，不可避免地受伤。

但这些都是小伤，并不影响战斗！不过，这是什么惊人的悟性？竟然在这么短的时间内，长枪刺的这一攻击方式已经被唐凌运用得出神入化。

不过，都该要结束了！考克莱恩也是一只久经沙场的老狐狸，他决定破局，把一开始就设下的陷阱彻底地拉开。这个念头刚起，考克莱恩的拳势就变了，他放弃了一拳攻，一拳防的打法，拳法变得大开大合起来，不惜以伤换伤的疯狂。

又是十秒，考克莱恩的身上出现了大小十几处的枪眼，处处鲜血横流。但唐凌也生生地挨了考克莱恩三拳，每一拳都带着一种透骨的冰凉，打在了唐凌的四肢，虽然不是致命的伤害，但也让唐凌的动作迟缓了两分。

不过，从表面上看，是唐凌占据了优势。可是，这种优势随着考克莱恩脸上露出一丝狡诈的微笑开始，立刻荡然无存。

"该结束了！"考克莱恩猛地往后一退，然后高高地跃起，一拳砸向了地面。这一次，他的拳头包裹着一层淡淡的白光，仔细看去，这一层白光竟然是由无数的冰晶组成的。

他的一拳重重地落在了擂台的地面上，接着地面上莫名出现了一层厚厚的白冰，快速地包裹了擂台。唐凌下意识地想要跳起来，他也成功地跳了起来，但落地之后，踩破了擂台上的厚冰的同时，他整个身体也微微打滑了一下。

就在这个瞬间，考克莱恩忽然冲了过来，一拳重重地打向唐凌的胸口。唐凌一个侧身精准躲避，但因为脚下的厚冰，动作根本无法做到像之前那样完美。所以，他无法完全避开考克莱恩的拳头，被考克莱恩的拳头擦身打中了右侧手臂。

"冰封！"考克莱恩的口中出现了这样一个词语，拳头上的冰晶随着和唐凌擦身而过的拳头，只是稍微沾染了一点在唐凌的身上。不可思议的一幕出现了，唐凌的身体从四肢开始，出现了一层又一层厚厚的冰晶，直到将唐凌整个都包裹在了一层冰晶之中！

"结束了！"考克莱恩的脸上微微流露出了一丝担忧，但门外没有传来苏啸的任何动静。

第210章　影

对啊，唯一担心的只是苏啸，怕他在关键时候出手救下唐凌。这是完全有可能发生的事情。如果真的到了那一步，考克莱恩也只有自认倒霉。但是现在没有任何的动静传来，考克莱恩是不会错过这个机会，趁机杀了唐凌的。他有一种感觉，或许星辰议会的援军已经到了。

只是略微犹豫了不到零点一秒，考克莱恩就冲向了唐凌。而为了效率，他直接拔出了一直插在靴子上的匕首，直接刺向了唐凌的脖子。与此同时，唐凌也流露出了惊恐和完全意料不到的神情。

但就在考克莱恩的匕首快要触碰到唐凌的一瞬，一只巨大的手忽然抓住了考克莱恩持匕首的手。"是不是没有料到？"唐凌的眼中闪过了一丝促狭的光芒。接着，唐凌的另外一只手臂也膨胀了起来，层层的冰封碎裂开来。

考克莱恩没有任何的犹豫，另外一只拳头泛起了白光，直接朝着唐凌第二只破冰而出的手臂打去。但唐凌没有没有半分躲避的意思，他只是伸出了一根手指，然后快速地朝着考克莱恩的身体戳了过去。带着冰晶的拳头打在了唐凌的手臂上，层层的白冰开始再次冻结唐凌的手臂。

可就在这么短短的时间内，唐凌的那根巨大手指快速地在考克莱恩身上戳了三下。这三下都是戳在考克莱恩盔甲的破裂处，可以说毫不费力。

"你不必白费……"考克莱恩还没有说完这句话，忽然就捂住了胸口，整个脸都扭曲了，连呼吸也变得急促起来。

唐凌冷笑着放了考克莱恩，考克莱恩立刻就倒在了地上，蜷缩起身体，像一只被煮熟的大虾。"呼，呼，呼呼……"他呼吸起来都如此地费劲，但还是他用尽了全力，说了一句断断续续的话，"你……你做了……什么？"

如果唐凌没有被冰封，他绝对不会开口告诉考克莱恩答案，但现在既然要等待冰封解开，他不介意说出来，反正也无聊。"没有做什么，我只是在这个状态下，能够看到一种东西，叫作弱点，现在你明白了吗？"

考克莱恩瞪大了眼睛，他似乎有些明白，又似乎有些不明白。的确，到了紫月战士这个层面，从物理意义上来说，身体不存在什么特别的弱点。但是，唐凌在这个状态下，精准本能发生了一个惊人的变化，那便是他能看到能量的流动。通过这一点，他也能看穿一个人本质的弱点。

是的，因为发力习惯的不同，天赋的不同等种种原因，能量在各人身上的流动状态都是不一样的。随着一个人的运动，这些流动的能量会形成一个个节点，有的节点能量流通起来不是那么圆融，也就形成了所谓的弱点。唐凌之前变招攻击，其实就是为了打击考克莱恩的这些弱点。

这一点，其实唐凌在之前就流露出了些许的"破绽"，就在艾伯身上。事实上，艾伯伪装的死亡无比真实，如果不是精准本能发生了变化，唐凌也不会看透艾伯假死之事。这一点，要说起艾伯的天赋，他也只是一种鸡肋一般的防御能力，就是能够让内脏移位。当唐凌进入房间的那一刻，艾伯恰巧就悄悄让自己的心脏移位了。也就正好被唐凌看见这一刻能量的变化和流动。

当然，艾伯完全可以事先就准备好。但他没有，估计原因是因为，这个内脏移位的时间是有限制的。看穿了这一点，唐凌自然不会上当，他只是看着艾伯表演，给他希望，然后又让他的希望彻底破碎。

对于这种人渣，唐凌乐于这样折磨。接着，唐凌也演了一场戏，表明自己只是不愿意被艾伯牵着鼻子走，实际上是演给一直在监控的考克莱恩看的。他不愿意提前泄露了他能够看穿弱点和能量流动这一优势。

在打斗之时，唐凌就通过考克莱恩的能量流动，计算出了考克莱恩身上一共有167个弱点。只要按照一定的顺序，打破19处，考克莱恩身上的能量就会彻底变为"乱流"，全部涌向心脏。

而考克莱恩的阴谋，有着精准本能的唐凌也一早便看穿了。他发觉考克莱恩的每一拳都带着一丝"水汽"，一开始唐凌以为考克莱恩的天赋能力是水。但随着战斗的进行，唐凌已经感觉到了那丝水汽中透着一股坚韧不散的冰冷。

这让唐凌立刻察觉到，考克莱恩的天赋是水天赋的一个变种——冰！他在整个擂台和唐凌身上都布满了这种水汽，目的是什么还不够清楚吗？

天赋能力不够强，那就慢慢布局，彻底冰封唐凌！而唐凌自然就将计就计，装作被他冰封了，然后趁机擒拿住他，一举戳破了最后三个弱点。

如果不是因为考克莱恩的计谋，唐凌会非常头疼，因为前面的战斗，那些小小的伤口可能不会引起考克莱恩的警觉。但最后三处，每戳破一处，能量流动不圆融的感觉就会越发地清晰起来。一旦被考克莱恩这只老狐狸察觉了，就不是那么好得逞了。

毕竟，考克莱恩还可以采取拖延战术，而唐凌能维持这个状态的时间已经不多了。面对唐凌简单的回答，考克莱恩痛苦地思考着，他感觉自己的心脏快要被乱流的能量挤爆了，可是他没有丝毫的办法逆转。

事实上，这也怪不得考克莱恩。原本他应该能够想到的，唐凌即便能量不能支撑整个人巨人化，但是一只手臂呢？可是，这种可能性有多大？不仅不大，甚至小到考克莱恩这样谨慎的人都会忽略。

　　各种战种并不是秘密，就因为不是秘密，所以关于它的一些资料也被少数人掌握并知道。其中一条铁则即是，非一次性消耗型的战种非常难以控制，启用它就需要消耗巨大的精神力，更不要说精细控制。要做到这样的精细控制，要么第一种，精神力到了一个可怕的程度。第二种，则是和战种的高度融合。第二点看似简单，实际上比第一点还难以做到，因为很多人拥有了战种几十年，也没有达到所谓的高度融合。甚至，怎么融合，关键点在哪里？人们都没有摸索出来任何的规律。

　　唐凌能做到？考克莱恩根本不考虑这种可能性。如果唐凌的精神力够强大，强大到已经可以精细控制战种的地步，他应该已经是一个"精跃者"了。而唐凌的年纪只有15岁，恐怕对战种都只是初步的掌握，怎么可能高度融合。

　　可是，考克莱恩忘记了唐凌是一个奇迹小子，他本身就创造了一个又一个的奇迹。唐凌没有什么阴谋布局，考克莱恩认识到，他输给唐凌是一个必然的结果。

　　想通这一点，考克莱恩的呼吸变得更加急促了一些，而他的心脏在此时已经膨胀到了极点，他还有一个问题在死前真的很想弄清楚。

　　"你，你的……天赋？"他渴求的望着唐凌。

　　"天赋？精准吧！"唐凌也没有打算骗一个死人。

　　"骗，骗我！"考克莱恩猛地喷出一口鲜血，然后瞪大了眼睛，一下子绷直了身体，死在了唐凌的面前。

　　唐凌很吃惊，为什么他要这么说？自己的天赋自始至终不就只有精准本能吗？可当唐凌的这个想法才刚刚升起，忽然一股毛骨悚然的冰冷危险一下子笼罩了唐凌的全身。

　　几乎不加思考地，唐凌在心底呼唤了一声"小种，变身！"瞬间，唐凌的整个身体开始急剧地变化，但是也伴随着腹部的剧烈疼痛。一把细长的，粗细就和筷子一样的奇异武器刺进了唐凌的腹部。眼看就要戳破唐凌的肝脏，唐凌在这个时候刚好变身完毕，变得强大了好几倍的肌肉猛然收紧，一下子夹住了这奇异的武器。

　　来不及对话，来不及看清楚对方是谁，这个状态按照小种存储的能量只能维持两秒。这就是唐凌最后的底牌，他原本准备用在考克莱恩身上的……

　　"呵呵呵。"偷袭者发出了一阵低沉的笑声，一击不中，立刻就要抽出他那把奇异的武器离开。

可是，唐凌也趁着这个时候，最强的超级状态的情况下，一眼就看到偷袭者手臂上闪烁着七个红点。七处弱点！弱点在这个时候竟然清晰化了？！

没有任何犹豫，唐凌猛地一拳砸了过去，直接打到了这个偷袭者的一处弱点。不得不说，弱点攻击非常有效，就这样一拳，那个偷袭者的手竟然一软，松开了他的武器。但他似乎不甘就这样失败，另外一只手竟然以人类不可能的扭曲角度，刁钻地钻到了唐凌的后背，一把同样细长的武器顿时出现在他的手中。他直接刺向了唐凌的肾。

这一次，唐凌根本就来不及有任何的防备，可到了这个地步，一战斗便疯狂的唐凌也是猛地一笑，忽然提拳朝着偷袭者的腹部左侧打去。这里，在唐凌的眼中是他的最大弱点！

"嘭"的一声，唐凌的拳头精准地落在了目标点，但偷袭者强得可怕，他竟将身体扭了一圈，几乎旋转了180度，将原本致命的一处弱点在关键时刻扭到另外一侧。

可是，他原本必然成功的一次偷袭，也被打断了，他那把特殊的武器只是触碰到了唐凌的肾，戳穿了一小点。也许是感觉到了唐凌的厉害，这一次攻击之后，他整个人立刻遁走，在铁笼的阴影下消失不见。

唐凌有些无措地看向了周围，竟然找不到偷袭者的一丝痕迹。而他这个状态只能维持两秒！两秒后，唐凌就要迎来彻底的虚弱期，加上使用低阶战种爆发的虚弱，这一次的虚弱会让唐凌和全身瘫痪没有任何区别。刚才两次交锋就消耗了唐凌一秒的时间。剩下……一秒！唐凌毫无办法，只能眼睁睁地等待着。

"难道，就这样失败了吗？"唐凌眼睁睁地看着身体急剧变小，感受到身体如同被戳了几个大孔，能量一泄而空，然后整个人"扑通"一声就趴在了地上。

没有办法啊，这一次是真的连眨眼这种微小的动作都做不到了。但伴随着那阴沉的笑声，唐凌亲眼看见一道细微的黑影，从铁笼投射的阴影中钻了出来。然后快速地成型，变成了刚才那个偷袭者。

也就是这时，唐凌才看清楚这个偷袭者——穿着一身灰色的紧身夜行服，戴着一张有着奇异的哭泣表情的白色面具。"你好，我叫影。我很荣幸，能够亲手杀死唐风的儿子。"说话间，他已经飘到了唐凌的身前，蹲了下来，十指扬起，全部变成了那奇怪的黑色细长武器。

"真抱歉，原本应该活捉你的。但现在，已经肯定了你的身份，就没这个必要了。"这话说完，影的动作非常利落，朝着唐凌心脏，和脖颈两处必死的弱点，直插而去。

唐风吗？唐凌的心里涌动着一股酸涩的恨意。他其实到死也不想听见这个名字啊，因为他根本就不想知道他叫什么。为什么对龙军排斥？因为那是一群追随他的人，不是吗？

就在这最后的一瞬，因为影的一句话，唐凌的脑中无可抑制地涌上了无数的思绪。唐凌不傻，唐凌非常聪明。在之前点点的线索早就被他连接了起来，他只是不想想下去，畏惧想下去。但因为不想，他就真的不知道答案了吗？其实，那些黑袍人就只差不明着告诉他，你是一个了不得的英雄的儿子了。

可偏偏唐凌在确定的那一刻，就忍不住强烈的心酸，发疯一般地愤怒。因此，他甚至抗拒龙军，故意对他们的牺牲冷漠相对。别人眼中的英雄，在唐凌心里狗屁都不是！

父亲？曾经唐凌无数次地幻想过这样一个人，幻想过他是否会像聚居地别人的父亲那样，打猎来了食物，可以不动声色地将最好的腿子肉，撕给自己的孩子吃。可以一边埋怨着，一边不顾劳累地将孩子举高高，放在肩膀上，露出憨厚的微笑，带着一丝得意走在人群里，看，这就是我可爱的孩子。可以在自己脆弱时，无助时，甚至任性时，说一声，嗯，爸爸在呢。这些都没有。

可是没有关系！一定是有什么原因的吧，有什么不可跨越的原因，所以才不得不临时抛下自己。唐凌试着理解，但他又无法理解，他哪里是被妥善地抛下了？他分明就是快死了，然后才被婆婆一家人捡到。这是他从死去的，收养他的养父养母那里听来的说法，他深信不疑。

这就是一个英雄的做法？自己被抛下了，妈妈呢？他的妈妈呢？为什么每个人都喊着他英雄的父亲，没人提起他可怜的妈妈？一定也是被"妥善地抛下"了吧？唐凌不想如此恶意地猜测自己的父亲，可是他不得不。

如果城中没有隐藏那么多龙军，唐凌是愿意用善意去理解这件事情的。但就是因为有那么多龙军，唐凌才恨啊！他恨为什么聚居地血色之夜，这些龙军不出现？哪怕只出现一个，婆婆妹妹就不会死！他恨那么多年的聚居地贫困生活，他自己一个男孩子无所谓，为什么就没人感恩婆婆的收养，想办法把她们弄到安全区，这件事情很困难吗？

他排斥龙军，是因为他们这些悍不畏死，只是为了轰轰烈烈地宣布他这个儿子要登场了，龙军要归来了。他们这样做，也是自己那个英雄般的父亲临死前的安排吧？

　　唐凌的心非常地酸涩，他只是痛恨自己冷得不够彻底，龙军前仆后继的死，终究还是打动了他，他义无反顾地将这个责任背在了自己身上。最后还想着带着考克莱恩的尸体出去，宣布结束一切。

　　可笑啊，英雄般的父亲……唐凌想要闭上眼睛，安然地等待死亡的降临，短得不能再短的一瞬，他已经感觉到了那细长的怪异武器就要刺到他的皮肤。

　　也就是在这个时候，一声碰撞的声音传来，接着一片"哗啦啦"的尘土落了唐凌一头一身。而影似乎察觉到了什么，根本没有离开，反而速度更快地朝着唐凌的身体再次刺了过去。

　　"轰"，一道巨大的土柱从地上冒了出来，一下子将影的身体顶飞，紧接着一个粗犷的声音出现在了这个仓库中："你认为，我既然已经出现了，你还能成功刺杀唐凌吗？"

　　影的行动十分果断，在听见了这个声音以后，整个身体还在空中，就立刻消失在了灯光投下的一片阴影当中。接着，唐凌感觉自己被一把抓起，然后放在了一个宽大的后背上，一根绳子快速地绑紧了唐凌。

　　"来晚了。"苏啸扭头说了一句，唐凌睁着的双眼看见苏啸身上有着大片大片的血迹，看起来分明经过了异常惨烈的战斗。可在这个时候，是来不及有任何解释的，苏啸举起了一只手，无数的粉尘在他手的周围快速地旋转，一根又一根的土柱从地面上不停地冒起，所有有阴影的地方全部被细细密密地刺了一遍。

　　影根本无法躲藏了，他从阴影之中逃了出来，在他的身上冒出了无数的细长武器，全部朝着苏啸激射而来。而与此同时，环绕在苏啸手边的粉尘立刻形成了一颗颗看起来坚硬无比的土粒，也朝着影激射了过去。

　　"嘭嘭嘭"，无数的碰撞声在这个时候传来，影的武器全部被打落在地，而剩下的土粒全部朝着影席卷而去。

　　但在这短短的间隙，影已经往面具的口部塞入了一根小小的，造型怪异的竹笛，并且吹响了它。在这时，窗边传来了一阵翅膀扑棱的声音，一个巨大的影子飞向了窗边。影一下子就跃上了那个影子的背部，在土粒打中他身体的同时，疾飞而去！留下了一个声音："狂狮，该来的躲不掉，他的身份确定了不是吗？逃吧！呵呵呵呵……"

第211章　王者苏啸

夜色，晕不开的浓重黑暗。一把大火冲天而起，预示着昂斯家族的覆灭。

苏啸背着唐凌，一步一步地前行，他似乎有些疲惫，一边往唐凌的嘴里塞着凶兽肉，一边往自己的嘴里塞着凶兽肉。他想说一些什么，却始终没有办法开口的样子。

唐凌半闭着眼睛，头搭在苏啸的肩头，根本无力说话。"拿得有些少了，但是人不应该贪心。"苏啸似乎找到了话题，拍了一下自己的背包。他是说，他在昂斯家族的仓库里拿得少了。少吗？其实也不少，结晶凶兽肉什么的装了一袋子。

"嗯，我刚才来晚了。"苏啸这样说道。

"没关系。"唐凌说得含混不清，到底是虚弱到了什么程度啊？一把三级凶兽肉都感觉完全没有恢复的样子。倒是身体的剧痛一阵一阵地传来，让唐凌更加难以说话。可是，他必须要告诉苏啸没有关系，是真的没有关系。

"什么没有关系，如果再晚一秒，你死了怎么办？我……要怎么对你父亲交代？"到这个时候，没有隐瞒的必要了，唐凌这小子什么都知道吧。

苏啸并不是一个敏感的人，但唐凌在艾伯那里的一切细节，却偏偏让苏啸敏感地察觉到了什么。那张纸条，苏啸用六感探查过，上面写着关于唐凌身世的秘密。

唐凌的好奇心一直很旺盛啊……可是，他对这个秘密分明表现出了排斥和厌恶。那还能说明什么？

果然，在苏啸提起了"父亲"二字以后，唐凌根本没有给出任何的回应，连一个微小的动作也没有。苏啸低头，又抓了一把凶兽肉塞进唐凌的嘴里。他很粗心，想不到唐凌疼痛的问题，他只想唐凌快一些恢复。

"我呢，去战斗了。那个影带了一个小队的人来，阿兵有危险，还有很多人有危险，他们打破了战斗的平衡。我必须战斗。"苏啸急速前行，唐凌的头跟着微微地上下抖动。

"伤……"唐凌问了一句，搭在苏啸手臂上的手，手指微微用力，触碰了一下苏啸。

"我没事，血迹是别人的。现在的我，真正的实力是五阶紫月战士，土系天赋类全系。"苏啸的声音有些得意，他微微转头，看着唐凌，露出了一个嘚瑟的表情，"你知道什么是类全系吗？每一种天赋都有分支。好比水系天赋，就包含了很多分支，你看见的考克莱恩，他就只有冰这一个分支的能力。而我的土系天赋，既可进攻，也可防守，只是欠缺了土系中重要的一环，奔行能力，我是指遁地之类的。"

唐凌没有说话，只是听得很认真。过了好一会儿，他才勉强问道："他，他们呢？"

"死人，是难以避免的。但是，胜利了，阿兵他们几个也活了下来。接下来，他们会蛰伏起来一段日子了，只等你成长。到时候，你振臂一呼，天下英雄齐聚，你觉得爽不爽？你知道有一份名单吗，然后……"苏啸似乎有些兴奋，说起这个就说个不停。

唐凌的内心感到深深的刺痛，费尽全力说了两个字："别等。"

苏啸一下子停住了脚步，他转头望着唐凌，眼中似乎压抑着无限的怒火，但最终化为了一份深深的无奈。

"别为我解释，他长大之后会听见各种关于我的说法，好的坏的，他甚至会知道他有一个同父异母的哥哥。你说，他如果像我，他会原谅我吗？"唐风看着苏啸，眼中流露着期待。

"如果是像你的话，我想不……"苏啸只是实话实说。

"那就更别给这个臭小子解释！他要是我儿子，他就能理解我。要不能理解我，他就不是我……"唐风说着，自己忽然笑了，在小床上的那个婴儿，眼睛在追随着窗外的一只鸟儿，独自笑，独自咿咿呀呀，自己现在竟然和他赌气？

"真不解释？"苏啸其实非常地一根筋。

"不解释。"唐风没有孩子气地赌气了，他很认真，他的眼睛也落在了那只鸟儿身上，然后说道，"就是因为他承载我的希望，所以他注定会走上和我一样的路。若是走上了和我一样的路，他终究会站在我的角度看事情，然后明白经历一切是是非非、纷纷扰扰后的我每一个选择，继而理解我。当然，他如果没有走上我的路，就让他恨我，恨我才可以让他安心做一个平凡的人，懂吗？"唐风抱起了床上的婴儿，用胡楂蹭了蹭他的脸。

这个长得眉清目秀的小婴儿不愿意了，用小手要推开爸爸的脸。唐风和他较劲儿，然后笑，接着抱紧了他。

"我不懂。"苏啸是真不懂。

"不用懂。因为他是我儿子，所以我要求他理解，而不是别人给的解释。这算是我作为父亲为他打上的唯一烙印。不能陪伴他成长，总觉得有些寂寞呢。"唐风笑着，也不知道他的话究竟有几分认真。

现在苏啸回想起来，似乎有一点儿明白那一句"唯一的烙印"。

唐风这家伙对儿子真是自私到底。他要的是儿子听着他的各种事迹，不能不思考，不得不思考他的所作所为，去分析，去明白……然后走上他的道路，最终理解他，成为他，超越他。这个家伙，一直都是这样老谋深算。

可是这样算什么？为难自己吗？也为难老子！苏啸撇嘴，忽然开口给唐凌说了一句："我差不多了，我可以跑起来了。"

什么莫名其妙的一句话，唐凌也想撇嘴。然后，苏啸跑了起来。伴随着风，路过了来时的巷道，血迹斑斑，断垣残壁。路过了半尸人交战地，夜风凄凄，一片狼藉到底的半尸人和龙军战士，何尝不是终可安心归去？

路过了荣耀广场，当初承载着最初内城记忆的地方，最终定格在了战后的狼藉。越过了内城，奥斯顿、昱、克里斯蒂娜的家。一下子翻越了内城的城墙，进入外城。曾经居住过的石屋，好吃的烤肉、烙饼，一声声热情的招呼……

17号安全区的一切都在快速地后退，而新的旅程在何方尚未可知。只是希望壁垒，要等到十年后吗？唐凌没有觉得惶恐，因为苏啸的后背非常宽大，身上略带烟味的气息，让人安心得想睡。

"我当你是我父亲，很久了。"唐凌的声音很小，他如果要流畅地说话，只能用那么微小的声音。

这话似乎一说出来，就断断续续地散在了风中。苏啸没有任何的反应，脸僵硬得厉害，只是鼻子微微抽了抽。他似乎没有听见。心中却一直反复地重复着一句话："唐风这个家伙会不会揍老子？会不会揍老子？"

终于，来到了17号安全区那一堵巨大的城墙前。苏啸深吸了一口气，直接一跃而上，无数由尘土组成的阶梯会恰到好处地出现在他的脚下，让他借力顺利地攀登上了城墙的顶端。

"嘀……"站在城墙的顶端，苏啸似乎有些累了，长吁了一口气。

　　朦胧的紫月笼罩着，高大的城墙下。曾经应该是聚居地的这一片，已经悄然恢复了生机了。唐凌从离开，就再也没有回来过，如今映入他眼中的，竟然会是如此熟悉的一切。看，铺满紫色百叶草的小丘坡。看，环形的灌木丛中，秘密地会聚集雨后水坑的洼地。看，那些乱七八糟的草丛中，唐凌能指出好多都是入口之地。

　　再看，唐凌的双眼通红。因为他看见了火光，看见了一群似乎是流浪者的人，聚集在一起，升起了火堆，取暖，做食物，在人群的中央，是一群呀呀笑闹的孩子。

　　"没有什么会永恒地生存着，所以也就没有什么会永恒地消失，除了时间。但时间也是在轮回中流转，从未改变。"苏啸这样对唐凌说了一句。

　　"那，婆婆和妹妹呢？"唐凌的身体多少恢复了一些，沿路努力地吞咽大把的凶兽肉，总算有了一些作用。

　　"她们在你的记忆力长存。"

　　"我要是没了呢？"

　　"那就活在你的传承之人心里。"

　　"那终究被遗忘了呢？"

　　"那一刻的时间记录了她们，她们被带到了宇宙深处，总有一天，会归来。"

　　"你骗小孩子呢？"

　　"你也无法证明她们不会归来，对吗？我们本来就是时光中的微尘。"苏啸说到这里，哈哈大笑，从高高的城墙上一跃而下，他在聚集地的灌木林中快速奔跑，吓得那些流浪者目瞪口呆。

　　而唐凌就像恢复了力气，忽然转头对他们大声说道："往前七十米，倒数第二个灌木丛，有入口，地下安全。"

　　流浪者们面面相觑。苏啸则背着唐凌快速地朝着莽林跑去。

　　莽林的边缘。一个看起来沉稳又高大的男子，默默地看着在灌木丛中奔跑的苏啸。在他的身后，就是森然的莽林，在高大的树丛之中，隐藏着起码上百个影影绰绰的身影。

　　苏啸的脚步慢了下来。接着，他停了下来，稍微踌躇了一下，还是朝着前方慢慢地走去。

　　"有事？"唐凌也察觉到了危险。也不知道是否虚弱状态的原因，唐凌连感知都变弱了一些。

"不是大事。"苏啸平静地说道，但接着又说了一句，"但必须要快一些解决，否则麻烦无穷。毕竟，你的身份已经暴露了。"

"……"唐凌无言，不知道为何，他对那个从未谋面的父亲的抗拒又加深了一层。为何要牵扯那么多的人？！就算死后那么多年了，还要牵扯那么多人！

其实，苏啸状态不好，唐凌能够感觉得到的。他竟然用凶兽肉补充了能量，才能奔跑，这样的状态，会好？

两分钟后。莽林边缘，苏啸和一个身穿游猎服，面色沉稳，脸上都是浓密胡须的高大男子遥遥相对。苏啸解开了身上的绳子，放下了唐凌，把那个装着凶兽肉的包放在了唐凌面前。"我没有想到是你，齐军。"这是苏啸开口的第一句话。

他认识眼前这个男人，他直接叫出了他的名字。

"我的佣兵团距离这里最近，所以我就来了。"被唤作齐军的男人淡淡地说道。

"所以，已经开始通缉了？最高通缉令？"苏啸扬眉。

"是，最高通缉令。你懂，你身后的那个少年，他有多重的分量。"齐军从背上拔出了一根短棍，轻轻一抖，短棍就变成了齐眉长棍。

"嗯，我懂。"苏啸扯开了黑色的大氅，扔到了一旁，大氅内是一身简单的护甲，黑色的，门板一样的巨剑就藏在大氅之下，苏啸将黑色的巨剑握在了手中。

"拔剑了，你认真的？"齐军的神色微微变了变，但随后他像想起了什么一样，忽然开口说道，"不要再消耗自己，我知道那个秘密。束手就擒，你有活命的机会。不论如何，我们曾经并肩而战，我对你的情谊没有掺假。"

面对齐军的说法，苏啸忽然叹息了一声，望着黑沉沉的天空，幽幽地说道："齐军，你这一辈子可曾有过后悔？"

"你是指背叛龙军的事情？"齐军似乎很了解苏啸想要询问什么。

苏啸不答，只是定定地看着齐军。

"他死了，别的人还要活着。"齐军叹息了一声，"所以，我不后悔。战吧，苏啸。"他双手持棍，直指苏啸。

　　与此同时，在他身后隐藏在莽林之中的一百多个人站了出来，将此地形成了一个包围之势。总之，想要绕过他们突破到莽林中去，是一件非常困难的事情。

　　"齐军，其实，我并不想问你，你是否后悔背叛龙军。以我对你的了解，你的欲望如此之多，你怎么可能后悔背叛？"苏啸说话间，从腰间的小袋子里拿出了一样东西。这是一管药剂，药剂是黑色的，但又透着幽幽的荧光，在这黑沉的夜里，也不能让人轻易地忽视。

　　齐军的脸色这一次才真正地变了。

　　但苏啸似乎根本不给他机会，直接捏爆了手中的药剂倒入了口中，整个人爆发出惊天的气势："我其实是想问你，你是否为你的自以为是后悔过？"说话间，苏啸的黑色巨剑朝着齐军身后的人猛地挥舞了一下，一道黄色的光芒从剑尖溢出，地面开始剧烈地震动，有些实力稍差的人甚至站不稳身体。

　　与此同时，一道不算高的土墙出现在了齐军和他身后的人之间，恰好将他们隔离开来。"以墙为界。逾越者，死！"苏啸一挥大剑，剑尖直指齐军。

　　齐军的脸色非常难看，他张了张口，想要说些什么，但终究什么也没有说，而是一扬手中的齐眉棍，直接砸向了苏啸。这一砸，他手中的齐眉棍发出了银色的耀眼光芒，开始无限地延长，朝着苏啸的胸口撞击而来。

　　苏啸将手中的大剑往地上重重地一插，瞬间，随着银色光芒直奔而来的路线，一道道的土墙拔地而起，直接挡在了银色光芒的前面。

　　"噗""噗""噗"，齐军狂吼了一声，将手中的齐眉棍朝着前方一撞。那银色的光芒就直接撞穿了一道又一道的土墙。

　　但在这个时候，苏啸身旁粉尘飞舞，一层巨大的厚厚土甲一下子将苏啸整个人都包裹了起来。而插在地上的巨剑也被苏啸一把拔起，直接挡在了身前。

　　"嘭！"一阵剧烈的响声发出，整个大地都在微微颤抖。苏啸的嘴角带着一丝狂放的笑容，黑色的巨剑挡住了银色的光芒。齐军脸色微微一变，身体旋转了半圈，手臂一收，那道银色的光芒就朝着后方要急速退去。而苏啸伸出了自己的大手，在虚空中一把朝着银色的光芒握了过去。

　　于是，虚空中就真的出现一只土色的大手，一把抓住了银色光芒的尾端。一层层的厚土如同暴涨而来的潮水，从银色光芒的尾端开始蔓延，直直地朝着齐军包裹而去。

　　齐军脸色一沉，直接将手中的齐眉棍抛开，双手发出了同样的银色光芒，朝着土色蔓延开来的地方大吼了一声："斩！"

"轰"，蔓延的土色被齐军手上银色的光芒斩断，但与此同时，苏啸高呼了一声："爆！"随着这一声话语落下，之前阻挡银色光芒而竖立起的土墙，还有抓着齐军棍芒的大手，以及从大手上蔓延而出，被齐军斩断的土色长蛇，都瞬间爆裂开来。化作了一个个拳头大小的土块，带着惊人的速度朝着齐军呼啸而去。

"啊！"齐军怒吼了一声，身上穿着的游猎服刹那裂开，露出了戴满银色宽镯的手臂。他交叉手臂挡在了身前，无数的银光从手臂上开始蔓延，将他的全身都包裹了起来。这些银光犹若化为了实质，就像水一般地流动，如同一件贴身的盔甲。

"砰砰砰"，无数土块撞击的声音不绝于耳。

齐军一拳打出，想要破开这些土块，但在他的周围、地下，无数的厚土蔓延而出，包裹了他的双腿。他只能被动地承受这些土块不停的撞击。渐渐地，他整个人就被无数的土块淹没了起来。

而苏啸在这个时候，双腿张开，抬起了一只手，大吼了一声："收！""轰"的一声，淹没齐军的松散土块，就像被两只无形的大手挤压了一般，原本有十米左右宽，七八米高的土堆，一下子就被挤压成了一个不规则的，直径只有两米多一些的圆形土球。

一丝丝鲜血从圆形的土球中慢慢渗出。在不高的土墙后，齐军的手下看见了这一幕，有忠诚的人想要冲过来，却被土墙上突然出现的土刺，刺了个对穿。

苏啸拖着巨型的黑色大剑，一步步地朝着那个渗着血迹的土球走了过去。他点上了一只卷烟，似乎有些疲惫，有些伤感，他轻声地说道："在我巅峰时期的最后，终于领悟了这一招，高度挤压下的泥土有着无限的可能。我这一招，原本是要和星辰议会的议员对战用的。"

说到这里，苏啸吐了一口烟，烟雾氤氲中，看不清他的表情："但我真的没有想到，会用在你身上，我亲爱的战友。"话音刚落，他手中的巨剑扬起，朝着那个土球一斩而下。

第212章 黑色箱子

"这就是高阶紫月战士的战斗？"唐凌一边麻木地往自己嘴里塞着凶兽肉，一边这样想着。随着他开始渐渐地恢复，心底便生出一股蔓延不散的伤感，他必须想一些别的，来让自己转移注意力。

苏啸的巨剑落下，土球被斩为了两半。土块这个时候才慢慢地散去，露出了被土球包裹的齐军。他的身体被一剑斜斜地斩过，也成了两半，可是高阶紫月战士的生命力实在顽强，他还活着。苏啸叼着烟，眯着眼，大剑抵在了齐军的脖颈。

"我，咳，没有，没有想到，想到是子母药剂。"齐军费劲地说出了一句话。

"你没有想到的事情还有很多，去吧，见到唐风，你该对他交代。"苏啸的巨剑就要落下。

"你，你会死。"齐军喷出了一大口鲜血。

"我死得其所。"苏啸扔掉了口中的卷烟，一剑落下，齐军死去。

苏啸的神色看不出悲伤，也看不出愤怒，只有一股沧桑的疲惫。"土墙散去前，逾越者死！"苏啸回头，望着土墙后跟随齐军的雇佣兵，只是这样说了一句。然后，他朝着唐凌走去。

在这个时候，黎明终于要到来，在东方露出了一丝让人想哭的光亮。这一夜，似乎黑暗了太久。苏啸看着唐凌，脸上是如释重负的微笑。而唐凌看着苏啸，不知道是否是错觉，总觉得每走一步，苏啸就老去一分。在离唐凌还有两米的地方，苏啸停住了脚步。"恢复得怎么样了？"他开口问道。

"战斗力没有全部恢复，背着你跑没有问题。"唐凌站了起来，将地上的背包一把抓起来，背在了前方，他没有忘记拿走苏啸的黑色大氅。

"嗯，不用背我了。我数一二三，你就跑。"苏啸的身体开始有些晃动。

唐凌瞄了一眼在土墙后那些不敢妄动的身影，淡淡地说道："不知道这些家伙是什么实力啊？现在，你说了不算。"说完这句话，唐凌走向了苏啸，深吸了一口气，一下子将苏啸扛在了背上，朝着某个地方疾驰而去。

"轰"，土墙轰然倒塌。

看着唐凌背着苏啸奔跑的身影，那一百多个雇佣兵似乎终于反应了过来，呼呼喝喝地朝着唐凌的身影追了过去。

唐凌回头看了一眼。还好，这些人里面最强的应该不会超过二阶紫月战士，那就一起去送死吧。

聚居地有唐凌熟悉的味道，奔跑中的晨风夹杂着泥土和草根混合的气息，让人总是忍不住想起了小时候。在那个时候，唐凌没有父母，只有婆婆和妹妹，但也没有那么多的烦恼和悲伤，他只需要和相依为命的人简单地活下去。虽然还是会忍不住向往安全区内的生活啊。

唐凌一直都在怀念着过往。可是，如果可以的话，他愿意在简单的生活中早一些认识一个人，那就是苏啸。把他当作父亲。

唐凌真的是愿意的，虽然他曾经从来没有想过在最宝贵的记忆里，再多增加一个人。但此刻，他真的愿意，他真的想。苏啸不必强大，甚至可以经常揍他，但他还是会好好地对待他，打猎让他吃饭，甚至烧热水为他洗脚。其实没有什么的，生活越简单越好。

唐凌不知道自己在胡思乱想一些什么，他就是心很慌而已，心慌时间一秒一秒地流过，心慌他该做一些什么去挽救。就是因为没有办法啊，所以才会胡思乱想吧。

想去孝顺苏啸，想平凡简单的细节。唐凌并不是无所不能，他不能阻挡时间的流逝，他也不能阻挡眼角的余光看见苏啸的皮肤在慢慢地变化。变得没有光泽，变得皱褶……

他似乎快要不能承受这个重担，所以跑动的速度也变得慢了起来。他似乎因为慌乱过度，他在朝着17号安全区的方向奔跑。身后的人近了，离唐凌越来越近……

唐凌看见了一个地方，那个地方曾经是一个出口，从这个出口出来以后，唐凌的生活就发生了翻天覆地的变化。出口近了！唐凌猛地停顿，一个急转，朝着那个出口飞奔而去。

但这样的动作也没有拉开他和身后追兵的距离，反而更加接近，跑在最前方的追兵似乎一伸手就能捉住唐凌。唐凌显得有些慌不择路一般，忽然朝着地面上的一个洞口猛地跳了下去。身后的追兵伸出的手却抓了一个空。

可就这样算了吗？这可是最高通缉令上的目标人物啊！当然不可能！所以，这个跑在前方，几乎是实力最强的追兵，一下子就跟随唐凌跳进了这个入口。

接着，一个，两个，三个，一连串的人跳入了这个入口。惨叫声猛地响起。唐凌一只手臂抓住墙边的爬梯，冷冷地看着和蛇群战成一团的这些雇佣兵。没有想到当初追得他狼狈不堪的大蛇，竟然在这个时候成了自己的依仗。幸好已经不是以前那样无知了啊，现在知道了这条大蛇竟然是七级变异兽。想当初，是何来一战勇气的？

当然，只凭借它是无法挡住这些追兵的，可是架不住它小弟无穷多，缠斗一些时间，拖延一些时间是完全可以做到的。想到这里，唐凌松开了抓住的爬梯，一跃而下，轻松避开了这混乱的战局，朝着地下通道的深处跑去。

追兵源源不绝地赶来，但只要进入了这里，唐凌就已经没有那么担心了。毕竟，地下通道是如何地错综复杂，不是聚居地的原住民，是不可能有深刻体会的。这些迷宫一样的道路，如果不认识路，就算实力再强又有什么用？唐凌也不担心自己的脚步声会暴露什么，毕竟进入了地下那么多人，脚步声是如此地凌乱。

背着苏啸，唐凌疯狂地奔跑着，他已经恢复了之前正常的速度。在之前，他刻意慢下来，只是为了引诱前方的追兵跳下"陷阱"而已。毕竟，能跑在最前方的人，一般都是实力最强的人，这批人被大蛇和它的蛇群缠住，后面的人就算追上来也不足为虑。

借着对地下通道的熟悉，唐凌终于摆脱了这一群追兵，而这时趴在他背上的苏啸也开口了，声音竟然带上了一丝苍老："臭小子，我没有发现你这么坏啊，这样的招数你也想得出来？"

"开玩笑，我在聚居地是白活了十几年？"唐凌尽量让自己的语气轻松起来。

"没想到，你竟然能顺利地逃出来。"苏啸有些感慨，这小子莫非真是奇迹小子。

"不然我能怎么办？我也是赌啊，要是那条大蛇不在这里了，我就只能背着你拼命了。"唐凌穿过了一堵被炸烂的墙，他知道在前方不远处，就是曾经夸克的商店了。

到了这里，唐凌的内心竟然有一些畏惧，是一种近乡情怯的畏惧。他不知道被尸人肆意破坏过后的聚居地，究竟会变成什么样子。

"叔,有地方可以去吗?"唐凌问了一句,只要没逃出这里,早晚都是死局。聚居地的地下也不可能一直庇护着他们。重点,还是要逃出去啊!

苏啸没有说话,而是从怀中掏出了一张地图,拍在了唐凌的肩上:"我刚才想要给你的,结果谁让你背着老子就跑?"

唐凌收起了地图,开口问道:"远吗?"

"不远,就在附近。我留下的秘密藏身地。"苏啸的语气中带着一丝得意。

"安全吗?"唐凌问了一句。

"绝对安全!就算不带着我,你也必须去一趟那里。否则,你觉得天下之大,你能去哪里?"苏啸似乎从一战的疲惫中缓了过来,和唐凌开始了有来有往的对话。

"去了你那里,又能发生什么?莫非天下我就去得了?"听着苏啸恢复了一些,唐凌的心情稍安,他连忙抓了一把凶兽肉往苏啸嘴里塞。苏啸也不拒绝,直接吞了。这让唐凌露出了孩子一般的笑容。

"总之,你去了就知道了。"苏啸一边嚼着凶兽肉,回答得有些含含糊糊。

剩下的不长的通道,只是在短短的对话间,就已经到了尽头。在尽头处,是一堆碎石堵住的出口。几个月过去了,这里依旧没有什么变化。

"叔,你等一下。"唐凌放下了苏啸,开始清理那一堆碎石。对于几个月前刚离去的他,这恐怕是一个有些困难的任务,但对于现在的他来说,不过就是三五分钟的事情。

唐凌非常专心地忙碌着,他似乎根本没有看见被放下来的苏啸,一张脸已经变了。变得很苍老,就像考克莱恩那样苍老……哪里像一个壮年时期的硬汉。

唐凌搬开了一块巨大的碎石,扬起的粉尘似乎迷了他的眼,他狠狠地擦了一把脸,然后一脚狠狠地踹过去,踢开了这个被炸药搞出来的碎石堆。自己出走时,还连炸药是什么都弄不清楚,而现在,分明只是过了几个月,为何会有一种恍如隔世的感觉呢?

唐凌重新背起了苏啸,踏入了曾经是夸克商店的这个地方。这里没有灯光,因为早就没有人居住,所以黑沉沉一片。整个曾经是夸克储藏室的地方,弥漫着一股难闻的、还未彻底散去的,干涸的血腥味与腐朽味。以唐凌的目力也难以看清这里面究竟是什么样子,倒是苏啸提醒了唐凌一句:"我的背包里有手电。"

唐凌犹豫了一下，他实在不想看见曾经的聚居地变成了什么样子。但为了节省时间，快一些出去，他还是从包里拿出了手电筒并打开了。和预料中的一样，这里堆满了残肢断臂，可见当时的情景有多么惨烈。可不用担心这里有尸人，因为尸体都被啃噬得几乎没有一具完整的留下，能保留半截躯干的都算幸运，还如何变成尸人？

而当夜的尸人是受人操控的，那个银发黑袍人离去了，尸人自然也被指挥着离去了。仇恨似乎从回到这里就开始沸腾，唐凌深吸了一口气，呛咳了一声，努力让自己平静下来。他一脚踢开了挡路的杂物，想要背着苏啸走出这间储藏室，但在这个时候，他却瞥见了在角落里，有一截残存的臂骨。

这个臂骨没有手掌，前方只有一个黑色的小洞口。这让唐凌微微停顿了一下，他忽然想起了当日。这个储藏室，是有两排架子的，可当他带着婆婆和妹妹回来时，那两排架子就不在了。通过这截臂骨，倒是让唐凌无意中发现了夸克的一个小秘密，原来这间储藏室是有地下室的。

臂骨的主人，生前不知道是在挣扎还是什么的时候，无意中发现了这个秘密。他开始拼命地挖掘，想要逃到地下室，但……

唐凌闭上双眼，平静了一下心情，不愿再想。其实夸克的收藏他也并没有兴趣，只是心中想起夸克被抓走那一夜忽然念给他的一串数字，让唐凌稍微踌躇了一下。不过，只是不到半秒，他便背起苏啸就要离开这里。

可是，唐凌微微的停顿让苏啸似乎有了一些兴趣，他开口问了一句："你发现了什么？"

唐凌一边踢开杂物前行，一边说道："这里曾经是聚居地的一个杂物店，最大的杂物店。我在聚居地生活时，常常到这里和老板换食物。"

"然后呢？这里会有什么？"苏啸好像非常感兴趣。

"嗯，这里曾经是那个老板的储藏室，我现在怀疑这里有地下室。"唐凌没有隐瞒苏啸的意思，这时他们已经走出了储藏室。

"哦，那回去，快回去。我想看看，是不是真的有地下室。"苏啸大声地喊道。

唐凌斜了苏啸一眼："叔，我们在逃命！你认为一个聚居地杂物店的老板能收藏什么好东西吗？"

"我现在已经时日无多了，最后还能进行一场冒险，为什么不？不在乎这些时间，我们会安全的。"苏啸非常坚持，几乎是朝着唐凌怒吼。

"时日无多"四个字在苏啸口中说出来竟是如此地轻松。唐凌的心一紧，一股悲伤慌乱马上就涌上了心头，他也大声怒吼道："老头子，你瞎说什么呢？"

"那你去不去？"苏啸根本无惧唐凌的嘶吼，有些事情他从来都不逃避。

唐凌忽然委屈得想要放声大哭，他应该怎么办啊，可是他无法拒绝苏啸，似乎去找那个地下室是让苏啸快乐的事情，自己拒绝不了。忍着这样复杂的情绪，唐凌背着苏啸转身又进入了这个储藏室，他径直走到了那截臂骨处，脚朝着下方狠狠地一踩，地面立刻就起了密密麻麻的龟裂。

苏啸一下就兴奋了起来，这种龟裂说明真的有个地下室。唐凌放下苏啸，挑选了一件有些重量的杂物，朝着那些龟裂的地方狠狠地砸了下去。

伴随着"轰"的一声闷响，烟尘中，手电的灯光下，一间不大的地下密室出现在了两人的眼前。

"背我下去。"苏啸指挥着唐凌。唐凌只想快一些满足了苏啸，就立刻离开，于是二话不说地背起苏啸一起跳了下去。

过去了几个月，这个地下室也散发着淡淡的腐朽气味，地面竟然堆积着很多风干的肉食，但因为被人挖出了一个小孔，所以不再是密不透风的环境，淡淡的腐朽味就是来自它们。

"嘿，看我看见了什么？这个老板还真收藏了一些好东西。"苏啸似乎十分兴奋。他没有像唐凌这个吃货，一进来首先关注吃的，而是借着手电光，看着两边的架子，开始大呼小叫起来。

这些架子上其实也没有摆什么特别的东西，现在看来无非就是一些前文明的书籍，还有就是一些夸克指明了特征的，一些在现在的唐凌看来都略有些奇怪的东西，估计应该是一些矿石。但莽林能出产什么好的矿石吗？苏啸叔是不是兴奋过头了，竟然被这些东西迷住了眼？

"来，把这个收起来。

"这个，这个，还有这个……"苏啸指挥着唐凌，开始收取架子上的一些东西，主要是一些石头或者骨头。

唐凌为了不耽误时间，没有反驳，而是默默地把这些分量并不轻的东西都收进了背包。七八块以后，唐凌有些受不了了："叔，能不能只要精品？这些很重。"

"你这些时间白修炼了？你知道吗？这个老板有些眼力，这些东西都是精品材料，我还为你收取了那么多结晶，你之后一定要学习锻造。"苏啸拍了一下唐凌的脑袋。这一下，完全不如以前有力，但唐凌却莫名地激动。他倒是没有在乎什么锻造之类的话，就因为苏啸拍了他一下，他开始卖力地收了起来，有些苏啸没指名的东西他都积极地往背包里塞。

直到，他和苏啸同时看见了一个黑色的小箱子。"真的是他？"苏啸忽然有些激动，一下子捏住了唐凌的肩膀。

第213章　朵莉之箱

距离17号安全区前方六公里的莽林深处，这里有一片非常不起眼的山涧。溪水在这里汇流，一个小山坡的落差，形成了一片小小的瀑布。瀑布之下，是一个不大的水潭。水潭左侧又是一条小溪，继续蜿蜒地朝着南方流去。这里的风景让人感到宁静，但绝对不是普通人能够踏足的地方。因为这里有自然的水源，已经达到了三级饮用水的标准，所以每天中午，会有大量的各种动物来这里喝水。

至于水潭更是危险，因为其中有一条杜巴猎鱼，身长达七米，一口利齿，坚硬的鳞甲，强而有力的鱼鳍能够让它短暂地跃出水面，进行突袭。唐凌曾亲眼见到一头雪融斑点鹿，在溪边喝水时，被猛地弹出的杜巴猎鱼一口咬住，拖入了水中。

总之，因为这些因素，这里非常安静，就算有捕猎任务的战士也不会选择来这种地方，一不小心就会陷入围攻。

唐凌在溪边用军用水壶取了整整一壶水，他倒是渴望那条杜巴猎鱼能来找麻烦。顺便就收拾了，熬个鱼汤给苏啸喝。可是，很安静，什么麻烦也没有发生。

取完水以后，唐凌沿着小溪朝南走了不到五百米，就钻入了溪边的小树林。这是一片没有任何特别的小树林，长满了舞根树。这种树本身并不高大，却有特别发达粗壮的根系，它们爱长在溪边，其中一小半的根系都裸露在外，彼此交错在一起，像极了一个个热情的拉在一起跳舞的人。夏末初秋，舞根树的叶子会变为深绿、浅蓝、莹白三种颜色，倒映在莹莹的溪水中，非常美丽。

唐凌却无心欣赏什么景色，而是在交错复杂的根系丛中走着，一直走到接近中央的那一棵舞根树旁，他才猛地一下子钻入了根系丛中。在这里，掩藏在根系丛中，有一个非常小的，仅容一人通过的，斜向下通行的洞穴。洞穴中依旧树根交错，但绕过这些树根，会发现在树根交错最密集，快形成一张树根网的中央，有一个雪白的、巨大的蘑菇。

这种蘑菇叫作屋屋菇，是野外流浪者最爱的一种蘑菇。因为它那巨大的菌柄直径能够达到五米，并且菌柄上有一个裂缝。钻入以后，中空的菌柄里有足够大的空间，就像一间小屋，而且是有着柔软的墙壁和地面的小屋。加上屋屋菇到了夜里，本身还会散发微微的暖意，睡在里面是一件非常舒服的事情。另外，它总是能吸引一种没有什么攻击性、爱吃花蜜的一级变异昆虫大肚亮亮虫来这里筑巢，所以这种屋屋菇等于自带了灯光。毕竟大肚亮亮虫很懒，除了一个月偶尔会有三五天出去寻觅花蜜，平时总会趴在那里，从肚子上散发着柔和的、带着一些梦幻色彩的淡粉色光芒。

也不知道苏啸是怎么找到这只屋屋菇的，要知道屋屋菇的生长没有任何规律，总是乱七八糟地长在任何你意想不到的地方，是最可遇而不可求的一种大蘑菇。唐凌想着，钻入了这只屋屋菇。

苏啸把这只屋屋菇布置得颇为舒服，也许是早就已经做好了跑路的准备，又或者是因为他本身就经常在这里躲藏。所以，在这屋屋菇中，有一些简单的家具，就比如拼接的榻榻米，拼接的小沙发和小圆桌，还堆着一些杂物和一个显眼的布娃娃，非常有童趣的模样。唐凌没有想到苏啸还有这种爱好，他把屋屋菇的缝隙撑大了一些，就蹲在这里烧起了热水。

唐凌的心很痛，而苏啸的表情却异常宁静，他一直在研究着那个黑色的箱子，但唐凌自始至终都没有表现出对这个箱子的任何兴趣。

水很快就烧热了，唐凌加了一把刚才在溪边采集的银边菊，然后倒入了一个木杯中，端给苏啸。苏啸接了过去，喝了一口，银边菊的清香在口中散开，他眯起了眼睛："唔，真是让人怀念的味道。"

唐凌低着头，他现在根本就没有勇气多看苏啸一眼。只是不到一个小时的时间，从他将苏啸背来这里，到他为喊着口渴的苏啸打水烧水，真的只过了不到一个小时时间，苏啸已经苍老得让人心酸。原来多么高大健壮的男人啊，现在已经干枯得只剩下了曾经一半的体重。那鼓胀的肌肉萎缩了下去，皮肤干瘪得全是皱褶，白色的头发已经大半变为了银色，而且稀疏了许多。高大的身材也佝偻了起来，怎么也挺不直的样子。脸也苍老了，额头的皱纹，眼角的细纹，原本那条不管是哪张脸都有的刀疤也失去了铁血狰狞的味道，曾经泛着青光的下巴，如今只有稀稀拉拉的几根白须。

"银边菊，是旅途中的好伙伴，喝一杯银边菊茶，能够消除疲劳和燥热啊。"苏啸捧着茶，就真的像一个老头子，他一边说着，一边拍着地上的黑箱子，对唐凌说道，"知道这个箱子吗？以你的见识一定不知道的，曾经那家杂货店的老板……"

唐凌一边听着，一边故作轻松地伸了一个懒腰，打断了苏啸的话："叔，你应该给我说重点了。"

"什么重点？"苏啸抬头，然后咧嘴一笑，"我可是有许多重点要说给你听，臭小子给我坐过来。"

这笑容多么熟悉啊，不管脸怎么变化，那嘴角上扬的弧度，笑起来的眼神都是属于苏啸的，特别的笑容。但唐凌想哭，曾经这样的笑容带着七分霸气，三分嚣张，如今只有苍老的沧桑。这是一种无法停止的慌张，每一秒都如同割肉一般的折磨，谁能承受亲人在一夕间老去？而你还必须看着，眼睁睁地看着，无力地看着，折磨地度过每一秒。

"先别扯旁的，说吧，你这个状态要怎么阻止，我去想办法。"唐凌忍着喉咙发痛的酸涩，非常随意地问道。

就好像用了这样的问话方式，苏啸身上发生的就不是大事，一定是有办法的。不管他现在什么样子，只要能够停止这种快速老去的状态就好。

"没有办法。关于时间的物品，几乎都是无解的。"苏啸非常平静地吹开了杯中水面上漂着的银边菊，语气非常平静，"况且，我动用了两支。一支是时光回溯药剂，它能让我短暂地恢复到巅峰时期的状态。代价就是透支生命力，快速地苍老，这很公平。至于第二支，是最好的狂暴药剂，也是能让人瞬间回复巅峰状态，而且能够爆发出超越自身状态的力量。你如今也开始修炼了，你懂的，这种药剂都是刺激细胞，投资细胞活力的。两相叠加，你认为有解？"

苏啸喝了一口热水，抬眼看了一眼唐凌，然后又把自己的手重重地拍在了唐凌的肩膀上，哈哈大笑："我以为我很快就死了，毕竟我已经四十八岁了，如此透支生命力，还能活十分钟？但事实证明，我能够活很长的时间。所

以，快一个小时了吧？我还没有死。幸好，你把我背出来了，不然躺在那里一个小时，太……"苏啸很洒脱，摸了摸唐凌的头，"不然，也要错过这个黑箱子。"

唐凌的心，在这一刻再次破碎了。他非常痛恨这种感觉啊！从婆婆，到妹妹，到薇安，到阿米尔，到苏啸……每一次，每一次的内心碎裂，也不知道到底还能够承受几次？但偏偏生命又是如此残酷，残酷到每一次都必须去面对，容不得半分逃避。这一次自己又应该用怎样的姿态去面对呢？是像婆婆和妹妹死后那样，彻底陷入疯狂？还是像薇安死去那一刻，压抑着火山爆发一般的悲伤，强作镇定？

不……这是面对父亲吧，所以要用男人的方式。所以，唐凌抬头，脸上是和苏啸同样洒脱的笑容，他翻找着，从行李袋中找出了一包香烟。熟悉的牌子，来自瑟琳娜夫人黑市，然后点燃两支，他一支，苏啸一支。

"好吧，这个箱子有什么特别？"唐凌加快了语速。

苏啸深深地看了一眼唐凌，然后说道："在这个世界，有一个无比混乱，无法有势力统一的地方，叫作黑暗之港。在那里没有秩序，没有法则，只有一套已经形成了自有体系的做事方式，只把交易看作是神圣不可侵犯的事。嗯，这样的地方，也可以叫作自由之港。"

"重点是什么呢？"唐凌吸了一口烟。

"重点就是这个箱子，来自黑暗之港。是黑暗之港最出名三种箱子之一——朵莉黑暗箱。"苏啸说到这里，有些累，稍微喘息了几声。

唐凌则再为苏啸斟满了水："黑暗之港感觉箱子很多啊，叔，你想要吃饭吗？"

"不吃了，时间不够。"苏啸拒绝的语气很平常，他拍着那个箱子说道，"呵呵，箱子文化是黑暗之港一种特色的文化。你很快就会了解。"

"嗯，为什么我很快就会了解？"唐凌询问了一句，他站起来说道，"叔，很快的，我去抓一条鱼，咱们一起吃一顿。我看见背包里有酒。"

"因为，你下个目的地就是黑暗之港。首先，只有在那里，你才能将自己隐藏起来。第二，你必须要找一个人，对你以后的生命异常关键的人。"

"什么人？"唐凌找来了一个木桶提在了手中，他现在其实对于找什么人，没有一丝一毫的兴趣。

"零。他叫作零！"苏啸很认真地看着唐凌。说到零这个名字时，他的眼中流露出了只有谈及唐风时，才会流露出的那种崇敬。

"嗯，我先出去一趟。很快，等我。"唐凌表示记住了，很快就冲出了屋屋菇。

而苏啸望着唐凌的背影，并没有阻止，他说了那么多话，有些犯困，想眯小一会儿，人老了，就是这样吗？他不怕时间来不及，毕竟早就料到可能会有这么一天，所以已经提前做好了准备。想到这里，他颇有些费力地站了起来，走到了这个充满童趣的小屋一角。在这里，有一个边角被打磨得很圆滑，六面都雕刻着可爱花儿的箱子。

苏啸打开了箱子，从中取出了两本黑色的册子。他喘着气，非常劳累，把两本黑色的册子抱在怀里，就垂着头睡着了，鼾声时断时续。

唐凌走了出去，如同风一般地奔跑到溪边，他狠狠地捶着自己的胸口，疼痛让他非常难受。可是，不能流露出悲伤啊！不能，一点儿都不能！因为，苏啸一直都是顶天立地、洒脱无比的汉子，在生死这件事情上亦是如此。他不会喜欢有人悲悲戚戚地在他生命的最后时刻，用这样的方式同他告别。

告别吗？绝不！唐凌有些恍惚地抓住了一条鱼，然后提着满满的一桶水，又回到了屋屋菇。他动作很快，从抓鱼，打水，来回，只用了不到五分钟的时间。

回来时，他看见苏啸倚在一个箱子边一动不动，心立刻就收紧了。他冲了过去，几乎是颤抖着将手放在了苏啸的鼻子边，另外一只手放在苏啸的心口。还好，还好，还好！唐凌低头，强忍着颤抖，让自己不要流泪，一滴泪都不能流。

"臭小子，你干吗？你以为我死了吗？"苏啸忽然醒了，老人家的睡眠都很轻。

"没有，我就是想叫醒你，你的鼾声太吓人了。"唐凌笑着，一副嫌弃的表情，"叔，去那边睡吧。我做饭，很快很快的。"唐凌说话间，很轻易地就背起了苏啸，把他放在了榻榻米上。

苏啸嗯哦了两声，也没有表示反对，他的确非常疲惫。时间只是过了一个小时吗？就一个小时，苏啸被唐凌背在背上的感觉已经轻了三分之一。

唐凌的精准本能在不停地运行，他在计算，还有多少的时间，苏啸会彻底地消耗掉剩余的生命力。时间不可逆转，无解吗？不，如果真的是这样，他也必须要留住时间！

第214章　冻结

精准本能失去了效用，因为要怎么计算时间？生命力这种东西又要怎么计量？唐凌蹲在树根上，一刀一刀地片着鱼，一次又一次地咬紧牙关，把眼泪憋回眼里。鱼片很快就会被烫熟，只要一两分钟吧。他在附近顺手扯了一把随处可见的紫姜叶，放入汤里，能够暖暖身体的吧。

唐凌没有别的想法，他倔强地想要做一顿最简单的饭，是想让这样最简单的温暖，能够陪伴着苏啸接下来的孤独时间，抵抗着一个人要睡很久的冰冷与寂寞。他，会孤独地睡多久呢？唐凌心酸得要命。

滚烫的鱼汤就摆在小圆桌上，唐凌将苏啸背了过来。苏啸一直有些迷迷糊糊，只是一个还没有午睡时间长的小憩，他又苍老了很多，手开始不停地颤抖。

唐凌默默地盛了一碗鱼片汤，将烫得刚刚好的鱼片喂到了苏啸口中。没有鱼刺，轻轻一抿便能下咽。苏啸微微点头，表示好吃，但很快眼中又流露出一丝自嘲的目光——已经到这个地步了吗？吃饭都要人喂。

"叔，就算你活蹦乱跳的，我也应该喂你吃饭，是这个道理。"这是什么道理？唐凌一如既往，到了最难过的时候，便会言语凌乱。

"给……"苏啸将两个黑皮册子递给了唐凌，然后喝下一口汤，费力地说道，"地图，通往黑暗之港，不然你得死在这群山之间。另外一本，记录了很多事，你要看。"

"嗯。"唐凌点头。

"我要死了吧？"苏啸推开了碗，他是真的已经吃不下了，但他心里很满足，他没有想到回归的时候能如此安宁，自己当作半个儿子的臭小子守在身边。能有一餐热饭，安然地躺在这个寄托着他无数思念的屋屋菇中，安然睡去。一切，都很好，剩下的只有等待了。

"抽，抽根烟。"苏啸半靠在榻榻米上。

"嗯。"唐凌默默地点上了一支烟，递给苏啸，又找了一个舒服的姿势，将他的身体放在榻榻米上。然后，唐凌起身，将那一件黑色的大氅盖在了苏啸的身上。因为，屋中变得有些冷。

苏啸的手抚过黑色的大氅，忽然说道："这是我妻子给我做的，但她死了。我一次出征回来，她就已经死在了仇家的手中。但我报仇了。"苏啸望着唐凌，勉强挤出一丝笑容。唐凌握紧了苏啸的手。

"有些冷啊。"苏啸缩了一下身体，看着唐凌接着说道，"我还有一个女儿，她不见了，她叫苏露。以后，以后帮我找到她。带她来这里，告诉她，我很想她，她看见这个屋子会明白的。"苏啸握紧了唐凌的手。

唐凌点头，他其实也明白，这粉色的光芒，充满了童趣的布置，还有那个布娃娃，一切都是小女孩喜欢的。

"我呢，无聊的时候，就会来这里做木雕，是真的，这就是狂狮苏啸的爱好。"苏啸的眼睛半眯了起来。

唐凌没有动，急速下降的温度让人下意识地不想动。而屋屋菇中的大肚亮亮虫也飞走了，这里太冷了。所以，屋中变得一片黑暗。

"怎，怎么飞走了呢？"苏啸有些不解。

唐凌咬牙，另外一只握紧的拳头颤抖得厉害。

"外面是什么天气？"

"快下雨了，初秋雨天多。"唐凌试图保持语气的平稳。

"唔，这样啊，我苏啸会死在一个雨天。"苏啸的话开始含含糊糊，几乎每一个字都在喉咙里翻滚。

但唐凌能够听懂。

"罗娜在夕米城，你如果会去，能见到她，告诉她，我找了别的女人，生了一堆孩子。"

"嗯。"

"那个箱子，打开它，我觉得你能有办法打开，但不要用暴力破坏。我不太放心你。"

"嗯。"唐凌看见薄冰在蔓延，快速地蔓延，就要冻结。

"龙军都潜伏了起来，但老去的龙军已经不重要了。重要的是，你该去寻找唐风为你准备的名单上的人。他们会成为你最重要的伙伴。"

唐凌沉默，但很快又"嗯"了一声，苏啸叔就快要睡去了，他没有必要让他在睡前还生自己的气，他要有一个好梦。

"我知道你不想听，但我这一辈子最好的兄弟，是唐风，而唐风是你爸爸。"苏啸握紧了唐凌的手，薄冰冻住了他的脚。整间屋子充满了一种氤氲的雾气，每吸入一丝能都让人冷得颤抖。唐凌还能忍耐，这样的温度还能忍耐一会儿，就一会儿，他想多陪陪叔。因为接下来的日子，每一分每一秒，他都会很孤独，只能一个人静静地睡在这里。

"拿去。"苏啸另外一只手费力地抬起了一点儿，张开的大掌中躺着一枚正京币。唐凌无言地拿在手中，握紧。

"我，我，我也当你是儿子的，从你出生，出生时，就是，是了……"苏啸闭上了眼睛，周围好冷，冷得让人只想睡觉。

"嗯，是的，父亲。我也是这样想。"唐凌流出了一滴眼泪，还未滑出眼眶，便被冻住。

"我睡了。就一会儿。"还未抽完的烟已经冻结在苏啸嘴边。

"好，好好睡。我会来叫醒你。"唐凌松开了苏啸的手，层层的薄冰碎裂了。

唐凌抿紧了嘴角，像是不放心，又是不甘心："叔？叔？"黑暗的屋中没有任何的回应，温度从这一刻开始急剧下降！

唐凌沉默着，快速地将两本黑色的册子塞入背包，提起那个朵莉黑暗箱。背上了背包，他走到苏啸的面前，拿掉了他唇边的卷烟，放在了桌上，桌上之前还冒着腾腾热气的鱼汤，已经凝结成冰。

"等我回来叫醒你。"唐凌的声音一字一句带着颤抖，回荡在屋中，然后他冲出了屋屋菇，一把拉紧了屋屋菇的缝隙。

他的身上覆盖着一层薄冰，他踩在交错的树根网上，离开了十几米，然后回头。巨大的温差，让他身上的薄冰很快就化成了水。湿淋淋的唐凌就这样站着，看着整个屋屋菇渐渐凝结成了一个大大的冰块。

从此，这个大冰块，就会成为唐凌永远的挂念。

人在最难过的时候，会是什么样的心情？会有一些什么样的想法？这样的时刻，唐凌一共经历了两次，一次是婆婆和妹妹的离开，一次是苏啸的沉睡。

所以，他很有资格回答，是一片空白，一身麻木，没有目的，没有方向，不知道要做什么。就像现在，唐凌已经倚在舞根树旁，发呆了快两个小时。那些绿的、蓝的、白的叶子不停地在他的眼眸中飘动，在落下的秋雨中微微颤抖，就像倒映在一面虚空的镜子中。

是应该想起一些什么吧？是应该做一些什么吧？这样回忆就会涌来，他就会在回忆中看见想要看见的人。所以，唐凌拿过那个黑色的箱子，他当然知道怎么打开，在箱子上凌乱地排列着很多数字和看起来很有艺术感的轨道。这些轨道最后都交会在一个终点，一个笑容甜美，但眼神冰冷的小女孩雕像的手中。

唐凌开始拨动其中几个数字。

63527

当这五个数字汇聚在小女孩的手中时，箱子传来了"啪嗒"的声音，很轻易地就打开了。

箱子里有什么，唐凌一点儿都不好奇。他麻木地掀开箱子，整个箱子里只躺着一张银色的，巴掌大小的，纸片一样薄的东西。

唐凌拿起了这一片东西，正面什么都没有。后面倒有一行歪扭的字，是黑色的笔写上去的——

没有伟大的夸克·洛克尔偷不到的宝物，就比如这份"恐怖摇篮曲"名单。

"恐怖摇篮曲"名单？唐凌的眼睛变得通红，然后泪水伴随着秋雨"啪嗒""啪嗒"地落在了这张银页上。唐凌没有一点儿好奇，不好奇为什么所谓的"恐怖摇篮曲"名单就是一张空白无字的银页，更不好奇夸克·洛克尔是谁。

他只是看到这个词语，所有的记忆铺天盖地地涌来，一下子就将他吞没。所有的事情，都因为这张名单而起。自己既是唐风的儿子，也是这张空白名单上的一个人吧？然后……血色之夜，婆婆和妹妹死了。寻星仪和这张名单一定有着微妙的联系，然后……苏耀叔，不，苏啸叔出现了。

"我该怎么做？"

"吃光它。"

那么大一锅肉汤啊。

"你没有资格知道我是谁。"

"臭小子，你想挨揍吗？"

"那么能吃，你是哈士野猪吗？"

他豪气的样子，他偶尔会站在窗边追忆着什么，他偶尔忧伤的眼神……其实，是不是只是因为自己的存在，他才顽强地、坚持地活着，因为他的心早已死在了过去，死在了他一直在追忆的岁月之中。也不知道，自己的到来，有没有为他找到一丝新的目标，应该有吧？是一定有的吧，他还想找到女儿，不是吗？

唐凌捏紧了拳头，手上那张银页也跟着皱褶起来，却没有丝毫破碎的迹象。唐凌站了起来，有些茫然，他拿出了其中一本黑色的册子，一翻开上面就是张扬狂放的，用华夏文写成的字迹：

"嘿，臭小子，你翻看这本册子的时候，我已经……"唐凌"啪"的一声合上了册子，现在不适合看，这种心情真的不适合看。

他又略微有些慌乱地拿出了另外一本册子，一翻开，第一页就是一张手绘的，非常精细的总地图。可以看见，这张地图以这里的屋屋菇为起点，横穿了整个赫尔洛奇山脉，会经过六个安全村、三个安全区和一个安全城，然后到达一片海边。这片海，用非常简单却有力的几笔，画出了惊天的波浪，一看就充满了一种危险奇异的感觉。

而在海边，有一处月牙状的地带，在边缘处延伸出一座长桥，桥连接了一座岛屿。月牙状的地带，连同桥和那座岛屿，被统称为——黑暗之港。

而在这幅总地图的右下角，同样也写着一行华夏文字，龙飞凤舞，比苏啸叔的文字更加狂放，却在一些字迹的转折处，略微有些圆润，似乎又有些孩子气。

"笨小子，我相信你看到这幅总地图的时候，一定还是迷茫的。你哪有我聪明？所以，往后翻吧，每一处我都画上了详细的分地图。记得付钱，笨蛋。"

什么玩意儿！唐凌的心涌动着一股自己也说不上来的恨意，想直接撕掉那一行字。他知道，他明白这一行字出自谁的手笔，但他只想冷笑。是不是在死前就把一切都安排明白了？决定了自己应该去黑暗之港？目的是什么？是为了复兴龙军？然后，在这些细节上表现出关爱？如果真的关爱，能不能留下母亲的名字呢？相比于父亲，唐凌更想描绘出自己妈妈的样子，这是他内心最柔软的脆弱和温柔，从不与人诉说的思念和想象。

想起来，唐凌心中又涌起了一阵阵的酸楚，他忽然回头，看见了那棵舞根树，看见了在雨中朦胧的，只露出了一点点边角的17号安全区。要离开了。

有些孤单啊，这一次没有了苏啸叔，没有了一直朝夕相处的猛龙小队，没有了亲人，又要远离故乡……真的有些孤单啊。

唐凌吸了吸鼻子，一把抹干了眼泪。十五岁，真是一个该死的年纪，自己到了三十岁就不会如此了吧？他还是要去黑暗之港，因为他除了仇恨，现在还背负起了新的牵挂——沉睡的苏啸，十年的约定……前路茫茫，秋雨霏霏。

在17号安全区的一片墓园中。薇安墓碑前，有一个妇人牵着一个小男孩，在墓碑前放下了一束鲜花："亲爱的女儿，你的伙伴们都远行了。能远行的人都很幸福，我悲伤你只能永远地沉睡在这里。我也要离开了，带着你的弟弟潘迪。我收到了你伙伴们的资助与祝福，让我带着你的弟弟完成你未完成的一切。"雨中，妇人擦掉了眼中的一滴泪。

薇安的墓碑后，是阿米尔的墓碑，这个天赋出众的少年，犯过错的少年，也再没有了远行的机会。但在往后的时光中，他可以这样一直凝视着薇安，也算最后的安慰。

祝好。

第215章　唐凌之名

初秋的待星城很美。据说是前文明的枫树变异的幻火树，会在这个季节绽放出惊人的美丽。而待星城遍种幻火树。初秋清晨的阳光，远远没有那么炙热，只需要一点点光芒，幻火树便会折射出一团团如同火焰一般的红芒。

这些红芒随着幻火叶颜色深浅不同，也会呈现出不同的光芒，柔和又美丽，就像将黄昏的夕阳剪了下来，轻轻地放在了人间。满城的幻火香啊，这是幻火叶在这个季节会释放出的独特味道。如兰，似蜜，淡淡的，却悠远绵长。真是让人幸福的季节。

"啦啦……啦啦啦……"彼岸很愉快，两只洁白的脚丫在空中晃荡着，口中依旧哼着不成调的小曲。她最爱黄昏的夕阳。而这个季节，从清晨开始，就可以整天整天地看着夕阳，这景色让她沉沦，心中涌动着一股奇异的安宁。真是很愉快啊。

彼岸伸出了手，青葱一般细白纤细的手指缝隙间透出清晨的阳光，也透出悬空之域下的幻火之芒。彼岸歪着头笑了，双眼如月牙儿般眯起，睫毛上还有清晨雾气凝结而成的水珠，她是真的开心。

空堡前的空地，一群正在等待着晨训的少年，沉迷地看着空堡顶端边缘的那个身影。谁都知道，在有夕阳的黄昏，空堡就会出现一道风景线，那是彼岸女王凝视夕阳直到星夜漫天的身影。没有想到，这个代表着幸福的幻火季，从清晨就可以看见她的身影。哪怕这只是少年的奢望，是遥不可及的梦幻，可谁舍得去错过？

卫手中拿着一张报纸，咳嗽了一声，惊散了那群少年。真是不知所谓，大好的晨训时光，竟然忘乎所以地看着女王，难道不知道时间的宝贵吗？

想到这里，卫整理了一下自己的制服，还是深蓝色的那件，隐隐呈龙形图案的古华夏风盘扣。这代表着他的身份——贴身禁卫官。也代表着他能够名正言顺地接近彼岸女王，为她送上必要的消息。

彼岸沉溺在自己的快乐中，对卫的出现几乎没有任何反应。卫只能沉默地站在一旁，他也习惯了如此，自己哪怕天天都见到她，但从来未真正在她的眼中停留。

"女王陛下，今天的报纸。在第三版上有龙少的消息，龙少在昨天已经到达了夕米城，估计只剩下不到五天，他就可以回到待星城。比预想的要快两天。"卫说完这句话后，有些后悔，他觉得自己这样可能会无意中得罪龙少。龙少这样赶行程，说不定是想要给女王惊喜呢？

想到这里，卫忽然惶恐了起来，他单膝下跪，对着彼岸的背影略微有些紧张地说道："龙少一定是日夜兼程，只为了能提前回到待星城。龙少的心里一定是挂念女王陛下，才会如此焦急，期待给女王惊喜。卫不敢不报龙少的消息。但也斗胆请女王陛下装作不知情，以免龙少失落不能给到您惊喜。"说完，卫的汗水已经细细密密地布满了额头，就连后背也传来了一阵阵的凉意。

彼岸没有表示，只是轻轻地勾了勾手指，那份报纸就飘到了她的手中。她瞥了一眼报纸，只是淡淡地说了一句："好。"

卫悄悄松了一口气，在这个时候他也不敢在这里多待下去，免得惹恼了女王，于是在说了一句"告退"后，就悄悄地，静静地退出了屋顶。

要提前回来么？彼岸伸手想要翻动报纸，但不知为何刚才那一瞥，看见的那张画像总是勾动着她的目光。她索性也不翻了，而是将报纸拿到了眼前。这是第一版，用巨大的标题写着："龙军未亡？昔日首领唐风之子已确认身份。"

太琐碎的新闻，彼岸并不关心。她的目光一直停留在那篇报道配的画像上。画像上是一个黑发少年，细碎的刘海微微遮住眉毛，干净的脸，清秀的五官，漆黑的眼眸，抿紧的嘴角。

"为什么，他看起来有些悲伤？"彼岸的手指轻轻地划过了那张画像。自己的眼睛竟然也泛起了微微的泪意。对此，彼岸根本不在乎，也更不好奇，为何对画像上这个人的悲伤有着这样奇异的共鸣。

她分明就对这个少年没有半分熟悉的感觉，记忆中也不曾有他。可，就是难过啊。彼岸任由泪水从腮边滑过，她似乎看到了他的孤单，他的悲伤，他的压抑。她的目光就是不能从这幅画像上移开，她反复地念着他的名字："唐凌……唐凌？"接着，她轻轻地开口，"收集今天所有的报纸。"

卫此时正走到空堡的第二层，彼岸有些梦幻、软糯的声音清晰地传入了他的耳中："收集今天所有的报纸。"

没有那种拒人于千里之外的冰冷，没有那种不带人间烟火气的高洁，反而就像一个正常的女生，好听的轻柔的，让人心软心碎的声音。

"莫非这才是彼岸真正的声音？龙少的归来如此牵动她的心弦？"卫的心里又不可避免地涌现出一丝酸涩。没有办法，他们才是天造地设的一对，女王对龙少感情日渐加深是意料之中，顺理成章的事情。

密根城的普里埃尔学院，每年的9月1日，是传统的新生入学的日子。但没人会选择这一天才来学校报道，提前一个月、半个月就前往学院的人大有人在。

夏末秋初。接近9月的时光，普里埃尔学院已经彻底热闹了起来，而今天显得特别地热闹。因为一条爆炸性的新闻，几乎瞬间就传遍了整个密根城。

"狂狮现身，龙军首领唐风确定留下遗孤？"

"唐风遗孤逃出生天，世界格局是否因此改变？"

"龙军再现，17号安全区昂斯家族覆灭之夜。"

还能有比龙军再现，那个传奇的男人唐风竟然还有儿子更爆炸的新闻了吗？没有！只要二十岁以上的年轻人，都不会忘记当初的龙军是怎样席卷这个世界，那个传奇首领又是如何缔造了一个又一个神话的。

就算这个学院中有很多都是二十岁以下的年轻人，他们出生的时候，早就已经过了龙军最辉煌的时期。但这里毕竟是一个安全城，是现在这个时代最高的行政单位——城！人们都不是"土包子"，所以不会像17号安全区的人们，知晓龙军事迹的并不算多。

相反，这里长大的很多年轻人是听着龙军的各种传说，以及唐风的冒险故事长大的。当然，这些故事或多或少都被人为地添加了一些别样的色彩，偶尔会充满了恶意和贬义。不过，这并不影响唐风或者龙军的鼎鼎大名，人们也有自己的看法。

"唐凌？唐风的儿子叫唐凌？来自17号安全区？真是让人期待呢。"其中一个少年举着报纸，从学院的一处花园路过，张扬地说道。

另外一个少年撇嘴："期待什么啊，我觉得他活不过一年，别忘了他……"

两人的言语很激动，全然没有注意到在花园旁的长凳上，有一个略微迷茫、满腹心事的少年躺在那里。当其中一个少年说出他活不过一年这种话时，这个躺在长凳上的少年忽然一跃而起，一拳打在了这个少年的脸上，并且从另外一个少年手上抢过了报纸。

"你是谁啊？你死定了！"被打的少年非常愤怒，另外一个被抢夺报纸的少年也同样怒气冲天。两人不管不顾地拳头脚尖都朝着那个打人抢报纸的少年身上，招呼了过去。他俩的实力非常强大，已经累积了很久，起码有五牛之力以上的力量。

抢报纸的少年打不过，索性也就不打了，他任由这些拳头脚尖落在身上，手却在微微地颤抖，他如饥似渴地阅读着报纸上的消息。

昂斯家族覆灭
唐凌逃出生天

"是吗？逃出来了吗？唐凌真的覆灭了整个昂斯家族？"昱的双手颤抖着，在这样挨揍时，嘴角竟也流露出了一丝微笑。

阿波罗雇佣兵训练营。一个身材强壮、胸口文着太阳文身的少年，被绑在了木柱子上。

抬眼四望，营地外是一大片茫茫的沙漠，金黄色的黄沙反射着耀眼的阳光，看久了，人的眼睛会被刺激得流泪。太阳从不吝啬在这片沙漠洒下最热情的光芒，只是片刻，这个少年似乎就有些脱水了，干涸的嘴唇，泛起的死皮下，是一丝丝的血迹。

"哟，奥斯顿，你现在服气了吗？"一个身着作战服的少年雇佣兵带着嘲讽的语气，慢慢走到了这个被绑在柱子上，叫作奥斯顿的少年身旁。

"呸。"奥斯顿吐了一口唾沫,因为脱水的关系,他什么都没有吐出来,但这蔑视的意思,却让嘲笑他的少年,拿过鞭子"啪"的一声打在了他的身上。强壮的身躯上,顿时又多了一条带着血迹的鞭痕。

奥斯顿非但没有露出任何痛苦的表情,反而张扬地大笑了起来:"哈哈哈,输的是你,是你……报纸上已经写了,唐风的儿子逃了出来。"

"啪",鞭子声再次响起。

"你不过就比我早入营半年,你输给了事实,恼羞成怒地和我决斗,事实就能改变吗?

"你等着,我会比你强,会揍得你妈都不认识你。我也会赢了决斗,把你绑在这柱子上,一天一夜都不会放了你,在权限内,狠狠地抽你一百鞭,到时候希望你这个狗日的还活着。"奥斯顿用言语刺激着那个雇佣兵少年,他的鞭子不停地落下,按照决斗胜利的权限,他可以抽奥斯顿七十鞭。

"这奥斯顿会死吧?"

"说不好,才来训练营一星期以内的死亡记录,也并不是没有。"

"他好像骂得很有活力的样子,死不了的吧?"

围观的雇佣兵们在议论着,但并没有人觉得有任何不妥,这就是规矩,任何不和都可以决斗,决斗胜利者有惩罚权。

比起这个,龙军的新闻实在太令人震撼,而唐风还有儿子这个新闻更加爆炸。他还不是寻常的登场啊,几乎颠覆了一个安全区,还竟然覆灭了一个投靠了星辰议会的家族。

这说明了什么?说明了龙军有卷土重来的意志,唐风的儿子,那个叫作唐凌的家伙也不是什么普通人!世界又会发生什么令人期待的事情吗?

是的,雇佣兵们从来都不怕乱局,世界一片安宁祥和了,也就没有了他们存在的意义。阿波罗雇佣兵是经过系统训练出来的雇佣兵,他们有自己的骄傲,希望能参与到世界格局的变化之中。而不像那些在黑市之中,只要注册了资格,就能算雇佣兵的野路子,永远没有大的格局。严格地说,那些家伙只能算赏金猎人和游猎人的结合。

"你服气了吗?"此时,那个抽奥斯顿鞭子的少年有些累了,在炎炎的烈日下,一次性抽完了所有的鞭子,的确是一件消耗体力的事情。

"服?呵呵呵……"奥斯顿有些奄奄一息,但他的眼中充满了嘲弄,抬起头来看着那个少年,一字一句地说道,"你不知道我的兄弟有多强大,我是要

　　和他并肩作战的人，我会服气你？哪里来的垃圾？"

　　"该死！"那个少年没有办法了，因为他没有抽打的权力了，他悻悻地看着奥斯顿，"谁知道你的兄弟是谁？"

　　"你不用知道，你没资格。"奥斯顿这句话小声到只有他自己能听见。他抬头，烈日下，一只孤鹰飞过，就像唐凌。但是，那只孤鹰一定也有同伴在等着它的吧！就像唐凌！

　　爆炸性的新闻，以紫月时代独特的方式在传播着，只是三五天的时间，就几乎传遍了世界的每一个角落。就算一个小小的安全村，也定然会有高层知道了这个消息；或许就连那些成规模的流浪者团队，也收到了这个消息。

　　唐凌这个名字，莫名地就被很多人在走神的时候，仰望星空的时候，无意识地念了出来。唐凌，从默默无闻的一个聚居地小子，变为世界知名的风云人物，只用了短短的三个多月。

未完待续……